W0417327

Tijuana mon amour

Du même auteur
chez le même éditeur

Lune sanglante
À cause de la nuit
La Colline aux suicidés
Brown's Requiem
Clandestin
Le Dahlia noir
Un tueur sur la route
Le Grand Nulle Part
L. A. Confidential
White Jazz
Dick Contino's Blues
American Tabloid
Ma part d'ombre
Crimes en série
American Death Trip
Moisson noire 2003 (anthologie sous la direction de James Ellroy)
Destination morgue
Revue POLAR spécial James Ellroy

James Ellroy

Tijuana mon amour

Traduit de l'anglais (États-Unis) par
Jean-Paul Gratias

Collection dirigée par
François Guérif

Rivages/Thriller

Retrouvez l'ensemble des parutions
des Éditions Payot & Rivages sur
www.payot-rivages.fr

© 2007, James Ellroy
© 2007, Éditions Payot & Rivages
pour la traduction française
106, boulevard Saint-Germain – 75006 Paris
ISBN : 978-2-7436-1718-9

PREMIÈRE PARTIE

LES ARTICLES

LET'S TWIST AGAIN

Les états de grâce, ça va, ça vient. On ne les perçoit pas comme tels sur le moment. On les examine a posteriori, individuellement ou en groupe, et on leur superpose un schéma narratif. En définitive, cela se résume à ce qu'on a eu et qu'on a perdu.

Ces schémas s'appliquent à des nations, à des villes, à des gens. Des photos en Kodachrome les complètent. Des couleurs délavées les rehaussent de leur halo. Une musique sirupeuse remplit le reste de l'image et vous suggère ce qu'il faut en penser.

C'était mieux avant. Nous étions meilleurs à cette époque. J'étais plus jeune alors.

Ce ne sont qu'apparences trompeuses de bout en bout. C'est une reconstitution à l'eau de rose rendue possible parce qu'elle est vraisemblable. Elle obscurcit les faits plus qu'elle ne les éclaire. Elle contient juste assez de vérité incontestable pour rester viable.

Une saison définit tout un état d'esprit. Un nom emblématique la représente. Des chevaliers et des demoiselles en une époque sans pitié. Un mélo qui fait pleurer à chaudes larmes – sur scène, à l'écran et sur CD.

Une comédie musicale sentimentale et un concept artistique usé jusqu'à la corde. Avec la croisée de trois chemins dont l'image m'est chère et reste bien nette dans ma tête.

J'avais mon propre Camelot [1]. Il coexistait avec les pièces de théâtre retransmises à la télé depuis Broadway et la présidence de John Kennedy. Je vivais dans un appartement minable avec mon

1. Comédie musicale de Lerner et Loewe, qui présente un univers de bonheur idyllique, un monde idéal dans le décor de la légende Arthurienne.

père coureur de jupons et notre chien qui chiait partout sur le lino. J'avais un esprit corrompu par une imagination fertile et je ne savais pas très bien me comporter en société. J'avais un vélo Schwinn Corvette à guidon surélevé, garde-boue chromés, bavettes incrustées de diamants fantaisie, sacoches à franges, et un compteur de vitesse qui montait jusqu'à 240 km/h. J'avais une ville géniale à explorer et, en tant que gamin, tout un apprentissage à assimiler.

Notre appartement jouxtait Hancock Park et le bas de Hollywood. Vers le sud et le sud-ouest : des manoirs style Tudor, des châteaux à la française, des haciendas espagnoles. Vers le nord : de petites maisons et des arrière-cours de studios de cinéma. Vers l'est : des entrepôts en bois et des immeubles vétustes qui se succédaient sur un terrain vallonné en ligne droite vers le centre-ville.

Le territoire que je parcourais englobait Hollywood, jusqu'à Blackville. La frontière sud était une ligne de démarcation raciale que les gamins blancs ne franchissaient jamais. C'était le Los Angeles d'avant les émeutes. La ville n'avait pas encore connu l'hystérie. Les parents disaient aux mômes de ne pas s'aventurer au sud de Pico et laissaient leurs morveux vadrouiller.

J'ai commencé à rôder à onze ans. C'était l'été 59. Je devais faire ma rentrée scolaire au collège en septembre. J'en chiais dans mon froc.

Je rôdais en vélo. Je piquais dans les magasins des bonbons et des bouquins. Je rencontrais des mômes bizarres qui se déplaçaient en bandes à vélo et je récoltais auprès d'eux des informations.

Ils m'apprenaient qu'une fille avait avalé de la cantharide et s'était empalée sur un levier de vitesses. Et aussi qu'Hitler était toujours vivant. La vérité sur l'aspirine et le Coca-Cola. La vérité sur Liberace et Rock Hudson. La vérité sur les collèges du coin.

Le Conte Junior High, alias « Le Con » : des types cool, des filles saute-au-paf. Partouzeville, USA. Une pépinière d'étalons pour les « Lochinvars » ou les « Celtes ». À éviter, sauf si on est cool soi-même.

Virgil Junior High : c'est rempli de Latinos en chemise Sir Guy et pantalon kaki fendu au bas des jambes.

King Junior High : c'est rempli de Japs et de types zarbis qui viennent de Silverlake – « Chochotte City ». Un tas d'homos qui s'habillaient en vert le jeudi.

Louis Pasteur Junior High : c'est rempli de bronzés bêcheurs qui se croient blancs.

Berendo Junior High : attention, danger. Bagarres entre Chicanos. C'est rempli de filles catholiques qui fument de la marie-jeanne et ont des mômes sans être mariées.

Mount Vernon Junior High, alias « Mont Vermine », alias « Mau-Mau Vermont » : Nègreville, USA. Méfiance ! Méfiance ! Meurtres fréquents, émeutes raciales sur le campus.

J'étais inscrit à la John Burroughs Junior High, alias « J.B. ». Je posai des questions à son sujet. Personne n'avait de commentaire précis à me proposer.

J'ai passé trois ans à J.B. C'était la zone tampon entre mon enfance sinistre et ma ténébreuse post-adolescence. J.B., c'était Camelot en miniature, un Camelot restreint que ne troublaient pas encore les images bidon d'une innocence perdue. C'était mon avant-goût du privilège acquis, d'un destin riche en possibilités, et de la pulsion secrète, que je n'avais pas encore perçue comme telle, de mon équipée sauvage à Los Angeles.

J.B. se trouvait à l'angle de McCadden Place et de la 6e Rue. C'était la lisière sud-ouest de Hancock Park. Casher Canyon commençait quelques pâtés de maisons plus loin. J.B. était à la frontière entre deux blocs importants et bien distincts de la population du centre de Los Angeles.

À l'est, des goys au pedigree long comme le bras et aux maisons m'as-tu-vu. À l'est, des Juifs qui se tuaient à la tâche pour vivoter dans des appartements en duplex et des baraques en stuc. Un retranchement légué par les générations précédentes et une prophétie qui promettait une émergence en force. Une démographie qui portait en elle un lourd contentieux. Deux patrimoines héréditaires programmés pour produire des mômes agiles.

J.B. était construit pour durer – en brique rouge. Le bâtiment principal et le bâtiment Nord étaient jointifs et formaient un « L ». Bureaux et salles de classe couvraient deux niveaux, reliés par de larges escaliers.

À côté du bâtiment principal se trouvait un grand auditorium. Un terrain de sport bitumé s'étendait vers le sud jusqu'à Wilshire Boulevard. Adjacents au bâtiment principal et au bâtiment Nord, et perpendiculaires à ces derniers, deux gymnases et divers ateliers complétaient l'ensemble. Ils encadraient « La cour à casse-dalle », un espace pavé muni de bancs et de poubelles vert et or.

J.B. avait pris le nom d'un type mort en 1921, vaguement célèbre en botanique pour avoir tripatouillé quelques plantes dont le soja.

Personne ne mettait en avant ses découvertes ni ne lui accordait beaucoup de crédit en tant qu'icône. Il était passé de mode.

Les élèves de l'établissement étaient juifs à 80 %. Je ne savais rien des Juifs. Mon père les appelait les *Pork Dodgers* [1]. Mon pasteur luthérien les accusait de complicité dans l'assassinat de Jésus-Christ.

Quinze pour cent des élèves venaient de Hancock Park. Leurs parents préféraient J.B. aux prestigieux établissements secondaires privés. Mon hypothèse : ils voulaient mettre leurs mômes en concurrence avec des élèves juifs pour qu'ils s'aguerrissent au fil des ans et deviennent performants avant d'entrer sur le marché du travail.

Le dernier élément des effectifs : des goys fauchés et quelques mômes noirs qui voulaient échapper aux lois discriminatoires sur l'accès au logement et à une mort certaine à Mont Vermine.

Voilà J.B. en 59. Je pars à l'assaut de Camelot, juché sur mon coursier – un véhicule de cirque à deux roues.

Je suis grand pour mon âge. Mon chien chie sur le plancher du salon. Je me cure le nez avec énergie. Devant les mômes de ma classe, ostensiblement, je me fourre des crayons dans les oreilles pour en extraire du cérumen.

Tous les êtres vivants me font peur. Je joue les barjos en public pour attirer l'attention et pour décourager les pédophiles. Mon numéro de givré fonctionne depuis trois ou quatre années scolaires. Les limites entre mon état normal et mes bouffonneries commencent à devenir floues. Je ne sais plus à quel moment je fais marcher mon auditoire et à quel moment je suis sincère.

On est en 59. Le *Performance Art* n'a pas encore été conceptualisé. Je suis visionnaire et avant-gardiste et je n'ai pas conscience que la chance vient de me sourire. L'art nécessite un public. Pour leurs prestations, les histrions ont besoin d'une scène, petite ou grande. Le hasard m'avait envoyé dans le seul endroit susceptible de tolérer et parfois d'apprécier mon numéro parfaitement minable d'excité permanent.

Je ne le savais pas en y entrant, mais J.B. était soumis à la discipline rigoureuse de son règlement intérieur.

Les consignes concernant la tenue vestimentaire et l'apparence physique étaient strictement appliquées. Les jeans, les pantalons corsaires et les T-shirts étaient interdits. Les garçons devaient avoir

1. De *pork* (viande de porc) et du verbe *dodge* (esquiver, éviter).

les cheveux courts et bien coupés – sinon, c'était la fessée à coups de pagaie. Les filles portaient des chaussures lacées à talons plats, et des jupes longues.

J.B. était dirigé par le principal adjoint en charge des élèves garçons. Il s'appelait John Hunt. C'était un petit bonhomme qui bombait le torse. Il avait les yeux injectés de sang, le visage couperosé, et se pavanait comme un Duce au rabais.

Hunt insistait beaucoup sur la nécessité de travailler dur, de jouer virilement, et d'infliger des châtiments corporels à ceux qui déconnaient gravement. Quand il s'adressait aux mômes inscrits à l'association sportive, son discours frisait le scabreux. Il disait des trucs du genre : « Vous êtes de vrais petits hommes, maintenant. Bientôt vous découvrirez que les femmes qui ont les idées larges n'ont pas de larges que les idées », et aussi : « Je sais qu'en cours de biologie vous étudiez les gamètes. J'espère que vous savez où il faut que les gars mettent. »

Hunt infligeait les fessées avec une pagaie high-tech, dont la pale était perforée. L'air sifflait par les orifices pendant le mouvement descendant. Il vous obligeait à baisser votre pantalon. L'impact était moins redoutable que les séquelles. Les marques, les bleus, les brûlures restaient loooongtemps.

Hunt avait un prof/garde-chiourme nommé Arthur Shapero. Hunt mesurait 1 mètre 68 ; Shapero, 1 mètre 93. Il ressemblait à Lurch, le majordome de la famille Addams, et à Renfield, le serviteur de Dracula. Je m'attendais toujours à ce qu'il dise : « Oui, Maître, me voici ! »

Shapero rôdait dans la cour. Hunt le tenait en laisse au bout d'une longue chaîne fixée à un collier étrangleur. Shapero commandait les Space Cadets, la Space Legion et les Solarons – des élèves-flics à qui il avait donné pour mission de cafter les autres mômes qui jetaient des détritus par terre et enfreignaient le code vestimentaire.

Ces petits salauds abusaient de leur pouvoir. Hunt et Shapero les soutenaient à fond. C'était un drame en miniature digne de Camelot – et aussi futile que les tentatives de JFK pour éliminer Fidel Castro.

À J.B., il était impossible d'étouffer l'exubérance de l'élève de base. On pouvait infiltrer son imagination en espérant que la leçon porterait. À J.B., le prof de base savait cela. Il était conscient de se confronter à un ego démesuré et à un esprit pareil à une éponge, prêt à absorber les connaissances les plus récentes et les plus géniales – si elles lui étaient vendues dans un emballage promettant aux mômes qu'ils ne s'ennuieraient pas une seconde. Il apprenait à s'écarter du programme officiel pour des digressions abordant des sujets d'actualité. Jamais il n'abaissait son niveau d'exigence devant ses élèves.

Je faisais mon numéro. Les profs faisaient le leur. Nous partagions le même public.

J'infiltrai ce public en tant qu'élève de J.B. Je m'en singularisais en tant que lépreux hors-classe redoutant ses pairs.

C'est l'automne 59. J'entre à J.B. J'examine les lieux et j'élimine toute idée d'assimilation. Je suis vraiment un étranger en terre étrangère. Ike est encore à la Maison Blanche. Je ne sais rien de Camelot. Je ne sais pas que je suis sur le point d'embarquer pour ma première saison, la plus formatrice, d'échanges verbaux.

Avec :

Des petits filous au regard vorace, une édition bon marché d'*Exodus* dans leur poche revolver. Des petits comiques qui disaient : « Tu savais que Marlon Brando était juif ? Il roule en Alpine Coupé. » Des gamins de douze ans qui avaient lu plus de livres que je n'en possédais, et qui étaient capables de réciter les performances des joueurs de baseball en remontant jusqu'à l'époque où les Nazis avaient fait fuir Papa et Maman de Pologne. Des surfers de Hancock Park qui faisaient des glissades à sec sur le sol du bâtiment principal grâce aux semelles toutes lisses de leurs mocassins. Des filles aux traits superbes coulées dans le moule du sex-appeal depuis des générations dans le shtetl [1]. Des filles belles et blondes à vous couper le souffle élevées dans le raffinement du Country Club de Wilshire. Des mômes qui avaient du bagout, de la repartie, qui faisaient le guignol sans se dévaloriser.

Je m'adaptai.

J'écoutai. J'appris. Je me donnai en spectacle.

J'observai.

Les apprentissages scolaires ne me posèrent pas de problèmes. Je lisais vite et retenais facilement. Mon père me faisait mes devoirs de maths et me fournissait des antisèches. Je faisais des exposés oraux sur de vrais livres et sur des bouquins que j'inventais impromptu. Je dévoilai ma ruse à quelques copains et les regardai hurler de rire. Aucun prof ne m'a jamais puni pour avoir triché sur mes rapports de lecture.

---

1. (Yiddish) Autrefois, communauté juive des petites villes d'Europe de l'Est.

À J.B., il y avait quelques profs *très* branchés. Lepska Verzeano était l'ex d'Henry Miller. Je demandai à mon père ce que cela voulait dire. Il me regarda en fronçant les sourcils.

Walt Macintosh avait tué des Rouges en Corée. Le canon de son arme avait fondu pendant une attaque suicide des Rouges. Il nous expliqua la campagne présidentielle de 1960 et organisa une élection dans ma classe. Les élèves juifs votèrent pour Kennedy. Les mômes de Hancock Park préférèrent Nixon. Moi aussi, je choisis Richard le Roublard – parce que mon père m'avait dit que JFK étaient aux ordres de Rome.

Laurence Nelson me donna le virus de la musique classique. Beethoven est l'auteur de la bande-son de mes années de collège.

Je tombai amoureux d'une prof d'anglais qui s'appelait Margaret Pieschel. Les élèves l'appelaient « Mlle Pie-Shell » (Mlle Pâte-à-Tarte). Elle était mince et brune. Elle souffrait d'une acné sévère. Les mômes de J.B. la trouvaient moche. Je pressentais son tourment intérieur et je recevais 5 sur 5 ses vibrations sexuelles. C'était Beethovenien. Je la fixais des yeux et je tentais de communiquer avec elle par télépathie. J'essayais de lui dire : Je sais qui vous êtes. En la regardant, je comprenais ce que cela voulait dire d'aimer à mort une femme solitaire.

Les profs de J.B., on pouvait les classer en deux catégories. Disons, les Vivants et les Morts.

Les profs du contingent des Vivants étaient branchés. Ils aimaient les Peace Corps [1], le jazz cool, et Mort Sahl [2]. Ceux du contingent des Morts étaient mollassons – âgés, sincères, et contents de se reposer sur l'excellente réputation de l'établissement. Les Morts étaient l'aiguille de phono coincée dans le sillon d'un disque de looooongue durée. Les Vivants étaient confrontés à un dilemme Camelotien : travailler pour des clopinettes dans le système scolaire de L.A., ou bien s'arracher au carcan et tenter de réussir dans la vraie vie.

Les élèves de J.B., on pouvait les classer en deux catégories. Disons, les Nus et les Morts.

Les élèves du contingent des Morts étaient conformistes – pas de bagout, pas de repartie, aucun talent pour les singeries, et aucune

1. Organisation composée de volontaires pour l'aide aux pays en voie de développement.

2. Satiriste percutant qui commença à se produire en public dès 1951 et servit de modèle, entre autres, à Woody Allen et Lenny Bruce.

angoisse sexuelle. Les Morts ne pratiquaient pas les échanges verbaux. Les Morts acceptaient la stratification sociale de J.B. – sans se soucier de leur statut. Les élèves du contingent des Nus étaient passionnés – volubiles, ergoteurs, déséquilibrés sur le plan hormonal, et au courant du fait que le monde actuel vibrait au rythme du Rat Pack [1] et que beaucoup de gens se faisaient posséder. Les Nus étaient confrontés à un dilemme Camelotien : soit ils accédaient aux réalités de la stratification sociale, capitulant devant cette règle qui veut que *tout* réside dans les apparences, niant leur propre voracité pour se satisfaire du conformisme, mettant une sourdine à leur bagout, leurs reparties, leurs singeries et à leur talent d'acteur pour le remodeler afin qu'il plaise à un plus large public – soit ils devenaient radicalement iconoclastes en écrasant ce besoin démesuré qu'ont les adolescents d'APPARTENIR à un groupe.

Les Nus constituaient la majeure partie des effectifs de J.B. Moi, j'étais un Nu superlatif. J'étais génétiquement programmé pour l'iconoclasme autodestructeur des ados. Je l'exprimais par des bouffonneries qui me désignaient comme inoffensif. Mes pitreries amusaient parfois. Elles rappelaient aux élèves lambda qu'ils n'étaient pas aussi givrés que moi. Cela leur procurait un sentiment de sécurité. Ils me récompensaient par leur tolérance et quelques tapes dans le dos. J'écoutais leur bagout, leurs reparties, leurs singeries. Je me donnais en spectacle sans crier gare ou sur commande. Pendant mes trois ans à J.B., ma prestation fut rarement interactive.

Je me comportai de façon suicidaire. Je ridiculisai les convictions libérales et dénigrai JFK. Je ridiculisai les convictions juives et hurlai : « Libérez Adolf Eichmann ! » En classe, j'assistais à des débats sincèrement passionnés, je pesais les valeurs mises en avant, puis j'exprimais des opinions issues d'un raisonnement ridicule dont le but était de provoquer l'agitation et de déclencher des ricanements. Mon exemple inspira quelques pauvres bougres qui n'avaient pas encore de répertoire personnel. On devint amis. Ensemble, on disséqua les autres garçons de J.B. et on pista les filles que l'on convoitait.

Je hantais la cour avec mon acolyte, Jack Lift. On rôdait, on traînait, on reluquait les filles, on tendait l'oreille.

Voici David Friedman. Il a ramassé un sacré paquet à sa barmitsvah, et il a tout mis dans des placements de père de famille. Il y

1. Frank Sinatra et sa bande (Dean Martin, Sammy Davis Jr., Peter Lawford).

a Bad John et son bras droit, « Le Mastard ». La rumeur dit qu'ils enduisent des chats de glu et d'éclats de verre et qu'ils les font exploser à l'aide de pétards. Voici Tony Blankey – un môme bizarre qui a un accent britannique. Il est plus ou moins acteur – on peut le voir dans un film de Bogart, *Plus dure sera la chute*. Voici Jamie Osborne. Lui *aussi*, il a un accent britannique. Il dit qu'il est le neveu de James Mason.

Voici Leona Walters. C'est une grande fille noire. J'ai dansé avec elle au « Rassemblement », la réunion obligatoire des deux classes de gym du vendredi matin. Les élèves noirs sont généreusement acceptés. Ils atteignent des sommets sur le baromètre de la branchitude. Les profs comme les élèves aiment leur statut de victimes et tâchent de ne pas se montrer condescendants envers eux. J'ai raconté à mon père que j'avais dansé avec Leona, le rouge aux joues du début à la fin. Il m'a dit : « Une fois que tu as goûté aux Noires, tu ne peux plus revenir en arrière. »

Howard Swancy est le mâle dominant du cheptel noir de J.B. Il est abrupt, il ne mâche pas ses mots, et c'est un athlète d'exception. Il recherche sans cesse les faiblesses chez les mômes blancs. C'est un danseur incroyable. Il a dansé le Twist avec Mlle Byers – la prof d'anglais rousse qui a les jambes de Cyd Charisse. Les autres twisteurs se sont figés sur place pour les regarder. Dans le gymnase des garçons, on n'a plus jamais dansé de la même façon après ça.

Steve Price est un petit Lenny Bruce manqué. C'est le baratin personnifié. Il est toujours à la recherche d'auditeurs coincés. Il est doué pour déclencher des éclats de rire en commentant l'actualité.

Jay Jaffe a véritablement une double personnalité. C'est un môme très populaire, une vraie boule de nerfs, avec une sorte d'appétit effréné. Très à l'aise en société, c'est aussi un très bon joueur de baseball. Il a le talent qu'il faut pour réussir, mêlé à un vrai grain de folie. Je l'observe de façon obsessionnelle. Si je pouvais le mordre au cou pour mélanger son ADN au mien, il me serait possible de me reconstruire sans renoncer à ma propre essence.

Lizz Gill est une fille de Hancock Park, pareille à un petit lutin. Ce qu'elle cherche à obtenir, ce sont des rires francs et sans ambiguïté. Elle connaît la Grande Vérité des Mômes de J.B. : tout ce qui compte, dans la vie, c'est cette chose ridicule et qui vous dévore – le sexe. Il y a quelque chose de subversif dans ses antécédents. Elle ne porterait sans doute pas de jugement sur moi à cause des merdes de chien sur le plancher de mon salon.

Richard Berkowitz parle de lui à la troisième personne. Il dit couramment : « Moi, le Grand Berko, j'ai décrété... » ou bien : « Le Noble Berko vous souhaite le bonjour. » À part ça, il ne parle pas beaucoup. C'est un maître-bouffon qui reste maître de lui-même dans une foule frénétique. Son ambition déclarée : garçon de bain à perpétuité dans le gymnase des filles.

Le gymnase des filles est contigu à celui des garçons. Il n'existait pas de passages secrets entre les bâtiments. C'étaient deux avant-postes séparés de Camelot. Le gymnase des garçons, c'était le cabaret des petits comiques. L'empire des monomaniaques. Le seul et unique sujet de plaisanterie, c'était le sexe. La même blague dura trois années entières : les copains ébouriffaient leur toison pubienne et roucoulaient : « Kookie, Kookie, prête-moi ton peigne [1] ! »

À J.B., l'émoi sentimental le plus répandu était le béguin en série. Les histoires d'amour naissaient et mouraient sans contact physique et sans que les deux personnes concernées en soient informées. Les filles qui suscitaient la convoitise apprenaient rarement qu'elles étaient convoitées. Tout cela restait platonique, à la limite du voyeurisme, et encouragé par les intermédiaires.

Les adorateurs adoraient leurs adorées et détaillaient leurs désirs aux confidents de leurs émois. Personnellement, j'accordais tant d'importance à mes devoirs de confident et à mes propres émois que je pratiquais une surveillance permanente.

Prenez Leslie Jacobson. Elle est grande et svelte. Ses cheveux noirs crêpés attirent les regards. Mon acolyte, Dave, est amoureux d'elle. Dans la cour, il la suit à la trace. Moi, je pars en éclaireur, et je traîne pas trop loin d'elle dans la file d'attente de la cantine. Leslie, c'est la quintessence de l'adolescente sexy. Dave n'a pas le cran de lui adresser la parole. Nous parlons d'elle, et nous dénigrons chacun de ses aspects systématiquement. Le béguin de Dave s'éteint de lui-même, puis il s'enflamme à nouveau – pour une autre fille. Il inscrit sur son bras, au couteau, les initiales de l'adorée et trouve en lui l'audace nécessaire pour les lui montrer. Elle s'enfuit épouvantée.

J'ai passé trois ans à Camelot sans cesser de me consumer. Je me suis enflammé pour Jill Warner, pour Cynthia Gardner, Donna Weiss et Kathy Montgomery.

---

1. *Kookie, Kookie, Lend Me Your Comb*, gros succès de l'année 1959, chanté en duo par Edd Byrnes (*alias* Kookie) et Connie Stevens.

Jill est une petite blonde effrontée. Elle adresse la parole à n'importe quel garçon et le noie sous un déluge de paroles. Le fait qu'elle soit à ce point abordable est un signe manifeste d'imperfection, et c'est pourquoi je me sens proche d'elle. Elle est difficile à pister. Elle me repère à chaque fois. Elle entame des conversations qui m'intimident et elle me force à réagir. Jill déborde d'audace, mais elle manque singulièrement d'orgueil. Je rêve de femmes insaisissables et mystérieuses. C'est ça qui me fait fantasmer et qui alimente mes savoureuses conversations avec mes copains pisteurs.

Cynthia, Donna et Kathy rayonnent d'une beauté saine et laissent deviner un caractère sévère. Je les piste à l'intérieur de l'école, et à l'extérieur aussi, c'est-à-dire dans un vaste secteur de L.A.

Jack Lift me seconde dans ma surveillance. Il habite en face de chez Cynthia, au carrefour de la 6e Rue et de Crescent Heights. Nous cirons les chaussures au coin de la rue, au Royal Market, et nous utilisons l'endroit comme poste d'observation. Nous suivons Cynthia à vélo pendant tout l'été 61.

Je sais que mon amour est voué à l'échec. Je sais que cette histoire de Mur de Berlin peut à tout moment dégénérer en Troisième Guerre mondiale. Los Angeles a peur. Les mômes de J.B. font des provisions d'épicerie au Royal Market. On discute de la crise et je conclus que nos jours sont comptés. Je dis aux copains que j'attends l'Apocalypse avec impatience. Ils me traitent de cinglé. Jack et moi, on leur bousille leurs godasses sous le prétexte de les cirer gratuitement.

La planète survit à la menace. Mon béguin pour Cynthia Gardner n'y survit pas. J'entre dans une phase de monogamie béguinesque avec Donna puis Kathy et je consume jusqu'à la dernière braise les jours qu'il me reste à passer à J.B.

Donna a de grands yeux et une coupe à la Jeanne d'Arc. Elle habite au carrefour Beverly-Gardner – le cœur même de Casher Canyon. Je m'installe un poste d'observation voyeuristique près du cinéma Pan Pacific et je l'observe après les cours et pendant le week-end.

Je surveille sa porte d'entrée. Je regarde les gens qui entrent dans la synagogue de Beverly Boulevard. Jack a dit que ces gens-là étaient des réfugiés de la dernière guerre. Perché près du Pan Pacific, je regarde passer la parade. Mentalement, je me transporte dans le passé jusqu'à la Deuxième Guerre mondiale. Je sauve la vie de ces gens coiffés de drôles de petites galettes ou bien de hauts-de-forme.

Donna me donne son amour pour me remercier de mes exploits – jusqu'à ce que je la quitte pour Kathy.

Je revois mes ambitions à la hausse, puisque je remplace Donna par une brune à taches de rousseur qui habite une grande maison à l'angle de la 2e Rue et de Plymouth Street. Je vole un blazer et un pantalon pour paraître un peu plus Hancock Park. La métamorphose me ravit. L'ère JFK ne m'a jamais semblé aussi géniale. J'ai une crise de croissance, dépasse le mètre quatre-vingts, ce qui rend mes nouvelles fringues désuètes. Mon pantalon en velours mille-raies s'arrête au-dessus de mes chevilles et déclenche les quolibets au carrefour Plymouth-2e Rue. Jamais je ne franchirai les marches pour jouer les John Kennedy auprès de ma Jackie à moi qui s'appelle Kathy.

Je commence à comprendre le système :

Camelot est un club privé et une plaisanterie pour initiés – et je ne connais ni le mot de passe, ni la chute de l'histoire.

Je me rends au bal de fin d'année de J.B. le 14 juin 1962. Je porte le costume de flanelle grise de mon père, modèle 1940. Sur le chemin, je bois avec un copain du gros rouge qui tache, au goulot.

Je crève de chaleur dans ma flanelle grise. Quand je traverse la piste, mes chaussures en toile marron couinent sur le parquet. J'invite Cynthia Gardner à danser. Elle accepte de bonne grâce comme le font dans le monde entier les jeunes filles bien élevées. Je la couvre de transpiration et lui souffle au visage mon haleine qui sent la vinasse.

La promotion de l'été 62 fut engloutie par l'histoire. Ses 400 et quelques membres se dispersèrent vers les trois lycées du secteur. Ce fut la fin de ma saison de délires verbaux.

Je ne savais pas ce que je laissais derrière moi. Je quittai J.B. sans tambour ni trompette et sans amitiés intactes. Je ne savais pas ce que j'avais appris sur moi-même et sur les autres. Je ne savais pas que la trajectoire, inexorablement destructrice, de mon existence avait été déviée et phagocytée par une époque et un lieu magiques. Je ne savais pas que c'était en ce lieu et en cette époque que les germes d'un don avaient été nourris, ni que l'esprit tonitruant que j'y avais puisé m'aiderait un jour, bien plus tard, dans ma survie.

Mon existence se détériora gravement. Je fis une croix sur quinze années de ma vie où ne figurèrent plus que l'alcool, la drogue, la délinquance et la folie. Je songeais rarement à la John Burroughs

Junior High School. Quand je passais devant par hasard, le fait de la voir ne suscitait jamais chez moi un sentiment d'affection. Je ne pensais jamais à mes compères ou à Jay Jaffe ni au Grand Berko. Je gardais dans ma tête des photos de filles, et je les aimais au lieu d'aimer de vraies femmes.

Je faillis mourir en 75 et je me désintoxiquai en 77. Ce fut un réflexe, un acte instinctif influencé par des forces ambiguës que je ne compris pas sur le moment. Ce fut un heureux illogisme. Je ne disséquai pas l'acte lui-même, je ne remis pas en question ses tenants et ses aboutissants. Je n'avais pas envie de regarder en arrière. Je voulais écrire des livres et regarder vers l'avenir.

Ce que je fis. J'allai m'installer dans l'Est pour accélérer ma marche en avant. J'enfermai dans un coffre temporel ce Camelot dont je niais l'existence, puis j'oubliai la combinaison.

Une série d'événements extérieurs se mirent en place dans ma tête et me donnèrent l'idée de réenquêter sur l'assassinat de ma mère en 1958. Je passai quinze mois à Los Angeles et je tirai un livre de mes investigations. Cela me contraignit à remonter dans le passé et à m'attarder à Camelot.

Mon coffre-fort temporel explosa. Toutes les figures du passé en jaillirent.

Voici Howard Swancy. Voici Berko et Jaffe. Voici les filles que je pistais et tous les Nus et les Morts dans un tourbillon de visages et de voix.

Mon récit est publié en novembre 96. Je passe dix jours à Los Angeles à l'occasion de la tournée pour le lancement du livre. Casher Canyon et Hancock Park prennent un éclat nouveau. Je passe en voiture devant J.B. dès que l'occasion se présente. À chaque fois, j'envoie des prières pour les visages et les voix.

Je définis J.B. comme un phénomène formel. J'échafaude des schémas narratifs autour de chacun des acteurs et je commence à les voir à la fois en tant que mômes et en tant qu'adultes d'âge mûr. Ils portent des masques interchangeables. Ils naviguent entre hier et aujourd'hui de façon imprévisible. Je façonne leurs masques de mémoire et je donne à leurs visages actuels des traits flatteurs. Je ne sais pas à quoi ils ressemblent à présent. Je leur donne la beauté comme pour leur dire : Merci pour la balade.

Une année s'écoule. Mon récit reparaît en édition de poche. Un numéro vert et une adresse e-mail sont mentionnés en quatrième de couverture. Ils sont destinés à susciter des témoignages qui pourraient fournir de nouvelles pistes dans l'enquête sur le meurtre de ma mère.

Un ancien camarade de classe de J.B. lit le bouquin et prend contact avec moi. Il s'appelle Steve Horvitz. Je ne me souviens pas de lui. Il a gardé de moi un souvenir précis. Il me fait un inventaire de mes bouffonneries et me résume sa propre vie depuis cette époque-là jusqu'à maintenant.

Ses parents étaient tous les deux de Los Angeles. Son père venait de l'ancien secteur rural de Boyle Heights, sa mère avait fait ses études à Le Conte et à Hollywood High. Ils se sont séparés en 55 – la même année que les miens. Steve habite à l'angle d'Olympic Boulevard et de Cochran Avenue. Il voit souvent Ron Stillman, Ron Papell, et Jay Jaffe – tous avocats, maintenant. Jaffe arrondissait ses revenus comme expert juridique pour la télévision. C'est lui qui avait couvert le procès d'O.J. Simpson pour la chaîne KCBS.

Steve a fait ses études à l'université d'État de San Francisco. C'est à Frisco qu'il a pisté Jill Warner – avec plus de succès que je ne l'avais fait à L.A. Ses diplômes en poche, il a vendu des assurances. Puis il a repris l'affaire de son père, qui vendait en gros des confiseries et du tabac. Pendant la décennie faste des années 80, il a amassé une petite fortune grâce à des certificats de dépôt à intérêts élevés, et il a acheté une station de lavage de voitures et une agence de marketing. Il a fait des encadrements sur mesure pour des maisons témoins et du design pour des restaurants et des cafétérias. Il s'est lancé dans les lithographies sportives et a perdu une petite fortune pendant la récession de l'ère Bush. Il se constitue sa petite fortune n° 2, en ce moment. Le traitement des cartes de crédit, c'est le secteur qui marche, qui court, qui s'envole. Il a eu deux fils – le premier avec sa première épouse, le second avec sa seconde épouse. Celle-ci a eu un fils avec son premier mari. Des femmes, des mômes, des petites fortunes... il y a pire.

Steve et moi devenons amis. Nous partageons la même vision de Camelot et nous ressassons l'époque et le lieu au cours de conversations téléphoniques qui durent deux heures. Nous débattons de la vraie nature de John Hunt : était-ce un sadique, ou un homme investi d'une mission morale ? Nous disséquons Tony Shultz, le « Roi du Campus », et Tony Blankley – à présent le bras droit de Newt Gingrich [1]. Steve n'a jamais quitté Los Angeles. Pour lui,

1. Ancien leader du Parti républicain.

J.B. n'est pas enfermé dans un coffre temporel. Il y a conservé quelques amitiés et profite des rares informations qui circulent sur les anciens de J.B. Il me révèle des rumeurs, des infos, et une nécro.

Howard Swancy : il serait flic, paraît-il. Jamie Osborne : mort au Vietnam. Mark Schwartz : mort – un meurtre sans doute lié à la drogue. Eric Hendrickson : assassiné à San Francisco. Laurie Mullin : morte du cancer. Steve Schwartz : overdose d'héroïne. Steve Siegel et Ken Greene : décédés.

Beaucoup d'avocats – les études de droit attirent beaucoup de mômes brillants qui ne savaient pas quoi faire d'autre de leur vie. Josh Trabulus : médecin. Lizz Gill : scénariste pour la télévision. Le Grand Berko : il s'est Berkoué en des contrées inconnues. Cynthia Gardner : aux dernières nouvelles, femme au foyer, mariée à un Mormon. Leslie Jacobson : on dit qu'il est psy.

Steve me prête ses albums de fin d'année scolaire. Les photos agissent sur moi comme des déclencheurs synaptiques. Mon stock de visages et d'événements augmente cinquante fois de volume.

Howard Swancy prêt à en venir aux mains avec Big Guy Huber. Leslie Jacobson virevolte sur le *Peppermint Twist* [1]. Jay Jaffe gagne un *penny stomp* [2] qui laisse une demi-douzaine de mômes avec des mains en sang. Herb Steiner qui raille l'engouement général pour les chansons folk à la fête du collège. Je sème la perturbation en classe lors d'un débat sur l'invasion de la Baie des Cochons. Je soutiens que JFK aurait dû larguer une bombe atomique sur Cuba. Les autres élèves me balancent des boulettes de papier. Je suis ravi de l'attention qu'on me porte et lance une contre-attaque. Le prof se marre. Le même prof s'est marré aussi le jour où Caryl Chessman est passé sur la chaise électrique.

Steve et moi déconstruisons Camelot. Nous convenons qu'il est facile, à cinquante ans, d'analyser rétrospectivement le comportement des mômes que nous étions. Passant en revue l'évolution des anciens de J.B. dont nous avons des nouvelles, nous constatons qu'ils se sont regroupés en masse à Berkeley à la fin des années 60. Nous concluons que cette évolution prévisible est emblématique et nous l'explorons en tant que cliché et conclusion logique d'un idéal

---

1. Énorme succès de 1962, enregistré par Joey Dee and the Starliters dans le club où ils jouaient tous les soirs, le Peppermint Lounge.

2. Jeu qui consiste à tenter d'attraper des pièces d'un cent à même le sol avant que les autres, qui se tiennent en cercle autour de vous, ne vous en empêchent en vous écrasant la main avec le pied.

durable. Nous nous demandons si notre passage à J.B. était un effort méritoire ou un arrêt sur image tiré d'un film inepte pour ados. Je le vois comme un numéro de music-hall typique de L.A. et qui laissait bien augurer de l'avenir.

Nous avions démarré très fort. Le rideau est retombé avant que nous ayons eu le temps d'aller beaucoup plus loin.

Steve me propose : « Et si on rassemblait quelques-uns de ces enfoirés ? »

À quoi je réponds : « Je viendrai par le premier avion. »

À Los Angeles, le Pacific Dining Car constitue mon repère permanent.

C'est un grill-room huppé qui se trouve à l'ouest du Pasadena Freeway. Il existe depuis 1921. Il est ouvert vingt-quatre heures sur vingt-quatre, tous les jours de l'année. L'établissement est sombre, pareil à une caverne, et voluptueusement niché au milieu d'une zone où règne la pauvreté. L'hôpital où je suis né se trouve à un demi-pâté de maisons de distance, au sud. C'est au Dining Car que j'ai rencontré ma femme, et c'est là que je l'ai épousée.

Steve a retrouvé la trace de la plupart des gens. Un détective privé a débusqué le reste. Le taux de réponses à l'invitation atteint les 97 %. Le dîner initialement prévu devient une série de trois repas.

Steve et moi assistons aux trois. Le Dining Car accueille un groupe de treize, un de douze et un de neuf. À chaque fois, nous nous réunissons autour de la même table longue dans la même salle sombre. Je suis incapable de reconstituer la liste exacte des convives pour chacune des soirées. Dans ma tête, le tourbillon des rires et des souvenirs ne fait qu'un et englobe les trois réunions.

Retour à Camelot.

Voici Berko et Jaffe. Voici Donna Weiss avec une nouvelle coupe à la Jeanne d'Arc. Howard Swancy – il n'est pas flic, en fait, mais pasteur. Helen Katzoff, Lorraine Biller, Joanne Brossman – des visages lumineux surgis d'une foule nombreuse d'il y a trente-six ans. Lizz Gill et Penny Hunt de Hancock Park. Un gros Kontingent de Kasher Kanyon que je connaissais seulement de nom et grâce aux albums de photos de fin d'année. Josh Trabulus – autrefois gamin plutôt petit, aujourd'hui homme de haute taille. Davantage d'avocats qu'à un congrès de l'ABA [1]. Jill Warner, toujours effron-

1. Association du barreau américain.

tée, comme en 1960. Steve Price qui a toujours le même satané sourire. Tony Schultz en chaussures bicolores. Leslie Jacobson sans cheveux crêpés et sans *Peppermint Twist*.

Nous levons nos verres à la mémoire des défunts et des absents. Des photos sorties des portefeuilles font le tour de la table. Personne ne demande à ceux qui n'ont pas d'enfants pourquoi ils n'ont pas procréé. Nous tombons tous d'accord pour déclarer que nos années J.B. étaient une période géniale. On est prêt à croire que les anecdotes qui s'échangent expliquent justement pourquoi. Nous décidons d'organiser une réunion géante pour le début de l'année suivante et nous élisons un comité de pilotage.

Une personne sur dix se souvient de moi. Je me rappelle chaque nom et chaque visage et j'aurais pu reconnaître la moitié des présents dans une séance d'identification longue de mille inconnus. Cela me fait comprendre à quel point j'étais solitaire et insatisfait à l'époque. Cela confirme tout ce que j'en étais venu à croire au sujet de mon Camelot au rabais.

Nous nous accordons pour dire que nous étions *tous* des observateurs. Nous superposions *tous* nos psychismes mal assurés aux physiques d'exception que nous aurions aimé avoir et qui ne nous étaient pas accessibles. Comme il a bien fallu y renoncer, il ne nous restait plus qu'à nous conformer à la norme, ou bien à nous extérioriser bruyamment pour atténuer la frustration.

Sans exception, nous sommes à l'aise financièrement parlant, et entourés de gens qui nous témoignent leur affection. Nous donnons l'image d'une promesse de réussite sociale qui s'est réalisée. Je ne détecte guère de suffisance. Les hâbleurs se vantent un peu trop bruyamment. Vus de l'extérieur, ils ressemblent plus à des Nus qu'à des Morts d'âge mûr. Je repère deux alcoolos opérationnels. Je les juge tout en me marrant et en les observant. Cela ne gâche pas mon plaisir ni n'entame mon affection une seule seconde.

J'écoute plus que je ne parle. Je fais le tour de la table et je trouve les gens que je trimballe dans ma tête. Ils me racontent leur histoire et comblent le trou béant de leur chronologie.

Jay Jaffe a joué au baseball à la fac et a disputé les championnats mondiaux universitaires. Le score qu'il a réalisé à cette occasion lui a valu une période d'essai de trois jours dans l'équipe des Padres de San Diego. Les dirigeants se sont dits intéressés et ne l'ont jamais rappelé. Il a fait du droit et gravité dans le domaine de la défense des criminels. Il aime le combat et la diversité des gens qui ont des ennuis avec la justice. Il aime explorer les mobiles et les circonstances atténuantes. Il a traité de grandes affaires criminelles. Il a gagné le célèbre procès du « Burrito ». La police de Los Angeles avait tenté de coller un meurtre sur le dos d'un jeune Mexicain innocent. Jay lui a sauvé la mise.

Il n'est pas rassasié. Il adore son boulot comme il adorait le baseball.

Lizz Gill écrit des téléfilms. Elle est entrée dans cette profession de façon inopinée. Les gens la trouvaient drôle et l'ont encouragée à mettre ses trouvailles sur le papier. Elle a connu de sales moments à cause de l'alcool et s'est désintoxiquée en 75.

Elle savait déjà faire rire, alors. Elle sait toujours le faire. Les gens sensibles à son talent lui ont montré la voie à suivre.

Berko Berkowitz est allé au Vietnam. Il a plus d'une fois déféqué dans son froc. De retour aux États-Unis, il est vite devenu accro à l'alcool et à la drogue. Il a monté plusieurs entreprises, qui ont toutes fait faillite, puis il s'est refait une santé il y a douze ans. Il a ramassé un gros paquet dans l'immobilier puis l'a regardé fructifier. Aujourd'hui, il ne ménage pas ses efforts en faveur des sans-logis, et il adore sa femme et ses deux enfants.

Jill Warner enseigne au nord de l'État, à Oakland. Elle a eu une fille avec son ex-mari. Je lui avoue que j'ai passé des heures, autrefois, à la suivre partout. Elle salue mon bon goût, et me demande si c'est moi qui ai salopé sa maison en 63. Je lui dis que non. Jill s'esclaffe, se lève, et me plante là comme elle le faisait à J.B.

Howard Swancy a pratiqué tous les sports au lycée. Il a tenté d'intégrer la police de Los Angeles et le Bureau du Shérif, et a été recalé à l'entretien individuel. Pendant dix-sept ans, il a vendu des espaces publicitaires pour la télévision, puis il est devenu pasteur. Il a une paroisse à Carson.

Howard est insatiable. Il a toujours son regard de mâle dominant. Il aime mener la danse. Les grossièretés échangées autour de la table lui hérissent le poil.

Je passe un peu de temps avec Donna Weiss. Je lui décris ma Grande Filature de 1961 et le béguin à sens unique qui l'avait motivée. Donna me félicite pour mes talents d'espion. Elle ne m'avait pas repéré une seule fois – un gamin de treize ans qui mesurait 1 mètre 83, juché sur une bécane rouge vif.

J'étais invisible, à cette époque. Le monde entier avait décidé de m'ignorer.

Donna a vécu quelques années en Espagne, elle a suivi des études à l'université de Madrid. Elle a appris la langue, puis elle est rentrée à Los Angeles. Elle a enseigné dans les écoles de la ville, passant trois années à South Central [1]. Elle y trouva quelques petits Chicanos, égarés dans une école entièrement noire, qui n'avaient aucune notion d'anglais. Grâce à Donna, ces mômes n'ont pas tardé à parler la langue couramment.

Quittant l'enseignement, elle s'est reconvertie dans l'immobilier. Elle y travaille depuis vingt ans. Son mari est professeur de chant, et jouit localement du titre honorifique de « Cantor des stars ».

Mon béguin pour Donna s'est éteint il y a 37 ans. Sa présence ne le rallume pas. Je suis irrévocablement amoureux de ma femme.

Tony Shultz a fait partie de la troupe qui a créé *Grease* à Broadway en 1972. Il a été acteur pendant 20 ans. Il a fini par perdre tout enthousiasme pour ce métier, usé par la frustration qu'il entraîne. Il vend de l'immobilier, à présent. Son territoire jouxte celui de Donna.

Leslie Jacobson est allée à Berkeley. Elle habitait à deux pâtés de maisons de Tony. Elle est devenue activiste pacifiste, manifestante et agitatrice. Elle a obtenu un diplôme lui permettant d'enseigner.

Elle s'est mariée une première fois. Elle a commencé à travailler dans le domaine de la santé mentale. Une de ses collègues s'est fait violer. Leslie a réfléchi aux suites dramatiques de l'agression et y a vu une sorte de signe. Elle a étudié le viol et les traumatismes qui en découlent. Elle a lancé un service d'assistance téléphonique pour les victimes de viol et un programme antiviol innovant. Elle a accompagné les policiers de Huntington Park quand ils répondaient à un appel consécutif à un viol, et elle les a formés pour les sensibiliser aux implications de cet acte. Elle a quitté son premier mari pour épouser un autre homme, un médecin.

Leslie est devenue psychothérapeute. Elle s'est constitué une clientèle. Elle a étudié le cancer du sein et ses ramifications, et elle a prodigué ses conseils à des femmes qui en souffraient. Son mari et elle collaborent et organisent des séminaires sur le cancer du sein.

J'écoute mes anciens camarades de classe. Je ressens cette chaleur contenue que l'on éprouve pour les gens bien avec qui on a un passé commun et qu'on ne connaît pas vraiment. J'observe trente-

---

1. Vaste zone défavorisée à population majoritairement noire, théâtre de nombreux actes de violences racistes et d'émeutes (1965, 1992), où l'on constate pauvreté, délinquance, et dégradation urbaine.

quatre personnes au cours de trois soirées. Je détecte une différence essentielle entre eux et moi.

Ils sont venus pour rencontrer des gens bien précis et savourer une nostalgie collective. Je suis venu pour leur témoigner mon estime et pour évaluer la place qu'ils occupent dans ma dette.

Et ma dette est immense. J.B. fut mon premier banc d'essai. C'est là que j'ai appris à me mesurer aux autres. Je me réfugiais dans une autarcie perverse. Mon petit univers tordu s'y est fondu dans le monde réel – « l'espace d'un bref et radieux moment [1] ».

Los Angeles est écrasée par la chaleur et le smog. Je suis lessivé par tous mes allers-retours temporels et les chocs entre les personnages d'hier et ceux d'aujourd'hui. Je monte dans la voiture de Tony Shultz.

J'ai l'impression de vivre mon sept millionième jour de canicule à L.A. Tony adore. Il me fait tout un discours sur le NOUVEAU L.A. – les cultures des immigrés, leurs cuisines délirantes, un immense rajeunissement.

Nous nous rendons au temple de Howard Swancy. Nous arrivons dix minutes avant que ne commence l'office de midi. Déjà, les fidèles font des bonds sur place avec jubilation.

La chorale est soutenue par un ensemble de six musiciens. Soixante voix puissantes chantent les louanges du Seigneur. Elles s'élèvent par-dessus les rugissements des climatiseurs et me réveillent comme six tasses de café.

Le temple est bondé. Howard nous a réservé deux bancs près de l'autel. La congrégation est à 99,9 % composée de Noirs. Les gens sont superbement sapés et ont une nette tendance à l'embonpoint.

J'appuie sur la touche Pause de ma vie. Avance rapide et Rembobinage se désactivent. Je me sens envahi par une énorme bouffée de gratitude.

Le service commence. Je chante des cantiques pour la première fois depuis le temple du culte luthérien hollandais que je fréquentais dans ma jeunesse. J'échange des sourires avec Tony. Je me sens inébranlablement protestant et résolument non-chrétien. Je suis à fond pour le *Luther* de John Osbourne. Il a tué la bête papiste parce qu'il était constipé et qu'il avait envie de baiser.

---

1. Référence à la comédie musicale *Camelot*, où il est dit dans la dernière chanson : *n'oublions jamais que, l'espace d'un bref et radieux moment, il y eut Camelot.*

Le plateau pour la quête commence à circuler. Tony et moi mettons la main à la poche. Howard s'approche de l'autel et nous présente à l'assemblée. Nous nous levons et agitons la main pour saluer les fidèles. Ils nous rendent la pareille.

Howard entame son sermon. On dirait un talent de premier ordre qui se produit dans un casino de luxe de Southside.

Il déambule d'un air important. Il se pavane. Il frappe son pupitre et rugit sur un registre qui couvre quatre octaves. La foule délire.

Il vocifère pendant une demi-heure. Il imbibe de sueur ses vêtements sacerdotaux et s'époumone à expliquer comment assurer le salut de son âme.

Vas-y, Howard, vas-y !

Il nous fait la compil des Plus Grands Succès du Nouveau Testament. C'est un exposé savamment stylisé de notre dilemme : rejoindre Jésus ou brûler en Enfer pour l'éternité. Il proclame les lois discriminatoires sur l'accès au logement en vigueur au Paradis.

Je n'aurais aucune envie d'acheter une parcelle dans une résidence pareille. Ils refuseraient de vendre aux Juifs, aux incroyants, ou à ce musulman qui vend les meilleurs falafels de mon quartier. Ils excluraient la plus grande partie de la promo 62 de J.B.

Howard continue sur sa lancée. Mon esprit vagabonde. Je plonge 36 ans en arrière et me projette 36 ans dans le futur. Je me demande combien de liens se renoueraient et se renforceraient à la suite de trois chaleureuses réunions. Je m'imagine une soirée de survivants en 2034. Notre état de sénescence générale pourrait en influencer le déroulement et déformer nos souvenirs pour le meilleur ou pour le pire.

Let's twist again, like we did that summer.

C'est une boum d'ados à la maison de retraite de Mount Sinaï. Un orchestre haut de gamme fait la pluie et le beau temps sur l'estrade. On y trouve tous mes anciens béguins qui jouent de la flûte baveuse.

Jack et Jackie font leur apparition. Les gamins délirent. Jack vient de larguer une bombe A sur Castro pas plus tard que le semaine dernière. Rien ne lui résiste en ce moment.

Jack entraîne Leslie Jacobson sur la piste de danse. Il reluque Donna Weiss et Jill Warner. Il n'arrive pas à se décider à partir d'une simple image. Il ne sait pas s'il doit gratter sa montre ou se remonter le cul.

Quelqu'un met du LSD dans le punch. Les morts de J.B. ressuscitent. Jackie taille une pipe au Grand Berko.

Howard vocifère toujours. Je sonde les autres travées des yeux. Mon regard croise celui d'un grand ado noir. Il a l'air de s'ennuyer ferme et il ne tient pas en place.

Je lui fais un clin d'œil. Il sourit. L'Église Apostolique de la Paix devient le Peppermint Lounge.

Je formule une prière pour ce môme. Je lui souhaite d'avoir de l'imagination et une volonté farouche et des tonnes d'éclats de rire tonitruants. Je lui souhaite une foule de rencontres avec des gens aussi différents que possible qu'il croisera au hasard des jours et avec qui il savourera la vie au fil du temps.

LA JUNGLE DU GLAMOUR

1
Le crime

DOSSIER N° Z-961-651 DE LA BRIGADE CRIMINELLE DU BUREAU DU SHÉRIF. DATE : 30/11/63. LIEU : 1227½ NORTH SWEETZER AVENUE, WEST HOLLYWOOD. VICTIME : KUPCINET KARYN (PAS DE DEUXIÈME PRÉNOM), SEXE FÉMININ/RACE BLANCHE/22 ans/NÉE LE 6-3-41.

Le lieu :

Une résidence avec cour intérieure adjacente au Sunset Strip.

La victime :

Une actrice occasionnelle souffrant de troubles du comportement alimentaire et de dépendance à la drogue.

Au cœur de cette affaire de premier plan :

L'argent et le prestige. Le père de la victime avait le bras très long.

Samedi 30 novembre 63, 19 heures :

Mark Goddard entre dans la cour. Sa femme attend dans la voiture. Mark Goddard est acteur de télévision. Marcia Goddard est la meilleure amie de Karyn Kupcinet.

Les époux Goddard s'inquiètent pour elle. Elle est venue dîner chez eux le mercredi précédent. Son comportement leur a paru très étrange.

Elle avait le regard vague. Elle leur a dit qu'elle avait pris un Equanil. Elle leur a raconté une histoire délirante.

Elle a prétendu qu'elle avait trouvé un bébé devant sa porte. Les flics sont venus et l'ont emporté. L'histoire était totalement invraisemblable.

Goddard monte jusqu'à l'appartement de Karyn et frappe à la porte. Il voit de la lumière à l'intérieur. Il n'obtient pas de réponse. Il pousse la porte. Elle s'ouvre toute seule.

Goddard prend peur. Il retourne à sa voiture et revient accompagné de Marcia. Ils entrent dans l'appartement. La télévision est allumée. Le son est diffusé à faible volume.

Ils voient un corps sur le canapé. Un corps nu, étendu sur le ventre.

Marcia hurle. Mark se précipite chez le gardien de la résidence. Le gardien appelle le bureau du shérif de West Hollywood.

Le dispatcher entre en contact radio avec une voiture de police. Le gardien déniche un voisin possédant des connaissances médicales. L'homme pénètre dans l'appartement et confirme que la victime est décédée.

Les policiers arrivent. Ils examinent le corps et découvrent des signes de décomposition. Des fluides s'échappent de la bouche, du nez, des orbites. Cette purge a laissé son visage bleu-noir.

Les policiers parlent à Mark et Marcia Goddard. Ils examinent le voisinage immédiat du corps.

Ils notent :

« Plusieurs magazines, datés du 28 novembre 63, traînant par terre sur le balcon devant la porte d'entrée de la défunte. À l'intérieur de l'appartement, tout près de la porte et à environ 45 centimètres du canapé, un verre à liqueur, retourné, contenant de nombreux mégots, et seize cigarettes de la marque Kent éparpillées sur le plancher au bout du canapé. Une cafetière blanche en métal est couchée sur le flanc, à 3 mètres environ du canapé, en direction du Nord. Le téléviseur diffuse la chaîne 4 à volume modéré. Contre le mur Est du salon, il y a un buffet dont le tiroir inférieur est ouvert, et une porte de penderie est ouverte également dans l'angle Nord-Est de cette même pièce. Dans la chambre, plusieurs vêtements et éléments de literie jonchent le sol, et trois tiroirs de commode sont ouverts. La porte de derrière est fermée de l'intérieur à l'aide d'un loquet. »

Les policiers parlent à Mark et Marcia Goddard. Ceux-ci leur révèlent les faits suivants :

Karyn était une amie intime. Ils avaient fait sa connaissance en 61. Elle était la fille d'Irv Kupcinet, chroniqueur et animateur de télévision à Chicago. « Kup » était célèbre. C'était « Monsieur Chicago ».

Les Goddard ont vu Karyn mercredi soir. Elle leur a confié qu'elle avait vu un psy. Le psy a dit qu'elle n'allait pas bien. Karyn voyait un acteur nommé Andy Prine. Andy était l'une des deux stars du feuilleton télé hebdomadaire *Wide Country*. Leur histoire d'amour était terminée. Karyn était très déprimée.

20 h 45 :

La brigade criminelle du bureau du shérif arrive sur les lieux. L'escouade est représentée par : l'inspecteur George Walsh, le brigadier-chef Bobby Chapman, le brigadier-chef Jim Wahlke.

Ils parlent à Mark et Marcia Goddard. Ils examinent le voisinage immédiat du corps.

Ils notent :

« L'appartement comprend un salon avec coin salle à manger, une cuisine, un vestibule, une chambre et une salle de bains.

« Du côté Est du salon, un fauteuil capitonné est partiellement recouvert par un peignoir de bain rouge. Ce peignoir semble avoir été ôté puis jeté en hâte sur le fauteuil...

« Dans le salon, la porte de la penderie est ouverte. Des vêtements coûteux, dont une étole en vison, sont nettement visibles. D'autres objets, parmi lesquels une paire de chaussures de femme et un ours en peluche, traînent sur le plancher, non loin du passage donnant sur le vestibule, la salle de bains et la chambre. »

De la vaisselle sale dans l'évier de la cuisine. Trois tasses à café. Une boîte à gâteaux, vide, sur une étagère à livres dans le vestibule. Une pelle à tarte posée sur le couvercle.

Une salle de bains bien rangée. Un négligé sur un cintre. Un soutien-gorge sur le rebord gauche du lavabo.

La chambre :

Des lits jumeaux poussés l'un contre l'autre. Draps et couvertures en désordre.

Sur les lits :

Une chemise de nuit, un bonnet de douche, une brosse à cheveux, une serviette, un chemisier rouge à carreaux.

Une coiffeuse. Une serviette de bain roulée en boule sur une chaise. Un tas de vêtements féminins sur le plancher.

Chapman et Wahlke fouillent l'appartement. Ils découvrent un livre bizarre. Il est ouvert à une page très étrange. Le texte dit que vous devez danser nu pour vous libérer de vos inhibitions.

Ils examinent le contenu de l'armoire à pharmacie. Ils trouvent treize bocaux à pilules. Ils déchiffrent sur les étiquettes les dates auxquelles le pharmacien a délivré les médicaments.

Equanil, Amvicel, extrait thyroïdien, Modaline, Desoxyn.

L'Equanil est un tranquillisant, la Desoxyn un coupe-faim à base de methamphétamine. Deux bocaux de cinquante pilules de Desoxyn ont été délivrés à la victime le lundi précédent. Il manque quarante-huit pilules dans le premier bocal, trente-trois ont disparu du second. Une ordonnance pour vingt-cinq pilules de Modaline a été renouvelée lundi. Il en manque six. Une ordonnance pour cent pilules de Desoxyn a été renouvelée le 9 novembre. Aucune trace des cent pilules.

Chapman appelle les parents de la victime à Chicago. La nouvelle les consterne. Ils annoncent qu'ils prendront l'avion demain matin.

22 h 30 :

Le chef de section Floyd Rosenberg et le capitaine Al Etzel arrivent. Deux photographes de la police se pointent. Ils prennent des clichés de l'appartement et du corps de la victime. L'inspecteur Walsh trouve une lettre manuscrite.

Pour moi...

Je me sens gênée, dans cette histoire, comme si j'allais devoir, tôt ou tard, recevoir l'approbation des autres. (Et c'est bien d'approbation qu'il s'agit – sans elle, je suis condamnée à l'insignifiance.) Tout ce que je fais, en étant censément moi-même et avec la promesse de rester anonyme, je le fais pour qu'on m'approuve... en me disant... « tiens, ça va leur plaire » ; « ils vont m'adorer d'avoir fait ça », et « ils diront des choses gentilles sur moi derrière mon dos ».

Je crois que je mets trop d'acharnement à me chercher une identité... je me jette sur la première image qui passe ; que ce soit David et l'envie de faire les choses à sa façon en veillant délibérément à ne pas transiger avec mon comportement habituel – et à m'en servir contre mes parents, en méprisant leurs manières. Je déteste toujours me retrouver avec eux après une longue visite dans la famille de mon petit ami « du moment » – sentiment de culpabilité, je suppose. À essayer de leur montrer que je peux devenir quelqu'un. Toujours en trichant. Sans jamais faire appel à mes propres ressources. En ayant peur de... quoi ? Peur de moi, ou de découvrir qu'il ne se passera rien.

Je suis nulle. Je ne suis même pas si jolie que ça. Ma silhouette s'est empâtée, et ne sera jamais telle que ma mère la souhaite. Je ne laisserai pas ma silhouette devenir ce que veut ma mère. Comme c'est stupide. Je veux être mince et elle m'aime et elle veut que je sois mince – intellectualiser, ça ne marche pas.

Pourquoi faut-il que je sois si seule ? Ai-je manqué mon but à ce point en cherchant à atteindre mon idéal ? Pourquoi l'image que j'ai de moi doit-elle être aussi esthétiquement parfaite ? À quoi bon vivre si on ne croit à rien ? Si on n'a foi en rien ? Où est la sécurité – ou l'habitude ou l'ordre – et merde ! – qu'est-ce que je peux espérer ? Qu'est-ce qui m'arrive – à moi ou à mon Andy ? Pourquoi ne veut-il pas de moi ? Pourquoi ? Il n'y a pas de DIEU.

Il n'y a rien que des prétextes bidon, des sales égoïstes, des gens sans personnalité, des imbéciles et des poivrots, et je veux partir.

J'aime le président Kennedy, Bertrand Russell, Theodore Reiks, Peter O'Toole, Sydney J. Harris, Albert Finney.

La seule chose qui m'intéresse, c'est maintenant. Qui s'intéresse à ce qui se passera dans 10 ans ? (Il n'y aura plus rien entre Andy et moi – peut-être que c'est terminé.) Si seulement j'avais une raison. Personne n'a besoin de moi – ou ne fait assez attention à moi pour avoir besoin de moi. Ils ont raison. Au début, je suis une poupée qui a l'air de s'ennuyer, puis je suis une prétentieuse, une mystificatrice. J'ai l'impression qu'« ils » me doivent une existence. Que tous mes échecs sont de leur faute... Je les mets au défi de me rendre heureuse. C'est tellement immature et puéril – je sais.

Chapman et Wahlke laissent les Goddard rentrer chez eux.

Les journalistes arrivent. Sur la longueur d'onde de la police, ils ont capté l'appel signalant le cadavre. Chapman et Wahlke les font attendre dans la cour. Ils leur révèlent le nom de la victime et l'identité du père de celle-ci. Les reporters se dispersent et s'en vont dicter leur article par téléphone.

Un officier de la police judiciaire arrive. Il fait enlever le corps et l'emmène à la morgue du comté de Los Angeles. C'est le Dr Harold Kade qui pratique l'autopsie.

Les curieux et les badauds s'entassent dans la cour. Le téléphone de la victime sonne. Chapman décroche.

L'homme qui appelle se présente : Bryan O'Byrne. Il a entendu à la radio un flash concernant Karyn. Il connaît Andy Prine. Il se propose de trouver Prine et de l'amener aux bureaux du shérif de West Hollywood.

Rosenberg, Walsh et Etzel repartent en voiture à la brigade criminelle. Chapman et Wahlke verrouillent la porte de l'appartement. Ils regagnent le poste de police de West Hollywood.

Trois hommes arrivent. Ils ont appris la nouvelle à la radio et sont venus aussitôt.

Leurs noms :

Robert Hathaway ; race blanche, 24 ans. William Mamches ; race blanche, 23 ans. Edward Rubin ; race blanche, 22 ans.

Ils connaissaient la victime, ils connaissent Andy Prine. Rubin et Hathaway ont vu Karyn mercredi soir. Ils sont repartis de chez elle à 23 heures.

Elle leur a offert du café et du gâteau. Ils l'ont quittée après le *Danny Kaye Show*.

Chapman et Wahlke demandent aux trois hommes de revenir plus tard. Il leur faudra faire une déposition en règle.

3 heures du matin :

Chapman et Wahlke se rendent en voiture à la Criminelle. Ils appellent le Dr Kade. Celui-ci leur annonce qu'il s'agit d'un meurtre.

Il a déterminé la cause du décès :

Strangulation manuelle. L'os hyoïde de la victime est fracturé.

Le seul traumatisme *visible* était celui du cou. La décomposition a effacé toute trace d'éventuels traumatismes subis par le visage.

L'heure probable du décès : la fin de la soirée de mercredi, ou les premières heures de la matinée de jeudi.

Chapman et Wahlke informent Etzel et Rosenberg. Etzel appelle le brigadier-chef Ward Hallinen et le brigadier-chef Roy Collins. Il leur confie l'affaire Kupcinet.

Chapman et Wahlke appellent le capitaine de l'escouade métropolitaine du bureau du shérif. Le capitaine appelle le shérif adjoint Jim Boyer et le shérif adjoint Sam Miller. Il leur donne l'ordre de travailler sur l'affaire Kupcinet à temps plein.

Chapman et Wahlke retournent à l'appartement de la victime. Une équipe de la police scientifique les rejoint et relève des empreintes dans les quatre pièces. Une seconde équipe débarque, et emballe les draps, les couvertures, les serviettes de toilette, les coussins du canapé et les vêtements.

7 heures du matin, dimanche 1er décembre 63 :

Chapman appelle Mark et Marcia Goddard. Wahlke appelle Hathaway, Mamches et Rubin. Ils organisent une série d'interrogatoires au poste de police de West Hollywood.

L'affaire Karyn Kupcinet a commencé il y a douze heures.

Les témoins se présentent. Un sténographe retranscrit leurs dépositions mot pour mot.

Bryan O'Byrne a trouvé Andy Prine et l'a amené. Chapman et Wahlke sont les premiers à cuisiner Prine. L'interrogatoire commence à 7 h 45. Il se terminera à 8 h 54.

Prine a 27 ans. Il dit qu'il a rencontré Karyn en décembre de l'année précédente. Elle avait obtenu un petit rôle dans un épisode de *Wide Country*, le feuilleton dont Prine tenait l'un des deux rôles principaux. Ils ont commencé à sortir ensemble. Il a mis Karyn enceinte l'été dernier. Mark et Marcia Goddard ont emmené Karyn à Tijuana où elle s'est fait avorter.

Chapman demande à Prine où en étaient leurs relations ces derniers temps. Prine répond qu'elles étaient « réduites au minimum ». Il ne voulait pas épouser Karyn. Il avait envie de sortir avec d'autres filles. Karyn prenait leur liaison beaucoup plus au sérieux qu'il ne le faisait lui-même.

Wahlke demande à Prine si ses copains ont déjà essayé de draguer Karyn. Prine répond : « Non. » Wahlke demande à Prine si Karyn se serait débattue pour repousser un violeur. Prine répond : « Oui. » Wahlke demande à Prine si Karyn couchait à droite et à gauche. Prine répond : « Non. »

Wahlke demande à Prine si Karyn avait des ennemis. Prine dit qu'un dingue leur a envoyé à tous les deux des lettres de menaces.

Cela a commencé l'été dernier. Les lettres étaient composées avec des mots découpés dans des magazines. Le dingue les posait près de sa porte et de la porte de Karyn. Le dingue savait à quels moments ils étaient chez eux et à quels moments ils étaient sortis.

Karyn a reçu une douzaine d'appels téléphoniques obscènes. Quant à Prine, on lui a raccroché au nez, plusieurs fois, sans qu'il sache qui était au bout du fil. Il a apporté les lettres à la police de Los Angeles. On lui a conseillé de ne pas s'en inquiéter. Ce genre de chose arrivait parfois à des célébrités de seconde zone.

Wahlke demande à Prine quand il a vu Karyn pour la dernière fois. Prine répond qu'ils sont allés à Palm Springs le week-end précédent. Earl Holliman et sa petite amie les ont accompagnés. Earl était la seconde vedette masculine de *Wide Country*.

L'assassinat de Kennedy les avait tous traumatisés. Ils ont décidé d'aller à Palm Springs profiter du soleil. Ils sont partis vendredi soir et sont revenus dimanche soir. Prine a déposé Karyn devant chez elle à 20 heures. Il ne l'a jamais revue.

Wahlke demande à Prine quand il a parlé à Karyn pour la dernière fois. Il répond qu'ils se sont parlé deux fois mercredi, le 27 novembre.

Karyn l'a appelé vers 18 heures. Ils ont discuté de ce bébé qu'on avait déposé devant la porte de Karyn. Prine est sorti ce soir-là. Il a emmené une petite actrice au cinéma. Ils ont vu *Un tramway nommé désir*. Ils sont allés prendre un verre. Prine a déposé la fille devant chez elle. Il est rentré chez lui et il a appelé Karyn. Il était 23 h 30 ou minuit. Karyn lui a appris que la police avait emmené le bébé.

Wahlke demande à Prine si c'est lui qui a provoqué la mort de Karyn. Prine répond : « Non. » Wahlke lui demande s'il accepterait de subir le test du détecteur de mensonges. Prine répond : « Oui. »

Chapman et Wahlke cuisinent Edward Rubin. L'interrogatoire commence à 9 h 7. Il se terminera à 10 h 3.

Rubin était « auteur free-lance ». Il partageait un appartement à Beverly Hills. Auparavant, il était le voisin d'Andy Prine. À présent, c'est Bill Mamches et Bob Hathaway qui habitent là.

Chapman demande à Rubin s'il a eu des relations sexuelles avec Karyn. Rubin répond : « Non. » Chapman demande à Rubin depuis combien de temps il la connaissait. Rubin répond : « Cinq mois. »

Chapman demande à Rubin ce qu'il pense de la liaison Karyn-Andy. Rubin déclare que Karyn aimait Andy plus qu'Andy n'aimait Karyn. Chapman interroge Rubin sur la soirée de mercredi. Rubin raconte.

Il s'est rendu à pied chez Karyn. Il est arrivé là-bas vers 20 h 30. Ils ont parlé pendant une heure. Karyn a commencé à s'agiter et elle est sortie faire un tour. Elle est tombée sur Bob Hathaway. Elle l'a ramené à la maison. Elle a servi du café et du gâteau. Ils ont regardé la télé tous les trois.

Karyn a parlé du bébé qu'elle avait trouvé devant chez elle. Chapman demande à Rubin s'il pense que Karyn a inventé cette histoire. Rubin répond : « C'est possible. »

Karyn s'est endormie alors que les deux visiteurs étaient à côté d'elle. Rubin l'a conduite jusqu'à sa chambre et a veillé à ce qu'elle se mette au lit. Il a regardé la télé avec Bob. Puis ils sont partis. Ils sont descendus à pied jusqu'au Raincheck Room. Ils y sont restés quinze à vingt minutes. Ils ont regagné la voiture de Bob et sont allés à l'appartement que partageaient Bob et Bill. Ils sont arrivés sur place vers 23 h 30. Bill dormait. Ils ont regardé un film à la télé. Andy Prine s'est pointé une demi-heure plus tard. Ils ont bavardé jusqu'à 3 heures du matin. Andy habitait juste à côté. Il passait souvent les voir. Avec lui, les discussions sans fin étaient fréquentes. Andy leur a dit qu'il était allé à un rodéo, puis qu'il s'était rendu au bar Grassari juste après.

La déposition de Rubin contredit celle d'Andy Prine. Celui-ci avait déclaré qu'il avait emmené une fille au cinéma.

Wahlke demande à Rubin si Andy s'emporte facilement. Rubin répond : « D'habitude, il est très calme. » Wahlke demande à Rubin s'il a jamais vu Andy se livrer à des actes de violence. Rubin répond : « Non. » Wahlke demande à Rubin s'il accepterait de subir le test du détecteur de mensonges. Rubin répond : « Oui. »

Chapman et Wahlke cuisinent Bob Hathaway. L'interrogatoire commence à 10 h 15. Il se terminera à 10 h 34.

Hathaway est acteur à temps partiel. Il confirme le compte rendu qu'a donné Rubin de la soirée de mercredi.

Karyn était nerveuse et fatiguée. Cette idée du bébé déposé devant sa porte lui trottait dans la tête.

Wahlke demande à Hathaway s'il lui est arrivé de draguer Karyn. Hathaway répond : « Jamais. » Wahlke le questionne au sujet de la liaison Karyn-Andy. Hathaway déclare qu'elle était cyclique : on se quitte, on se remet ensemble, on se quitte, etc.

Il confirme Rubin :

Andy leur a déclaré qu'il avait assisté à un rodéo ce soir-là.

Wahlke demande à Hathaway si Andy était un type violent. Hathaway répond : « Non. » Wahlke lui demande s'il accepterait de subir le test du détecteur de mensonges. Hathaway répond : « Oui. »

Chapman et Wahlke cuisinent Bill Mamches. L'interrogatoire commence à 10 h 40. Il se terminera à 10 h 54.

Mamches est acteur à temps partiel. Il dit qu'il connaissait très peu Karyn. Il n'est jamais sorti avec elle. Il ne l'a jamais draguée. Andy ne s'est jamais vanté de leurs ébats sexuels. Andy n'était pas un salaud. Il courait les filles. Ce n'était pas l'homme d'un seul amour. Karyn n'avait qu'un homme dans sa vie.

Chapman demande à Mamches s'il accepterait de subir le test du détecteur de mensonges. Mamches répond : « Oui. »

Chapman et Wahlke cuisinent Marcia Goddard. L'interrogatoire commence à 11 h 20. Il se terminera à 11 h 52.

Chapman demande à Mme Goddard si Karyn était une fabulatrice. Mme Goddard répond : « Oui. » Chapman lui demande si l'histoire du bébé est typique de ce qu'elle était capable d'inventer.

Mme Goddard la considère comme un exemple extrême. Son mari a téléphoné à l'hôpital, et il a appris que Karyn mentait.

Chapman aborde le sujet des médicaments que Karyn absorbait. Mme Goddard qualifie sa consommation d'excessive.

Le mercredi précédent, Karyn est sortie de chez Mme Goddard à 20 h 30. Un taxi est venu la prendre. Karyn ne conduisait pas. Elle se rendait partout en taxi. Elle avait dit à Marcia qu'elle lui téléphonerait plus tard. Elle ne l'a jamais rappelée.

Chapman demande à Mme Goddard quelle impression Karyn lui a faite mercredi dernier. Mme Goddard dit que ses lèvres semblaient figées, engourdies. Elle parlait d'une drôle de voix. Elle inclinait la tête selon des angles bizarres.

Wahlke demande à Mme Goddard de leur communiquer les noms des anciens amants de Karyn. Elle mentionne David Wallerstein. C'était un vieil ami de la famille. Il habitait à Pomona, à présent. Il aimait Karyn. Elle ne l'aimait pas. Elle ne le considérait pas capable de lui inspirer le moindre sentiment.

Chapman demande à Mme Goddard de lui parler des mœurs de Karyn. Mme Goddard répond : « Je ne saurais qu'en dire. » Chapman lui demande si Karyn couchait à droite et à gauche. Mme Goddard répond : « Pas à ma connaissance. » Wahlke lui demande si elle accepterait de subir le test du détecteur de mensonges. Mme Goddard répond : « Oui. »

Chapman et Wahlke cuisinent Mark Goddard. L'interrogatoire commence à 12 heures. Il se terminera à 12 h 19.

Goddard partageait l'affiche du *Bill Dana Show*. Il connaissait Karyn depuis plus de deux ans. Les parents de sa femme connaissaient ceux de Karyn.

Wahlke aborde le sujet d'Andy Prine. Goddard dit qu'il l'aime bien. C'est un bon acteur. C'est un type droit. Wahlke demande à Goddard si Karyn aimait Andy plus qu'Andy n'aimait Karyn. Goddard répond : « Oui. » Wahlke lui demande s'il est arrivé qu'Andy frappe Karyn. Goddard répond : « Non, inspecteur, jamais. »

Goddard dit que Karyn était dans les vapes mercredi soir. Il lui en a fait la remarque. Elle a passé son bras autour du cou de Goddard et s'est mise à pleurer.

Wahlke demande à Goddard si Karyn était une allumeuse. Goddard répond : « Non. » Wahlke lui demande s'il accepterait de subir le test du détecteur de mensonges. Goddard répond : « Oui. »

Irv Kupcinet se présente à l'appartement de Karyn. Il s'est fait accompagner de son avocat. Le capitaine Etzel et le chef de section Rosenberg leur font un compte rendu. Le shérif adjoint Boyer et le shérif adjoint Miller arrivent. Rosenberg les envoie faire une enquête de proximité.

Prine, Rubin, Mamches et Hathaway passent au détecteur de mensonges. Les quatre tests sont jugés peu concluants. Chapman et Wahlke réinterrogent Prine et Rubin. Prine leur apprend que la discussion a eu lieu dans la nuit de mardi. Rubin avait dit que c'était dans la nuit de mercredi. Chapman et Wahlke appellent la copine actrice de Prine. Elle confirme partiellement la déposition de ce dernier.

Mardi soir, chez Grassari, elle est tombée sur Andy par hasard. Il lui a dit qu'il venait d'assister au rodéo. Ils ont pris rendez-vous pour sortir ensemble le lendemain soir. Leur soirée de mercredi s'est déroulée comme Andy l'a raconté.

Chapman et Wahlke procèdent à une série de vérifications. Ils se renseignent sur Prine, Rubin, Hathaway et Mamches. Ils ne trouvent rien qui les concerne – pas d'avis de recherche, pas de mandat d'arrêt, pas de casier judiciaire. Chapman et Wahlke s'informent sur Karyn Kupcinet. Elle n'est pas irréprochable. La police de Pomona l'a épinglée pour vol à l'étalage. L'arrestation a eu lieu le 10 novembre 62.

Elle a piqué quelques articles dans un magasin. Elle a été condamnée à une amende, avec une mise à l'épreuve de trois ans.

Hallinen et Collins dénichent David Wallerstein. Il est couvert pour la période présumée du décès de la victime.

Les techniciens de scène de crime remettent leur rapport. Ils ont trouvé les empreintes de la victime et celles d'Edward Rubin. Ils ont aussi relevé plusieurs jeux d'empreintes d'origine inconnue.

Boyer et Miller font du porte-à-porte dans les bâtiments entourant la cour intérieure et les immeubles voisins. Ils demandent aux gens s'ils ont remarqué quoi que ce soit de suspect entre mercredi soir et jeudi matin.

North Sweetzer Avenue. Au nº 1227¼ : rien. Au 1227 : zéro.

Nºs 1223½, 1225, 1235 D-2, 1229½, 1221½, 1223½, 1229, 1233A-1, A-2 et B-1 : rien.

Miller se présente au 1223¼. La locataire cafte le type qui habite juste au-dessous de chez Karyn.

Il s'appelle David Lange. Il a fait quelque chose de bizarre. Ça s'est passé dimanche soir, le 1er décembre 63.

Il est entré chez cette dame sans y être invité. Il lui a dit qu'il s'est approché de la porte de Karyn vendredi. Elle n'était pas verrouillée. Il a tripoté le bouton – mais il n'est pas entré. Il a rencontré des flics hier soir. Il ne leur a pas dit exactement la vérité.

Boyer et Miller recherchent Lange. Ils ne le trouvent pas.

N° 1229 : rien. Aux 1223 et 1221¼ : appartements vides. N° 1231¼ : rien. Huit locataires sortis ou absents de la ville.

Andy Prine remet à la police les lettres de menaces en sa possession. Chapman et Wahlke les envoient au laboratoire de la Criminelle.

Sur une feuille de papier uni au format 10x15 :

JE VEUX TON CORPS BRÛLANT. SEUL UN TAMPAX RÉSOUDRA TON PROBLÈME DE FERTILITÉ.

Sur une feuille de papier uni au format 15x25 :

TU AURAS BESOIN DE PROTECTION. BEN CASEY A INTERCEPTÉ TON MESSAGE À TON CHÉRI. TU N'AS PAS BEAUCOUP DE TEMPS POUR RÊVER.

Sur une feuille de papier uni au format 10x15 :

OUBLIE LA GLOIRE ET TON HISTOIRE D'AMOUR AVEC UN GLENN FORD VIEILLISSANT. LE DIABLE DOIT TE TUER.

Sur une feuille de papier réglé au format 13x19 :

TA COPINE A SOUDAIN BESOIN D'UNE OPÉRATION. ATTENDS-TOI À DES COUPS DURS PARTOUT OÙ TU IRAS. LE TEMPS VA MANQUER À TA BEAUTÉ PLEINE AUX AS.

Sur une feuille de papier uni au format 10x15 :

TU VAS EN AMÉRIQUE DU SUD OU EN FLORIDE ? LAISSE TA JOLIE VIERGE SE SENTIR UN PEU SEULE ET SI FACILE À DRAGUER. JE PARIE QUE K KUP EST AUSSI SUCCULENTE QU'ELLE EN A L'AIR.

Sur une feuille de papier uni au format 15x25 :

UNE FILLE COMME TOI EST SÛRE DE MOURIR.

Sur une feuille de papier réglé au format 11,5x19 :

IL SE PEUT QUE TU MEURES SANS PERSONNE PRÈS DE TOI. QUAND ON CONNAÎT LA SOLITUDE ON VEUT MOURIR, JUSQU'À CE QU'ON SOIT AIMÉ PAR UN ÊTRE EXCEPTIONNEL.

On avait découpé les mots dans des magazines de cinéma. Ils étaient fixés aux feuilles par du ruban adhésif. Une équipe fouille l'appartement de la victime. Elle trouve les magazines dont on s'est servi.

Un technicien relève les empreintes laissées sur les mots, sous l'adhésif. Il découvre que ce sont celles de Karyn.

C'est elle qui a envoyé les lettres à Andy Prine – et à elle-même.

Chapman et Wahlke parlent à l'ex-épouse d'Andy Prine. Elle le descend en flammes, le traitant de salopard et de bon à rien.

Il est volage. Elle a entendu dire qu'il avait étranglé un chat. Leur propre chat a disparu. C'est peut-être Andy qui l'a trucidé.

Chapman et Wahlke réinterrogent Prine. Il affirme qu'il n'a jamais tué de chats. Il dit qu'il a résolu la confusion entre le mardi soir et le mercredi soir. C'est mardi qu'il est allé au rodéo, et mercredi qu'il est sorti avec la petite actrice. La discussion avec les copains a sûrement eu lieu mardi. Mercredi soir, il est rentré directement chez lui et il a téléphoné à Karyn.

Chapman et Wahlke parlent à Rubin et Hathaway. Les deux hommes reconnaissent qu'ils ont pu se tromper. Il est possible que les palabres remontent à mardi.

Chapman et Wahlke s'intéressent aux amis de Karyn et d'Andy. Halliwen et Collins sont chargés de les interroger. Le consensus : Karyn et Andy étaient à deux doigts de la rupture. Chapman et Wahlke questionnent Prine à ce sujet. Il prétend qu'il faisait le maximum pour arrondir les angles. Il tenait à sauter Karyn sans faire de concessions.

Prine déclare que Karyn le suivait en taxi. Une fois, elle s'est même cachée chez lui. Elle l'a surpris avec une autre femme.

Chapman et Wahlke interrogent Earl Holliman. Il confirme le compte rendu fait par Prine de leur week-end à Palm Springs.

Boyer et Miller punaisent un message sur la porte de David Lange. Ils lui demandent d'appeler la brigade criminelle du bureau du shérif. Un flic des Stups téléphone à Chapman et Wahlke. Il leur apprend qu'il a un tuyau sur Lange.

Une femme l'a dénoncé, déclarant que Lange l'avait appelée le 1er décembre 63. Lange lui a dit qu'il connaissait Karyn. Il a ajouté : « C'est moi qui l'ai tuée, vous savez. »

David Lange a 27 ans. Il lit des scénarios pour une société de production. L'actrice Hope Lange est sa sœur. Pendant un temps, Hope

Lange est sortie avec Glenn Ford. Glenn Ford connaissait Andy et Karyn. Pour Thanksgiving, Andy avait dîné chez Ford.

Lange se présente au poste de police de West Hollywood. Chapman et Wahlke l'interrogent.

Il dit qu'il n'a pas tué Karyn. Il a dit à cette femme qu'il l'avait fait. C'était seulement pour plaisanter.

Il connaissait Karyn. Il l'aimait bien. C'est Andy Prine qui les a présentés. Cette locataire a menti. Il n'a pas frappé à la porte de Karyn ce vendredi. Il n'a pas dit qu'il avait menti à la police.

Un flic a frappé à sa porte le soir où on a découvert le corps. Il a rembarré le flic et s'est remis au lit.

Lange détaille son emploi du temps des 27 et 28 novembre.

Il a dîné chez Natalie Wood. Il est arrivé à 19 heures. Il est reparti à 23 h 30. Arthur Loew et Bon Jarris étaient présents. Il s'est rendu chez Bob. Il a bu, modérément. Il s'est retrouvé « un peu éméché ». Il est rentré chez lui à minuit et demi. Il s'est couché. Il s'est levé à 9 heures jeudi matin.

Il n'a jamais sauté Karyn. Il n'a jamais essayé.

Chapman et Wahlke lui demandent avec qui il couche en ce moment. Lange leur donne le nom de deux starlettes. L'inspecteur Walsh et Wahlke appellent la femme qui a cafté Lange. Elle dit qu'elle a couché une fois avec Lange. Chapman et Wahlke appellent les deux starlettes. Elles disent toutes les deux qu'elles ont couché une seule fois avec Lange. L'une d'elles explique qu'elle est furieuse contre Lange. Il l'a accusée de lui avoir refilé la chaude-pisse. C'est des bobards. Elle est sûre d'être saine.

Lange a sauté la seconde starlette chez lui. C'était samedi soir – le 30 novembre 63.

Un homme a frappé à la porte. Lange est sorti du lit pour aller lui parler. Il n'est pas revenu dire à la starlette que son amie Karyn était morte.

Lange dit qu'il accepte de passer au détecteur de mensonges. Chapman et Wahlke l'emmènent au centre-ville. Hallinen et Collins le cuisinent. Il avoue qu'il a menti à Chapman et Wahlke.

Cette fille a dit la vérité. Il a effectivement tourné la poignée de porte de Karyn ce vendredi.

Mais :

Il n'est pas entré. Il n'a pas vu Karyn – morte ou vive.

Lange dit qu'il a eu une blennorragie récemment. Il l'a attrapée en couchant avec cette starlette. Il a consulté un médecin et s'est soigné.

Lange passe au détecteur de mensonges. Les résultats du test sont jugés peu concluants.

Chapman et Wahlke consultent les résultats de l'autopsie. Le Dr Kade a fait un frottis vaginal. Il a trouvé des traces de leucorrhée.

Il les a fait analyser. Elles étaient en état de décomposition. Impossible de les comparer au prélèvement effectué sur Lange par le médecin.

Prine et Lange restent les suspects principaux. Le fait que les tests du détecteur de mensonges soient peu probants veut tout dire ou ne veut rien dire. Certains flics croient à ces tests. D'autres les considèrent comme complètement bidon. À la brigade criminelle du bureau du shérif, plusieurs officiers pensent qu'il ne s'agit même pas d'un meurtre.

La victime était une junkie. Elle était nue quand on l'a découverte. Il y avait chez elle ce bouquin disant qu'il faut danser nu pour se libérer. Elle aurait pu se mettre à danser chez elle, en trébuchant à chaque pas, renversant tout sur son passage, ce qui expliquerait le désordre de l'appartement, avant de perdre l'équilibre et de se fracturer l'os hyoïde sur une chaise. Elle aurait pu ramper jusqu'au canapé, s'y hisser, et mourir là. Elle aurait pu perdre connaissance sur le canapé et s'étouffer avec son propre vomi. Son corps aurait pu se purger de toute trace de drogue au cours de la décomposition. Le Dr Kade est un alcoolique. Pour l'autopsie, on l'a tiré du lit en pleine nuit et il s'est attelé à la tâche à 2 heures du matin. Tout ce qu'il a trouvé, c'est une fracture de l'os hyoïde. Il se pourrait qu'il l'ait brisé lui-même.

Les journaux de Los Angeles montent l'affaire en épingle. Elle est reprise par quelques quotidiens nationaux. Ses liens avec Hollywood font sortir du bois toutes sorte de pervers et de cinglés.

4 décembre 63 :

Un homme appelle la brigade criminelle du bureau du shérif. Le tueur de starlettes veut la peau d'une fille qu'il connaît. Les flics interrogent la fille. Elle a peur. Un type a essayé de l'étrangler en octobre. Un type qui traîne tout le temps avec un homo.

Les flics mettent la main sur le type en question. Il est homo lui-même. Il prétend qu'il n'a pas fait exprès d'étrangler cette fille. Il affirme qu'il n'a jamais vu Karyn. Il dit qu'il a peut-être rencontré Andy Prine. Les flics le cataloguent comme cinglé et l'éliminent de la liste des suspects.

7 décembre 63 :

Un « superviseur de scripts » appelle la brigade criminelle du bureau du shérif. Une de ses amies, actrice, a reçu un appel téléphonique étrange. Un type lui a dit : « Tu sais ce qui est arrivé à Karyn, et tu es la prochaine sur la liste. »

Cette actrice est sortie avec Andy Prine, il y a un certain temps. Son amant actuel connaît Andy et Karyn.

Chapman et Wahlke cuisinent l'amant de l'actrice. Il dit qu'il a fait la connaissance de Karyn en 61. Il avoue qu'il a été arrêté, une fois, pour vol à l'étalage.

Il a volé un laxatif dans un drugstore. Il n'avait pas l'intention de le voler. Seulement, il ne voulait pas être obligé de s'adresser à une vendeuse pour l'acheter. Chapman et Wahlke le cataloguent comme cinglé et l'éliminent de la liste des suspects.

Hallinen et Collins récoltent un tuyau. Une balance a cafté un acteur du nom de Rick Bache.

Bache s'est suicidé le 30 novembre. Voyez-moi ça... Il y a peut-être un lien avec l'assassinat de Kupcinet.

Ils creusent la question. C'est une histoire qui sort tout droit de *Lolita*.

Rick Bache a eu le coup de foudre pour une fille de quinze ans. Il veut l'épouser. La mère de la gamine désapprouve. Bache se fout en l'air. Hallinen et Collins interrogent les amis de Bache. Ils disent tous qu'il n'a jamais rencontré Karyn. Hallinen et Collins le cataloguent comme pervers et l'éliminent de la liste des suspects.

Des tuyaux arrivent. Du pur délire à 99,99 %. Tout le monde est prétendument acteur, ou acteur à temps partiel, ou chieur à plein temps. La police relève les empreintes de tout le monde. On les compare aux empreintes d'origine inconnue relevées sur la scène de crime. Rien ne correspond.

On réinterroge Andy Prine à plusieurs reprises. Il coopère. Il s'en tient à sa version des faits.

On passe au crible le dossier des détraqués du poste de West Hollywood. On se focalise sur un voyeur bien connu du service. On enquête sur lui et on l'élimine de la liste des suspects. Il ne lorgne les femmes à poil que dans son propre immeuble.

Chapman et Wahlke parlent à Glenn Ford. Il aime bien Andy Prine. Andy est un type droit.

Ils parlent aux ex-petites amies d'Andy Prine. Ils engrangent des renseignements qui concordent.

Andy est un tendre. Andy est un être plein de sensibilité. Andy voit défiler plus de chattes qu'un siège de toilettes publiques.

Nouveaux tuyaux. Nouveaux bobards. Un viol collectif ou une partouze aurait eu lieu dans l'ancien appartement de Karyn. La date : le 19 avril 64.

Cela a commencé au Raincheck Room. La victime supposée est figurante de cinéma.

Elle s'est soûlée au Raincheck. Le nouveau locataire de l'appartement de Karyn s'est soûlé aussi. Il l'a ramenée chez lui. Le nouvel occupant a dit : « C'est ici que Kupcinet a été assassinée. À chaque fois que j'y pense, ça me donne envie de vomir. »

La fille affirme que six ou sept hommes l'ont violée. Les types en question affirment qu'elle était consentante. Chapman et Wahlke reconstituent l'incident. Ils penchent vers le scénario de la partouze. Ils cuisinent le nouveau locataire. Ils ne croient pas avoir affaire à un meurtrier potentiel. Ils ne croient pas avoir affaire à un violeur ou à un type ayant participé à une partouze.

De nouveaux papillons de nuit viennent se brûler à la flamme. Walter Winchell [1] s'empare de l'affaire et tente de relancer sa carrière tombée dans les toilettes.

Il se pointe à la Criminelle le 25 juin 64. Il raconte une histoire à dormir debout.

Il y était question de l'ex-femme d'Andy Prine et du chat de cette dernière, « Calhoun ». Sa version des faits impliquait Vince Edwards, l'acteur qui tenait le rôle principal dans le feuilleton *Ben Casey*. Elle impliquait J. Edgar Hoover et le « syndicat ». Mais la star, c'était le chat. L'ex-femme d'Andy avait affirmé qu'Andy avait trucidé la bestiole. Les seconds rôles : une femme détective privé, un voleur à main armée, et deux types dans le couloir de la mort à San Quentin.

Huit enquêteurs travaillent sur la version de Winchell. C'est ce vieux salopard qui les a lancés sur des fausses pistes et qui les manipule.

C'est lui qui organise les interrogatoires et qui tient table ouverte au restaurant Chasen. Il joue des maigres vestiges de son charme. Il met en scène sa foire aux monstres et force les flics à s'y joindre de façon interactive.

---

1. W. Winchell (1897-1971). Journaliste et homme de radio, célèbre pour avoir osé avant tout le monde dévoiler dans ses chroniques la vie privée des gens célèbres.

Il fait gaspiller à la police des centaines d'heures de travail. Le rapport final atteint 8 000 mots. Le compte rendu factuel est incompréhensible.

L'affaire traîne en longueur. Elle garde son statut prioritaire. La famille Kupcinet fait pression en ce sens.

Essee Kupcinet croit aux médiums. Elle supplie la police de faire appel à eux. Ils accèdent à sa requête.

23 janvier 65 :

Un médium nommé Hans Holzer entre en scène. Il hypnotise une femme, une certaine Maxine Bell. Mme Bell prête sa voix à l'âme de Karyn Kupcinet. Celle-ci plonge dans le passé jusqu'à sa dernière nuit sur terre.

Les invités de Karyn prennent congé. Andy vient la voir. Il se met en colère contre Karyn. Il la frappe. Il sort en trombe de l'appartement.

Karyn prend une douche. Elle s'éponge avec une serviette. Un homme blanc s'introduit chez elle. Il traite Karyn de salope. Il l'étrangle et l'étend sur le canapé.

L'homme avait 55 ans. Il mesurait entre 1 mètre 65 et 1 mètre 75. Il avait des cheveux argentés et les yeux bleus.

26 janvier 66 :

Le célèbre médium Peter Hurkos s'empare de l'affaire. Son intuition, c'est qu'Andy Prine est l'assassin. Il verrait bien David Lange en suspect de rechange. Hurkos a rencontré Prine et Lange chez Glenn Ford. Karyn avait déclaré qu'elle torpillerait la carrière d'Andy si ce dernier la quittait. Hurkos y voit le mobile du meurtre.

31 janvier 66 :

Une femme médium manipule les bijoux de Karyn. Elle a une révélation soudaine.

Karyn a été assassinée par un tueur à gages, envoyé depuis Chicago pour exécuter un contrat. Physiquement, le tueur a le type juif ou italien. Il a des cheveux bruns et un grand front.

Le recours aux médiums ne mène nulle part. On y renonce. On réinterroge les témoins-clés. La police travaille sur l'affaire pendant toute l'année 66.

Elle s'attaque de nouveau à Andy Prine. Il est interrogé le 2 novembre 66. Bobby Chapman et l'inspecteur Norm Hamilton font le forcing.

On est le 27 novembre 63. Andy dépose la petite actrice. Il n'essaie pas de la sauter. Il veut rompre avec Karyn – pour de bon.

Il se rend chez elle. La situation dégénère. Karyn meurt au cours de la dispute.

Prine s'en tient à sa version. Il n'a pas essayé de sauter la petite actrice. Il n'était pas à ce point privé de câlins. Il n'avait pas envie de rompre avec Karyn. Il aimait bien la voir de temps en temps. Karyn n'a jamais dit qu'elle foutrait sa carrière en l'air. C'est la contre-publicité qui l'a coulée. C'est la seule chose dont il ait eu à souffrir.

14 novembre 66 :

Edward Rubin appelle la Criminelle. Il modifie sa version de façon substantielle.

On est le 27 novembre 63. Il quitte l'appartement de Karyn. Il est avec Bob Hathawaay.

Ils se rendent au Raincheck Room. Bob en repart seul. Rubin rencontre deux filles. Elles le ramènent chez lui en voiture. Elles ont une Austin-Healey de 57. Il propose un rendez-vous à l'une des deux filles. Elle refuse. Elle part le lendemain matin pour l'université du Nouveau-Mexique.

Bobby Chapman tente de vérifier cette histoire. Il ne trouve aucun renseignement sur ces deux filles.

Étrange :

Rubin n'avait aucun souvenir d'elles trois jours après le crime. Il se les rappelle trois ans plus tard.

7 décembre 66 :

Chapman cuisine Bob Hathaway. Celui-ci réfute la nouvelle version de Rubin. Il modifie sa propre déposition de façon substantielle.

Il dit que la longue discussion en pleine nuit est une vaste blague. Andy est passé les voir, mais il n'est pas resté très longtemps.

14 décembre 66 :

Chapman cuisine Edward Rubin. Il confirme ce qu'a dit Hathaway. Cela paraissait vraiment bizarre qu'Andy soit resté si longtemps.

L'affaire traîne en longueur. Nombreux sont les flics qui pensent qu'il ne s'agit même pas d'un meurtre. Bobby Chapman quitte le service, il a obtenu son transfert. Bobby Morck et Vince Bogdanich héritent du dossier. Morck croit qu'il n'y a pas eu meurtre. Bognanich n'en est pas si sûr. Ils vérifient les pistes malgré tout.

Bogdanich cuisine David Lange le 23 juillet 68. Lange s'en tient à sa déposition de 63. Il refuse de subir une deuxième fois le test du détecteur de mensonges – sur les conseils de son avocat. Bogdanich a le sentiment que Lange est un suspect valable.

Les pistes s'épuisent les unes après les autres. Les enquêteurs travaillent sur d'autres affaires. Ils reviennent au dossier Kupcinet lorsque des informations leur parviennent. Ils réinterrogent David Lange le 17 septembre 69.

Lange travaille pour la Paramount. Morck et Bogdanich le cuisinent dans son propre bureau. Il coopère. Les deux policiers lui demandent s'il accepterait un nouveau test. Lange répond qu'il en parlera à son avocat.

Ledit avocat appelle le directeur de la Criminelle. Il lui dit : « Monsieur Lange *refuse* de subir un nouveau test. »

L'affaire Karyn Kupcinet est vieille de cinq ans, neuf mois et vingt-trois jours. C'est une foire aux monstres et un crève-cœur. Une femme a perdu la vie dans ce tumulte.

2
La victime

C'est la ville de Kup. Pour les obsèques, c'est Kup qui tire les ficelles.

Les notables arrivent en force. Kerner, le gouverneur. Les conseillers municipaux. Le maire, Richard J. Daley. Leurs voitures sont en tête du cortège. Celles des amis de Karyn sont en queue.

4 décembre 63 :

Le Temple Sholom sur la Gold Coast. Adios, Karyn – tu nous a quittés bien trop tôt.

Cinq cents personnes. Couverture médiatique maximum. Grande mise en scène égalitaire. Les agents électoraux versent quelques larmes. Les malfrats maltraitent leurs mouchoirs. Les types branchés font copain-copain avec les chauffeurs de taxi et les serveurs noirs de la Pump Room.

C'est un rassemblement de mafieux. C'est une mitzah pour un nabab des médias et sa fille dingue de cinéma. L'événement a lieu neuf jours après les obsèques de Kennedy.

Andy Prine n'assiste pas à la cérémonie. Le rabbin Louis Binstock officie. Il chante les louanges de Karyn. Il dit qu'elle était « au-dessus de la scène, avec sa personnalité chaleureuse et l'éclat de son regard ».

Une brochettes de stars transporte le cercueil jusqu'au corbillard. Parmi elles, Sid Luckman, ancien quart-arrière de l'équipe des Chicago Bears.

Karyn part en beauté. Elle aurait apprécié le spectacle.

C'était le premier enfant d'Irv et Essee K. Ils lui avaient donné pour nom Roberta Lynn, et pour sobriquet « Cookie ». Leur fils, Jerry, est né trois ans plus tard.

Essee venait d'une famille riche. Irv était parti de rien. Il était footballeur professionnel. Il commentait les matches des Bears à la radio et à la télévision. Il tenait une rubrique pour le *Chicago Sun-Times*. Il présentait le *Kup's Show* – un talk-show vraiment intéressant.

Kup adoptait toujours un ton bienveillant dans sa chronique. Les lecteurs l'adoraient. De façon virtuelle, Kup adorait le citoyen de base de Chicago. Mais il adorait pour de bon les célébrités.

Essee adorait les célébrités et la culture. Elle emmenait Cookie et Jerry voir des pièces de théâtre et des ballets. Elle était en extase devant Cookie. Elle disait que sa fille devrait devenir actrice. Elle la poussait en ce sens. Cookie n'avait rien contre ce programme.

Essee accordait beaucoup d'importance à la beauté et à la minceur. Elle trouva à Cookie plusieurs engagements comme enfant-mannequin.

Cookie adorait le théâtre. Elle prenait plaisir à jouer la comédie. Le monde de Kup lui paraissait merveilleux.

C'était un univers glamour, où il était bon de faire savoir qui vous connaissiez et qui suçait qui. C'était des places au premier rang et un invité spécial à dîner chaque soir. Cookie lâchait des noms de gens célèbres comme d'autres mômes font des mots d'enfants.

Elle alla à l'école Francis Parker. Elle brûlait les planches dans les spectacles scolaires. Elle décrocha des rôles dans le répertoire des tournées d'été à Chicago et aux alentours. Elle joua le garçon manqué dans une mise en scène sensationnelle de *Picnic* [1].

Après le lycée, elle étudia pendant un an et demi au Pine Manor College. Elle joua des premiers et des seconds rôles dans des spectacles donnés par des troupes d'étudiants. Elle s'empâta un petit

1. Pièce de 1952 qui valut le prix Pulitzer à son auteur, William Inge, également connu pour avoir écrit *Bus Stop* et le scénario de *La Fièvre dans le sang*.

peu. Elle maigrit puis reprit du poids. Elle partit s'installer à New York en 60.

Elle s'empâtait et mincissait. Jamais elle ne fut trop grosse. Ce n'était qu'une idée idiote qui trottait dans sa tête.

Elle changea son nom pour se faire appeler Lynn Roberts. Un chirurgien modifia la forme de son menton.

Elle vivait grâce à l'argent que lui envoyaient ses parents. Elle passait des auditions. Elle décrocha quelques contrats. Elle s'empâtait, elle mincissait. Cela la déprimait. Elle renonça à « Lynn Roberts ». Elle choisit de s'appeler « Karyn Kupcinet ».

Kup était très copain avec Jerry Lewis. Jerry aimait bien Karyn. Il lui offrit un petit rôle dans son film *Le Tombeur de ces dames*.

Karyn prit l'avion pour Los Angeles. La ville lui plut. Elle décida de rester.

La mère d'Essee fit le voyage pour chaperonner Karyn. Elles trouvèrent un appartement sur Hollywood Boulevard. Essee présenta Karyn à Mark et Marcia Goddard. Kup fournit à Karyn une liste de contacts de premier ordre.

Karyn inaugura un nouveau journal intime le 9 mars 61. La plupart du temps, lorsqu'elle y notait quelque chose, elle mentionnait son poids. Elle se fait refaire le nez le 16 mai. Elle pesait alors 53 kilos.

« Je suis restée consciente pendant toute l'opération. L'HORREUR. J'ai senti les piqûres, les coups de scalpel, *tout !* »

Karyn trouve que son nouveau nez ressemble au groin d'un cochon. Les gens ne sont pas de son avis.

29 mai 61. À Las Vegas avec Kup et Essee :

« Mon nez est *beaucoup* mieux qu'avant ! » ; « On m'a fait tellement de compliments ! » Warren Beatty : « Tu es si belle ! » Eddie Fisher : « Je t'ai prise pour Liz Taylor. »

27 mai 61 :

« Je suis jolie ! Je suis si heureuse ! »

Karyn décroche un petit rôle pour un épisode du feuilleton télé *Hawaiian Eye*, avec Robert Conrad dans le rôle du détective privé. Conrad est « un amour ». « Et *moi*... on m'a fait *tellement* de compliments ! »

Karyn passe des auditions. Karyn se rend à des brunches, des déjeuners, des dîners. Karyn fait ses courses et va chez le coiffeur. Karyn maigrit, elle perd un kilo.

Elle est engagée le 25 juillet pour un rôle dans un feuilleton télé. Le feuilleton a pour vedette Gertrude Berg. Il est intitulé *Mme G. va à l'université.*

Elle commence à travailler le 2 août. Son poids s'est stabilisé à 52 kilos. Le réalisateur dit qu'elle a « un corps sensuel ». Karyn joue une étudiante un peu cinglée.

Karyn travaille. Karyn fréquente le P.J.'s Club et le Crescendo. Karyn déjeune chez Linny et au Hamburger Hamlet. Karyn fait ses achats chez Jax et Saks.

17 août 61 : Gertrude trouve que Karyn se maquille trop. « Ici, tout le monde me rend nerveuse. »

18 août 61 : « Gertrude est impossible. J'ai eu droit – enfin ! – à un gros plan, et il a fallu quatre ou cinq prises. Pas moyen de tourner cette scène correctement. »

11 septembre 61 : 51 kilos.

12 septembre 61 : « Je n'ai pratiquement rien mangé ! »

15 et 16 septembre 61 : « Je n'ai pas arrêté de manger ! »

4 octobre 61 : Diffusion du pilote de *Mme G.* ; 49,5 kilos ; « Mes cheveux sont superbes – nombreux compliments. »

15 octobre 61 : 52,5 kilos. « J'ai mangé 3 pains aux raisins » ; « Je mange trop. »

Karyn note tous les compliments que lui adressent des hommes. Karyn note le nom de tous les hommes qu'elle rencontre. Elle fait leur connaissance. Elle les embrasse. Ils prennent peur et se débarrassent d'elle.

22 octobre 61 : 50 kilos. « *Personne* ne m'appelle. »

28 octobre 61 : 52 kilos. « Je mange trop de pâtisseries. »

Karyn travaille pour le feuilleton de Gertrude Berg et tente de trouver d'autres contrats. Elle sort avec des hommes qui ne lui plaisent pas et traîne souvent avec ses copines. Elle va dans des boîtes de nuit où on danse le twist et se rend à des premières de films.

23 janvier 62 : 55 kilos. « J'ai l'air d'avoir des kilos en trop ; pourtant, tout le monde dit que je suis belle. »

1er février 62 : 53 kilos. « Tout le monde a remarqué que j'avais maigri. »

5 février 62 : 56,5 kilos. « Je suis restée au lit. J'ai mangé. Je me sens tellement à plat, tellement fatiguée. »

15 février 62 : 55 kilos. « J'ai pris des comprimés. » « J'étais superbe aujourd'hui. »

16 février 62 : « Me suis réveillée très vaseuse (après 3 somnifères). Groggy. »

19 février 62 : « J'ai fait la grasse matinée » ; « J'ai acheté des comprimés pour maigrir. »

Le feuilleton de Gertrude Berg est annulé. Karyn s'inscrit au chômage. Kup et Essee lui envoient de l'argent. Sa grand-mère repart à Chicago.

22 mars 62 : 56 kilos. « Il faut que je perde au moins 4 kilos d'ici au 8 avril ! En 17 jours seulement ! »

29 mars 62 : « Je commence à découvrir qui je suis ! Mes convictions et mon “ image ” m'apparaissent plus nettement. Je sais que je suis plus heureuse quand je me conforme au modèle de la sophistication, plutôt que de chercher à séduire grâce à un charme juvénile. »

Karyn fait une apparition dans l'émission de variétés *The Red Skelton Show*. Skelton confie à Karyn, le 2 avril 62 : « Trois personnes m'ont dit que tu étais plus belle que Liz Taylor. »

Encore des auditions. Encore des médicaments. Encore des brunches, des déjeuners, des dîners.

Deux brèves liaisons. Une compagnie théâtrale l'engage cet été-là pour jouer à Chicago *Un dimanche à New York*. Elle obtient le rôle d'Annie Sullivan dans *Miracle en Alabama* au théâtre de Laguna Beach. Les critiques sont bonnes et Karyn reste un bon moment sous les 52 kilos.

1er octobre 62 : « Me suis réveillée groggy, avec une légère nausée. Hallucinations, complexe d'infériorité, douleurs dans les membres, torticolis, (j'ai sûrement le foie atteint à cause des médicaments). »

8 octobre 62 : « J'ai pleuré jusqu'au moment où je me suis endormie. »

9 et 10 octobre : griffonnages et notes incomplètes.

11 novembre 62 : « Les nerfs en pelote en permanence. Jamais été aussi déprimée. »

3 décembre 62 : « *Wide Country* – appel à 6 heures du matin (lieu de tournage). »

4 décembre 62 : « Andy Prine – un amour ! »

6 décembre 62 : 47,5 kilos. « Andy ; " On se rappelle. " »

9 décembre 62 : « Andy. »

11 décembre 62 : « Andy. »

12 décembre 62 : « Je parais mince. »

13 décembre 62 : « Andy. »

18, 19, 20, 20, 21, 22 décembre 62 : « Andy » – et rien d'autre n'est noté.

Pour Noël, Karyn prend l'avion pour Chicago.

28 décembre, 31 décembre et 1er janvier 62 : « Andy a appelé – " Je t'aime. " »

Il n'y en avait plus que pour Andy, à présent.

17 janvier 63 : « Déjeuner avec Andy. Il s'est montré attentif. » « *Wide Country* – Andy était *génial*. J'ai été engagée comme *FIGURANTE*. Me suis sentie déprimée. »

20 janvier 63 : « Andy – distant. »

5 février 63 : « Tendue et angoissée par l'attitude d'Andy. »

11 février 63 : « Tendue, vision brouillée. Chez le Dr Getzoff (médicaments) avec Andy. »

19 février 63 : « Je dois préserver ma propre identité ; ne pas devenir son paillasson. Je me sens si inutile. »

25 mars 63 : « Andy est venu me chercher à 17 h 30. On a fait l'amour merveilleusement. Dîner chez DuPar. Retour à la maison et on a refait l'amour merveilleusement. »

9 avril 63 : « Je mange *beaucoup trop*. »

11 avril 63 : « J'aime Andy Prine. »

21 mai 63 : « Minuit – Dr Kroger. Il m'a donné des cachets pour maigrir. Enfin ! mon moral remonte. Mon appétit est inhibé. »

30 mai 63 : « Andy est distant – et moi, terriblement possessive et faible. »

Karyn foire ses auditions. Karyn fait des emplettes, s'empiffre, et voit des psys.

21 juin 63 : « Suis allée chez Andy ; j'ai découvert la vérité sur Cheryl H. et B. Scott. Abominable ! " Moi non plus, je n'ai pas envie de te voir ce soir. " Suis allée là-bas. Suis entrée. Suis revenue chez moi plus tard – CRISE DE NERFS. »

27 juin 63 : « Je retrouve un certain respect de moi-même. Je suis plus forte. »

30 juin 63 : « Oh, Andy, c'est merveilleux, c'est merveilleux. »

1er juillet 63 : 61 kilos. « À partir d'aujourd'hui... Je me laisse mourir de faim ! » « Le Dr Krohn m'a prescrit de la Desoxyn. »

8 juillet 63 : 56 kilos. « Dr Krohn, 13 h 30. (Ma silhouette s'est nettement arrangée.) Andy : “ Ça m'excite de te faire souffrir un peu. ” »

Karyn apprend qu'elle est enceinte. Mark et Marcia l'emmènent à Tijuana.

9 juillet 63 : « On dirait un cauchemar. Ce n'est pas possible que ça m'arrive à moi. »

10 juillet 63 : « Oh, mon Dieu ! – Je ne sais pas ce que je vais faire. J'ai téléphoné au Dr Estrada (je dois le rappeler dans l'après-midi). »

11 juillet 63 : « J'ai téléphoné de nouveau au Dr Estrada. Je m'habitue à l'idée. »

Karyn se fait avorter le 12 juillet 63. « Traumatisant. Contente que ce soit terminé. C'est un soulagement après le cauchemar. » Elle retourne à Los Angeles. « Andy se montre plein d'attentions et de considération. » « Mes intestins se nouent, j'ai des gaz – on dirait des crampes. Andy m'a fait de la soupe. »

25 juillet 63 : « Je suis si heureuse. Combien de temps cela peut-il durer ? »

30 juillet 63 : « Andy avec Anna. Je les ai observés depuis la haie. L'horreur. Cauchemars. »

Karyn ne passe plus d'auditions. Karyn cesse de voir des gens.

15 août 63 : « Il ne faut pas que je sois possessive... mais gentille. »

17 août 63 : « Ce Salaud me rend vraiment *FOLLE DE RAGE* ! Pour la première fois, je déteste franchement Andy. Il ne me montre aucune considération, il ne fait aucun effort pour me comprendre, et il m'humilie. »

18 août 63 : « Comment peut-il oser ne pas faire la moindre concession ni exprimer le moindre sentiment ?

20 août 63 : « Je me sens tellement humiliée qu'Andy ne manifeste aucun intérêt pour moi. »

27 août 63 : « J'ai l'impression d'être à deux doigts d'exploser ! »

28 août 63 : « Je mange *beaucoup* trop ! »

Karyn recommence à voir des gens. Elle s'installe dans la résidence des Monterey Village Apartments. Une vague de chaleur s'abat sur Los Angeles. Karyn obtient un rôle dans un épisode du feuilleton *Perry Mason*.

29 octobre 63 : « Andy se comporte de façon détestable. Indifférence complète. Nous avons eu une scène chez lui. J'ai les nerfs à vif. »

1er novembre 63 : « Pas d'Andy – je l'ai espionné. »

2 novembre 63 : « Suis allée chez lui – il est égoïste, indépendant, il manque de considération et de prévenance. Il ne donne jamais rien et il est impénétrable. »

4 novembre 63 : « Je me suis cachée dans son grenier; puis je suis restée assise dehors dans le froid pendant 2 ou 3 heures. J'aimerais être morte. »

8 novembre 63 : « Dr Kroger – j'ai pleuré dans son cabinet de consultation. »

9 novembre 63 : « J'ai mangé toute la journée et toute la nuit. »

10 novembre 63 : « Je n'en peux plus – je perds le sens des réalités. »

11 novembre 63 : « J'ai appelé Andy – on a fait l'amour. »

15 novembre 63 : « 14 heures – Kroger. Heureuse et *optimiste*. J'ai porté une jupe rose – regards admiratifs. »

22 novembre 63 : « Président assassiné. »

23 novembre 63 : « Palm Springs. »

25 novembre 63 : « J'ai mangé tant et plus pour oublier. »

Le 27 ou le 28 novembre : Décès de Karyn Kupcinet.

Le journal intime s'arrêtait net à cinq semaines du Nouvel An. Une feuille était fixée par un trombone au dos de l'agenda.

Karyn y avait noté quelques titres de livres. Il s'agissait uniquement de textes psychanalytiques.

À côté d'eux :

Une liste de tous les hommes avec qui elle avait couché.

3

Karyn Bis

On l'enterra dans un cimetière juif. On honora sa mémoire en donnant son nom à des institutions chic. Deux théâtres Karyn Kupcinet. Une galerie Karyn Kupcinet. Une bourse d'études Karyn Kupcinet.

Kup et Essee perpétuèrent son nom. Personne ne sait de quelle façon ils s'expliquèrent sa mort et sa fuite en avant vers l'autodestruction. Personne ne sait combien de fois, à l'heure du cocktail, ils passèrent en revue tous les scénarios possibles qui auraient pu lui éviter le pire.

Karyn est morte quelques instants après un arrêt sur image. La caméra est sur elle, en cadrage serré. Karyn est tout entière en proie à la passion et au chaos. Un gros plan nous fait comprendre ce que cela implique : à présent, nul ne sait quelle direction elle va prendre.

Il se pourrait que ce soit vrai. C'est peut-être une façon optimiste de récrire l'histoire. Karyn a laissé une liste de livres et une liste de partenaires amoureux en guise de dernières volontés et de testament. C'était peut-être un pas vers la connaissance de soi. C'était peut-être un sparadrap pour recouvrir ses plaies en attendant que le salopard qu'elle avait pour amant se décide à l'appeler. Elle avait un cœur farouche et aucun désir d'émettre un jugement moral. Son comportement compulsif était commun à toutes les jeunes femmes. Elle portait sa propre souche du bacille de la peste, qui n'avait pas encore été identifiée. L'époque l'affectait terriblement. Le psy de Karyn cosignait son délire et pompait son compte en banque. Elle n'avait pas compris qu'être une femme la condamnait à se conformer à un modèle. Elle ne savait pas que les femmes étaient systématiquement exploitées. Elle ne savait pas que ce précepte pouvait susciter une volonté de changement. Cette volonté, elle avait l'intelligence nécessaire pour en saisir le concept. Elle aurait pu trouver le cran nécessaire pour la mettre en application et réduire en cendres son ancienne existence. C'était encore une gamine. Elle ne connaissait rien à la vie. Elle se débattait en plein brouillard. Elle croyait que le showbiz et la réalité ne faisaient qu'un.

C'était à la fois la bénédiction et la malédiction de la famille Kupcinet. Cela commença avec Kup. Celui-ci les transmit à Karyn et Jerry.

Jerry atteignit l'âge de 19 ans le mois où Karyn mourut. Il adorait les arts plastiques. Il voulait se construire une vie digne d'un Kupcinet de l'autre côté de la caméra.

Il fit ses études à la Bradley University et au Columbia College de Chicago. Il étudia la photographie. Il obtint ses diplômes et fit des photos pour *Playboy*. Il photographia la troupe sur scène pendant les représentations de *Hair* à Chicago.

Il devint caméraman et metteur en scène pour la télévision. Il réalisa des séquences de *A.M. Chicago* et *Good Morning America*. Il épousa une femme nommée Sue Levine. Ils eurent un fils et une fille.

Jerry décrocha un contrat pour le *Richard Simmons Show*. Il partit avec toute sa famille s'installer à Los Angeles. C'était en 81. Sa fille avait neuf ans. Elle s'appelait Karyn Ann Kupcinet.

Essee parlait de réincarnation. Kup n'était pas loin, prétendait-il, de lui donner raison. La bénédiction et la malédiction touchèrent la troisième génération.

Karyn Deux ne ressemblait pas physiquement à Karyn. C'était à l'intérieur que cela se passait. Les Karyn pétillaient et bouillonnaient. Elles vivaient pour faire plaisir aux autres et pour jouer la comédie. Essee poussa Karyn Deux de la même façon qu'elle avait poussé Karyn. Elle la poussa à monter sur scène et à rester mince.

Karyn Deux alla à l'école Francis Parker de Chicago. Elle fréquentait la galerie Karyn Kupcinet. Elle faisait semblant de croire que c'était son nom *à elle* qu'on avait donné à la galerie.

Elle savait que sa tante Karyn était morte jeune. Elle savait que quelqu'un l'avait assassinée. Personne ne lui avait donné de détails. Elle ne ressentait aucun besoin d'en apprendre davantage.

Jerry emmena sa progéniture à Los Angeles. Karyn Deux grandit sur l'ancien territoire de Karyn.

Elle prit du poids puis perdit du poids. La nourriture était une punition. La nourriture était une récompense.

Elle passa des auditions pour enfants. Elle obtint quelques rôles à la télévision et au théâtre. Elle joua celui d'Helen Keller dans *Miracle en Alabama*. Elle était en classe de troisième à ce moment-là.

Elle tenait un journal intime. Elle écrivit une pièce intitulée *La Poupée de porcelaine*. Il n'y était question que d'une fille obsédée par son poids. Cette fille note ses pensées dans un journal intime. Elle meurt jeune. Sa meilleure amie trouve le journal et le lit.

Karyn Deux jouait la comédie. Karyn Deux grossissait et maigrissait. Karyn Deux avait un petit ami très gentil.

Le petit ami se rendit à la bibliothèque de l'Académie du film. On y conserve des dossiers sur les acteurs professionnels. Il demanda à consulter le dossier de Karyn Deux. Le documentaliste lui confia celui de Karyn.

Le dossier lui donna des sueurs froides. Il le parcourut et appela Karyn Deux. Celle-ci se rendit à la bibliothèque et lut le dossier de la première à la dernière page.

Elle recopia la plupart des informations. Elle les examina de près. Elle prit l'avion pour Chicago et fouilla dans les affaires de Karyn. Kup et Essee en avaient conservé douze cartons.

Karyn Deux les explora systématiquement. Elle lut les agendas de Karyn. Elle lut les articles de magazines de cinéma consacrés à Andy Prine. Elle se mit à écrire dans son propre journal intime des lettres destinées à sa tante.

Elle reçut de plein fouet la découverte de cette jumelle psychique. Persuadée qu'il lui fallait croire à ces monstrueuses apparences, elle disséqua les raisons qui avaient entraîné la perte de Karyn, et les appliqua aussitôt à son propre cas. Elle se prit pour la réincarnation de Karyn. Cela tourna très vite à l'obsession totale.

Elle relut les agendas de Karyn. Elle imagina toutes sortes de scénarios pour récrire le passé, commençant par « Et si... » ou bien « Elle aurait pu... ». Elle rêva d'Andy Prine.

Elle l'aime. Elle a confiance en lui. Andy l'aime. Il ne se comporte pas en salaud ni en assassin.

Ses rêves la rendent folle. C'est peut-être Karyn qui les lui envoie. Peut-être veut-elle absoudre Andy. Peut-être est-elle heureuse qu'Andy l'ait tuée. Elle avait une vie horrible. Sans doute la mort a-t-elle été une bénédiction.

Elle termina ses études secondaires. Elle fut admise à l'UCLA. Elle passa des auditions. Elle décrocha quelques contrats pour des spots publicitaires et des apparitions dans des feuilletons. Les refus la détruisaient. Elle se prenait pour la Karyn de 62. Son OBSESSION la dévorait vivante.

Elle écrivit à la morte. Elle relut les dernières pensées de celle-ci et engrangea les détails de son existence. Elle garda le sac à main de Karyn. Elle caressait son portefeuille et ses cigarettes desséchées.

Elle était née en 71. Elle n'avait jamais connu sa tante. Elle savait que coulait dans ses veines le sang de Karyn contaminé par la folie.

Elle eut 20 ans. Elle obtint un rôle permanent dans *The Young and the Restless* [1]. Elle jouait une droguée enceinte. Elle avait les cheveux crêpés et des jeans déchirés. Chaque jour, elle avait au moment voulu une crise de larmes devant la caméra. Le tournage

1. Feuilleton quotidien diffusé sans interruption depuis le 28 mars 1973. Proposé en France en 1985 sous le titre *Les Feux de l'amour*.

avait lieu dans les studios de télévision situés à l'angle de Beverly Boulevard et Fairfax Avenue. La résidence des Monterey Village Apartments où a vécu Karyn se trouvait à quinze cents mètres au nord-ouest. L'ex-femme d'Andy Prine travaillait sur le feuilleton.

Karyn Deux adorait ce travail. Elle adorait le tourbillon qui l'accompagnait.

Les soirées et les clubs. La rencontre de gens excitants. Les intermédiaires et les mouchards. Le statut d'initié dans une ville d'initiés. Les limousines et la drogue. Des hommes faibles et séduisants. Le Monde de Kup – revu et modernisé pour un marché jeune.

Karyn Deux s'y plongea résolument. Il phagocyta son dialogue avec une morte et dilua la folie que charriait son sang.

Le rythme de travail l'empêchait de prendre du poids. La cocaïne aussi y était pour quelque chose. Les hallucinogènes sapaient sa monomanie.

Elle enchaîne les rencontres avec des hommes narcissiques et sans consistance. Des « acteurs ». Des « musiciens ». Des séducteurs au physique avantageux et au « potentiel » prometteur. Ses liaisons se désintègrent toutes selon un schéma semblable. Les séducteurs ne tardent pas à révéler leur vraie nature. Karyn Deux est dotée d'excellentes antennes. Elle a son diplôme – matière principale : Karyn Une ; sous-dominantes : Andy Prine et David Lange. Elle commence à rassembler tous les morceaux du puzzle. Elle élabore une thèse pour justifier l'ensemble. Elle relie les points entre eux, en remontant jusqu'en 1963.

Elle progresse vers la vérité, mais lentement. La vie que lui offre Los Angeles la tente et la détourne de sa tâche. Il lui faut un bon moment pour faire le tour de la question.

La folie héréditaire. Les dons que celle-ci renferme. Le P.J.'s Club et le Crescendo. Le Rainbow et le Roxy. La Desoxyn et les hallucinogènes. Des hommes sans caractère et une silhouette décharnée pour leur plaire. Ceux qui voudraient devenir acteurs et ceux qui le sont. Le psychisme du comédien défini par on ne sait quel crétin d'acteur : « Mon seul regret dans la vie, c'est de ne pas être quelqu'un d'autre. »

Karyn Deux met du temps à comprendre. Les hommes du genre d'Andy Prine la déconcentrent. Elle vient lentement à bout du problème. En une seule et même manœuvre, elle tire toutes les conclusions, elle referme le dossier et elle rompt les amarres.

Elle prend la fuite.

4

Réouverture

Karyn Deux se fait appeler Kari, à présent. Il y a quatre ans qu'elle a quitté Los Angeles.

Elle a épousé un garçon posé du nom de Brad. Elle possède à Chicago une boutique qui vend des bougies décoratives. Elle s'est débarrassée des mauvaises habitudes contractées à Los Angeles. Elle a surmonté ses troubles du comportement alimentaire, elle est mince, et son poids est stable.

Karyn l'a sauvée. Mais son obsession ne l'a pas quittée. Elle se rend en avion à Los Angeles pour voir le dossier du meurtre.

Elle passe une semaine au bureau de la Criminelle. Elle étudie le dossier. Le brigadier-chef Bill Stoner l'examine avec elle. Stoner a pris sa retraite en 94. Il a passé quatorze ans à la Criminelle. Il est resté dans la Réserve active.

Kari veut refaire l'enquête seule. Le dossier lui procure des éléments concrets et des points de vue précieux sur les protagonistes principaux. Elle veut retrouver leur trace et les interroger.

Je dîne avec Kari et Stoner. Nous monopolisons un box au Pacific Dining Car. Nous parlons de l'affaire pendant trois heures.

Le consensus à la Criminelle : Andy Prine et David Lange restent des suspects valables – *si* c'est bien un homicide, pour commencer.

Karyn a probablement pris quatre-vingt-un comprimés de Desoxyn en quarante-huit heures. Il se peut qu'elle ait acquis au fil du temps une certaine tolérance à cette substance. La dose absorbée a très bien pu ne pas l'affecter. Elle a pu aussi provoquer chez elle des vertiges et des douleurs cardiaques.

Hathaway et Rubin sont revenus sur leurs dépositions trois ans après les faits. Rubin s'est souvenu de détails infimes ressortis de nulle part. Hathaway a changé de bout en bout la tonalité de ses premières déclarations.

Doc Kade est décédé, à présent. Il a pratiqué une autopsie peu après celle de Karyn Kupcinet. Il aurait dit à un collègue : « Celle-là, au moins, je ne lui ai pas brisé l'os hyoïde ! »

Kade avait une réputation contrastée. Plusieurs flics l'ont cuisiné à nouveau en 66 sur cette histoire d'os hyoïde. Il s'en est tenu à sa première déposition.

Il a rendu son premier rapport le 1er décembre 63. Il y signalait une hémorragie dans la gorge. Cela étayait sa découverte supposée d'une fracture de l'os hyoïde.

Autopsie sujette à caution. Dépositions évolutives. État de décomposition avancée. Toxologie incomplète. Témoins perturbés dans un milieu perturbé. Résultat : le nombre de possibilités croît de façon exponentielle.

Il reste à méditer sur le puzzle de Kari. À explorer son univers.

J'ai juxtaposé Karyn et Kari. J'ai fondu leurs traits en un seul visage que j'ai cadré serré, en gros plan. J'y ai ajouté une légende pendant que l'image restait stable.

Karyn possédait le gêne de la survie. Elle n'a pas eu le temps de mûrir pour dépasser le stade de ses rêves stupides.

LE D.A.

Vue imprenable.

Dix-huitième étage/grandes baies vitrées/exposées au sud. Son rituel : admirer le paysage en sirotant son café. La réflexion qu'il se fait tous les jours : cette vue, c'est son ascension sociale.

Cela a pris vingt-huit ans. Dans une seule administration. Le temps qu'il faut à un bleubite pour se hisser jusqu'au poste de District Attorney. Ici, ils numérotent leurs D.A. comme les présidents. C'est ça, l'ego du comté de Los Angeles. Lui, il est le N° 40. Sa campagne a eu la peau du N° 39. Il est en poste depuis dix mois. Son bureau lui paraît encore trop grand. Il aime toujours la vue.

Regardez vers le sud – voilà l'Hôtel de ville. C'est un décor de film noir remis au goût du jour. Regardez droit devant vous – c'est le tribunal, il y a une flopée de bâtiments. Regardez vers le nord – voilà les « Tours jumelles » du plus grand centre de détention du monde, qui recueille le trop-plein de la prison du comté. Les fenêtres donnent sur l'autoroute.

C'est le centre de Los Angeles. C'est le crime à temps plein. Salles d'audience et cellules. L'Oasis d'O.J./le Château du Châtiment/le Motel 6 du Malfaiteur.

C'est l'univers de Steve Cooley. Scrutez ce décor sévère. Remarquez ce bureau. Ses dimensions sont carrément orgiaques. Il est indissociable de la fonction.

C'est le matin. Steve Cooley réfléchit. Ses ondes cérébrales ressassent la bravoure dont il a fait preuve.

Avec Blake [1]. Avec Rampart. Avec Olson-Soliah.

---

1. Voir « Le petit salopard », in *Destination morgue*, même éditeur.

L'affaire Blake : elle remonte à six mois. Pas d'inculpation. Classique. Un, les faits tiennent en un laps de temps très court. Deux, il n'y a aucune preuve de sa culpabilité. Trois, il n'y a pas de suspects de rechange. Rampart : un imbroglio nauséabond. Le pilier pourri de cette affaire : un flic véreux du nom de Rafael Perez.

Perez reconnaît ses méfaits. Parmi lesdits méfaits : vol de drogue et coups montés. Perez cafte la Division Rampart. C'est Tijuana tonifié à la testostérone. C'est la mutilation du microcosme macho de la police de L.A. Il y a du lynchage dans l'air, la meute pousse au procès. Les lyncheurs s'en lèchent les lèvres. Ils rêvent de vandaliser le LAPD [1]. Le merdier se métastase.

Perez distille des témoignages douteux. Les frais de justice croissent crescendo. Des suspects font valoir leur innocence. Des inculpations inconsidérées sont prononcées. Évaluons les coûts. Il serait peut-être temps d'arrêter les frais.

L'affaire a éclaté avant l'ère Cooley. Son prédécesseur s'y est brûlé les doigts. Cooley est entré en scène. Cooley a créé la DISJ – la Division pour l'Intégrité du Système Judiciaire.

Des protocoles. Des procédures pour évaluer les écarts de conduite des flics. Un scandale à Rampart alors que Cooley est en poste ? Le scandale est étouffé dans l'œuf.

Olson-Soliah, c'était un dossier brûlant. Nous étions le 29 octobre. Sa comparution est fixée au 31 octobre. Il se pourrait qu'elle plaide non coupable. Il se pourrait qu'elle passe en jugement. Il se pourrait qu'elle plaide coupable et qu'elle se mette à table. Elle a tenté d'incendier deux voitures de police. Elle a pété les plombs. Dix ans par voiture – c'est ce qu'on peut prévoir, et c'est parfaitement justifié.

Olson-Soliah, son histoire remonte *très loin*. On est en 74, à présent. Le vrai nom de Sara Jane Olson, c'est Kathleen Soliah. Soliah appartient à l'ASL [2]. C'est un groupe de losers givrés d'extrême gauche. Ils enlèvent Patty Hearst. Ils extorquent de l'argent au père Hearst. Ils braquent des banques et ils répandent une rhétorique spécieuse. Passons au 17 mai 74. Le lieu : la 54e rue Est. Le groupe d'intervention du LAPD prend d'assaut une planque de l'ASL. Six Cocos se mangent des gaz lacrymogènes. Ils crachent leurs poumons et ils crament. La maison prend feu. Six gauchos grillent.

1. Los Angeles Police Department, la police de Los Angeles.
2. Armée symbionaise de libération.

On identifie les macchabs. Il n'y a pas de Patty Hearst ni de Kathleen Soliah. Six nullards néo-gauchos notoires restent sur le carreau. Les autres *Untermenschen* de l'ASL survivent. Ils prennent furtivement la fuite.

Passons au 21 avril 75. Le lieu : Carmichael, Californie. Nous sommes dans le comté de Sacramento. Un *très* méchant braquage vient d'avoir lieu. C'est un « 211 pur jus [1] », en jargon flic.

La Crocker National Bank. Huit membres supposés de l'ASL. Quatre à l'intérieur. Un groupe de quatre à l'extérieur. Un magot de quinze mille dollars. Une femme du nom de Myrna Opsahl abattue d'un coup de fusil pour le plaisir.

Passons à 1982. Patty Hearst.

Arrêtée/inculpée/incarcérée/graciée/libérée. Elle écrit ses mémoires. Elle nomme les membres du commando de Carmichael.

Kathy Soliah était dans la banque. Kathy Soliah a vidé les tiroirs de la caisse. Emily Harris a tué Myrna Opsahl. Soliah a interrogé Harris à propos d'Opsahl. Harris a traité Opsahl de « truie bourgeoise ».

Le temps passe. Voici Emily Harris et son mari Bill. Ils sont arrêtés pour des délits annexes. Le temps passe de nouveau. Ils vont en prison. Ils sont placés en liberté conditionnelle. Le livre de Patty Hearst est publié. Le D.A. de Sacramento n'ose pas bouger le petit doigt.

Retournons en 76. Les Fédéraux envoient devant la justice Steve Soliah, le frère de Kathy. Selon Patty Hearst, c'est lui qui conduisait la voiture dans laquelle le commando a pris la fuite. Un jury l'acquitte. Ce qui le sauve, c'est la loi qui interdit que l'on juge une personne deux fois pour le même crime. Myrna Opsahl n'est toujours pas vengée.

Un bond jusqu'au 16 juin 1999. Les Fédéraux arrêtent « Sara Jane Olson ». Elle habite dans le Minnesota. C'est une femme au foyer. Elle a trois enfants. Son mari est médecin.

Elle est extradée. Elle arrive à L.A. Elle est remise en liberté sous caution. Sa comparution avant procès minimise les charges.

Steve Cooley dresse l'oreille. Steve Cooley passe au crible le dossier du braquage de Carmichael. Steve Cooley subodore des inculpations pour meurtre.

---

1. 211 : numéro de l'article consacré au vol dans le code pénal de Californie.

Myrna Opsahl avait un fils. Il s'appelle Jon. Il est médecin. Cooley fait un topo à quelques flics qui travaillent pour le D.A. Ils appellent Jon Opsahl. Ils le mettent au courant.

Kathy Soliah – arrêtée pour l'affaire des voitures incendiées. Le braquage de Carmichael – fin prêt pour venir devant la justice.

Cooley ne cesse d'appeler Jon Opsahl. Opsahl harcèle le D.A. de Sacramento. Opsahl flaire l'essentiel. Opsahl soupçonne ceci :

Sacramento est réticent – chat échaudé craint l'eau froide. Cooley se présente au poste de D.A. Cooley est en tête dans les sondages. Et s'il était élu ? Supposons qu'il prenne des initiatives. Supposons qu'il s'empare de l'affaire bien qu'elle ne dépende pas de sa juridiction.

Cooley est élu. Cooley prend la suite. Un juge local rassemble tous les éléments de la destruction des deux voitures à l'aide de bombes incendiaires. Le juge en question déclare ceci :

« L'histoire de l'ASL, y compris l'attaque de banque de Carmichael, pourrait être incluse dans la présente affaire de destruction de véhicules, car celle-ci fait partie d'un même complot criminel ininterrompu, en cours depuis longtemps. »

Cooley sourit. Cooley tapote son bureau. Cooley admire la vue.

Le temps défile à l'envers. On est en mai 74 de nouveau. C'est hier une fois de plus.

Cooley est un tout jeune procureur. Il est officier de réserve du LAPD. L'assaut par la police de la planque de l'ASL passe en direct à la télé.

Cooley assiste à l'événement. Il adore. C'est retransmis en direct depuis son secteur.

Sacré spectacle. L'ordre triomphe. Une décision de justice que l'on contourne – une tragédie. Il faillit enfiler son uniforme. Pour se rendre sur place.

Il remit sa coopération à plus tard. Le temps reprit sa marche en avant. Le stratagème qu'il avait échafaudé pour l'affaire de Carmichael avait des chances de fonctionner. Il se pourrait que Sacramento engage des poursuites.

Sacré parcours. Et une sacrée vue.

LE BUREAU EST IMMENSE. Pour s'y retrouver, les nouveaux venus ont besoin d'un plan. Des étages et des étages/des salles et des salles/des box disposés comme dans un labyrinthe.

Le bâtiment de la cour d'assises – à l'angle de Temple et Broadway.

Cooley connaît la moindre fissure des murs. Il a travaillé au siège. Il a travaillé dans des antennes à perpète. Il est revenu au bercail comme grand patron.

Il sillonne tous les couloirs. Il palpe les murs. C'est le moment de marquer ton territoire. Tu es *el perro primo/il cane supremo/le chien numéro un.*

Pince-moi – c'est moi le D.A.

Cooley se rend à pied à sa réunion de 10 heures du matin. Ses subordonnés le saluent. Quand ils s'adressent à lui, ils l'appellent surtout « Steve » et « Patron ». Les timides lui donnent du « monsieur ». Cooley en paraît gêné.

Il traverse la salle allouée aux officiers de police. La pièce est bondée. Ce sont tous des bons flics, sans exception – les meilleurs transfuges du LAPD. Ils enquêtent sur les affaires. Ils protègent les témoins. Ils lui servent de garde rapprochée.

Pince-moi. J'ai des gardes du corps et des chauffeurs. Les maîtres d'hôtel me lèchent le cul.

Cooley avance. Cooley palpe les fissures des murs. Cooley est ponctuel pour son rendez-vous de 10 heures.

Toute son équipe est là. La salle est vaste. Les dimensions du bureau carrément orgiaques. L'ordre du jour : la *nouvelle* Unité des Affaires non élucidées.

C'est une idée de Cooley. Quatre district attorneys adjoints plus des inspecteurs du LAPD. Élucidons des meurtres anciens. Ayons recours à l'ADN. L'État de Californie nous a voté une énorme subvention – cinquante millions de dollars. Utilisons la part qui nous revient. Les laboratoires locaux de la police scientifique sont submergés de travail. Attaquons sans tarder notre ordre du jour. Sont présents :

Pour le LAPD : le capitaine Debbie McCarthy, les lieutenants Rick Jackson, Dave Lambkin, Tim Marcia, et d'autres. Un superviseur. Trois enquêteurs chevronnés – qu'ils travaillent sur le terrain ou sur dossiers, ils savent démêler une affaire.

Pour le D.A. : Lisa Kahn, adjointe chargée de mission – la célèbre « déesse de l'ADN ». John Lewin – le procureur stoïque. Chouette costume et coupe de cheveux impeccable. Ellen Aragon – avocate-conseil expérimentée. Regard perçant, glacial derrière ses grandes lunettes. Vesna Maras – procureur/récemment transférée/femme d'esprit/calme et parfois véhémente. Son sosie : l'ingénue du bloc de l'Est des films d'Andrzej Wajda. Joe Scott – l'attaché de presse de Cooley. Un jeune homme de 71 ans. Des racines profondes à L.A. Son père était juge. Son père a envoyé Big Bill Tilden [1] en taule pour pédophilie.

Les bagels et le café sont tout chauds sur la table. Le fromage à tartiner commence à fondre. Les membres de l'équipe se servent un café. Cooley prend un bagel. Lisa Kahn préside la séance. C'est la Déesse des District Attorneys Adjoints.

Nous avons une foule d'affaires non élucidées. Il y a des preuves qui sont toujours disponibles. Il y a des preuves qui ont été détruites. Nous avons des meurtres sans suspect, des meurtres avec un suspect tout désigné, et aussi de vraies énigmes à l'ancienne. Nous avons une subvention pour financer nos recherches. Nous avons droit à un test ADN par affaire. Notre priorité : coincer les suspects de meurtres avec violences sexuelles.

Tout le monde est d'accord. L'assentiment général est sonore et sincère. Cooley grignote un bagel. Il acquiesce d'un signe de tête.

Les flics prennent la suite. Chacun son tour en respectant la hiérarchie. On entend McCarthy puis Jackson/Lambkin/Marcia et la suite.

L'implicite transparaît nettement. Les meurtres sur lesquels nous enquêtons, ce sont les *pires*. Les victimes : des femmes. Les suspects : des hommes. Pénétration. Éjaculation. Mutilation. Le genre de crime qui se résume à : je-jouis-tout-de-suite-je-paierai-plus-tard.

Les flics restent dans le prosaïque. Nous lisons des dossiers, nous identifions des victimes, nous localisons ou nous confirmons les preuves manquantes. Nous localisons les suspects, qu'ils soient libres ou en détention.

Lisa Kahn prend la parole. N'oubliez pas : l'ADN condamne, *mais* il innocente aussi. Cooley prend la parole. N'oubliez pas : l'ADN est parfaitement précis. Il ne peut déformer ni dissimuler les faits. Nous pouvons servir la justice dans les deux sens.

L'implicite opère un glissement. Il devient vite télépathique. C'est l'injection d'une dose massive d'O.J. La certitude fondée sur les preuves, c'est une chose. Des avocats de la défense retors et rusés, c'en est une autre.

Les flics reprennent la parole. Le D.A. reprend la parole. Les échanges rebondissent et repartent de plus belle.

---

1. Champion de tennis célèbre dans les années 20, premier Américain à remporter le tournoi de Wimbledon.

Les trousses pour agressions sexuelles/les congélateurs/les greffes des tribunaux. Les procédures de base : fouiller les vieux cartons/ examiner les fichiers informatisés/incorporer les nouveaux appels à la base de données. Le ressentiment les anime. Ils sont nouveaux dans le métier. Ils sont prêts et remontés à bloc. Ils vont balayer des années de négligences et de laisser-aller.

Les tests en retard qui s'accumulent dans les labos. L'incompétence desdits labos. L'ADN, sujet brûlant et thème kafkaïen. Des détenus qui se la coulent douce à San Quentin et à Folsom. Tentons le coup de l'ADN ! La chance pourrait bien nous sourire. Ça a marché pour O.J. ! ! !

Nouvelles discussions. Des passes habiles – des flics aux D.A.

Les tests d'après viol. Le facteur des relations sexuelles consenties ou pas. Les labos indépendants – peut-on les utiliser ? Achetons ce nouvel ordinateur qui analyse les empreintes digitales.

Cooley ramasse les miettes de son bagel. Cooley change de position dans son fauteuil. C'est son préambule à la coda.

Cooley parle. Son fauteuil est une chaire. Son bureau orgiaque est une nef.

Résoudre les affaires de meurtre – tel est l'austère devoir de l'enquêteur. L'un des moyens d'y parvenir, c'est un travail d'équipe bien conçu. Le devoir du procureur : gagner au tribunal de façon honnête. Priver les assassins de leur autonomie. Protéger la société expressément sur ces principes.

Le discours atteint son but. Le sermon sur le bureau orgiaque. Une prière agnostique.

La séance est levée. Cooley rafle un bagel pour la route.

Ce que c'est que la vie :

La Vie – avec un V majuscule. Une expression empruntée aux détenus. Implique le fait d'appartenir à un groupe fermé. Vous êtes dedans ou vous restez à l'extérieur. Si vous êtes dedans, vous commettez des crimes. Vous courez les risques inhérents à votre activité criminelle. C'est ça, votre carte de membre.

La Vie – avec un V majuscule. Une expression qui s'applique aux prostituées et à leur mode d'existence à haut risque. S'applique à toutes les sociétés fermées. Le risque demeure votre carte de membre.

Le Bureau du D.A. de Los Angeles – idem.

Des racines profondes. Vieilles de 152 ans. Une *looongue* histoire.

Qui remonte à la conquête de l'Ouest. Au temps des guerres entre sociétés secrètes rivales à Chinatown. Des émeutes raciales. Des lynchages. Des scandales dans la police. Des flics ripoux qui font marner des putes. Des flics ripoux qui font exploser des bagnoles. Des meurtres commis par des flics pourris.

Scandale à l'extérieur. Scandale à l'intérieur. On est en 1928. Asa « Ace » Keyes est D.A. Ace est déclaré coupable de corruption. Ace est condamné. Il purge deux ans à San Quentin.

Le D.A. Buron Fitts : dans la merde jusqu'au cou en 1930.

Il y a un réseau de prostitution. Il alimente les nantis en chair fraîche. Des allégations circulent. Fitts est censé les avoir démenties. Des suspicions voient le jour. Le grand jury prononce une inculpation. Fitts encaisse le coup. Fitts gagne au tribunal.

Le D.A. adjoint Jack Kirschke – un flic fringant des années 60. La femme de Jack lui fait des infidélités. Elle couche avec ce guignol d'Orville Drankham. Jack les surprend au lit. Jack les flingue. Jack prend dix ans.

Des crimes qui sont autant de sujets brûlants. Perpétrés *de l'intérieur*. Des raretés statistiques. Emblématiques ? Bien sûr.

Vous êtes dans la Vie. Vous faites la loi. Vous combattez les manquements à la loi perpétrés à l'extérieur. Vous respirez des relents nauséabonds. Vous vous dé-immunisez. Vous connaissez le droit. Vos connaissances vous rendent intrépide. Vous pulvérisez la loi à l'extérieur.

L'histoire. Percevez-la comme picaresque. Engrangez largement les connaissances qu'elle vous procure.

La vida. The Life – Cooley adore ça.

Le bon vieux temps. Les flics à l'ancienne de l'équipe du D.A. – des nervis de luxe qui mènent les interrogatoires à grands coups d'annuaires téléphoniques. Le grand jury et ses coups de tampon – les inculpations, c'est notre spécialité.

L'histoire s'oublie. L'histoire se perd. Le Bureau du D.A. sent le vent tourner et donne un grand coup de balai. Les temps anciens, les anciennes tendances, dehors.

La mode est aux racines ethniques. Cela remonte aux donations de parcelles par les Espagnols. Le Mexicain a la cote. Le Blanc est majoritaire – selon les flux de population. Le Bureau fluctue selon le flux. Le Bureau comprend ce melting-pot auquel s'ajoutent les pays riverains du Pacifique. La Vie est strictement cantonnée et s'ouvre à contrecœur. Elle fonctionne davantage en observant la loi et suit plus souvent le mouvement. L.A. a changé de couleur. Le Bureau pareillement. Seoul et Ciudad Je-ne-sais-quoi rencontrent le Continent Noir et écrasent le Point Blanc.

L.A. a changé. L.A. a grandi. Le Bureau a suivi. La justice représentative – l'intérieur rencontre l'extérieur. La race. Le sexe. L'Unité des Affaires non élucidées. De probables victimes femmes. Trois femmes procureurs.

Cooley adore. Il a 54 ans. Il habite à L.A. depuis toujours. Il a consacré plus de la moitié de son existence à la Vie. Il a vu les gros caïds opérer et disparaître. Il a rencontré J. Miller « Chambre à gaz » Leavy. Miller a envoyé Stephen Nash et Barbara Graham à la mort. Miller a eu la peau de Donald Keith Bashor. Miller se surnomme lui-même « le gazier ».

C'était autrefois. Revenons à aujourd'hui. Merde à la nostalgie. Aujourd'hui est préférable. Autrefois a eu sa place. L'écheveau des jours est inextricable. Autrefois *et* aujourd'hui intimement mêlés, c'est ce qui attache le V majuscule à la Vie.

Aujourd'hui le public est davantage conscient de ce qui se passe. Cette conscience a pour conséquence que les autorités doivent pouvoir rendre des comptes et assumer leurs responsabilités. Le zèle des réformateurs s'exprime *aujourd'hui*. C'est ce regain de zèle qui a fait élire Cooley. Il a grandi dans la Vie. Elle était vaste et bien délimitée. Il l'a vue s'étendre. Les dimensions atteintes l'ont stupéfié.

La Vie. Le Bureau. Une force aux connotations équivalentes.

Mille procureurs. Un personnel de neuf cents membres. Deux cent quatre-vingts flics. Trente-neuf bureaux régionaux. Trente-neuf divisions spécialisées. Et toute la pieuvre du centre-ville.

L'expansion – qui va de pair avec les statistiques du crime. La Vie rencontre la vie dans une proximité propice.

Vous choisissez le camp de la justice. Vous voyez l'Autre Vie révélée. Vous touchez la crasse, vous en *palpez* la texture. Le fait de glisser dans la boue vous motive de façon ambiguë. C'est une dérogation divine. C'est le privilège pervers que procure un coup de périscope sur le purgatoire. Il ragaillardit la détermination. Cela vous dissuade salutairement de privilégier le salaire. Les avocats de la défense gagnent plus que vous. La Vie ne vous empêche pas de rire doucement et de vous en foutre.

Vous venez en aide aux victimes. Vous punissez les malfaiteurs. Vous fouillez dans leurs saloperies. La Vie vous a éprouvé et affecté, irrité et exploité, bousculé et laissé perplexe.

Cooley sait pourquoi.

Ce boulot consiste à servir la vérité. On ne peut que l'aimer.

OLSON-SOLIAH SE RÉTRACTE. Il liquide Rampart.

Le jour de Halloween – elle plaide coupable. Elle reste en liberté provisoire sous caution. Le juge fixe la date de la sentence au 7 décembre. Peine encourue : de 20 ans à perpétuité. Avec une possibilité de libération conditionnelle au bout de 5 ans.

Elle plaide coupable. Elle divise le public de la salle d'audience. Elle voit des journalistes à l'extérieur. Elle dit qu'elle n'est *pas* coupable. Elle incrimine les événements du 11 septembre 2001. Il m'est impossible d'obtenir un procès équitable. La ferveur antiterroriste, quelle horreur !

Scandaleux.

Inacceptable.

Les adjoints de Cooley réagissent. Michael Latin fulmine. Eleanor Hunter déclare : « Soit elle ment au tribunal, soit elle ment hors du tribunal pour sauver la face. »

Le juge fixe une audience. Celle-ci a lieu le 6 novembre. Le juge fait la leçon à Olson-Soliah. « Plaider coupable, c'est autre chose qu'une simple étape sur le chemin qui mène à une conférence de presse. »

Olson-Soliah entame ses jérémiades sur l'air du 11 Septembre. Le juge lui demande carrément : « Vous tenez toujours à plaider coupable ? » Olson-Soliah réfléchit. Olson-Soliah répond : « Oui. »

Passons au 15 novembre. Olson-Soliah fait remettre au juge une requête sous pli scellé. Le juge l'ouvre et la lit. Olson-Soliah fait un virage à 180 degrés. Elle veut revenir sur sa décision.

« Après mûre réflexion, j'ai compris que je ne pouvais pas plaider coupable alors que je sais pertinemment que je ne le suis pas.

C'est la lâcheté qui m'a empêchée de faire ce que j'aurais dû faire : renoncer à toute prudence et me présenter devant un tribunal. »

Le juge fixe une audience au 28 novembre. Puis il la reporte au 3 décembre. Il rejette la requête. Laconique, le juge Larry Paul Fidler résume : « Elle a plaidé coupable parce qu'elle est coupable. »

Bing ! – jugement fixé au 18 décembre. Laconique, le D.A. adjoint Latin déclare : « Le moment approche. Ça ne sera plus la même musique ! »

Une musique de L.A. – Johnny Justice et les Karma Kings. Du rock des années 70. Potentiellement, une musique venue du nord de la Californie – le braquage de Carmichael.

Olson-Soliah évite les balles. Cooley en évite certaines et en reçoit d'autres. Cooley ferme la division Rampart.

Il tient une conférence de presse. Le préfet de police, Parks, et le shérif Baca sont à ses côtés. Il annonce qu'il a transmis des demandes d'exclusion. Il en a signé 15. Il pourrait bien en signer 30 de plus. Il insiste sur les limites de la division Rampart. Perez et son unité sont coupables. Les procès sont terminés, les sentences prononcées, les appels sont en cours. Après quoi l'affaire sera classée.

Il n'y a pas de corruption « endémique » au LAPD. Ne cédez pas à la tentation de la chasse aux sorcières.

Cooley met en avant sa Division pour l'Intégrité du Système Judiciaire. Il décrit en détail plusieurs protocoles nouveaux. Nous étalons tout au grand jour. Nous intervenons dès qu'un flic est accusé de faute professionnelle. Nous enquêtons. Nous inculpons quand nous avons un motif valable. Attendez-vous à nous voir agir – dans tous les cas où un officier de police a fait usage de son arme, dans tous les cas de décès d'une personne en détention.

Cinquante affaires liées à la division Rampart – liquidées avant le Nouvel An. Aucun nouveau dépôt de plainte prévu. *Il n'y a jamais eu d'affaire.*

Rampart – adios, fils de pute.

Cooley reçoit quelques louanges. Il encaisse quelques critiques. Il paye aussi la note de la fatigue accumulée au fil des mois. La presse séditieuse l'étrille.

Cooley le Condé Complice. Cooley le Conspirateur Collectionne les Contacts. Le Policier Perfide Écourte l'Enquête. Ce Blanchiment Brutal Abimera-t-il l'Aura du Réformateur Respectable ?

On ne peut pas influer sur la perception du public. Bon sang – Il n'y a jamais eu d'affaire.

Quelques avocats de la défense réagissent. Le chœur corrosif continue. Il proclame : « Tout le monde tourne la tête pour regarder de l'autre côté. »

Non. On a regardé. On a sondé Rampart de fond en comble. Il n'y a jamais eu...

Et puis merde ! C'est l'automne à L.A. – du soleil et de la pluie. Olson-Soliah plonge vers son destin. L'Unité des Affaires non élucidées se met en place. Les perspectives procurent des picotements plaisants. Aha ! Préparons-nous à faire payer messieurs les meurtriers.

L'AUTORITÉ RENCONTRE LA JUSTICE. Il a grandi en caressant ce rêve. Silver Lake – n'oublie pas de profiter de la vue de temps à autre.

Les collines près du centre-ville. À côté de Chavez Ravine. L'autorité engendre l'injustice. Les types qui détiennent le pouvoir expulsent de pauvres Chicanos. Les types qui détiennent le pouvoir construisent Dodger Stadium.

Il a été élevé dans la religion catholique. Le préfet Parker a fréquenté son église. Parker était un réformateur. À l'époque, Cooley le savait déjà. Parker a mis un terme à la corruption du LAPD. Parker était un poivrot. Les farceurs l'appelaient « Whisky Bill ». Parker se soûlait. Parker diffamait les Noirs. Parker se livrait à des frasques débiles. À l'époque, Cooley n'en savait rien.

Le père de Cooley était agent fédéral. Papa Cooley admirait J. Edgar Hoover. Hoover collectionnait les ouvrages pornographiques et les photos obscènes prises par ses agents lors de leurs missions de surveillance. À l'époque, Papa Cooley ne le savait pas. Cooley Junior non plus.

Silver Lake était moyennement bigarré. La population était composée en majorité de Blancs hétéro. Les homosexuels et les Mexicains gonflaient les effectifs. Les farceurs surnommaient Silver Lake « Chochotte-City ». Personne ne surnommait J. Edgar Hoover « Gay » Edgar.

Un quartier sympa pour un môme. Regardez-moi ces collines et les vues sur les terrasses. Il faut grandir rempli d'illusions. Et perdre ses illusions de la meilleure façon. En laissant au processus le plus de temps possible.

Ce que fit Cooley. Il brilla à l'école. Il pratiqua les sports favoris des gamins. Il vendit le *L.A. Herald*. Le *Herald* publiait des éditions spéciales sur les affaires criminelles. Cooley claironnait les gros titres pour fourguer ses exemplaires. Les affaires criminelles – l'abécédaire de l'homme de loi.

L'affaire Finch-Tregoff. Caryl Chessman et le couloir de la mort. La chaise électrique et J. Miller Leavy.

Le *Herald* fit beaucoup de battage autour du meurtre commis par *Spade* Cooley. Spade jouait du violon dans un orchestre country. Spade Cooley et Steve Cooley n'avaient aucun lien de parenté. Spade était un junkie. Spade venait de massacrer sa femme. Celle-ci voulait entrer dans une secte qui pratiquait des rites sexuels. Spade avait vu rouge.

Les mômes charriaient Cooley. Steve avait les yeux bridés. En Chine, il y avait des coolies. Hé, Steve, tu l'as garé où, ton pousse-pousse ?

Les affaires criminelles lui chatouillaient l'épiderme. Une simple démangeaison – pas d'entaille profonde. Sa vie était bien remplie. L'école, quatre frères et sœurs, l'église. Les conflits des années 60 ne l'intéressaient pas du tout. Son petit monde à *lui* était paisible. Le vaste monde qui l'entourait *aurait dû* l'être aussi. Papa était agent fédéral. *Ça*, c'était la voie de la stabilité. Elle apportait la joie et l'épanouissement.

Cooley la prit.

Il obtint son diplôme de fin d'études secondaires au lycée Loyola. Il entra à Cal State, l'université de l'État de Californie. Cal State était une fac sans chichis, où le pourcentage d'étudiants rebelles était bas. Cooley nourrissait des ambitions politiques. Aux élections des représentants des étudiants, il se présenta au poste de vice-président et fut élu. Le président fut appelé sous les drapeaux. Cooley devint président.

À présent, c'était lui le Boss – une version juvénile et provinciale de l'archétype en question. Il incarnait le jeune tout à fait de son époque. Il s'opposa à une poignée de radicaux. Il prêta main forte pour étouffer une révolte à la noix. Il se fit taper sur les doigts par la justice. Ce ne fut pas indolore. Il demanda à être admis à la fac de droit de l'université de Californie du Sud. Il y fut admis. Préparons-nous à faire carrière au service de la vérité.

Nous allons apprendre la théorie et les lois. Nous allons apprendre à raisonner d'un point de vue purement juridique. Apprenons à cerner la vérité.

Il étudie. Il se gave de cas d'école. Il s'empiffre de menus détails. La fac de droit – la Vie écrite en petits caractères.

Il perfectionne les compétences qu'il va mettre au service de la vérité. Cela aiguise son appétit. La perspective de nouvelles aventures le fait saliver. On est en 72. Il multiplie par deux sa charge de travail. Il s'engage dans les Réservistes du LAPD.

Le LAPD – la Vie écrite en *grooooos* caractères.

Il suit des cours magistraux à l'université. Il engrange 264 heures de cours. Il acquiert de nouvelles compétences. Il est jeune, encore naïf, et travaillé par ses hormones. Donnez-moi du risque et du péril. Donnez-moi une voiture de police. Donnez-moi un insigne et un pistolet.

Ce qu'ils font. Cooley se retrouve à la Division de Newton Street – son territoire : dur, brutal, et non-blanc. Il assure de 3 à 6 permanences par mois. Il travaille le samedi soir. Il voit un homme blessé par balle se vider de son sang sur une table de billard. Le projectile lui a déchiré l'aorte. Ses yeux clignent plusieurs fois et finissent par se figer.

La Division de Newton Street purge Cooley de tout ce qu'il lui restait de jeunesse. Il est mêlé à des bagarres. Il intervient dans des bagarres pour les faire cesser. Il fonce sirène hurlante au volant de sa voiture à chaque appel urgent. Il lit des textes de lois. Il était puceau de la rue, il perd cette virginité-là. Il avale du charabia juridique. Il voit l'horreur de près. Il finit par s'y habituer. L'ASL commet son action d'éclat. C'est une calamiteuse absurdité. Cooley ne ressent aucun frémissement lui prédisant son destin à long terme.

Il échafaude un plan. Il envisage toutes les éventualités. Plan 1 : il est admis au barreau. Plan 1-A : il devient D.A. adjoint. Plan 2 : il échoue à l'examen du barreau. Il s'engage chez les Fédéraux ou travaille à plein temps pour le LAPD.

De bons plans. Bien arrimés à son sens de la vie et bien enveloppés dans ses racines. Il a 26 ans. Il a perdu ses illusions. Ses idéaux restent intacts. Il a appris le droit dans les livres, il a appris la rue sur le terrain, il est paré : il va tenter de servir la vérité.

Il réussit son examen haut la main. Le D.A. a besoin de procureurs. Le Plan 1 et le Plan 1-A ont marché à merveille

COOLEY TRAVAILLE. Les années 70, ça craint. C'est la décennie des coiffures afro et du sacrifice de soi. C'est le règne de l'égocentrisme. L.A. est droguée jusqu'aux yeux. Les criminels distillent la tristesse. Ne m'enfermez pas/aidez-moi à retrouver mes marques/j'ai besoin de me réinsérer.

Ça entrave la quête de la vérité. Ça fait réfléchir Cooley et le force à évaluer les circonstances atténuantes. Ça renforce la vérité érigée en standard absolu. Ça amoindrit la vérité perceptible au premier contact.

Cette démarche renforce le flair grâce auquel il repère ce qui sent mauvais. Cela lui apprend à évaluer les sacrifices par tête de pipe. Il va au-delà des suspects et des victimes et des brèves rencontres au hasard des patrouilles. Il ne tarde pas à aller plus loin que son petit univers de Blanc et sa Newton Street Noircie. Il étudie le droit jurisprudentiel. Il en tire des enchaînements de faits spécifiques. Il en fait la synthèse. Il les modifie pour les adapter à la résolution d'autres affaires. Il rencontre divers suspects et victimes. Il y ajoute des témoins et des familles éprouvées. Il étudie. Il interroge. Il parle à des flics de flic-à-flic et de flic-à-flic/avocat. Il se prépare pour le tribunal. Il apprend à négocier les accords pour revoir à la baisse les chefs d'inculpation. Il apprend à plaider. Il met en balance sa rectitude morale innée et une compassion grandissante.

Il apprend. Il vie la Vie. Il tend vers la vérité. La vérité le mystifie et le prend au piège. Savoir la vérité est une chose. Prouver la vérité en est une autre. Il y a la vérité masquée par des faits qui s'enchaînent de façon déconcertante. Il y a le sacrifice suscité par des circonstances traumatisantes. Il y a le sacrifice qu'entraîne la bourde tragique. La vérité triomphe, la vérité se dérobe, la vérité s'attaque aux principes qui protègent les coupables. Chaque jour/dans chaque affaire/dans chaque accord et chaque jugement issu d'un tribunal – la vérité simple, la vérité à deux versants, la vérité incomprise.

Écarts de conduite, crimes, affaires de drogue, agressions, vols et cambriolages. Jurisprudence, accords négociés, renvois, jugements, justice. La Vie ne lui épargne rien. Il s'en sort en suivant la vérité à la trace.

Il rencontre une femme. Ils se fréquentent et se marient. Deux enfants naissent. Sa carrière avance. La Vie. Le Bureau. Une force aux connotations équivalentes.

Il fait une tournée dans le comté. Il écrit un texte sur la saisie de drogues. Il travaille dans des avant-postes régionaux. Il dirige celui d'Antelope Valley. Il coince un violeur et le fait condamner à 100 ans de détention. Bing ! – la plus lourde sentence jamais prononcée contre un violeur qui a fait une seule victime. Une condamnation bien méritée et qui sert la vérité.

Cooley récolte les louanges. On l'invite à dîner, on le couvre de médailles. Il plaide. Il gagne au tribunal. Il noue des amitiés avec des compagnons que la Vie lui fait connaître. Les D.A. se succèdent. Il observe Joe Busch, John Van de Kamp, Bob Philibosian, Ira Reiner et Gil Garcetti. Il dirige l'avant-poste de San Fernando Valley. C'est un bureau immense. Des dimensions stupéfiantes. Cooley intervient dans des procès concernant des meurtres commis dans des circonstances exceptionnelles. L'affaire Laurie Myles arrive devant le tribunal. Cooley est de la partie.

C'est un cauchemar de quatre mois impliquant trois voyous. Il a choqué tous les habitants de la vallée. Deux morts/trois blessés/trente vols. Ils ont abattu Laurie Myles, sous les yeux de son jeune fils, alors qu'elle se trouvait dans sa voiture. Elle s'était garée devant une église. Sa fille assistait à un cours d'éducation religieuse.

Le LAPD a arrêté les trois voyous. Cooley les a fait condamner. Pour les deux premiers : perpétuité sans possibilité de libération conditionnelle. Pour le troisième : 38 ans de prison.

La vérité – c'est parfois simple. Demandez à « Chambre à gaz » Leavy.

Surviennent les meurtres de Nicole Simpson et de Ronald Goldman. Cooley suit l'affaire. Le D.A., c'est Gil Garcetti, à ce moment-là. Garcetti représente le ministère public au procès. Le jury se prononce en faveur d'O.J. Simpson. O.J. ressort libre. C'est un scandale. Cooley constate le résultat :

Le Bureau du D.A. a perdu la face. Le soutien de l'opinion publique s'érode. Le bureau en ressort la queue basse. Garcetti est réélu. Sa marge sur son adversaire n'est pas plus épaisse qu'un poil de cul.

Cooley a apporté son soutien à l'adversaire de Garcetti. Cooley est puni et transféré au centre-ville. Il se retrouve à diriger l'Unité de lutte contre les escroqueries aux prestations sociales. C'est une rétrogradation et un sale boulot.

Il travaille au centre-ville. Il voit le mécontentement de ceux qui vivent en marge de la loi. Il voit le mécontentement des flics. Il voit de *très* près le mécontentement du public.

Il accomplit son sale boulot. Il capte des ondes anti-Garcetti. Le scandale Rampart éclate. Garcetti le gère comme un pied. Garcetti se plante. Il n'a pas de stratégie. Il ne possède aucun moyen de regarder/d'apprendre/d'écouter/de rassembler des renseignements et de les trier.

Le scandale du lycée Belmont éclate. Reconstruisons le lycée Belmont. Renommons-le pour en faire un « centre d'apprentissage ». Bâtissons-le sur un terrain de premier choix au centre-ville.

Mais...

Le terrain est impropre à une telle construction. Il regorge de substances toxiques. Sur le plan écologique, il est irrécupérable. L'argent des contribuables : plusieurs millions de dollars sont déjà engloutis. C'est un contrat signé par la ville. L'affaire pue la collusion. Tollé général, avalanche de questions.

Où est la vérité ? Où est Gil Garcetti ?

Cooley extrapole. Cooley examine l'enchaînement des faits et les organigrammes. Dans sa tête, Cooley contre les controverses qui font l'actualité. Il lui vient une idée. Digne de Don Quichotte et de Jimmy Carter.

Je vais me présenter aux élections. Je vais battre le D.A. sortant. Je vais gagner.

IL ÉVALUE L'HUMEUR DES ÉLECTEURS. Il sent qu'il y a parmi eux des acharnés de la vérité. Il repère des odeurs nauséabondes dans le *spiritus mundi*.

O.J. est tiré d'affaire. Clinton est tiré d'affaire. L'affaire Rampart fait rage. Le lycée Belmont est l'établissement où Jack Webb [1] a fait ses études. Quand il était élève, Jack s'était présenté à l'élection du délégué de sa classe. La victoire de Jack avait eu des allures de rébellion. Le temps fait un bond de cette époque révolue jusqu'à aujourd'hui. Des alentours de l'année 1938 jusqu'à l'an 2000. La rébellion surgit par vagues. C'est hier une fois de plus.

Cooley fait part de son idée à sa famille. Elle lui dit : VAS-Y. Il en parle à ses collaborateurs et à ses collègues. Ils émettent le même avis.

Il s'y prend de bonne heure. Il fait courir la rumeur de sa candidature au printemps 99. Il met en place un site Internet. Il engage un consultant. Il prend de vitesse les candidats potentiels. Il acquiert très vite le statut d'opposant-clé.

Les médias se gaussent. Cooley matraque Gil Garcetti.

Garcetti met en place une Unité des contrefaçons des marques déposées. Le premier sponsor qui fournit des fonds à Garcetti pour sa campagne est la marque de jeans Guess. Le fils d'un bailleur de fonds de Garcetti a des ennuis avec la justice. Garcetti réduit les charges retenues contre lui.

La Vie. Apprécies-en les traditions. Défie ton patron. Garde ton emploi en même temps.

D'autres adversaires se déclarent. Cooley brise leur élan. Ils font trois petits tours et puis s'en vont. Barry Groveman reste. Annonces officielles/dîners pour récolter des fonds/remue-ménage médiatique. 99 laisse la place à 2000.

---

1. Célèbre acteur, scénariste et producteur qui créa, d'abord à la radio, puis à la télévision, le feuilleton *Dragnet* dans lequel il incarnait Joe Friday, officier du LAPD.

Le premier tour de l'élection est fixé au 7 mars. Il y a trois candidats. Si Gil Garcetti obtient 50 % des voix, Cooley sera battu. Il n'y aura pas de deuxième tour.

Cooley est républicain, Garcetti démocrate. Los Angeles est démocrate à une *fooorte* majorité. Garcetti dépeint Cooley comme un mécontent chronique. Garcetti laisse entendre que c'est un cinglé de droite et un fanatique des armes. Cooley déterre l'histoire Lockheed.

Voyons un peu :

On est en 96. Garcetti veut se faire réélire. Le Bureau du D.A. sollicite les responsables du comté : versons 2,5 millions de dollars aux gens de Lockheed. Et laissons-les gérer notre système informatique de calcul des montants des pensions alimentaires.

Post hoc, ergo propter hoc [1].

Lockheed fournit à Garcetti des fonds pour sa campagne. L'enveloppe arrive un mois plus tard.

L'horloge égrène les heures. Tic-tac, tic-tac jusqu'au 7 mars. Cooley engrange les appuis. Garcetti et Cooley amassent des fonds pour financer leurs campagnes respectives. Garcetti a un physique de *latin lover*. Cooley est le candidat des prolos. Le raisonnement est fallacieux, mais il porte.

Cooley enfonce Garcetti.

Les jeans Guess. Lockheed. Le malaise O.J. comme implicite subversif. Belmont. La « Three Strikes Law [2] » – un cauchemar pervers. Garcetti est pour. Garcetti est un hypocrite. Garcetti est soutenu par un partisan convaincu. Son petit-fils a commis son troisième méfait. Garcetti lui inflige 16 mois de détention. C'est incohérent. La loi impose *obligatoirement* une condamnation à perpétuité au troisième faux-pas.

Garcetti nie l'affaire Lockheed. Garcetti tente de recomposer la chronologie en sa faveur. Garcetti ne s'exprime que par l'intermédiaire d'un consultant. Ledit consultant voit en Cooley « l'exemple typique de l'employé mécontent devenu candidat ». Les personnes de ce genre « commettent toujours l'erreur de croire que l'opinion

1. Après cela, donc à cause de cela.

2. « Three strikes and you are out » (« Trois infractions et vous êtes hors-jeu », terme emprunté au baseball) : loi controversée qui aggrave la sentence des récidivistes ayant déjà commis trois crimes ou délits. Certains légistes veulent l'aménager, d'autres lui conserver toute sa rigueur.

publique veut connaître la liste interminable du linge sale qu'elles veulent laver au grand jour ».

Linge sale, tu parles ! Pas de ticket, pas de blanchisserie. Je ne suis pas chinois, mais je m'appelle Coolie.

La liste est une réalité menaçante et persistante. Cooley la complète. Il lance des salves de solutions. Il les lance en juriste. Elles sont complexes *et* marquées au coin du bon sens. Le « prolo » se révèle un pro de la procédure.

Nous sommes le 7 mars. Les électeurs du comté de L.A se rendent aux urnes. Groveman : 330 429 voix ; 25 % des suffrages. Garcetti : 504 098 ; 37 %. Cooley : 509 750 ; 38 %.

Pas de majorité absolue. Il y aura un deuxième tour. Le combat n'est pas fini.

Et il continue bel et bien. Mais c'est *Cooley* qui a le vent en poupe. Il accélère le mouvement. Cooley avait déjà de l'envergure. Il devient carrément immense.

Les attaques de Garcetti s'étiolent. Cooley exprime son opposition à la loi des trois infractions. C'est une aberration – je veux des peines proportionnelles. Je ne suis *pas* passif sur le sujet des scandales publics. Gil – arrête de raconter des conneries.

Cooley engrange les ralliements. Le quotidien *L.A. Times*/les syndicats de police/l'hebdomadaire *L.A. Weekly*. Des anciens D.A. font campagne pour Steve. La diversité des électeurs qu'il rassemble est déconcertante. Cooley ratisse la droite et séduit la gauche. Son envergure et ses origines modestes les séduisent. L'homme les magnétise.

Garcetti ne sait plus quoi tenter. Il fait les yeux doux aux immigrés. *Amigos y amigas*, aimez-moi, je suis Latin comme vous – le même sang coule dans nos veines. Il fait publier des encarts publicitaires pour discréditer son adversaire. Cela commence par « le républicain Steve Cooley ». La vanne « républicaine » ne provoque pas le moindre remous. La vague sur laquelle surfe Cooley est tout sauf sectaire.

Il affronte Garcetti dans de nombreux face-à-face. Ils débattent quinze fois. Ils échangent des piques. Ils s'invectivent avec véhémence. Les antécédents de Cooley – décortiqués/déformés/reformulés. Réglementation du port d'armes/Les trois infractions/Les jeans Guess/Lockheed. Le roublard contre le candidat d'envergure devenu carrément immense. Vous êtes laxiste envers les criminels/non, c'est *vous* qui l'êtes – malveillances d'hommes mûrs et bisbilles de bac à sable.

Trop c'est trop. Tout cela retarde et parasite une échéance qui ne fait aucun doute.

Les gens adorent Steve Cooley. C'est une adoration véritable et sans réserve. Il touche la corde sensible *chez vous et chez moi*. Il le fait avec naturel, avec sincérité, et sans effort.

Il remporte l'élection haut la main.

C'ÉTAIT EN NOVEMBRE 2000. Passons à aujourd'hui – janvier 2002.

Cooley arpente le 18ᵉ étage. Il palpe les fissures des murs. Il marque son territoire. Il ressasse ses récents emmerdements.

Le *Los Angeles Times* le fustige. Première année de mandat du réformateur : quelques succès, quelques échecs. Joe Scott a devancé le quotidien. Joe en a communiqué la liste, en 31 points. Elle rend compte par le détail d'une année entière.

Depuis les affaires non élucidées jusqu'aux crimes racistes. Depuis Belmont jusqu'à Rampart. Depuis la lutte contre la corruption jusqu'à l'immigration clandestine.

L'article du *L.A. Times*, c'est ce que le lecteur découvre en premier. La liste bourrée de statistiques le suit de près. Le quotidien vous en donne deux fois plus pour votre argent.

La vérité, c'est un *jeu*. C'est ce que lui a appris la politique. La vérité est une obligation morale et un leurre.

L'affaire Robert Blake : non résolue. L'Unité des Affaires non élucidées : ça se présente bien. Ce braquage commis par des Arméniens : des progrès sont en vue. Les lieutenants Rick Jackson et Tim Marcia s'y consacrent sans compter.

L'affaire Rampart suscite toujours des rancœurs. Les cinglés qui voient des complots partout refusent de rendre les armes. La Division pour l'Intégrité du Système Judiciaire a raté son coup sur une affaire. Conflit d'intérêts – vous êtes libre.

La vérité est piétinée parfois. C'est toi le patron, à présent. C'est toi qui encaisses.

La vérité joue les schizos. Que ça te serve de leçon. Allume quelques cierges. Fais-en brûler un pour Gil Garcetti.

Cooley palpe les fissures des murs. Ses subordonnés le saluent. Ils l'appellent *tous* « Patron » et « Steve » à présent.

Il s'installe derrière son bureau orgiaque. Vue imprenable. Sirote ton café et détends-toi.

La vérité libère. La vérité disculpe. La vérité agit à retardement.

Sacramento passe enfin à l'action dans l'affaire de Carmichael. Mieux vaut tard que jamais – cela remonte à 26 ans.

Les agents fédéraux établissent le lien entre les plombs qui ont tué Myrna Opsahl et la cartouche vide. Ce lien les mène à une planque de l'ASL. Une confirmation de la police scientifique – qui se faisait attendre depuis *loooongtemps*.

Les flics de Sacramento passent à l'action. Nous sommes le 16 janvier 2002. L'opération est synchronisée au millipoil.

Emily Harris : arrêtée à 8 h 2. Son ex, Bill, et Michael Bortin : arrêtés à 8 h 8.

Un créneau étroit – 16 minutes pétantes/comme un coup de fusil.

Olson-Soliah s'est réfugiée en douce chez son avocat. Elle passe la journée du 18 au tribunal.

Elle est condamnée. Pour les voitures détruites à la bombe incendiaire : Bing ! – de 20 ans à perpète. Elle est inculpée pour le braquage de Carmichael – vol et homicide volontaire.

Elle plaide non coupable. Cela n'a pas d'importance. Elle est karmiquement crucifiée, grillée, foutue.

Vue imprenable. Tout est crime tout le temps. Ces bâtiments, là en bas : des tribunaux et des prisons.

Cooley est bouche bée. Parfois, il y a une justice. Parfois, la vérité toute simple fait son office.

Myrna Opsahl, que Dieu vous bénisse – je suis content d'avoir pu faire en sorte que justice vous soit rendue. Notre passage ici-bas n'est pas éternel. Un jour, nous nous retrouverons.

DEUXIÈME PARTIE

LES NOUVELLES

L'INDISCRET

LOS ANGELES TIMES, 5 JUIN 1998 :

LES LETTRES D'AMOUR DE TURNER À STOMPANATO VONT ÊTRE VENDUES AUX ENCHÈRES

Smith & Kleindeinst, les commissaires-priseurs de Beverly Hills, viennent d'annoncer qu'ils mettront en vente, lors de leurs enchères du 16 août à Century City, les lettres d'amour que l'actrice Lana Turner, aujourd'hui disparue, a écrites au célèbre truand Johnny Stompanato. Le porte-parole de Smith & Kleindeinst a déclaré que ces lettres leur ont été confiées par une personne qui préfère garder l'anonymat. Il y a 14 lettres en tout, écrites entre le 9 octobre 1957 et le 12 mars 1958. Elles seront vendues en un seul lot.

La liaison Turner-Stompanato occupe une place proéminente dans l'histoire criminelle de Los Angeles. La violence qui caractérisait leur vie de couple atteignit son summum le soir du 4 avril 1958 lorsque Cheryl Crane, 14 ans, fille de Lana Turner et du restaurateur Steve Crane, alors décédé, vola au secours de sa mère et tua Stompanato d'un coup de couteau. Aucune charge ne fut retenue contre Mlle Crane. Envoyée dans un établissement psychiatrique, elle y subit des examens et y reçut des soins.

Selon le porte-parole de Smith & Kleindeinst, la mise à prix du lot de lettres se situera probablement « autour de 500 000 dollars ».

THE ADVOCATE, 6 JUIN 1998 :

UN JOURNALISTE DE LA PRESSE À SCANDALE DANS UN ÉTAT CRITIQUE

Daniel « Danny » Getchell, rédacteur en chef et chroniqueur principal du magazine à scandale *L'Indiscret*, tristement célèbre dans les années 50 et 60, a été admis la semaine dernière au centre médical Cedars-Sinaï. Un informateur anonyme dudit centre a révélé que Getchell vit les « derniers moments d'une agonie » provoquée par « une tumeur cérébrale critique ».

L'Indiscret et les autres gazettes à scandale de cette époque – *Confidentiel*, *On en parle, Chuchotements, De vous à moi,* et *Cancans* – ont mené collectivement une campagne calomnieuse contre les gays et les lesbiennes, utilisant pour ce faire des tactiques brutales de dénonciation publique. Les insinuations et l'intimidation étaient les méthodes qu'elles appliquaient le plus couramment, à seule fin d'émoustiller leurs lecteurs à n'importe quel prix, sans le moindre égard pour les personnes sur lesquelles elles s'acharnaient. Les gazettes à scandale ont réduit à néant l'existence de nombreux homosexuels américains, et *L'Indiscret* était sans doute la pire du lot.

Benjamin Luboff, ancien collaborateur de *Chuchotements*, et auteur d'un livre de mémoires en forme de mea-culpa intitulé *Le Fléau des feuilles à scandale*, a dit de Danny Getchell qu'il était « haineusement obsédé par la tentation de ramasser facilement de l'argent en divulguant des noms d'homosexuels » et « pathologiquement motivé par le désir sadique de faire sortir les gays du placard ». Quand on lui a demandé son sentiment sur l'hospitalisation de Getchell, Luboff a répondu : « Qu'est-ce que je peux dire ? Je ne souhaite à aucun être humain – qu'il soit homo ou hétéro – une agonie douloureuse et interminable, mais il sera plus doux de vivre dans un monde débarrassé de Danny Getchell. »

Un informateur qui travaille à l'hôpital nous indique que Getchell, placé sous soins intensifs vingt-quatre heures sur vingt-quatre, n'est pas en état de répondre au questionnaire que *The Advocate* désirait lui soumettre.

Non, ce n'est pas Cheryl Crane qui a suriné Johnny Stompanato, et je n'ai pas de tumeur au cerveau, merde ! Et les lopettes que j'ai laminées, je leur ai toujours laissé une chance de cracher au bassinet pour que l'article ne paraisse pas.

Et vous ne pouvez pas imaginer le dossier que j'ai amassé sur Ben Luboff.

L'histoire de la tumeur cérébrale, c'est un écran de fumée concocté par l'attaché de presse de l'hôpital. Je suis planqué dans une salle secrète de Cedars-Sinaï aménagée dans un ancien abri antiaérien. Je suis souterrainement dissimulé avec soixante-trois patients de sexe masculin et seize médecins décidés à terrasser notre virus. Ils ignorent hypocritement le serment d'Hippocrate et ils vendront leur remède exclusivement aux riches. Je vends tout ce que je possède pour m'offrir un lit dans leur service, à vingt mille dollars par jour.

J'ai le sida. Ce qu'il y a de pire, dans le fait d'avoir le sida, c'est justement de l'avoir. Juste après, en juste un peu moins pire, il y a le fait qu'on vous prend pour un pédé.

Je ne suis pas pédé. Je suis un junkie qui se shoote depuis 40 ans.

Ce qui m'a déglingué, c'est les cures de rajeunissement d'origine douteuse. Je purge périodiquement mon système sanguin putréfié avec des transfusions qui proviennent du marché noir. En 91, les poches de sang que j'ai achetées, c'étaient des surplus de l'opération « Tempête du désert ». Elles ont liquidé ma libido, terrassé mon taux de globules rouges, et m'ont plongé profondément dans une dégénérescence dévastatrice.

À moins que quelqu'un ne m'ait empoisonné sciemment. Mais qui ?

Un malfaisant minable dont j'ai médit en mai 61 ? Un jeune con que j'ai cloué au pilori pour ses accointances avec les cocos il y a quelques décennies ? Ou bien un chacal revanchard qui me tenait au chaud un chien de sa chienne ?

Aujourd'hui, je suis pulsionnellement paranoïaque. Je suis un homophobe hémophile et un chrétien crucifiable cloué à ma couche dans un cabanon pour corydons.

De mon lit, je vois six des cibles de ma feuille à scandale raccordées à leur perf. Ces gus me stressent stratégiquement en dirigeant sur moi leur regard qui regorge de rancœur. Amassés à portée de voix et de main, ils m'assiègent tandis que je m'astreins à structurer ce récit dans le style de L'Indiscret.

J'ai un poignard pointu planqué sous mon plumard. J'ai dans ma tête l'histoire prudemment pro-pédé que vous allez lire. Je vais flatter la fierté des fiottes ou distribuer des dérouillées dignes de l'hécatombe lancée par L'Indiscret.

Le pégriot qui pieute trois paddocks plus loin me fixe avec fascination. J'ai beau chercher dans les archives de mes chantages et mes chausse-trappes, sa tronche ne me dit rien. Je vais le chasser de mes pensées et me concentrer sur ma saga tant que je me sens encore à l'aise pour aligner allègrement des allitérations.

1

La pénible pénurie de persiflages du printemps 58 :

Elle paralyse, elle pressure, elle pétrifie la potinière de la presse, *L'Indiscret*-langue-de-pute. Elle nous pousse à publier de pures présomptions présentées comme vérités vérifiées. Elle me décide à déterrer des documents désuets, et à les déguiser en d'inédites indiscrétions indignes.

JACKIE GLEASON SE BAT CONTRE LA BOULIMIE DANS UN SANA POUR OBÈSES PRÈS DE BOSTON ! JOHNNY RAY REÇOIT UNE PUNITION PENDANT UN PUGILAT DE PISSOTIÈRE ! MÈTRE EN MAIN, LES STARLETTES ATTESTENT QUE STEVE COCHRAN MÉRITE LE TITRE DE MISTER KINGSIZE DE LA MECQUE DU CINÉMA !

Tuyaux crevés et rumeurs recyclées. Médisances et mensonges, paratonnerres parfaits pour appâter les procédures périlleuses. Assertions impossibles à prouver propres à provoquer de rigoureuses ripostes dans un climat d'obscurantisme.

L'an dernier, Maureen O'Hara a laminé *L'Indiscret*. Le magazine avait médit d'elle, prétendant qu'elle avait peloté un pékin au Paramount de Pasadena. Le tribunal a tranché en sa faveur. *Confidentiel* a divulgué en détail la dégringolade dipsomaniaque de Dorothy Dandridge. Le tribunal a tranché en sa faveur. Ce qu'un chimpanzé fait, un autre chimpanzé l'imite. Toute une série de singes traîne *L'Indiscret* devant la justice. Pour l'instant, ils nous écrasent au score par 3 à 0. Nous dilapidons nos disponibilités en dédommagements divers et nous nous dirigeons vers le Boulevard de la Banqueroute et la Mesa des Moribonds. On se la fait enfoncer profond dans le tafanard.

Nous avons radicalement réduit la superficie de notre siège social. Nous nous sommes installés dans un immeuble immonde du centre-ville, à deux pas de la fourrière – celle où on fourre les fox-terriers, pas les Ford Fairmont. Le dentiste drogué du bout du couloir rend cinglés mes nouveaux employés. Pour éponger les frais de justice, j'ai congédié mes anciens compères et recruté de nouveaux esclaves arrachés à l'Armée du Salut. Ce sont tous des pochetrons repentis qui ont la tremblote des picoleurs patentés. Les stridences de la fraise du dentiste transpercent les parois et s'insinuent sous leur épiderme. Ils en lâchent leurs casses à caractères et aspergent mes maquettes de gouttes de colle.

Notre tirage est tombé dans les tréfonds des feuilles à scandale. On chuchote que *Chuchotements* a des chiffres de vente qui valent dix fois les nôtres. C'est Ben Luboff qui récolte des ragots pour *Chuchotements*. Je le déteste, parce que je dois du fric à son frère, le bookmaker – deux mille dollars sur le match de boxe Basilio-Robinson. De temps en temps, Ben me pompe des persiflages pervers et il éponge mon passif à ma place. J'ai horreur de m'humilier et de dévaluer *L'Indiscret* – mais je n'ai plus le choix, à présent.

Du regard, je balaie le bureau. Un ancien soiffard a laissé tomber sa cigarette et salopé une photo torride toute prête à agrémenter ma maquette :

À « La Petite Cabane en Bois » de Linda, le regard lubrique de Lizbeth Lesbo Scott, la brouteuse de bouton.

Meeerde...

Il est temps que j'arpente préventivement le pavé. Je me rends jusqu'au bout du couloir et me faufile dans le fauteuil du Dr Dave Dockweiler.

Dave me demande :

– Ça fait combien de temps ?

Je réponds :

– Quarante-huit heures d'affilée.

Dave siphonne dans sa seringue un soupçon de sérum de sérénité et vise une veine visiblement viable dans mon bras gauche.

Il réclame :

– Trois rumeurs trop énormes pour être imprimées. J'ai un raout à l'American Legion, ce soir.

Je concocte un cocktail de cancans façon conspiration coco et serre le poing pour faire saillir la veine qui lui sert de cible.

– Paul Robeson se tape Pat Nixon. Je te jure que c'est pas des bobards. Il l'a rendue accro à sa grosse anguille de calebar toute noire, et elle lui susurre les secrets de Richard le Roublard, et Robeson les refile au Kremlin, et le Kremlin les refile au sénateur John F. Kennedy, qui se présentera contre Richard en 60. C'est pas des bobards, je te le jure. Oh, et puis, Sammy Davis Junior saute Mamie Eisenhower. Je te le jure, Dave, c'est pas du baratin.

Dave plante sa seringue dans ma veine vivement violette.

– Tu me jures que c'est pas des vannes ?

– C'est pas des vannes, Dave, je te le jure.

Dave mord à l'hameçon, secoue la tête, et avale mes salades. Il m'injecte sa potion magique et me regarde m'envoler vers les étoiles.

J'entre en orbite orgasmique. Je dépasse au sprint le satellite Spoutnik et je jaspine avec Jésus. Je rejoins le fauteuil et j'en jaillis comme un jaguar de la jungle.

Je plane à la méthédrine amarrée aux hormones mâles et mêlée à une mixture multivitaminée. Voici pourquoi les feuilles à scandale font fureur :

Les lecteurs éprouvent une excitation équivoque à l'égard des célébrités. Ils les idolâtrent inconsidérément. Ils leur adressent leur adulation adolescente et ne reçoivent rien en retour. C'est une dissociation déprimante. C'est une idolâtrie idiote. Les magazines pour admirateurs attisent les ardeurs d'un béguin bêtifiant et affirment avec force que vos stars favorites ne se foutront jamais de vos fioles. Les feuilles à scandale anéantissent cette affirmation, elles démolissent délibérément et déidolâtrent les idoles qui vous ignorent. C'est une revanche révisionniste. Elles rabaissent vos déités dédaigneuses au niveau navrant de vos propres coïts occasionnels. Elles renversent les richissimes et les respectables et les catapultent dans le caniveau, à vos côtés. C'est une houleuse libération qui vous laisse à loisir les aimer comme s'ils étaient des vôtres.

Je ne touche plus terre, téléporté par la méthédrine transcendantale, la tête truffée de thèmes à traiter dans *L'Indiscret*. J'atterris à Hollywood, shooté jusqu'aux tifs, et bien déterminé à déterrer des potins pour me désendetter.

Chaque barman, chaque belle de nuit, chaque bimbo de série B, le moindre serveur, le moindre videur, est prêt à informer *L'Indiscret*, à chuchoter des choses à *Chuchotements*, à cancaner pour le compte de *Cancans*. Je m'insinue parmi mes indics et m'enquiers : « Quoi de neuf ? » Je récolte quelques racontars :

Howard Hugues a la trique pour une michetonneuse métisse nommée Dusky Delice. Rintintin a ramoné Lassie, lui ravageant les reins, à un récent raout canin. Mickey Cohen ne veut plus raquer pour Candy Barr, la strip-teaseuse qu'il entretient. Il n'en a plus les moyens. Candy cachetonne dans des films de cul et consomme des montagnes de marie-jeanne. Mickey Cohen est à fond de cale, il compte sur le carbure que pourraient lui prêter ses anciens acolytes. À l'hôtel Statler, Johnny Stompanato a posé un lapin à Mickey, le flouant d'un tas de fric qu'il lui devait depuis belle lurette. Lana Turner se lamente de la perte de Lex Barker. Stompanato Johnny saute à pieds joints dans la vie de Lana. Il la bouscule et la bichonne pour qu'elle accorde à son Popol de longues séances au cirque. À présent, quand on lui parle de Barker, Lana minaude : « Lex comment ? »

Bob Mitchum a maltraité une mulâtresse dans une boîte de nuit de Nègreville. Porfiro Rubirosa a sorti sa saucisse pendant une bamboula pour Bill Bendix à Bel-Air. Rock Hudson se farcit des freluquets somptueusement séduisants qui négocient leurs services. Il les trouve par l'entremise d'un sodomite en sueur qui sert les clients au restaurant drive-in Delores. Lenny Bruce cafte des camés au Service des Stups du Shérif.

L'anecdote sur Rintintin, c'est une vanne qui vaut zéro. La maldonne de Mitchum, il y a peut-être moyen de la mettre en valeur et d'en tirer un papier sur les couples mixtes. Les frasques de Stompanato, c'est du réchauffé – *Confidentiel* l'a cafardé il y a trois mois. J'ai déjà tiré parti de la pine de Porfirio et de l'appétit de Hughes pour les hétaïres. Ben Luboff ne se laissera pas refiler de pareilles resucées.

Mais il plongerait peut-être pour le potin plaisant sur Rock Hudson.

Ben veut propulser Rock Hudson hors de son placard. Il veut le pousser de l'autre côté du rideau rose pour qu'il se pavane en peignoir parme. Tous les scribouillards spécialisés dans le scandale rêvent de ruiner et de renverser Rock. C'est l'apollon au pinacle de la pyramide des pédés. *L'Indiscret*, *Chuchotements*, *Confidentiel* – on a tous été à deux doigts de déverrouiller la porte du placard, mais des publicitaires pugnaces, comptant sur notre cupidité, nous ont racheté nos ragots, avant de nous inonder d'indiscrétions croustillantes sur leurs autres clients qui sont tout autant de la jaquette. Le Rock reste rigidement dressé – juste derrière le Passage Pourpre.

Chez Georgie, Ben Luboff bloque un box du fond de la salle vingt heures sur vingt-quatre. Les indics s'y pressent pour lui passer des infos. Je me pointe à sa table et je la joue à l'esbroufe.

– Je dois deux mille dollars à ton frère. Arrange-moi le coup, passe-moi un tuyau pour le numéro du mois de mai, et je t'apporte le Rock sur un plateau.

Ben éructe un renvoi qui embaume le bicarbonate. Des bulles gambadent sur ses badigoinces. On le dirait désespérément déprimé et dyspeptique. L'assèchement des sources de secrets salaces l'a laissé fort assoiffé.

Il fait glisser vers moi une serviette en papier. Je sors mon stylo et rédige mon ragot sur Rock et son sodomite en sueur. Ben Luboff libelle son propre persiflage sur une autre serviette. L'échange de notes se fait en simultané.

La sienne annonce :

« Don Jordan (boxeur poids mi-moyen en lice pour la couronne mondiale) maquereaute les serveuses mexicaines immigrées sans papiers du restaurant Luau. »

QUAND LES BARMAIDS MEXICAINES MICHETONNENT À MINUIT...

Ben bouffe la serviette en papier que je lui ai passée et m'envoie un baiser au bicarbonate.

2

Le Luau :

Un resto type haïtien éclairé par des torches qui sert de rendez-vous sur Rodeo Boulevard. La Mecque des maîtres du septième art et des businessmen de Beverly Hills.

Des boxes balèzes et un éclairage indirect insolite. Décor tropical de pacotille. Au Bambou Bar, des punchs planteurs prodigieux et des amuse-gueules alléchants.

Un paradis polynésien en polyuréthane – avec des judas judicieusement placés dans les panneaux de bois près du bar et des toilettes pour dames aussi.

Le Luau appartient à Steve Crane. Steve adore rôder et reluquer. Chaque soir, le maître des lieux les visite en voyeur vicieux.

Steve a une dette envers moi. En 54, je l'ai tiré d'une sale affaire de fellation. Ben Luboff avait tenté de le piéger avec l'aide d'une petite caille de San Quentin qui ne comptait que 16 ans au compteur. C'est pourquoi Steve me laissait rôder et jouer les voyeurs à volonté.

Je suis planqué derrière le lavatory des Ladies. Mon poste d'observation me procure un point de vue de première. Je vois Helen Hayes réharnacher ses jarretelles. Je vois June Christy plier un billet de 20 craquant neuf et se carrer de la coke dans le pif. Je m'accroupis dans un couloir obscur et lambrissé et colle mon œil à un orifice percé juste derrière le bar.

Des dipsomanes rêveurs dérivent dans du rhum de Demerara. Don Jordan agite un jus d'orange givré. Don le Démoniaque vient de la République Dominicaine – c'est un mulâtre maladroit qui fait à présent des heures sup' avec un mélange de barmaids mexicaines.

Don au Dard Démesuré : la rumeur le crédite d'une queue d'un quart de mètre. Don le Diabolique : la rumeur dit qu'il dirige un escadron d'assassins d'extrême droite dans son pays, en Dominique. Une rumeur récente et profitable : Mickey Cohen possède une part importante des bourses de combat de Don Jordan.

Je concentre mon regard sur le bar. Don descend son daiquiri et griffonne sur sa serviette. Trois tripoteuses de tortillas se tortillent à ses côtés.

Des Latinos lascives qui lancinent la libido. Une belle brochette bien trop basanée pour turbiner au Luau, le resto blanc comme neige de Steve Crane.

Steve s'en tenait strictement à sa déclaration des droits raciaux des racoleuses. Les Noires : Niet, nein, non, pas de ça chez moi. Les Blanches : Bienvenue à vous, vous prendrez bien quelque chose ? Les Latinos : Seules sont tolérées les Theresa et les Trinidad au teint transparent.

Il y a un détail qui cloche, et plutôt deux fois qu'une.

Je comprends d'un seul coup :

Deux filles fringuées kif-kif en fourreau fashion de chez Frederick's. Des pin-up, peut-être, mais pas au point de se pâmer. Et la suprême señorita : languissamment élancée dans la robe bleu ciel que portait Lana Turner le mois dernier aux Oscars.

Lana Turner :

L'ex de Steve Crane. Star de ciné et maman de Cheryl, fille de Steve et fan de stars aussi. Steve est encore en manque, en manque d'amour – l'amour lubrique de Lana. Steve ne supporte pas l'idée que Johnny puisse limer Lana.

Haletant, je jette un œil à travers le judas. Mon souffle souillé de méthédrine obscurcit l'optique. Je l'essuie et je suis un serveur qui s'approche de la *más magnífica mama*.

Il lui passe un papier. Don Jordan passe à ses autres prostiputes des Minox – des mini appareils photo modèle Mickey Mouse.

C'est quoi, ce cirque... ?

La mamacita en chef chaloupe vers la sortie. De judas en judas, je la suis de la sorte sans cesser de la pister. Elle sort dans le parking de derrière et se dirige vers Steve Crane. Steve s'est posté près d'une Packard Panama pervenche.

Je pousse une porte du passage et me retrouve dans une réserve. Écartant des caisses de curaçao, je décoince une croisée. Si près de moi que je les entendrais chuchoter : Steve et la spectaculaire poupée à la peau cuivrée.

Je m'attarde. Je m'incruste. Je me hisse jusqu'au rebord de la fenêtre et tends l'oreille.

Steve s'énerve :

– Allons, voyons, tu connais les conditions. Je veux bien que Don vous laisse racoler chez moi, mais seulement si...

– S'il vous plaaaaît, monsieur Crane, dit la fille. Je ne sais pas ce que vous voulez que je dise.

– Ne fais pas ta sainte nitouche, Rosita, dit Steve. On a déjà discuté de tout ça.

– Oui, c'est vrai, réplique Rosita, mais vous devriez me dire exactement ce que vous...

– Est-ce que Johnny frappe Lana ou Cheryl ?

– Non, il leur crie après, c'est tout. C'est pas très agréable, mais...

– Tu postes toujours les lettres que Lana lui écrit ?

– Euh... Oui.

– Des lettres d'amour, c'est ça ?

– Eh bien, je ne...

– Rosita, tu m'as dit qu'elle trempe les lettres dans le parfum, et que tu l'as vue glisser dans les enveloppes, avant de les cacheter, des petits poils frisés.

Nom d'une pipe en bois de Boulogne ! Ah, le provocateur pervers ! Ah, le cornard vachard consumé par le masochisme !

Rosita supplie :

– S'il vous plaît, monsieur Crane. Je n'ai pas envie de...

– Rosita, je veux que tu me remettes la prochaine lettre que Lana te confiera.

– Non. Non, non, non, non. Je ne peux pas faire ça à Mlle Lana.

Steve – strict, stressé et stridulent, à présent :

– Si je vous laisse travailler ici, toi et les deux autres, c'est uniquement parce que tu me donnes des renseignements. Don ne serait pas content si je vous virais toutes les trois.

Rosita, ravissante mais résolue et attentive avec application :

– Je ne peux pas trahir Mlle Lana, du moment que M. Johnny ne lui fait pas de mal, ni à elle ni à Mlle Cheryl.

Steve, réellement résigné et ravagé par les regrets :

– Bon, eh bien... D'accord, d'accord. Pour le moment, du moins. Mais je veux seulement protéger Lana contre elle-même, et tu vas me promettre que tu m'avertiras si jamais Johnny lève la main sur elle ou sur Cheryl. Tu sais, j'ai un copain mafieux qui déteste ce salopard.

Rosita, en mélodieuse madone :

– Oh, oui, je vous le promets. Je tiens autant que vous à Mlle Lana et à Mlle Cheryl.

Mickey Cohen ne peut pas sentir Johnny Stompanato. Mickey, c'est le mini-mousquetaire maboul de la mafia locale. Mickey n'a qu'un piètre pourcentage des gains de Don Jordan, et pas grand-chose d'autre. Mickey est trop minable pour prendre Steve sous sa protection et supprimer Stompanato – et je commence à flairer une histoire de fric dans ce micmac.

Je pourrais voler les lettres licencieuses de Lana. Je pourrais les céder à Steve ou à un Lanaphile lascif. Je pourrais embobiner Ben Luboff et lui refiler au prix fort quelques feuillets fadasses. Je pourrais, prétentieux, publier la totalité de ce texte torride dans *L'Indiscret*.

La vérité est mon mandat moral. Les persiflages que je publie définissent mon dévouement à cette discipline difficile. « Le désenchantement est édifiant » – un quelconque pontife a pondu cette platitude qui a trouvé une résonance remarquable dans ma propre réflexion. Je vis pour édifier, pour éclairer, pour amuser et pour affirmer les valeurs morales. Tout cela implique d'audacieuses prises de risques destinées à tendre des pièges. Je suis un zélé prosélyte du Ier amendement. J'affirme avec force que les feuilles à scandale sont la forme ultime de la liberté d'expression. Je tends des pièges pervers pour traquer la vérité. Mon mandat métamorphosé par la méthédrine rend l'entreprise moralement légitime.

Dans l'annuaire de L.A., je trouve le numéro de Stompanato. Je l'appelle. Je tombe sur une boniche black : « Missié Johnny, y l'est pas là », et « Moi aussi, je vais pa'ti' bientôt ». Elle parle comme la bande-son de *Mélodie du Sud*.

Je roule ma bosse jusqu'à Benedict Canyon et blottis ma Buick derrière les buissons qui bordent Beverly Drive. À pied, je pousse jusqu'au prochain pâté de maisons, où est bâti le bunker balèze de Johnny : un triangle vertical tout en verre.

Somptueusement structuré, éclairé à giorno à une heure du matin. De faramineuses fenêtres où fixer son regard, de hautes haies derrière lesquelles se camoufler – le rêve du mateur, le Walhalla du voyeur.

Nom de D...

La fente de la boîte à lettres est percée directement dans la porte-fenêtre qui sert de porte d'entrée. Je ne peux pas y glisser la main pour soulever un loquet et libérer les lettres de Lana.

Je me dissimule derrière une haie d'hortensias. J'avise une vaste baie vitrée sise en vis-à-vis à trois mètres d'où je suis. Johnny Stompanato s'inscrit dans mon champ de vision. Don Jordan surgit aussi et le rejoint.

Ils se lancent à la tête des injures et des lazzis. Ils arpentent le plancher de la pièce et chacun plante dans les pectoraux de l'autre un médius meurtrier. Ils pestent et protestent, et leurs épithètes font vibrer la vitre, mais je ne parviens pas à capter avec précision le moindre mot.

Don Jordan sort de sa poche un paquet de photos et les exhibe en éventail. Plissant puissamment les paupières, je scrute les clichés à travers la baie vitrée. Je vois des tirages au bromure encore imbibés, hâtivement arrachés aux bacs d'un labo. Des photos d'intérieur : des suites somptueuses aux penderies profondes et aux lits luxueux.

Dans mon cerveau, ça fait tic, tac, TILT !

Les barmaids mexicaines qui manient les Minox. Les poupées sans papiers qui font les pouffes en heures sup'. Les racoleuses ramassées au Luau, embarquées vers Brentwood et Beverly Hills. Papa se ramène une michetonneuse à la maison pendant que Maman musarde à Miami ou s'amuse à son club de mah-jong du mardi. Les pépées prennent des photos en perspective et les donnent à Don. Don les donne à un méchant monte-en-l'air, un caïd de la cambriole. Don Jordan introduit Rosita dans le dispositif. Johnny tire sur la chaîne de Rosita, lui soutire les secrets du dessein de Don le Démoniaque, et il prétend toucher un pourcentage. Rosita lambine au Luau dans la robe décolletée de Lana Turner. Steve Crane, qui est toujours amoureux de Lana, reconnaît sa robe. Il enrage, il rugit et réprimande Rosita. Il exige qu'elle lui serve d'agent double. Rosita se résigne à espionner la vie de couple de Lana et Johnny.

Stompanato tape du pied. Don Jordan donne de la voix. Ils s'écartent et inversent le cours de ce contretemps contre-productif. Ils se sourient. Ils s'installent sur le sofa. Ils se penchent sur les épreuves et ébauchent un plan sur une feuille de papier.

Je me baisse et bats en retraite jusqu'à mon buisson. Je sens la méthédrine qui s'échappe de tous mes pores – panachée d'un fort parfum de POGNON.

Il me faut des noms. Je pourrais pénétrer chez Johnny par effraction et rafler la liste des pigeons à cambrioler. Je pourrais poser des micros chez lui et chez Don le Démoniaque aussi. Je pourrais me brancher sur leurs lignes téléphoniques, enregistrer leurs coups de fil. Je pourrais même équiper de micros les Mexicaines sans papiers – après les avoir intimidées en me faisant passer pour un flic de l'immigration. Je pourrais contacter les mufles maladroits avec qui elles ont couché et leur lancer un ultimatum – filez-moi du fric à foison, sinon je vous balance à votre bourgeoise. Je lui dis quelle souris vous avez sautée un sinistre samedi soir.

Oooooooh, Daddy-o ! ! ! ! Ce plan-là commence à me plaire, puissamment !

Je rallie le siège de *L'Indiscret*. Il faut que je mette la main sur une masse de matos de surveillance.

Le bureau est occupé. Mes employés en écrasent sur le plancher. Ils sont beurrés, bourrés, blindés, nazes, schlass et zombifiés. Comme un seul homme, ils se sont tous remis à picoler.

Ils se sont cuités au chianti et poivrés au porto. Ils ont pris une muflée au marsala et se sont grisés au pinot gris. Des bouteilles vides envahissent chaque parcelle de plancher encore disponible.

Je contrôle le contenu de ma caisse d'accessoires. Tous mes micros espions sont mal en point, cramés, grillés, bousillés. Mes cordons condensateurs sont lacérés, réduits à de simples lanières. Mes cadrans à capacitance sont cacochymes, caducs ou kaput.

MERDE...

Il faut que je dégote un spécialiste de la surveillance qui travaille en free-lance, et que je le coopte dans mon complot. Je vais devoir lui laisser un pourcentage appréciable de mon profit potentiel.

MERDE...

J'appelle Fred « le Frappé » Turentine. Sa femme m'apprend qu'il travaille pour *Chuchotements* ce soir. J'appelle Buddy Berkow, le « Boss du Rembour ». Sa femme me dit que Ben Luboff vient de l'embarquer pour un boulot balèze. J'appelle Voyeur Vance Vanning. Sa femme m'avertit qu'il travaille en ce moment même – pour *Chuchotements*. (Lui aussi ?) Il lui a dit où elle pouvait l'appeler, tard dans la soirée : une cabine à l'angle de Wilshire et La Cienaga.

Tout coïncide, tout concorde :

Mon tuyau pour tendre un traquenard au Ravissant Homo Rock Hudson. Le sodomite en sueur qui turbine au Delores Drive-In. Ben Luboff prêt à pulvériser le Parthénon Pourpre.

3

C'est sûrement un gros coup. Trois spécialistes de la surveillance à 20 dollars de l'heure : ils ne sont pas là pour des prunes. Si j'ai bien compris, Ben veut des infos sur les invertis qui font commerce de leurs charmes, pour mieux préparer son coup contre le Ravissant Rocky. Il va mettre des micros et bricoler le bigophone pour piéger le sodomite en sueur et récolter des racontars compromettants sur le Delores Drive-In. Un prélude plaisant avant de poisser le priapique Rock Hudson en compagnie d'un mignon qui aime se faire ramoner pour ramasser la monnaie.

Il faut que je voie ça. L'affaire s'annonce aussi astronomique que la bombe A de l'atoll de Bikini. Une motivation binaire booste mon envie de me mêler à ce moment majeur. Je veux barboter à Buddy Berkow un max de micros pour mon micmac *à moi*.

Je déboule à fond de ballon jusqu'au carrefour La Cienaga-Wilshire. Je longe le Delores Drive-In, je lorgne et je liste tous les détails délictueux.

Sur le coup de deux heures du mat', c'est le charivari – les couche-tard sont à la recherche de burgers, de bortsch ou de bagels. Des beatniks et des branques blindés à la benzédrine dans des Bonneville déglinguées. Des Cholos en Chevrolet surbaissées à pneus sans sculptures.

Les serveurs valsent d'une voiture à l'autre en patins à roulettes. Rien que des mâles efféminés fringués façon frou-frou. La berline

James Bond de Buddy Berkow est garée derrière les toilettes. Bord à bord avec elle : le van de Voyeur Vance Vanning. Fred « le Frappé » Turentine se goinfre de frites au comptoir, dans la salle.

Je retourne en vitesse sur Wilshire et je me gare. Je colle à mes orbites des jumelles japonaises et m'offre un orgasme oculaire.

Visez un peu :

Des gouttes de sueur sillonnent le front de ce serveur trop grand qui atteint sous la toise les deux mètres trois. Un sodomite en sueur qui a la tremblote : son plateau trépide, se tortille, à deux doigts de désarçonner deux double cheeseburgers.

Il fourgue ses porcifs à deux Filipinos en Ford Fairlane. Il repart vers une petite cabane éclairée par des projos. Il se plante près de la porte et grille à la chaîne deux Chesterfield King.

L'envie envahit mon cœur. Un sentiment profond de propriété se propage dans mon âme. Une furia cosmique de convoitise conquiert mon corps tout entier.

Cette opération, elle devrait être à MOI. C'est moi, le voyou voyeur, le chantre du chantage, l'extorqueur sans cœur, l'exploiteur de scabreux scandales. Les valeurs voyeuristes de cette aventure étaient vraiment GETCHELLissimes !

Je m'alakazamme devant Allah, je m'agenouille devant Jésus, et j'en appelle à ce jules que les Juifs dénomment Dieu. Je leur promets de botter le cul des cocos, d'annihiler les anti-bombe, et de déterrer des horreurs sur cette douairière goudou d'Eleanor Roosevelt. Je suis prêt à faire bénéficier la mosquée de mes munificences. Je vais, comme Pat Boone, porter des pompes en daim blanches, et roucouler au micro dans les croisades de Billy Graham. Je renoncerai à publier mon papier sur le rabbin R. R. Ravitz et la petite Hannah de l'école hébraïque qu'il a culbutée à Hanoukka dernier.

Je ferme les yeux. Je laisse aux dieux le temps de se rencontrer et de discuter entre eux du marché que je leur mets en mains. Je sens qu'ils débattent de quelques broutilles. Les deals avec les divinités demandent délibération.

Je rouvre les yeux. Ben Luboff jaillit devant mes jumelles. Il glisse un billet de cent au sodomite en sueur et entre seul dans la cabane. Le sodomite se trimballe jusqu'à une Lincoln lavande et passe la tête à l'intérieur. Ben a graissé la mimine au mignon maousse. Ça veut dire qu'il n'a pas l'intention de saboter son bizness. L'affaire dérive vers une dimension différente – peut-être prodiguée par les divinités.

Je dirige mes jumelles sur la Lincoln et je zyeute avec zèle. Je vois le Ravissant Rock Hudson tendre un tas de talbins.

Qu'Allah soit loué ! Joie, ô Jésus ! *L'Indiscret* lance des hosannas au dieu des Hébreux !

Rock verrouille sa Lincoln, dédaigne le drive-in, et franchit d'une démarche franche la chaussée de Wilshire Boulevard. Il s'approche de l'entrée du Ciné des Beaux-Arts et se met à siffler de façon arsouille.

Un sifflet délicieux stridule en signe de réponse. Un minet musclé se matérialise et rejoint le Rock devant l'entrée.

Ah, ce Rock ! Un sacré ramoneur de croupes !

Rock s'insinue dans le ciné. Le môme le suit et verrouille la porte derrière lui. Ils disparaissent près d'un comptoir de confiseries noyé dans le noir.

Je bondis hors de ma Buick et je fonce pour atteindre à fond de train l'arrière du ciné. En haut du bâtiment, je vois clignoter des lumières bleutées. Escaladant une gouttière branlante, je me hisse et bascule sur le bord de fenêtre. Je me glisse dans l'interstice de la croisée non verrouillée, et j'entends hululer Hudson.

J'atterris sur une pile bancale de bobines de film. Je m'affale, m'étale et me relève. Je jette un regard à travers le carreau cathédrale d'une porte vitrée et j'entrevois deux silhouettes sombres qui se faufilent dans un couloir court.

Je sors très vite de la réserve où sont rangés les films. Je vois des rais de lumière palpiter sous deux portes. Accroupi, je crapahute dans le couloir. Des ombres s'agitent et surgissent des espaces qui subsistent sous les panneaux. Je m'en approche en catimini, rampant comme un crabe. Je risque un coup de sabord dans l'interstice.

Je vois un opérateur minot muni d'une caméra portable Panaflex pointée sur un judas judicieusement placé. Derrière la porte d'à côté : Rock et le minet monté comme un mustang s'accouplant façon rouleau compresseur sur un sofa fuchsia et sous les feux du plafonnier. Bon sang – de minuscules minimicros sont scotchés aux pieds d'une table haute !

Je retourne aussi sec à la réserve de films. Je redescends le long de la gouttière branlante. Je traverse Wilshire en vitesse, fais demi-tour dans La Cienaga, et me rue dans une ruelle derrière le Delores Drive-In. Je passe par-dessus une palissade peinte, vire devant le van de Vance Vanning, et parviens à la pitoyable petite cabane près de laquelle le sodomite en sueur s'est attardé tout à l'heure.

Le restaurant est en plein dans l'accalmie des fins de nuit. Je compte six caisses encastrées dans les créneaux où l'on sert des snacks. Un coup d'œil à droite, un coup d'œil à gauche : pas de trace du sodomite en sueur ni de Ben Luboff. Je vois Vance Vanning et Buddy Berkow qui enregistrent dans leurs véhicules de surveillance les murmures de leurs micros-mouchards.

Audacieux, je me poste devant la porte de la cabane. Je frappe, fébrile, prêt à ferrailler pour récolter des ragots répugnants d'un insigne intérêt. Personne ne répond. Je tripote la poignée, obtiens l'ouverture, et pose le pied à l'intérieur sans y être invité.

Un sordide petit bureau, tout couvert de lino, qui cocotte le crésyl. La table de travail est plutôt cracra, et il y a un coussin sur la chaise.

Un placard.

Un meuble qui paraît précieusement à propos, et une cachette capitale.

Je me planque dans le placard. Je me plie en quatre et cherche à reprendre mon souffle. Les minutes, méchamment mâchurées par la méthédrine, n'en finissent plus de défiler. Je transpire, et je me promets bien d'avoir la peau de Ben Luboff.

J'entends la porte de la baraque s'ouvrir et se refermer. Des pas furtifs et des voix vagues. J'espionne par un pertuis percé dans la porte du placard. Je vois Ben Luboff et le sodomite en sueur.

Ma propre sueur suinte sur l'orifice et ma vision se brouille. Je ferme les yeux très fort; tout à coup, je suis tout ouïe.

– Tu sais, dit Ben, ça ne manque pas de sel. Il y a des années que j'entends parler de ton service, mais il a fallu que cet enfoiré de Danny Getchell me refile le tuyau pour que je me décide à te contacter.

– Rien que des gitons de premier choix, ma choute, réplique le sodomite en sueur. Les plus beaux mecs de l'Ouest, et une réputation sans faille pour la discrétion.

– Ouais, dit Ben. Et c'est pour ça que le Rock fait appel à toi pour ses extras.

– Le Rock, renchérit le sodomite, c'est un ramoneur toujours en rut. Il a un amant *sublime* à la maison (un directeur artistique de la Metro), mais il ne peut pas s'empêcher de se vautrer dans le lit du moindre Riri, Fifi ou Zizi – avec un faible pour le Zizi.

– Tu ne lui as jamais pardonné, hein? fait Ben. Il t'a brisé le cœur, et c'est pour ça que ce traquenard te paraît aussi jouissif.

– Jamais parole ne fut plus juste, ma choute, renchérit le sodomite. Et, bon sang, c'était une vraie torture de lui vendre des mignons.

– La vengeance est douce, mon bouchon, dit Ben. Tu vas régler tes comptes avec le Rock, et moi les miens avec ce crétin de Getchell.

Tu peux aller te faire foutre, espèce de fiotte malfaisante...

– Tu es sûr, demande le sodomite en sueur, qu'on ne risque pas de morfler sur ce coup-là ?

– Bien sûr que non, répond Ben. Mon caméraman a installé un studio volant aux Beaux-Arts. Si le Rock ramène les flics là-bas, ils ne trouveront pas la pièce qu'il leur aura indiquée. Tout s'est passé de façon strictement clandestine. C'est mon caméraman qui a fait entrer ton giton dans le ciné, et aucun membre du personnel ne sait ce qui s'est passé.

Le sodomite en sueur ajoute :

– La vengeance nous appartient, à toi et à moi.

– Surtout à moi, dit Ben. Tu vois, j'ai donné à Getchell ce tuyau sur les putes de Don Jordan, et puis j'ai appelé Don pour lui glisser que Getchell s'intéressait à son réseau. Seulement, Don Jordan, c'est un violent. Ce n'est pas le genre de client qui se laisse marcher sur les pieds. Il a tué un tas de types, en République Dominicaine, et il est copain comme cochon avec ce gang d'espingos – les Apaches – qui est basé à Boyle Heights. Je crois qu'on peut dire sans crainte de se tromper que les jours de Getchell sont comptés.

Je chasse la sueur qui me submerge et colle mon œil au pertuis de la porte. Ben ajoute :

– Et puis, tu sais, on peut dire que je fais pénitence. Je me suis comporté comme un salaud en dénonçant les nôtres, mais maintenant je fais une mitzvah pour nous tous en éliminant Getchell.

(« Pénitence » ? « Les nôtres » ?)

Ben se penche et embrasse sur la bouche le sodomite en sueur. Il dit : « À plus, ma poule » avant de sortir sensuellement.

Je jaillis de ma geôle – de façon incontrôlable et inconsidérée. Le sodomite en sueur me toise. Il virevolte, plonge la pogne dans sa profonde et en extirpe un couteau à cran d'arrêt.

Je pirouette et je plonge. Je claque la porte du placard, je le fais pivoter, et je projette le meuble sur l'empaffé. Son eustache érafle le bois. Emporté par son élan, il perd l'équilibre. Je donne une claque sur la main qui tient le manche, et lui donne un coup de pied dans les reins et les *cojones*.

Il se répand sur la porte du placard. Je l'anschlusse et lui soustrais sa pointe tombée sur le plancher. Lui bloquant le cou, je chasse ses jambes d'un coup de pied et l'étale sur le lino de tout son long.

Je le plaque sur le parquet et je lui rabote le tarbouif avec ma lame, pour en chasser la sueur. Je lui dis :

– Maintenant, tu vas vider ton sac, saloperie !

Il tousse et reprend son souffle. Il bafouille, il bredouille, et il halète en hyperventilation. Soudain, il arrête et me regarde fixement. Il vient de comprendre la haine qu'il inspire au junkie que je suis et crache le morceau fortissimo.

– Tout s'est déclenché aujourd'hui. Tu as signalé à Ben ma petite entreprise, dont il entendait parler depuis des années. Ben m'a dit que c'est toi qui m'as cafté, mais pourquoi foutre en l'air un partenariat potentiellement profitable, alors qu'on pourrait exploiter des histoires d'adultère et piéger des gens puissants ? J'avais envie de faire très mal à Rock Hudson, et Ben et moi, on voulait tous les deux te régler ton compte pour venger tous les homos que tu as traînés dans la boue.

Je me penche patibulairement plus près.

– Donc, l'idée, c'était un chantage au scandale sur Rock. Tu craches au bassinet, ou tu te retrouves dans *Chuchotements* ?

– Oui.

– Et vous vouliez l'éponger de combien ?

– Vingt-cinq mille dollars, répond le sodomite en sueur.

Je me penche encore un peu plus et je pouffe.

– Rock ne les a pas. On m'a dit qu'il avait pris un bouillon dans l'immobilier.

Le sodomite en sueur m'adresse un sourire suave.

– Alors, attends-toi à voir le Rock en couverture du numéro de *Chuchotements* de juin 1958.

CHUCHOTEMENTS GAGNE LA GUERRE DES GAZETTES À RAGOTS ! *L'INDISCRET*, LAMINÉ, RETOURNE DANS LES LIMBES !

Je cligne des yeux. L'enfoiré en profite pour passer promptement à l'offensive. Sa droite me défonce la dentition. Sa gauche ma pulvérise le pif. Un genou me percute les parties et me projette en arrière.

Le sodomite en sueur se hisse sur ses arpions. Plongeant sur le plancher, j'agrippe ses gros godillots et le regarde retomber à l'endroit où il se trouvait. Il s'étale sur le lino, se redresse et ricane. Je lance ma lame et lui lacère le larynx.

4

J'ai les flubes et je flippe. Je largue le sodomite en sueur au larynx lacéré et je trisse, en transe. Je me tire du théâtre de cet horrible homo-cide.

Je me réfugie dans mon repaire, près de Pico. J'aperçois un paquet de Pachucos parqués devant la porte. De méchants Mexicains en maillots de mohair, la crinière coiffée à l'iroquoise. Des malandrins manifestement machos. Les *hermanos* homicides de Don Jordan.

Je blinde jusqu'au bureau de *L'Indiscret*. J'y découvre une scène horrifique à la Hieronymus Bosch.

Des collections de classeurs confidentiels et compromettants culbutées, calcinées, réduites en cendres. Des scoops sur des scandales détruits et tombés en poussière. Des planches de portraits déchirées, déchiquetées, qui ne valent plus que dalle. Des casses à caractères fracassées et des chaises en charpie.

Les membres de mon équipe :

Cabossés, contusionnés, déboussolés, et ravagés par un raid sur la réserve de dope de Dave Dockweiler.

L'aube.

Je repars plein pot au Drive-In Delores et je croise au large en gardant mes distances. Je conduis d'une seule main et scrute la scène avec mes jumelles japonaises.

La police – une flopée de flics de Beverly Hills. Deux balèzes qui balancent le sodomite en sueur sur un brancard bardé d'une bâche. Un condé colossal qui cuisine Ben Luboff – follement fébrile, à présent, et plutôt pâle, la pauvre choute. On s'agite sérieusement dans la baraque, en ce moment – des pékins passent de la poudre à prendre les empreintes sur la porte du placard, qui est close de façon symbiotiquement symbolique. Pour chapeauter le tout : le préfet de police, Clinton Anderson.

Je m'efforce de ne pas faiblir devant une frousse affreuse : cette porte, je l'ai palpée, et je n'ai pas pensé à effacer mes empreintes.

Je passe en coup de vent devant le bâtiment du BHPD, la police de Beverly Hills. À deux pas de la porte de derrière : deux bourres et Buddy « le Boss du Rembour » Berkow. Buddy a l'air groggy. Je comprends que les condés l'ont cogné à coups de casse-tête.

Je booste ma Buick pour bouger de Beverly Hills. J'allume la radio et rame sur les ondes à la recherche de flashes d'infos fortuits. La station KMPC crache des conneries sur les cocos croates, puis passe sans prévenir à un topo sur le sodomite en sueur.

Un reporter raconte qu'il s'agit d'un suicide. Clinton Anderson confirme catégoriquement cette conclusion.

J'en reste perplexe et pantelant, dubitatif et déstabilisé. J'exprime ma gratitude à mon ange gardien, et je règle la radio sur la fréquence des flics.

« Appel à toutes les unités de Beverly Hills uniquement. Avis de recherche concernant Daniel Douglas Getchell, G-E-T-C-H-E deux L, race blanche, 28 ans, 1 mètre 85, 80 kilos, cheveux bruns, yeux marron, au volant d'une Buick Skylark 1953, immatriculée G-B-D 882. Je répète, cet appel s'adresse aux unités de Beverly Hills uniquement. Appréhendez l'individu et ramenez-le au poste. »

Quoi ? Un communiqué parfaitement privé pour alpaguer ma pomme ? Une exclusivité BHPD pour accompagner ces salades du suicide du sodomite en sueur ?

Je me sens mal tandis que je poursuis mon périple. Je bourre jusqu'à Burbank et je déboule devant la casse automobile de Brad. Je pique une paire de plaques sur une Fairlane fatiguée et je les place sur mes propres plaques. Je me replie sur L.A. et me dirige tout droit vers le département des archives du *Los Angeles Times*.

Je me sens tiraillé entre plusieurs intrigues. Me fiant à mon intuition de fer de lance de *L'Indiscret*, je consulte des comptes rendus de cambriolages récemment commis à Beverly Hills.

J'en trouve six – suavement situés entre fin 57 et la semaine dernière. Non-étonnamment non-élucidés. Commis dans des circonstances sacrément semblables : des pièces pillées pendant que Monsieur et Madame assistaient à des soirées chacun de son côté. Des fauches faramineuses et nulle mention de surveillance pour poisser ces coquins de cambrioleurs.

La police de Beverly Hills embringuée dans une embrouille qui déboulerait vers Bibi ? Des cercles et des spirales qui s'enrouleraient autour de moi ?

Je me carre dans une cabine et j'appelle Steve Crane. Je lui dis de rappliquer au Luau rapido presto.

Je droppe vers Bedford Drive à Beverly Hills. J'ajuste mes jumelles sur l'enclos de Lana Turner. Je vois Johnny Stompanato sauter sur Lana et l'insulter à l'aide d'un vocabulaire véritablement vulgaire. Lana lui rend la pareille. Elle charrie Johnny avec jubilation sur ses façons de gigolo dégingandé. Elle recrache sa rancune. Elle le harcèle sans commisération de ses sarcasmes. Elle tourne en dérision son dard sous-développé et son sous-fifre sournois, le sportif Don Jordan. Elle traite Johnny de gangster macaroni et l'accuse de sauter sa bonne mexicaine avec son poquito poireau. Elle dit qu'il la prostitue et l'envoie aux asperges fringuée dans son propre fourreau de chez Fath.

Sacré spectacle. Une impétueuse empoignade au petit déj sur ce divin Bedford Drive. Visez un peu ce public de people plantés derrière leur portail avec leurs œufs pochés et leur pain beurré :

Dino, Duke Wayne, Walt Disney, qui se bâfrent de biscottes. Et ce ventriloque ventripotent qui balance des vannes au *Webster Webfoot Show*.

– Oui, c'est vrai, dit Steve Crane, je laisse Don Jordan faire travailler ses filles dans mon restaurant. Oui, Rosita Paez me rapporte les dernières infos sur Lana et Johnny. Et alors ? Tu veux en faire un article ? Très bien. Mais c'est la dernière fois que je te laisse mater à travers mes judas.

Le Luau est d'un calme comateux. Steve a ouvert plus tôt que d'habitude pour me recevoir. Le coup de fouet donné par la méthédrine commence à faiblir. Je me concocte un cocktail comac pour le revivifier.

– Je crois que Johnny s'est incrusté dans le maquereautage de Jordan, et qu'il a persuadé Rosita de se joindre à son équipe de putes. Et je pense que les filles font des repérages pour des cambriolages organisés par Johnny et Jordan.

Steve secoue son punch planteur et se cale le cul contre le comptoir.

– Je suis sûr qu'il y a plusieurs embrouilles là-dessous. Rosita m'a dit que les filles michetonnent pour faire venir leur famille du Mexique, et que c'est Jordan qui leur fait franchir la frontière en douce, leur trouve du boulot dans la restauration, et prélève un pourcentage sur leur salaire. Il m'a promis trois plongeurs à sa prochaine fournée.

Je commente :

– Don est un type adorable.

– Ouais, et en plus il risque de devenir le prochain champion du monde des mi-moyens. On m'a dit qu'il rencontrait Honeybear Akins cet automne.

– Et Mickey Cohen a une part de ses gains.

– Exact, mais ce n'est pas vraiment un scoop.

– Est-ce que Mickey a un peu d'influence sur Don ?

– Il peut le calmer, et le convaincre de renoncer à ses embrouilles les plus dingues. Pourquoi ?

J'avale une lampée de Gilbey's et de vermouth.

– Pour rien, mais laisse-moi te citer quelques noms. Jack Hanson, Chick Nadell, James B. Harris, Ted Jaffe, Russ Pearce...

Steve me stoppe.

– Tous des habitués du Luau. Tous des hommes bourrés de fric.

J'ajoute :

– Tous victimes de cambriolages, tous dragués ici même par les nanas de Don et Johnny, tous des hommes mariés trop gênés pour avouer qu'ils ont ramené des radasses à la casa et qu'à cause de ça, ils se sont fait dévaliser.

Steve s'exclame :

– Putain de bordel de merde !

– En quelque sorte..., conclus-je. Et puis, Johnny et Don opèrent un peu trop à leur aise à Beverly Hills. Tu peux m'éclairer là-dessus ?

Steve vide son verre et mâche une cerise au marasquin.

– Clinton Anderson est un client régulier de Rosita. C'est ici qu'il l'a rencontrée, et elle m'a dit que Johnny est au courant de tout.

Des cercles qui se mordent la queue. Des pièces de puzzle qui se mettent en place.

Le préfet de police Clinton Anderson a remonté les bretelles de Ben Luboff au Delores Drive-In. Ben a craché le morceau : oui, il m'avait bien décrit en détail les activités de Don Jordan. Le préfet de police l'a inculpé pour lui clouer le bec. Les pros du labo ont relevé mes empreintes sur la porte du placard. Le préfet a médité sur le merdier et décidé de ne pas délivrer de mandat d'amener pour l'homocide du sodomite en sueur. Le préfet veut me cuisiner de près et m'empêcher de parler – je pouvais être au courant de son penchant pour Rosita. Je pouvais, à la une de *L'Indiscret*, l'incriminer en tant que maquereau de pute mexicaine et comparse de Stompanato.

Steve se mélange un maï-taï massif. Il s'épanche :

– Lana, c'était si bien avec toi, mon chou.

– Appelle Rosita, suggéré-je. Dis-lui que je peux lui faire obtenir une carte verte permanente, si elle couche avec un type qui n'aime pas les femmes.

Je suis incandescent, à l'image de *L'Indiscret*. Les poulets sont à ma poursuite, et la police de Beverly Hills a mis une prime sur ma pomme. Je troque ma Buick balèze contre la caisse calamiteuse d'un loufiat. Une vraie calèche congolaise : carrosserie couleur chocolat coordonnée aux housses en marmotte mitée. Je quitte le Luau pour un autre lieu où je pourrai me dissimuler.

Je ripe jusqu'au repaire de Rock dans Roscomare Road et tire la sonnette. C'est Rock qui m'ouvre – royal et raisonnablement revêtu d'un kimono bleu roi. J'aperçois derrière lui un coquet coquin accoutré d'un kimono comme lui – un mignon qui fait la moue, captivé par la page deux de son périodique.

Rock me remonte les bretelles.

– Tu t'enhardis, Danny. D'habitude, je te vois fouiller dans ma poubelle ou tenter de t'introduire par la fenêtre de ma chambre.

La playmate me fait un doigt. Je lui envoie un baiser baveux et lance un coup d'œil à son *Herald-Express*. Aïe ! Un cliché carabiné du sodomite en sueur enserré dans un suaire et complètement canné.

Rock me re-remonte les bretelles.

– Un vieil ami à moi s'est tué hier soir, et je ne suis pas d'humeur à batifoler avec une vermine de ton espèce.

Je désamorce sa diatribe.

– Je m'installe chez toi. Tu vas me planquer, pour que je puisse baiser Ben Luboff pour m'avoir baisé, et le baiser aussi pour t'avoir baisé, toi, en te filmant hier soir avec ce môme que tu as baisé aux Beaux-Arts.

Rock roque, roule, titube, trébuche et me tombe dans les bras.

Je m'installe comme chez moi. Je m'extirpe de mon intermède méthédrine avec du Meprospan et du scotch Macallan. Je rumine des machinations pour me tirer d'affaire et sauver la mise à Rock.

J'appelle Mickey Cohen. Je lui dis que Candy Barr le débine derrière son dos et je le supplie de stopper Don Jordan. Mickey pète un plomb, puis promet qu'il fera son possible. Je fais passer à l'adjoint préféré du préfet de police un message habilement brouillé : je veux cueillir l'occasion de devenir l'indic privilégié du préfet – et j'ai furieusement envie de rester en vie. On en reparlera plus tard – mais j'ai des tonnes de tuyaux délectables à divulguer à la police de Beverly Hills.

Steve Crane tient parole et dépêche Rosita Paez pour qu'elle participe au plan que je me prépare à mettre en place dans les pénates de Rock. Ledit plan prévoit de fourrer Rosita et Rock dans le même plumard, puis de passer un appel bidon à ma taupe du LAPD pour signaler un prétendu rôdeur. Ma taupe prévient ses propres contacts dans la presse : *un rôdeur rôde autour du ranch de Rock dans Roscomare en ce moment même !* Les bagnoles des bourremen blindent vers Bel Air ! Les reporters rappliquent au ranch de Rock ! Je prends des photos depuis la carrée d'à côté ! Les flics défoncent la porte et surprennent Rock et sa mamacita mexicaine en train de forniquer furieusement ! Les reporters les surprennent à leur tour et les inondent de lumière avec leurs éclairs de flash ! Je vends mes clichés de cul pris au préalable à Randy Rothstein de *Ragots* et à Craig Cahn de *Cancans*. Ben Luboff se fait couper l'herbe sous le pied, son scoop est enterré par le scoop voyeuristique du siècle : ROCK HUDSON EST HÉTÉRO !

Je ramène Rosita au ranch et lui fais répéter son rôle avec un Rock résolument réticent. L'amant à demeure de Rock le prend on ne peut plus mal. Il picole jusqu'à nous faire une spectaculaire crise de nerfs. Puis, dans un silence assourdissant, il me lance des sorts de son regard torve et vipérin. J'ai fait ressurgir son dégoût de soi et je l'ai cristallisé clairement. Il s'en veut d'aimer le Ravissant Rock, le coureur de croupes. Il a arraché à Rock l'histoire du sodomite en sueur. Les écarts de Rock avec des call-boys lui fendent et lui flétrissent le cœur. Il redoute que Rock ne renonce à ses mœurs de ramoneur de minets si Rosita révèle en lui un véritable penchant pour ses appas. Il me maudit d'avoir manigancé ces manœuvres multiples.

Rock promet de distribuer des dessous de table pour procurer une carte verte à Rosita. Celle-ci nous confie sur Lana et Johnny quelques anecdotes aussi croustillantes que récentes. Lana et Johnny sont entortillés dans un tourbillon torride de sexualité et de haine de soi. Algarades agressives et langage licencieux. Lana n'est pas loin de couper les ponts et de jeter Johnny. Rosita affirme qu'elle est prête à payer un sacré paquet pour récupérer ses lettres d'amour. J'appelle Lana et lui propose un marché. Je lui promets de reprendre ses lettres. Elle me dit qu'elle pourrait attirer Johnny dans son antre et prévenir Rosita au ranch de Rock. À ce moment-là, je foncerais chez Johnny et je piquerais son paquet de prose pourpre.

Je fixe la date pour le coup du faux rôdeur qui fait venir la police et la presse : le 4 avril 58.

Le Vendredi saint. Une sainte journée pour écraser et crucifier la rumeur qui raconte que Rock aime l'amour à la grecque. Une sainte façon de le ressusciter et de le sacraliser comme hétérosexuel.

Nous attendons. Nous préparons le plan dans ses plus délicats détails. Rock et moi buvons des bouteilles de bourbon en bavardant pour attendre le jour J.

Rock me psychanalyse. Je lui fais part de mon enfance foireuse à Fairborn, Ohio. Je lui raconte comment ma mère maboule m'a maltraité. Elle ne me laissait lire qu'un seul livre : un dictionnaire de synonymes. Rock me fait bénéficier de sa bénédiction boostée au bourbon. Je lui assure qu'à l'avenir *L'Indiscret* ne le chahuterait que pour charger son pedigree de chasseur de chattes enragé. Il me semble bien qu'à un certain moment, nous avons dû tomber dans les bras l'un de l'autre – mais ne le répétez pas.

Vendredi 4 avril 58, 20 h 10. La moquette couleur lilas du salon de Rock.

Rock se déloque et baisse son caleçon. Rosita ôte sa robe et s'apprête à se taper les stations du chemin de croix. Je la reluque, concupiscent, et téléphone aux flics.

C'est mon pote poulaga qui reçoit mon appel.

– Police de Los Angeles. Brigadier chef Helgeland à votre service.

J'annonce :

– Il y a un rôdeur au 841 Roscomare, à Bel Air. J'ai entendu des coups de feu.

Je raccroche, je me propulse au premier, et je tire deux balles de Smith & Wesson par une fenêtre de derrière. J'entends l'amant à demeure se lamenter et bourrer de coups de poing le plumard sur lequel il s'est envoyé en l'air avec Rock. Je redescends au rez-de-chaussée et je mate comme un malade.

C'était censé être une baise bidon. Mais les apparences prouvent puissamment et passionnément le contraire. Rock et Rosita s'enfilent avec fougue. Rosita garde les yeux fermés. Elle ne se doute pas que Rock louche en douce sur le poster d'un mec à poil.

Le téléphone sonne. Rosita rugit et s'arrache à Rock. Elle dit :

– C'est le Vendredi saint. J'ai une prémonition.

Elle saute sur le téléphone. Je me carre près de l'écouteur et j'entends ce qu'elle entend – irréfutablement *Indiscret*.

– Johnny... il me frappe... j'ai tellement peur...

Rosita se pare du peignoir de Rock et sort en courant. Elle se rue sur la Lincoln lavande de Rock et part pied au plancher. Je sors à mon tour et je lui colle au train dans ma calèche congolaise. On croise un contingent costaud de bagnoles de bourres qui se ruent vers le ranch de Rock.

On blinde jusqu'à Bedford Drive à Beverly Hills. On s'arrête devant la turne de Lana Turner à seize secondes de distance. On se précipite vers une pièce du premier. Je me fige sur le seuil et surprends une scène sanglante comme stoppée net par un arrêt sur image :

Lana – terrifiée, ravagée par les larmes. Une adolescente – le regard luisant, en état de choc, pétrifiée par la peur. Johnny Stompanato, les yeux rivés sur la rapière que Rosita vient de lui planter dans la paillasse.

Voilà la véritable version : en confidence, de vous à moi, et ne la répétez pas.

J'ai volé les lettres de Lana, peu après, cette nuit-là. J'en ai glissé deux à Ben Luboff et j'ai racheté pour Rock le droit de retourner dans le placard. J'ai refermé la porte dudit placard sur le gros orteil de Ben. Je lui ai dit de me dédouaner auprès de Clinton Anderson, sinon je crierais sur les toits qu'il a roulé une grosse pelle baveuse au sodomite en sueur.

Il a capitulé, s'est incliné et m'a rappelé. Il m'a confié un secret prudemment codé concernant Anderson.

« Je sais où vous étiez le Vendredi saint ; R. P. s'est déguisée en courant d'air. Accréditons la version grand public. »

Un marché s'est conclu en secret dans les locaux du BHPD. Anderson ne pouvait se permettre de sortir Rosita de sa manche, de la donner en pâture au public, et de lui mettre sur le dos le meurtre de Stompanato. Le préfet a concocté un marché pour se tirer d'affaire et il a inculpé Cheryl Crane comme coupable mineure et ado à problèmes. Lana a laissé faire. Anderson lui a fait cadeau d'un gros dossier de documents compromettants qu'il avait confisqué à Craig Cahn de Cancans. *Lana prenait parfois plaisir à faire langue de velours avec Lila Lee. Craig possédait une pile de polaroïds.*

Don Jordan décida de me laisser vivre. Vainqueur aux points de Honeybear Akins, il garda la ceinture de champion du monde des mi-moyens pendant quinze mois pleins. Benny « Kid » Paret le pilonna et lui prit le titre en mai 1960. Un malfaisant le massacra pour de vrai et le laissa dans le coma en 96. Le mulâtre mourut six mois plus tard.

Rosita retourna au Mexique. Elle avait attrapé le virus du ciné. Elle transcenda les tragédies de sa vie et triompha comme auteur de films porno avec massacres incorporés.

Steve Crane a claboté en 85. Ces libations ad lib au Luau où les liqueurs coulaient à flot ont fini par lui déglinguer le foie.

L'amant à demeure quitta Rock pour Liberace. Il affirma de mauvaise foi que j'avais rendu Rock hétéro – en dépit d'une flopée de preuves propres à le contredire catégoriquement. J'étais resté en bons termes avec Rock. J'ai publié ses improbables prouesses hétéro dans L'Indiscret, *et je l'ai aiguillé vers un herboriste quand j'ai su qu'il avait le sida. De puissantes potions prolongèrent la vie de Rock pendant un petit bout de temps. Mon propre pronostic vital actuel est probablement bien meilleur.*

Je veux VIVRE. Je veux dévoiler ma vie de voyeur d'une manière qui soit le contraire d'un mea-culpa. Je veux me répandre façon feuilleton dans les pages du périodique GQ. *J'ai un admirable assortiment de documents compromettants sur Art Cooper, son rédacteur en chef. C'est au chantage que je l'ai décidé à publier le présent récit. J'ai des confidences capables de coûter sa place à Ilena Silberman – la très artiste rédactrice artistique d'*Art. *Ils imprimeront ce que je leur dirai d'imprimer.*

J'ai parlé à mes médecins ce matin. Mon taux de globules rouges remonte de façon encourageante. Je pourrai peut-être tenir le coup jusqu'à ce qu'ils découvrent un remède.

Le pégriot qui pieute trois paddocks plus loin ne cesse pas de me fixer. Sa tête me rappelle de plus en plus quelqu'un. Il s'extirpe subrepticement des souvenirs lancinants que je viens de ressusciter. J'ai son pedigree sur le bout de la langue.

Je crois que je sais. Oui, c'est ça...

Le larmoyant amant à demeure de Rock. Le corydon cocu qui m'a maudit au moment où...

Il ne m'a pas laissé le choix. C'est lui qui m'a contraint à le trucider. Le vieux bonze a fait un bond dans ma direction. Il serre une seringue saturée de saloperies funestes façon virus. Il veut me réinfecter pour avoir sa revanche et me faire raquer pour la perte de Rock.

J'empoigne le poignard pointu planqué sous mon plumard...

TIJUANA MON AMOUR

J'ai lacéré l'amant à demeure et l'ai laissé pour mort. Une infirmière de nuit a noté son absence et repéré ses pieds sous mon plumard. Elle l'a tiré de là. Elle l'a réhydraté. Elle a trafiqué une transfusion et l'a requinqué avec du raisiné provenant du marché noir.

Elle lui a sauvé la vie. Elle a persuadé un tribunal fantoche de me déclarer coupable d'agression à main armée dans un service hospitalier pour malades du sida. Elle a concocté une cour truquée et mijoté un jury. Elle a déniché cinq chochottes et leur a révélé mes ravages dans les rangs des raspèdes du temps où L'Indiscret *traquait les tantouzes. On m'a condamné à rester confiné dans une cave envahie par des piles de vieux périodiques.*

Les toubibs me rendent visite et tripatouillent mes perfs. Des pharmacos me prescrivent leurs potions. Un herboriste homophobe qui passe me voir me vénère : je suis son héros hétéro. Je le régale de mes récits burlesques – je lui conte les scandales auxquels L'Indiscret *devait son succès, et les dénonciations d'homos qui ont fait hurler les lecteurs. Nous philosophons sur mon sort de tortionnaire de tarlouzes terrassé par le sida.*

Le matin, je me morfonds, et je me promène l'après-midi. Je traîne le support de ma perf et je trébuche. Je parcours les piles de vieux périodiques et j'y repère çà et là mon patronyme. Je remonte le temps jusqu'à des jours meilleurs. Je revis mon règne de paladin pessimiste et mes rêves sont implacables.

LOS ANGELES HERALD-EXPRESS, 3 JUIN 1955 :

LES ASSASSINS DE MABEL MONAHAN EXÉCUTÉS À SAN QUENTIN

Ce matin à 10 heures, Barbara Graham, John « Jack » Santo et Emmett Perkins, condamnés pour le meurtre de Mabel Monahan, une veuve de Burbank, ont subi la peine capitale dans la chambre à gaz de la prison d'État de San Quentin.

Ces exécutions ont mis un point final à une série effrénée de demandes de grâce et d'appels téléphoniques adressés au gouverneur Goodwin J. Knight. Le gouverneur Knight, rejetant les demandes de grâce de dernière minute, a envoyé à la chambre à gaz les trois individus condamnés pour un assassinat commis en 1953. Santo, hurlant et sanglotant, a dû être traîné jusqu'au lieu d'exécution. Stoïques, Perkins et Barbara Graham ont accepté leur châtiment sans opposer de résistance. Mlle Graham a clamé son innocence quelques instants avant de mourir. J. Miller Leavy, le procureur adjoint du comté de Los Angeles qui a instruit l'affaire avec brio, a qualifié ses déclarations de « ... balivernes. Barbara Graham était aussi coupable que ses comparses, et ce n'est que justice qu'elle ait été punie pour ses regrettables errements. »

Le soir du 9 mars 1953, Santo, Perkins, Barbara Graham et deux hommes répondant aux noms de John True et de Baxter Shorter s'introduisaient par effraction dans la demeure de Mabel Monahan, persuadés que cette personne conservait chez elle une somme de 100 000 dollars appartenant à l'un de ses neveux, joueur de son état. Sous le regard horrifié de True et de Shorter, Perkins, Santo et Barbara Graham frappèrent Mme Monahan à coups de pistolet dans l'espoir de lui faire avouer où se trouvait l'argent. Mme Monahan leur affirma qu'aucune somme n'était cachée chez elle, ce qui se révéla être la stricte vérité. Fous de rage, Perkins, Santo et Barbara Graham continuèrent de la rouer de coups, jusqu'à ce que Mme Monahan succombe à ses blessures.

John True se constitua prisonnier et accepta de témoigner contre ses complices. Baxter Shorter disparut avant que Santo, Perkins et Barbara Graham ne soient appréhendés. On suppose que Santo et Perkins l'ont tué pour s'assurer de son silence.

Santo et Perkins étaient soupçonnés d'avoir commis plusieurs autres cambriolages assortis de meurtres depuis 1951. Barbara Graham, ancienne prostituée, était toxicomane. Son physique flatteur et ses protestations d'innocence répétées lui avaient valu les sympathies d'une partie du public, et celles d'une petite frange de la presse. Avant le procès de Barbara Graham, de Santo et de Perkins, avaient circulé les rumeurs d'un « coup monté » par la police et le procureur afin d'extorquer les aveux de Mlle Graham. En tant que procureur adjoint, Leavy a qualifié ces rumeurs de « ... balivernes. Tous les efforts entrepris par le bureau du procureur et les polices de Los Angeles et Beverly Hills pour convaincre Mlle Graham de revenir sur ses absurdes allégations d'innocence ont été menés de façon régulière et conformément à la loi. »

Les corps des trois criminels exécutés vont être envoyés vers une destination inconnue pour inhumation.

LOS ANGELES MIRROR, 17 DÉCEMBRE 1955 :

L'ENQUÊTE EN COURS SUR LES POTS-DE-VIN S'ACHEMINE-T-ELLE VERS UNE INCULPATION ?

Des indiscrétions – en provenance du bureau du procureur de Los Angeles – ont permis à nos journalistes d'apprendre que les polices de Beverly Hills et de Los Angeles enquêtent sur les pots-de-vin versés aux animateurs de radio : cette forme de corruption consiste à soudoyer lesdits animateurs, ou « disc-jockeys », pour qu'ils accordent à certains enregistrements un temps d'antenne privilégié dans leurs émissions.

Il semblerait que l'enquête vise plus particulièrement l'animateur Flash Flood, de la station KMPC, et sa programmation du dernier 45 tours de Linda Lansing, *Baby, It's Cold Inside*. Flood (de son vrai nom Arthur John Beauchamp) fait passer cette nouvelle chanson à l'antenne au moins seize fois par jour depuis que le disque est sorti, le 11 octobre. Quand le journaliste du *Mirror* lui a demandé une explication, Flood lui a répondu : « Qu'est-ce que je peux dire ? J'aime cette chanson, j'aime Linda Lansing, et personne ne m'a payé pour aimer l'une ou l'autre. Et je suis content que cette histoire me fasse autant de publicité, parce que mes indices d'écoute grimpent en flèche. Mais ce qui ne me plaît pas, c'est la façon dont les flics me bousculent, même si ça me fait plaisir de voir qu'il y a autant de gens célèbres qui sont mouillés dans cette histoire. »

Linda Lansing (autrefois nommée Hilda Claire Wassmansdorff) est la jeune sœur et le sosie de l'actrice Joi Lansing (alias Joyce Wassmansdorff), l'une des vedettes des films *The French Line* et *Son of Sinbad*. La chanson *Baby, It's Cold Inside*, le premier enregistrement de Linda Lansing, a été écrite pour elle par Sammy Cahn, auteur-compositeur réputé. Mlle Lansing s'est surtout fait connaître comme mannequin, en participant aux défilés de mode et à la promotion des fourrures Sobel de Beverly Hills, et s'est forgé une « image de marque » en assurant les interludes publicitaires de la Chaîne 13, vêtue d'un manteau de fourrure, pendant l'émission hebdomadaire au cours de laquelle Tom Duggan reçoit de nombreux invités. Plus récemment, elle a fait une apparition en tant que chanteuse au Club Igloo de Long Beach et dans les salons du Trianon de South Gate, mais ses deux prestations ont été jugées décevantes. Flash Flood a déclaré au *Mirror* : « J'ai aimé le tour de chant de Linda, aussi bien au Trianon qu'à l'Igloo. J'aime la façon dont elle défend ses chansons, et ça me plaît qu'elle se fasse remarquer en portant des manteaux courts en fourrure et rien d'autre. Franchement, Linda est la chanteuse que je préfère, mais ça ne veut pas dire que j'aie accepté des dessous-de-table pour passer son disque. »

Cependant, le bureau du procureur de Los Angeles est convaincu que Flood s'est fait payer pour lancer *Baby, It's Cold*

Inside. Le procureur adjoint J. Miller Leavy a confié au *Mirror* : « Nous pensons être en présence d'une affaire de pots-de-vin, purement et simplement, et à notre demande, plusieurs unités de police font des recherches à ce sujet. » Le sergent Robert Duhamel, de la police de Beverly Hills, a confirmé la déclaration du procureur adjoint Leavy.

« Il n'y a pas de fumée sans feu, a dit Duhamel au *Mirror*, et notre enquête a fait apparaître les noms de quelques personnalités de premier plan. »

Duhamel n'a pas voulu préciser de quelles personnalités de premier plan il s'agissait. Le *Mirror* s'est donc adressé à Danny Getchell, rédacteur en chef et principal échotier du célèbre magazine à scandale *L'Indiscret*. Getchell prétend que le procureur adjoint Leavy a décidé d'ouvrir une enquête après avoir lu, dans le numéro de décembre, son article intitulé : « Copains et Coquins ! La Lascive Linda Lansing Liée au Sexe-Sationnel Sinatra ! » Getchell a expliqué au *Mirror* : « On m'a filé un tuyau, d'après lequel Frank Sinatra payait Flash Flood pour lancer la chanson de Linda Lansing, et comme j'ai pu confirmer ce renseignement de façon satisfaisante, j'en ai tiré un article pour le numéro de décembre. Je n'en dirai pas plus. Je ne communiquerai jamais à votre journal des échos croustillants que je pourrais publier dans mon magazine. Vous ne pouvez pas me reprocher ça, quand même ? »

Le procureur adjoint Leavy et le sergent Duhamel se sont refusés à tout commentaire sur les déclarations de M. Getchell. Quant à Frank Sinatra et à Linda Lansing, il n'a pas été possible de les joindre pour recueillir leurs réactions. Flash Flood a dit au *Mirror* : « Je n'aime pas Danny Getchell. C'est un parasite qui se fait passer pour un journaliste. J'aime Sinatra et j'aime Linda Lansing. Et je vais vous dire une chose : à mon avis, c'est Skip Towne (alias Sol Irving Moskowitz, disc-jockey lui aussi, et rival de Flood, *ndlr*) qui a raconté des bobards à Getchell pour foutre en l'air ma carrière. Pots-de-vin ? Peau-de-balle ! Ce qui se passe, dans cette histoire, c'est qu'il y a des gens qui disent n'importe quoi au nom de la liberté d'expression. Vous comprenez où je veux en venir, pas vrai ? »

Skip Towne est resté injoignable quand nous avons cherché à recueillir ses commentaires. Danny Getchell a dit au *Mirror* : « Je maintiens tout ce que j'affirme dans mon article de *L'Indiscret*, et je condamne les accusations de Flash Flood, dignes des pires calomnies bolcheviques. La liberté d'expression doit toujours avoir pour but la recherche de la vérité, et mon contrat moral est de servir la vérité. »

1

Le stupre-éfiant Sinatra :

Un fifils-à-sa-maman qui joue les machos, un bouffon qui se laisse bouffer par les bonnes femmes. Un malfrat et sa meute de molosses qui rossent les reporters récidivistes.

Skip Towne me refourgue le ragot : Frank a filé à Flash Flood 5 000 dollars pour qu'il matraque le morceau et le fasse monter au hit-parade. Sous-entendu non sans malice : Linda Lansing lancine la libido de Frank et le balade par le bout de la bite. Pots-de-vin et parties de cul : perpétuelle pâture de *L'Indiscret*.

Sinatra m'envoie un billet doux :

« Danny, comment as-tu pu ? Parking du Pacific Dining Car, jeudi, 10 heures du matin. Tu sais que tu aggraveras ton cas si je dois envoyer les hommes à ta recherche. »

Les Hommes :

Des frappés free-lance sortis de Frisco. Des rastaquouères qui rampent devant Sinatra et lui lèchent les lattes. Des nervis énervés qui brûlent de bastonner et de rafler les fauteuils d'orchestre du prochain récital de Frankie.

Sinatra déteste *L'Indiscret*. *L'Indiscret* déteste Sinatra. J'ai fait paraître un papier sur ses archives personnelles et son opération pour se faire rallonger la queue. Ses pitbulls s'en sont pris à ma Packard et l'ont pulvérisée le jour de la parution.

« Jeudi, 10 heures du matin. »

Je démonte mon dilemme. Je songe à me soumettre et concocte des contre-mesures. Je rumine des ruses. J'analyse le guêpier où je me suis fourré et le réduis à sa plus simple expression. Je décide de piéger Frank au nom de la liberté d'expression.

Jeudi 21 décembre 55, 8 h 30.

Je passe chez Ben Hong, l'herboriste de Chinatown. Je lui achète un boisseau de bulbes de belladone et un monceau de Ma-Huang mangeur d'hommes. *L'Indiscret* fourgue des médications miracles et des nectars naturels aux narcotiques à des types à la page et à des collégiens. On fait de la publicité pour des pilules contre l'impuissance et des remèdes contre les rhumatismes, et on expédie la camelote depuis une cahute, derrière le Shangri-Lodge Motel. C'est légal et létal à long terme. On a une clique de clients accros qui en consomment à en claquer. Les camés du collège du coin achètent des caisses de canettes à la coke et décollent en classe pour le septième ciel.

Il faut que j'arrive à rafler de l'herbe en quantité. Ben Hong me prête l'oreille. Il m'apprend que Bob Mitchum vend de la marie-jeanne pour effacer son ardoise avec la mafia. Je passe un coup de bigo à Bob et lui balance un bobard à ne pas brailler sur les boulevards : la belle blonde qui t'a turluté dans les tribunes de Hialeah, en fait, c'était un travelo de luxe. Bob bafouille, bave, et brame : « Qu'est-ce que tu veux ? » Je lui réponds : « Que tu me refiles de l'herbe. »

Bob abdique ; il accepte. Je me propulse jusqu'à son appart à Pacific Palisades et je prends possession, dans une poche en papier semi-transparent, d'un pacson positivement stupéfiant. Je m'allume un pétard dans ma Stud et pars pied au plancher. Je me tire vers le centre sans toucher terre.

Je plane comme un flamant déjanté. Je bats des ailes et j'atterris sur la 6e Ouest. Je passe devant le parking du Pacific Dining Car.

Je me ramène au ralenti. Je plisse puissamment les paupières. Je repère les parages – haché au haschisch, dans un nuage atomique de fumée entêtante.

Je vois le stupre-éfiant Sinatra siroter un martini matinal. Il lézarde près d'une Lincoln lilas. Deux cerbères à l'air féroce sont perchés sur un coupé Pontiac. Ils se poilent et avalent toutes les vannes que Sinatra leur balance. Des molosses maladroits avec une mission : molester pour leur maître. Leurs museaux musardent à un mètre maximum de ses miches.

Le parking est plein. La Pontiac est posée entre une Buick bouffie et une Bonneville bien balancée. Je peux m'introduire et m'arracher sans me faire remarquer.

Je continue jusqu'au carrefour. Je case ma caisse dans un coin et je reviens à pied. Les balèzes se bidonnent aux blagues de leur boss.

Sinatra leur sert du ranci : l'histoire de Fouzy-Dans-Le-Baba, le giton japonais.

Ils ne me voient pas. Je m'accroupis et j'entre dans le parking en marchant en canard. Je m'approche de la Pontiac et je planque mon sac de shit sur le plancher de la charrette.

Je ressors en coup de vent. Je fonce jusqu'au bout de la rue et je me carre dans une cabine. Je fourre du flouze dans la fente et je passe un coup de fil au sergent John O'Grady.

O'Grady :

Grande gueule et grippe-sous. Un besoin gratuit d'agrafer les accros du hasch et de se propulser en première page. En 48, il a poissé Art Pepper pour consommation de cannabis, et il a fait Mitchum marron pour une histoire de marie-jeanne. Ce jeudi encore, il jarnaquait un juteux junkie, le rejeton d'une julie haut-de-gamme, Hedda Hopper.

Il décroche.

– O'Grady, brigade des stupéfiants.

– Getchell, les bras chargés de présents.

– J'écoute. Tu as trois secondes pour retenir mon attention.

– Le parking du Pacific Dining Car. Les gros bras de Frank Sinatra et une once de shit sur le plancher d'une Pontiac verte.

– Quand ?

– *Tout de suite.*

– Sinatra est là ?

– Vous ne pouvez pas le rater. C'est le type tout maigre qui a une voix d'or.

Je rapplique au parking et me pointe promptement, me pavanant comme un paon. Sinatra m'aperçoit. Les mastards se massent les métacarpes. Je vois un grand type sur la banquette arrière de la Lincoln lilas.

Sinatra enfile des gants de cuir d'un beau noir luisant, méchamment lestés de billes de plomb. Ils balancent des baffes qui vous laissent baba.

Les molosses me montrent leurs molaires. Un majordome mexicain à l'air malfaisant surgit d'une issue de service. Il porte un martini comacos sur un plateau à monogramme.

Les molosses se moquent de moi. Le Mex se magne un max et susurre des « Sí, Señor » sirupeux. Sinatra fait claquer ses doigts gantés de cuir. Le Mex nasille des sons serviles et s'affaisse, soumis. Sinatra claque des doigts et s'empare de son drink.

Il déclare :

– T'es un rapide.

Il regarde ses chiens de garde. Il répète :

– C'est un rapide, les gars.

Les molosses se marrent. Le Mex renifle et ricane. Je glisse un œil vers la Lincoln. Le grand type du siège arrière me tourne le dos.

Je me propulse vers le coupé Pontiac. Je demande :

– Quoi de neuf, Frank ? Ta mère fait encore son numéro ? Elle se fait toujours sauter sur scène par un bourricot ?

Sinatra s'échauffe et surchauffe. La vapeur sous pression sort de ses pavillons et me cingle le siphon. Il serre ses petits poings. Son verre cède, il explose – un shrapnel de tessons.

Les molosses morflent. Le Mex morfle aussi, presque en catimini. Tout le monde secoue sa chemise lardée d'éclats et fixe Il Padrone d'un regard effaré. Le Parrain de pacotille palpite et pisse dans son pantalon. Admirez l'auréole sur le coton à côtes !

J'attaque :

– Frank, j'ai parlé à Ava Gardner. Elle m'a dit que t'avais une quéquette pas plus grosse qu'une cacahuète. Ça sera en bonne place sur la couverture de mars. « Le Torride Ténor est monté comme un Têtard, Avoue l'Affriolante Ava. »

Sinatra fulmine et se fout dans une fureur folle. Il bredouille, il bafouille, il bavoche, il crachouille et conclut carrément catatonique. Son cœur cogne dans sa caisse. Sa liquette crache ses boutons comme des fusées ; ils me fusillent les fumerons.

Les féroces foncent sur moi. Le Mex mouline des manchettes façon macho. Une bagnole de bourremen – brigade des Stups – se pointe dans le parking.

Tous, ils se figent – frustrés, la frousse aux fesses.

John O'Grady gicle de la guinde. Son corpulent comparse s'arrache à son tour et se plante près de la portière. Les cerbères se replient et se réfugient presque dans la région de mon giron. Des flingues à l'air féroce étincellent dans les étuis d'aisselle.

Deux badges bien brillants : un insigne de shérif, et une plaque de police.

O'Grady grommelle :

– Police de Los Angeles. Personne ne bouge d'un poil.

Je lorgne la Lincoln lilas. Je reconnais le grand type assis à l'arrière.

Le sergent Bob Duhamel – de la police de Beverly Hills.

Il enquête sur les pots-de-vin, et il se pavane dans la torpédo d'un suspect de premier plan.

?????

Le corpulent comparse se propulse vers la Pontiac. Il ouvre la portière passager et sort le sac de shit. O'Grady demande :

– C'est à qui, ça ?

Les genoux de Sinatra jouent des castagnettes, et il repisse dans son pantalon.

Le Mex jargonne en javanais et marmonne « *Mierda, mierda* ».

Les molosses écartent leurs pardosses. Le soleil scintille sur leurs insignes.

O'Grady les scrute scrupuleusement. Son regard se braque sur chaque badge. Il dit :

– Expliquez-moi ce qui se passe, ici. Vous avez intérêt à vous montrer convaincants. Et dites-moi pourquoi Sinatra vient de pisser dans son froc.

Les bouledogues baissent les yeux. Je sens que ça carbure dans leurs caboches. Ils relèvent la tête, le regard brillant et brutalement belliqueux. Ils se tournent, tranquillement, vers le Mex.

Molosse Numéro Un :

– On travaille en collaboration avec les autres brigades. M. Sinatra a reçu des menaces de mort à cause de cette histoire de pots-de-vin, et on lui sert de gardes du corps.

Molosse Numéro Deux :

– Euh... Ouais, et puis Pancho, là, il a essayé de vendre de l'herbe à M. Sinatra, mais M. Sinatra a dit non, alors Pancho a planqué le paquet dans ma voiture, parce que... euh... il croyait que c'était celle de M. Sinatra.

Pancho ruisselle de sueur. Il transpire de la tignasse. Ahuri, assommé, il nous singe, stupéfait, les stations du chemin de croix. En nage, il dégouline de gouttelettes. Il largue son plateau, qui rebondit sur le bitume avec un bruit à vous précipiter les palpitations. Réaction sans retard : quatre flics défouraillent et font feu sans faiblir.

Ils perforent Pancho et le poinçonnent de part en part. Ils le mutilent, le massacrent. Les balles lui labourent la moumoute et lui refont la raie au milieu ; elles rebondissent sur sa carcasse et sa boucle de ceinture et repartent vers les tireurs. Les ricochets déchirent le corpulent comparse et lui arrachent le pif. Je me recroqueville, je me ramasse, je conchie mon caleçon et je me casse...

2

Je case ma Stud dans une remise. Je crapahute jusqu'au croisement de Wilshire et Western et je court-circuite une Hudson Hornet tout bonnement sur le boulevard. Il faut que je me planque. Je viens de voir des lardus liquider un loquedu et massacrer un mec de la maison mère. J'ai suscité un spectaculaire sac de nœuds qui a coûté la vie à un flic. J'ai signé mon propre arrêt de mort – et peut-être beaucoup plus.

La volaille va vouloir m'accabler pour masquer sa maldonne mortifère. Sinatra remuera ciel et terre pour me réduire au silence et incendier *L'Indiscret*. Dans ce pataquès, c'est le poids des pots-de-vin qui prime et propage la panique à la périphérie.

Je hisse ma Hudson Hornet jusqu'à Hollywood. Chez Carl le casseur de vieilles caisses, j'échange mes plaques contre celles d'une Plymouth. Je trace à travers Trancas Canyon et je me triture pour trouver une issue au traquenard dans lequel je me trouve.

Skip Towne me refile le ragot sur Flash Flood. Je l'imprime dans *L'Indiscret*. Ma prose puissante pousse le procureur à se préoccuper des pots-de-vin et exaspère Sinatra le salace.

Sinatra le scandaleux sonde sans cesse la cité à la poursuite des senteurs de sexe. Ses loyaux labradors se dédoublent en limiers libidineux. Travaillant de la truffe, ils traquent les touffes et flairent des femelles pas farouches dans des soirées pour serveuses ou je-ne-sais-quoi. Quant à Linda Lansing, ils l'ont levée dans un lupanar pour lesbiennes.

Lascive Linda – la sémillante sœurette de Joi Lansing. Linda Lansing, la sangsue sensuelle, une perle de pacotille subventionnée par ses amours saphiques. Une aguichante gagneuse qui arrondit ses fins de mois en manteau de fourrure Sobel dans les émissions de télévision.

Il n'y a pas si longtemps que Linda a viré sa cuti pour s'envoyer la goulue gouine Liz Scott. Aux dernières nouvelles : Liz soupire toujours après sa coquine compagne. Les délices de la libertine Linda : les délirantes et délectables parties à trois. Aux *dernières* dernières nouvelles :

Le stupre-éfiant Sinatra raffole des rapports en trio. Il lève Linda Lansing et l'attire dans sa tanière. Elle l'ensorcelle et l'entraîne dans les transes de l'extase à trois. Mama mia... Un homme et deux femmes qui laissent libre cours à la luxure et la lubricité ! Linda lancine la libido de Frank et lui dicte sa loi : finies, les partouzes tripartites, tant que tu n'auras pas fait de moi une star ! Le King cuisine Sammy Cahn et lui fait composer *Baby, It's Cold Inside*. C'est un tube qui titille et captive et fait l'affaire des fourrures Sobel. Le King coince Flash Flood, l'embobine et envoie un paquet de pognon. Flash est floué. Il matraque une mauvaise musique et lance Linda Lansing au panthéon des pots-de-vin.

Skip Towne me refile le redoutable ragot. Il confirme un scandale d'importance capitale – mais laisse sans réponses les graves questions que je me pose.

Bob Duhamel, police de Beverly Hills. Un poulet plébiscité pour l'enquête sur les pots-de-vin. Son pote O'Grady, de la même brigade que lui, et le second du shérif. Trois bourremen mouillés dans une magouille merdeuse avec un Sinatra mou des genoux.

?????

Je passe devant chez Flash Flood à Flintridge. Merde ! La Fleetwood de Flood et une flopée de flics en bagnole barrent les abords.

Tiens ! Revoilà les caïds qui ont criblé de pruneaux Pancho la Piñata. Auprès d'eux, Duhamel, de la police de Beverly Hills.

Qualifions cette collusion de complot de condés. Calculons le coût du contretemps que nous avons créé. Tirons-nous du traquenard qui nous tombe sur la tête et sauvons notre mise pour de nouveau médire de notre mieux.

Je marmonne ce mantra maléfique. Je mijote une machination pour flatter, flouer, frauder et FAIRE FORTUNE.

La petite cabane en bois de Laura :

La Mecque des hommasses mangeuses de minous où les langues de velours viennent se faire lever. Un rendez-vous rustique pour les gougnottes gourmandes.

Pour Liz Scott, la friande de foufounes, un lieu de prédilection.

J'y pénètre prudemment. Des louves me lancent des regards revêches. Ma réputation putride me précède et fait tomber des tabourets une foule de fastueuses frangines. Je dévaste et décime la salle.

Je localise Liz. Elle larmoie dans son glass. Je me glisse dans son box en simili et j'accapare quelques cacahuètes.

– Sers-toi, me dit Liz. C'est gratuit.

J'allume une Lucky prise dans le paquet de Liz. Elle a un rire rauque et sans ressort.

– Tu es une vraie charogne, Danny. Un raz-de-marée qui ne répand que saloperies et zizanie. Même si on était seuls sur une île déserte, et que tu sois la plus belle femme du monde, jamais je ne coucherais avec toi.

Dans *L'Indiscret*, Liz avait l'air lubrique la dernière fois qu'elle a eu les honneurs de la couverture : LES LESBIENNES SE LA COULENT DOUCE À LA CABANE EN BOIS, NOUS PRÉVIENT LA POLICE.

Je griffe dans son glass un morceau d'ananas et l'envoie soulager mon gosier desséché. Liz allume une Lucky et me lance au visage un nuage de fumée. Je recrache mes cacahuètes et des bouts d'ananas.

– Tu es une maladie pour laquelle on n'a pas encore trouvé de nom, Danny. Tu es pire que le cancer.

Je tremble et je trépide. Le trouble me titille. Je gémis et j'entre en érection.

Je lui dis :

– J'ai toujours pensé qu'on aurait pu s'entendre, tous les deux, au lit comme dans la vie, si tu avais des goûts différents.

– À la saint-glinglin, Machin. Et sur Vénus, encore, si tu t'habilles en travelo.

Oooh, oooh ! Elle me fait bander comme un bouc !

Je tire sur ma sèche et la réduis en cendres. Liz a un rire salace. Le juke-box se réveille. Linda Lansing halète : *Baby, It's Cold Inside*.

Liz baisse la tête et laisse couler un lac de larmes. J'explique :

– Linda est dans le pétrin, Poupée. Tu sais ce qui l'attend, pour l'histoire des pots-de-vin. Sinatra, c'est un trop gros morceau pour la justice, et Flash Flood va se défausser sur ses complices. Ils vont faire croire que c'est Linda qui l'a payé pour passer sa chanson, et c'est elle qui en prendra plein les dents.

Liz la délaissée lève les yeux vers moi. La lumière du bar met en relief ses fleuves de larmes et leurs affluents. Je sais qu'elle a en réserve des renseignements renversants qui pourraient me sortir de mon impasse – quelque chose de *très* « Indiscret ».

Elle frémit et se sèche la frimousse. Elle liquide le fond de son verre et mâchonne la cerise. Elle en suce la queue et me regarde dans les yeux. Ses prunelles me propulsent en orbite orgasmique.

Elle annonce :

– Tu veux des informations sur Linda. Tu es prêt à les payer s'il le faut, et tu vas essayer de me convaincre que rien de ce que je te dirai ne pourra lui faire du tort. Tu sais que je te donnerai ce que tu veux si tu te montres convaincant. Alors, montre-toi convaincant, et tire-toi. Ou je t'envoie une frangine de 130 kilos armée d'un coup-de-poing américain, et elle te fera sortir de ma vie une bonne fois pour toutes.

Stupéfiante subtilité ! Quelle concision ! Quel culot ! À vous couper le souffle.

Je lui réplique :

– Je vais publier un papier dans *L'Indiscret* pour clamer bien haut que tu es hétéro. Et je te laisserai tranquille pour toujours. Moi aussi, j'ai des ennuis avec cette affaire de pots-de-vin, et je n'écrirai pas le moindre mot sur Linda.

Liz me lorgne un loooong moment. Elle allume une autre Lucky et se lèche la lèvre où s'est greffé un grain de tabac.

Oooh, oooh ! Sauvez-moi de cette sirène saphique !

– D'accord, Danny. Écoute-moi bien, je ne me répéterai pas. Linda m'a raconté qu'elle avait fricoté avec Frank il y a trois ans, en 52. Elle m'a dit qu'elle avait un dossier compromettant sur lui, et qu'elle s'en était servi. C'est elle qui a forcé Frank à graisser la patte à Flash Flood, pour qu'il passe son disque à la radio.

L'épisode de 52 fait des ravages dans le ragot de Skip Towne. À l'entendre, la liaison Linda-Sinatra, c'était tout récent. Je demande :

– Où est Linda, maintenant ?

– Je n'en sais rien. Je l'ai vue il y a une semaine, quand les journaux venaient d'annoncer l'enquête, et elle m'a dit qu'elle devait descendre à Tijuana pour Louie Sobel.

Je libère une Lucky et l'allume. Liz soulève un porte-clés en cuir et le laisse pendiller sur l'un de ses longs doigts.

– 2104 Berendo Street, une rue qui donne dans Los Feliz Boulevard. Linda louait la maison, et j'ai fait des doubles en douce.

Je rafle les clés et fais claquer mes doigts. Je lance une œillade à Liz et sifflote un passage de *One for My Baby*. Liz s'esclaffe et me fait savoir que je suis lamentable.

– Tu n'es pas Sinatra, Danny. Alors, abstiens-toi. Et je ne coucherais pas avec toi si tu changeais de sexe, même si le chirurgien te faisait ressembler à Rita Hayworth.

Je reflue vers Los Feliz et je règle ma radio en route. Banco ! Un bulletin d'infos tout frais.

« ... et il nous arrive du nouveau sur la fusillade du parking du Pacific Dining Car, qui a coûté la vie à un officier de la police de Los Angeles et à un serveur mexicain qui vendait de la marijuana. »

Les parasites me perturbent, la friture me défrise les feuilles. Je tripatouille le potentio et parviens à l'estomper. Le journaliste annonce : « Le serveur a été identifié. Il s'agit d'un certain Juan Ramon Pimentel, 24 ans, immigrant clandestin. C'était le plus important fournisseur de marijuana de la région de Los Angeles, et il faisait l'objet d'une enquête conjointe menée par la police de Los Angeles, celle de Beverly Hills, et les services du shérif du comté. Pimentel, cerné dans le parking, a sorti une arme et fait feu sur quatre officiers. Il a tué le sergent Richard D. Jackson, été mortellement blessé par la riposte de celui-ci, et... »

Les parasites brouillent le bulletin. Je passe devant la boutique de Brewster, dans Bronson Street, et j'achète le *Herald-Express*. Manchettes maousses : NOS POLICIERS SE COMPORTENT EN HÉROS AU COURS D'UNE FUSILLADE ! DEUX MORTS ! J'approfondis la prose du plumitif. C'est de la désinformation délibérée – il a froidement falsifié les faits avec un puissant parti-pris pro-policier. Une photo en page 2 : John O'Grady prend la pose avec le polichinelle de la brigade de Beverly Hills, Bob Duhamel, et les deux pitbulls de la police.

Faramineuses fariboles sur la « Périlleuse coopération entre forces de police ». Diabolisation délirante de « Pimentel, le caïd de la drogue ». Omniprésent du fait de l'omission indéniable et inquiétante de son nom : le turbulent témoin, Frank Sinatra.

Avec une écœurante connivence, la colonne contiguë proclame :
LE PROCUREUR RENONCE À L'ENQUÊTE SUR LES POTS-DE-VIN.

Une douzaine de lignes désabusées. Un paragraphe de pure forme : « manque de preuves... », « jugées insuffisantes... » – autant d'insinuations pour qui sait lire entre les lignes. Inconsciemment passés sous silence : la lascive Linda Lansing et le ténor porté sur la triplette, Sinatra. Un instantané sans intérêt : le procureur pervers J. Miller Leavy – parlant à l'oreille du brutal Bob Duhamel. Sous le cliché, en revanche, une légende captivante : « Le procureur adjoint Leavy et le sergent Duhamel ont également travaillé ensemble dans la célèbre affaire du meurtre de Barbara Graham. »

Aucune mention de MOI.

C'est *mon* papier sur les pots-de-vin qui a enclenché l'enquête. C'est *ma* machination marijuanesque qui a mis en marche un massacre. C'est *moi* qui suis indéniablement inique et ignominieusement ignoré.

Je frémis, je frissonne, et fais presque dans mon froc. Mon cœur cogne, convulsivement paranoïaque. J'ai mené, comme le Christ, une croisade pour la vérité, et franchi je ne sais quelle ligne invisible. Disons que je suis crucifiable. Le journal a négligé de mentionner mon nom, me condamnant par là-même au néant. Le monde veut ma mort. J'ai maltraité les malotrus et volé au secours de leurs victimes. J'ai sodomisé des célébrités stupides, je les ai mystifiées, atomisées, pour révéler leur fragilité. J'ai vandalisé leurs âmes de vautours et placardé leur manque de sens moral chez tous les marchands de journaux du pays. J'ai pris modèle sur Mahatma Gandhi et j'ai surpassé ce salopard dans ma chevaleresque recherche de la vérité. J'ai survécu à des coups durs qui auraient concassé quantité de quidams. J'ai dénoncé le désenchantement d'un monde dissolu, j'ai égayé, éduqué, édifié les foules. Je suis un modèle spirituel, comme cette mal-blanchie qui a mis en branle le boycott des bus à Montgomery. *L'Indiscret* a plus de poids que la Bible – du moins à Los Angeles.

Je suis le Jésus du journalisme qu'un Judas va juger judicieux et justifiable de jobarder.

3

J'achète une bouteille de bourbon balèze. Je me biture la tronche pour m'extirper de mon tourment et pars plein pot vers la planque de Linda Lansing.

Je repère rapido les parages. Je rôde dans la rue Berendo et traverse les transversales. Pas de voitures de flics en vue. Je planque ma Hudson Hornet derrière une haie d'hortensias et mets le cap sur le cabanon.

C'est une imitation de mosquée mauresque en miniature. Des minarets, des marquises mauves, et des feuilles finement façonnées en façade. Je parviens à pénétrer. Je referme la porte, j'allume la lumière, et découvre un carnage.

L'odeur à lever le cœur de la chair putréfiée. Des cheveux que colle en paquets le sang coagulé. Un tas d'asticots sur un tapis turquoise. Des gouttes de sang sur les vitres et les murs blancs.

Linda Lansing gît à plat sur le plancher. Lacérée, lardée de coups de lame dans une robe en lamé. Balafres béantes et chairs déchirées en sangles sanglantes. Chevelure blonde déployée et figée en une flaque de sang.

Dix doigts distordus jusqu'aux tendons, calcinés jusqu'à l'os. Un réchaud électrique branché sur une prise murale. Des lambeaux de peau carbonisée coincés dans les spires de la résistance.

Je chancelle, je chavire, je tangue, je titube et vomis sur le tapis. Je m'oblige à mémoriser le meurtre.

Des récamiers retournés, des divans déchiquetés déversant leur rembourrage. Des tableaux ôtés des murs et réduits en confettis. Des bibliothèques basculées, bousillées, un tas de planches piétinées et pulvérisées.

De cruelles cloques sur tout le corps. Sur la peau calcinée, les stigmates du supplice. Des cercles de cigarettes. Un amas de mégots figés dans une flaque de sang.

Une torture terrifiante, infligée avec une férocité infernale. Mon hypothèse : les tortionnaires ont tenté de contraindre Linda Lansing à leur livrer quelque chose. Elle a résolument résisté, refusant de s'en séparer. La chose en question n'était pas une information. Disons plutôt un objet qui peut se dissimuler. Les sadiques ont saccagé la maison dans l'intention de le dénicher. Ils l'ont cherché avec une fougue impulsive, impétueuse. Implication implosive : l'objet est toujours LÀ.

Je regarde Linda Lansing. J'envoie un baiser au macchabée. Ma mémoire m'envoie des images de Linda telle que je l'ai vue, vive et ravissante, et m'annonce une anomalie : la Linda d'avant l'au-delà était longue, élancée. Le cadavre est quasiment corpulent.

Je chasse de ma cervelle toute tentation nécrophile. Je fais un saut jusqu'à la salle de bains et me rue sur l'armoire à pharmacie. Je pille les plaquettes de pilules et me concocte un cocktail pas prévu par le codex.

Un Secobarbital sexy et de la Dexedrine démoniaque. Un Miltown pour modérer l'amertume du mélange. Un Bromo-Seltzer brutal pour faire bouillir le breuvage.

J'écluse mon élixir et je le chasse avec une Chesterfield. Il explose dans mon estomac comme une bombe sous-marine. Délibérément, avec détermination, je dévaste la demeure.

Je dépiaute dix piaules. J'inventorie d'innombrables tiroirs débordant de dessous. Je démonte les moquettes. Je massacre des meubles merveilleux pour en faire des monceaux de débris. Je démolis les divans, je bousille les bahuts et les bonnetières.

J'ausculte les canalisations, je remue les armoires et j'explore derrière les étagères. Je martèle les murs du sous-sol avec une batte de base-ball et je tombe sur une chouette cachette secrète.

Planqué dans les profondeurs :

Un paquet de portraits. De fastueuses photos faites en secret et en SexyColor.

Linda Lansing bricolant la brouteuse de première bourre Barbara Stanwick. Sacrée Stanny... Toujours aussi stimulante.

Linda lovée au lit avec Lana Turner. Ahou ! Ahou ! Je salive sur les saphiques !

Linda titillant la troublante Tallulah Bankhead. Tallulah... C'est trop !

Linda dans une mêlée sur un dessus-de-lit mauve. À poil, aux prises avec Barbara Graham et Louie Sobel.

Sensuelle synergie. Pétulante perversion. Un trio turpide traqué par un objectif obscène.

Une connexion confondante.

Un fourreur furtif. La victime d'un meurtre et une meurtrière qui a honoré de sa présence la chambre à gaz de San Quentin. Une connection à creuser : Bob Duhamel a travaillé sur l'affaire Barbara Graham.

Je cligne sur les clichés. Je les explore et les embue. Je salive et dégouline sur Linda Lansing – la lesbienne longiligne. Dédoublement de la tribade ? Son cadavre court vers le corpulent.

?????

Caché près des clichés :

Un répertoire à reliure mobile. Des noms de consonance latine listés dans des colonnes. De productifs profits à cinq chiffres rangés en regard.

Martinez, Madragon, Marquez... Rien que des Mex, ces mecs. Tostado, Trejo, Tarquez... Tous portés sur les tacos. Pellicar, Peja, P. Pimentel...

Ah, ah ! Attends un peu...

Juan Pimentel... la piñata-pelote d'épingles du parking. Le prétendu magnat de la marijuana. Le majordome malchanceux, la tête de Turc de tous les turpides.

?????

Je coince les clichetons contre une canalisation et range les répertoires sous un lé de lino décollé. Je retourne dans la turne du fond et fouille une ribambelle de bouquins que j'ai balancés sur le plancher. Bingo ! L'annuaire de *Variety* pour l'année 1954.

Je compulse les « *L* », qui révèlent :

« Lansing, Joi. Actrice. Née le 6 avril 1928 à Salt Lake City. »

Plus loin :

« Lansing, Linda. Chanteuse. Née le 21 mai 1930 à Salt Lake City. »

Je parcours les paragraphes alloués aux Lansing. J'examine deux photos publicitaires. Leurs boucles blondes se brouillent. Leurs minois se mélangent merveilleusement et renaissent sous les traits de deux quasi-jumelles.

– Splendides créatures. J'ai couché avec la plus belle, je suis bien placée pour le savoir.

Une voix vibrante – saphique et sensuelle.

Mes nerfs se nouent sur ma nuque. Je pivote et prie que le pire ne soit pas pour tout de suite. Mon regard se vrille dans celui de la shérif adjointe Dot Rothstein.

Une gouine qui goûte le gode. Sheba la chienne du shérif à la prison pour femmes du centre-ville. Une poissarde qui a un penchant pour les pouliches dans leur primeur. Une mémère maousse en costume de mec.

Je la lui joue coooool.

– Tu es superbe, Dot. Tu me fais regretter de ne pas être une femme.

Dot me décoche un coup de botte dans les balloches. Une giclée de bile me remonte dans la bouche et je m'écroule. À genoux. La douleur me déchire.

Dot m'ordonne :

– Ne bouge pas. C'est dans cette position que j'aime voir mes femmes.

Je me dresse bien droit, dur et déterminé, et fais un doigt d'honneur à Dot.

Elle me saisit le médius, le plie en deux, et le mord jusqu'à l'os.

Douleur démesurée ! Locale, mais aventureuse. Depuis mon doigt mordu, elle descend dans mes valseuses. Elle lacère la brume cotonneuse que les pilules ont fait naître dans ma tête.

Dot me demande :

– C'est toi qui l'as tuée ?

J'éponge le raisiné qui barbouille mon blazer bleu.

– Non. C'est toi ?

Dot me tend un mouchoir.

– Je l'aimais, la pauvre choute. Elle couchait avec moi de temps en temps, et on gagnait de l'argent ensemble.

– Comment ?

– Je la maquereautais auprès de quelques hommes politiques qui pouvaient être utiles au shérif.

Ma douleur décline. Le mélange au Miltown l'émousse moelleusement.

Dot ajoute :

– Elle faisait pression sur Frank Sinatra. Elle a d'abord couché avec lui, puis elle l'a menacé de le priver de fri-fri s'il ne lançait pas sa chanson à la radio.

Négatif ! Nix, niet, et nib de nib. Liz Scott m'a parlé de chantage, en chargeant Linda. Virtuellement verbatim :

« Elle a fricoté avec Frank il y a trois ans, en 52. Elle a un dossier compromettant sur lui, et elle s'en est servie. »

Dot me dévisage – impassible, immobile, inébranlable.

– Ça t'ennuierait de me dire ce que tu en penses ? Et ce que tu sais de cette affaire ?

Je hausse les épaules comme si je ne savais rien de rien. Dot m'explique :

– Ils n'ont pas tué celle qu'ils croyaient. C'est Joi qui est dans le salon. Je connais le corps de Linda sur le bout des doigts, et ce n'est pas elle. Joi a toujours été un peu plus potelée, et elle avait la clé de la maison. Et si Linda est fine mouche, ce qui est le cas, elle va se goinfrer de glaces au chocolat et se faire passer pour sa sœur en attendant que cette histoire se tasse.

Mes connexions se concatènent. Je suis tout ouïe. Une théorie se trame dans ma tête.

Juan Pimentel – la piñata-pelote d'épingles du parking. P. Pimentel – le *padre*, le partenaire de la piñata... Ou son infernal frangin ? Liz Scott la volubile, véritablement verbatim : « Linda doit descendre à Tijuana pour Louie Sobel. »

Sobel, que les clichés lascifs de Linda Lansing portraiturent dans des poses pornographiques. Tijuana, scandaleusement située un soupçon sous la frontière. Joi Lansing, lacérée en lanières sanglantes par des maraudeurs mexicains – des *bandidos* bons à rien qui ont bousillé le boulot et se sont gourés de greluche parce qu'ils ne parlent que l'espagnol.

Dot me dit :

– Ça carbure dans ta petite tête. Tu te fais tout un scénario et tu te demandes quel rôle j'y joue.

Je la regarde avec un sourire radieux.

– Je me demande ce que tu sais sur un flic qui s'appelle Bob Duhamel, et une virée à Tijuana que Linda fait peut-être pour Louie Sobel.

– Duhamel..., dit Dot. (Elle courbe cauteleusement les épaules.) Je ne connais pas ce flic dont tu me parles, mais ce que je sais, en revanche, c'est que tu étais sur les lieux quand il ont refroidi le Mex, ce matin. Et je sais que Louie S. est lessivé, et qu'il prépare un faux braquage de son entrepôt de fourrures pour arnaquer son assureur. Et c'est Linda qui devait aller vendre pour lui les fourrures volées à Tijuana.

Je cogite, je spécule, je médite, je rumine et...

– Écoute, Danny. On est tous les deux dans ce pétrin, mais toi, tu y es plongé jusqu'au cou. Cela dit, il faut que tu saches que cinquante mille dollars distribués aux gens qu'il faut et quelques ragots bien compromettants dans *L'Indiscret* pourraient te tirer d'affaire.

... je frétille comme un gardon pas frais.

Je lui demande :

– Raconte-moi ça. Sans charre.

Dot détaille le dispositif :

– Sobel ne sait pas qui seront les faux braqueurs. C'est Linda qui a monté le coup, et tout ce que Louie connaît, c'est la date et l'heure : le 27 à 18 heures. Tu n'as qu'à court-circuiter les comparses, transporter les fourrures à Tijuana, et me rapporter l'argent. Linda sera tellement occupée à se faire passer pour sa grande sœur qu'elle te laissera tranquille.

LE SCRIBOUILLARD À SCANDALES SACRIFIE SA CARRIÈRE ET S'ENFONCE DANS LE CRIME ! LE MALFAITEUR MALIN MUGIT : AVANCEZ LES VISONS ! ET MET LES VOILES AU MEXIQUE ! Je demande :

– À qui je refourgue les fourrures ?

– Au chef de la police de Tijuana, répond Dot. Il s'appelle Pedro Pimentel.

4

Je me réfugie dans un repaire pour artistes à la mode de Santa Monica Canyon. Je supplie ce cinglé de Chris Isherwood de me laisser un lit.

Chris le Crucifié m'offre l'asile dans son sinistre sanctuaire shintoïste. C'est Chris le Combinard qui lance l'invitation et la lie à une condition :

Ne m'incendie pas dans *L'Indiscret*. N'étale pas en pleine lumière mes sauteries pour sodomites. N'accable pas mon ashram à baisodrome incorporé. Ne ridiculise pas les résidents. Ne publie pas cette photo où je roule une pelle à Liberace.

Je souris avec suffisance. Je lui jure mes grands dieux que je n'en ferai rien, je lui sers un serment sournois. J'introduis dans les lieux mon Hudson Hornet et les herbes hallucinogènes de chez Hong.

L'ashram est une tanière pour toxicos et un tringlodrome pour tantouses. Les turbulents tricards :

Aldous Huxley, abruti par l'absinthe, pété au peyotl, et accro à un alcaloïde pour azimutés, l'acide lysergique diéthylamide.

Bogie Bogart, qui se collette avec le crabe à l'aide de vœux vaudous et de potions aux noyaux de pêche.

Oscar Levant, qui lévite, délirant, entre laudanum et Lowenbrau.

Sammy Davis Junior, aux abois comme un bamboula parce qu'il a baisé une Blanche qui sortait avec Walter Winchell. Détail personnel et moricaud-fidentiel : Winchell a mandaté des macaronis pour dessouder Sammy.

Enfin – et pour terminer par le plus troublant :

Trois *marines* tendance maso qui rêvent de se faire rudoyer. Des déserteurs cherchant à échapper aux patrouilles de la police militaire. Des proies de premier choix pour Chris le Dépravé.

Je m'installe et prends mon temps pour mijoter l'opération « vol de visons ». Je flânoche dans le flou.

Je lampe du laudanum avec Levant et m'envape au haschisch avec Huxley. Chris cristallise les herbes de Hong et concocte des cocktails anti-cancer pour Bogie. Chaque soir, je regarde les infos et je note des nouvelles nerveusement navrantes.

Flash Flood et Skip Towne : écrabouillés par un casse-cou qui conduisait un camion. La Fleetwood de Flash Flood : calcinée jusqu'à la carcasse dans Topanga Canyon. Deux disc-jockeys rivaux qui roulaient dans *la même* voiture ? Pour un magazine comme le mien, ça s'appelle un meurtre.

Pas un mot sur le massacre de la mosquée mauresque ni la lascive Linda Lansing. Pas de précisions sur les pots-de-vin ou le priapique Sinatra. Concluons à la collusion collective.

J'ai des contacts dans la flicaille ; je les appelle. Ils me pondent un topo sur Pedro Pimentel.

Un méchant Mex. Le Tojo tacophile de Tijuana.

Il contrôle des compagnies de condés corrompus. Ses poulets ponctionnent les prisonniers incarcérés pour des inculpations inventées de toutes pièces. Pedro les dépouille de leurs possessions. Il viole leurs filles encore vierges et en fait des virtuoses du vice au Va-Va-Voom Club. Leur progéniture la moins présentable, il la propulse à coups de pied dans des *casas* en carton et contraint les têtards à trimer comme des esclaves dans ses usines clandestines. En sortant du turbin, ils jouent les mendiants méritants et soutirent des piècettes aux gringos complaisants.

Pedro Pimentel possède une clinique – on y soigne la chaude-pisse – et puis le Club Diablo : une bâtisse en brique rouge délicieusement décorée qui héberge des hermaphrodites et le meilleur numéro de coït avec un bourricot qu'on peut voir à Baja. Pedro Pimentel importe du porno en fraude. Il cogne les Cocos et castre les Castristes qui s'évadent de Cuba. Pedro Pimentel fait fête aux Nazis condamnés à Nuremberg et leur assure un asile.

Pedro Pimentel refourgue des fourrures fauchées.

Les flics me fournissent d'autres infos.

Juan Pimentel était le frère pédophile de Pedro. Juan s'est barré de Baja après une sale histoire de gosse assassiné. Pedro l'a présenté à Duhamel, dit Bob la Brute – police de Beverly Hills. Bob la Brute fait de Juan le Pervers un mouchard mielleux. Juan le Pervers travaille au Pacific Dining Car – une couverture pour son sale boulot d'indic sournois. Bob la Brute connaît depuis des lustres l'ensorcelante lesbienne Dot Rothstein. Ensemble, ils trament un traquenard pour blouser Barbara Graham – flippée à fond à la prison pour femmes.

Barb la Barbare est une fastueuse femelle et une fabuleuse actrice. Elle affirmait qu'elle n'avait pas assassiné Mabel Monahan. Le procureur pervers J. Miller Leavy la trouve troublante. Il craint qu'elle émeuve les jurés mâles et les mette à genoux. Leavy concocte un plan pour la discréditer et le cloque à Dot et à Bob la Brute.

Bob et Dot se mêlent aux malfrats. Ils mobilisent deux malandrins minables et les branchent sur Barb la Barbare. Les minus lui soumettent un alibi comac pour le 9 mars 53. Barb mord à l'hameçon ; elle se servira de leurs salades si ça peut la sortir du guêpier. Les minus lui montent le coup et courent illico voir Miller Leavy. Leavy retourne contre Barb son alibi bidon ; le bobard la coule complétement et permet au procureur de prononcer une inculpation convaincante.

Mes contacts chez les flics contredisent Dot la Diabolique. Cette dissimulée m'a déclaré : « Duhamel ? Connais pas. » L'avatar de Barb la Barbare me bouffe la calebasse et sème la pagaille dans mes hypothèses. L'épisode a-t-il un lien avec l'affaire des pots-de-vin et le sein-titillant Sinatra ?

Ce mystère ronge ma hure envapée par le hasch. Il me lancine dans l'antre où je me planque et vis au ralenti.

J'échange avec Sammy des saillies inspirées par le shit. Sammy le Sambo dépressif : la marie-jeanne le rend mauvais. Il divague dans des délires racistes de Mau-Mau malveillant. Il déblatère sur l'oppression du pouvoir blanc et enchaîne sur l'auto-dénigrement des Noirs et sur Sinatra, le négrier narquois.

Anecdotes annihilantes :

Frank mortifie Sammy à une soirée de la mafia à Miami. Sammy chante pour des mafieux confirmés. Ils l'obligent à se déhancher comme un bamboula et l'envoient bouffer des coquillettes à la cuisine avec les cuistots cubains. Frank soustrait Sammy à l'office et le pousse à faire un *bis* pour chanter *Moi qui ne suis qu'un bon-à-rien de négro.*

Pendant une fiesta en coulisse pour saluer Sinatra, Sammy saute une beauté en bikini, la Miss des bières Schlitz. Sinatra, mortifié, s'imaginait sincèrement en avoir la primeur. Son chauffeur anschlusse Sammy. Il l'embarque à Sheboygan, Wisconsin, et le lâche dans le blizzard en chapeau de feutre et sous-vêtements moulants.

Sinatra saute sur scène pendant que Sammy fait saliver les spectateurs du Crescendo. Sammy brame une ballade bluesy et allume une L&M pour avoir l'air cool. Le public craque. Sinatra fait signe à un serveur. Le serveur balance une pastèque sur la scène. Le public fait dans son froc. Sammy se marre pour faire croire qu'il adore. Frank l'expulse de la scène et liquéfie la foule avec *Willow Weep for Me.*

Je sers à Sammy mon sentiment sur Sinatra. Il succombe à sa succulence et en devient servile. On s'enfonce comme des fous dans la maussaderie et on sombre dans l'abîme sans fond de la Sinatraphobie.

On lui jette des sorts, on l'accable d'une haine infernale. On lui lance une malédiction Shinto concoctée par Chris le Cinglé. On salope les pochettes de tous ses albums, on joue aux fléchettes avec, et on laboure les disques qu'ils contiennent. On s'excite tant et plus qu'on entre en transe – franchement frénétiques et francophiles. C'est la fragrance de l'encens qui nous en sort. Et qui me pousse à l'action.

Je propose à Sammy :

– Aide-moi à voler des fourrures et à les transporter jusqu'à Tijuana.

– Oui, Grand Bwana Blanc, répond Sammy.

Je lui suggère :

– Appelle Frank. Fais comme si tu ne lui en voulais pas, et fais-lui comprendre que j'aimerais faire la paix avec lui.

– Oui, Sahib, sussure Sammy.

Subrepticement, on surveille les fourrures Sobel, casées dans la Chrysler de Chris, tassées à ras du tableau de bord. On porte des déguisements distincts.

J'incarne un shaman Shinto. Visez un peu l'accoutrement : une robe de moine multicolore et des lunettes noires très mode pour masquer mes yeux. Sammy essaie de se faire passer pour un pachuco : pantalon serré aux chevilles et chemise mexicaine bon marché.

Sans répit, on repère Rodeo Drive. On potasse le plan des parages. On balaie d'un regard indolent la boutique du fourreur, et on voit deux loulous en Lincoln dernier cri qui tournent autour aussi.

Ils ont l'air porté sur le larcin. Une allure de lézards. Ils tournaillent, ils tournicotent, ils se lèchent les lèvres et ils scrutent toute surface observable.

Ils surveillent la scène avec la sagacité du serpent. Moi et Sammy, on les suit avec efficacité. Nos reptiles se restaurent chez Linny. On s'envoie des saucisses à la table d'à côté, et on enregistre leurs échanges deux jours durant.

Ils adorent les abats aux oignons. Ils en commandent, en recommandent, s'extasient, et parlent de leur plan sans baisser le ton. Ils confirment Dot la Diabolique de façon concluante : le hold-up aura lieu le 27 décembre à 18 heures.

On suspend la surveillance le 24. Chris le Crucifié donne une soirée pour fêter le Prince de la Paix.

Bogie se beurre avec sa potion aux noyaux de pêche et du schnaps au peppermint. Il glougloute à gogo et vocalise des chants chinois pour vaincre le crabe. Huxley engloutit des hallucinogènes. Il avance des arguments qu'il accumule pour accabler le Christ. Il chante les louanges de ce salopard de Ponce Pilate et de son « paradigme paranoïaque ». Ça met en rogne Oscar Levant. Oscar propose de préparer un « porto flip philosophal ». Il y ajoute de l'herbe, du hasch, et du houblon hongrois. La décoction déchire Chris le Cinglé. Il invente des aphorismes et s'imagine aphrodisiaque. Les *marines* esquivent ses assauts lascifs et filent bientôt à l'anglaise.

Sammy, sobre comme un serin, s'emporte contre Sinatra le Satanique. Il inventorie avec insistance ses indignités passées en détails intimes. Il fouette et fustige sa chair jusqu'au sang. Il catalogue des cruautés catastrophiques et s'agace de sa propre complaisance. Il baptise son bourreau « l'Antéchrist de la fête chrétienne » et l'appelle sur le téléphone de Chris.

Sammy se couche devant ce saligaud. Il cajole le combiné et fait le signe de croix. Il agiterait de l'aconit s'il en avait une branche sous la main.

Il m'annonce :

– Frank veut bien te voir. Choisis l'heure et l'endroit.

Je réponds :

– Le motel près du Club Diablo. À minuit, le 27.

Sammy marmonne dans le microphone. Je rumine ma prochaine rencontre avec Satan sur son propre terrain torride.

5

On part armés jusqu'aux dents. On se fait passer pour des *marines* en manœuvre militaire.

Les *marines* tendance maso ont laissé leur saint-frusquin au sanctuaire. On enfile leurs uniformes et on emporte leurs pistolets piqués au PX. Je planque ma Hudson Hornet et court-circuite une camionnette Carter. Des masques de monstres nous rendent menaçants, et montrent qu'on est des mecs qu'il ne faut pas emmerder.

J'avance sous les traits de L'Homme-Loup. Sammy se camoufle en Créature du Lac Noir. On gare dans la courette notre fourgon à fourrures et on s'engouffre par la porte de derrière.

17 h 46.

Quatorze minutes pour rafler des fourrures et remplir le fourgon. Quatorze minutes pour doubler les détrousseurs déjà désignés pour le détournement.

On déboule comme des dératés dans un corridor décoré de visons pas vilains. On freine devant la chambre froide. Louie Sobel nous surprend et se marre un moment.

Il hurle de rire, il halète, hors d'haleine. Il pique une suée et se tape sur les cuisses. Il titube et nous montre une pile de peaux sur le plancher de la chambre froide. Il crache dans son mouchoir. Il hoquette :

– Dépêchez-vous, espèces de *fershtunkener furmeisters*. Vite, avant que je claque d'un putain d'infarctus.

Sammy place les peaux dans un large sac à linge. Je parcours du regard la salle d'exposition. Je découvre un déluge de zibelines zenzazionnelles, de chinchillas de choix, de visons d'exception. Notre piètre pile de peaux pâtit de la comparaison.

Sobel ordonne :

– Frappez-moi – une seule fois – et puis ligotez-moi et fichez le camp d'ici. Votre numéro de comiques me tape sur le système.

Sortant mon pistolet, je le cogne à coups de crosse, le réduis en bouillie. Je décime ses fausses dents. Le sang gicle sur la serge de mon uniforme.

Sobel tombe dans le potage. Je le charrie dans la chambre froide et l'enfouis sous un fatras de fabuleuses fourrures. Sammy s'épanouit et toise d'un œil torve le tortionnaire blanc. Il marmonne des maximes mau-mau et se métamorphose en Créature du Lac Nègre.

17 h 51.

Sammy trimbale le sac à linge jusqu'à la camionnette Carter. Je mets le turbo et me rue dans l'échoppe.

Je razzie les visons et les transvase en vitesse. Je vole des tas d'étoles. Je chope des chiées de fourrures chatoyantes. Je bourre la bagnole du tableau de bord au pot d'échappement. En une seule manœuvre, je deviens millionnaire et j'émancipe Sammy le Sambofié.

17 h 57.

Je rafle un dernier rayon d'étoles. Les vrais braqueurs déboulent par la porte *d'entrée – rápidamente*.

Je me pétrifie. Sammy, pétrifié aussi, reste fixe et roide près de la chambre froide. Les vrais voleurs échangent un regard – *ben, merde !* Ils papillent des paupières et sondent la salle – pillée, saccagée sans pitié.

Ils dégainent des Garling DZK et m'allument à tout-va. Ma pile d'étoles étouffe leurs pruneaux. La Créature du Lac Nègre s'accroupit et sort son soufflant. Six balles abattent les vrais voleurs, les renvoient dans un présentoir de raglans en raton laveur.

On les enveloppe dans du petit-gris, on les roule sous un tapis. Sammy observe la scène et la sous-titre : « Massacre sous le manteau ».

Notre camionnette met le cap sur le Mexique – mucho rápido. Sammy négrifie les succès de Sinatra et les chante *a cappella*. Il vilipende et versifie Frankie, il le maltraite à travers ses paroles tendancieuses et licencieuses. Il scande un scat scatologique et se fout de Frank, le farfelu fêlé. Il excorie, il exorcise ex nihilo son ex-exploiteur.

« Allons à Napoli, entre macaronis, j'éjacule un peu tôt, je balance le pesto, c'est pourquoi elle me dit, je t'en prie, retiens-toi la nuit ! »

« Trois heures du matin, je me noie dans mon chagrin, encore un verre, Pépé, car Ava m'a quitté, pour un nègre bien monté. »

« Viens à Vegas, viens à Vegas, viens ! On va sauter des connes, dans leurs chambres de bonnes, et on va leur prouver, qu'on n'est pas des pédés ! »

Sammy chante à toute allure, il rocke, il rolle, il rugit, et ressuscite sa négritude innée. On se rue vers le sud comme deux compères psychopathes.

On s'arrête dans des toilettes pour se resaper en civil. On reprend la route, on franchit la frontière, et on tourne vers Tijuana.

Visez la vision :

Des essaims suants de lardons loqueteux qui tarabustent les touristes et les sucent comme des sangsues. Une clique de marins vénériens devant une clinique à chaude-pisse. Des voyous qui vendent du chanvre et du plant de peyotl en pleine plaza. Des frappes qui fourguent des godes électriques et des vues érotiques de spectacles zoophiles. Des péons efflanqués que la famine a jetés, gisant, sur la chaussée. Des coquins qui paressent les paluches dans les poches, ou qui se curent les crocs au canif. Des hermaphrodites assemblés en hordes aléatoires. Une chaîne de chiquitas rongées de chancres qui se chamaillent devant une échoppe à chop suey. À chaque carrefour, d'élégants lardus latinos, tenue aile de corbeau et fringantes bottes germano-nazies.

Oooh, oooh ! On dirait que je commence à apprécier, que je deviens blasé.

On passe du côté du Club Diablo. Vise la saignante enseigne au néon : un Lucifer lilliputien avec des cornes comacos et une bite en trident.

23 h 37.

On prend une chambre au miteux Chinchinagua Motel et on baratine le gérant. C'est le Mex par excellence. Je lui passe une poignée de piécettes et ramasse des tuyaux torrides :

Un certain « M. Duhamel » a passé un coup de fil pour confirmer sa réservation. Son « ami Frank » et lui arriveront vers minuit et prendront possession du bungalow beige, celui du fond.

Je cloque un manteau de vison au merdeux mexicain. Il marmonne « Madre mía » et rampe à plat ventre. Sammy l'alpague au colback et le met au parfum : passe-nous ton passe du bungalow beige et donne la clé aux deux crétins quand ils rappliquent. Et pas un mot sur les banditos balèzes qui viennent de t'embobiner.

Le Mex murmure « Sí, sí » et nous refile son passe. On se bouge jusqu'au bungalow beige et on s'y introduit en catimini. Je titille un interrupteur. La lumière jaillit et lance des convois de cafards incontrôlés.

Ils trissent, ils tracent, ils bruissent et rebondissent sur le bord du lit. Ils font des saltos et décollent du lino. Ils se carapatent et crépitent comme des croquettes sous nos croquenots.

23 h 48.

On recharge nos revolvers. Sammy siphonne une seringue pleine d'un acide lysergique qui ressemble à du crésyl. Je cavale jusqu'à la camionnette et rapplique muni de câbles de batterie.

On éteint les lumières et on se planque dans un placard. Les cafards décollent du plancher et s'engouffrent dans nos bouches. On s'étouffe et on tousse à s'en ravager la gorge. Par réflexe, nos estomacs protestent, nos molaires massacrent ces satanées saloperies, et broient les bestioles en une purée pleine de pus. Nous crachons nos débris de blattes. Un ronflement résonne – juste derrière la porte du bungalow.

Le vrombissement d'un V8. Des pneus qui dérapent et font grincer le gravier. Des voix vigoureuses. Une cacophonie de clés qui sondent la serrure. La Voix de Velours :

– Quel gourbi ! Et vise un peu ces cafards sur la commode !

Une tonalité de baryton baraqué :

– Je vais voir dans le placard. Il y a sans doute de l'insecticide.

Je rafle un ramassis d'insectes et m'apprête à attaquer. Sammy prend la pose du pilonneur. La porte du placard pivote et s'ouvre en souplesse.

Je bombarde Bob Duhamel d'un déluge de bestioles. Elles s'engouffrent dans son gosier, plongent en piqué dans sa gorge, et patinent à la pelle sur la peau de son crâne. Sammy le satonne à l'estomac et subtilise le soufflant de son étui d'aisselle.

Bob la Brute bat des bras et des mains façon chasse-mites. Il bave de la bile de blatte, il régurgite du jus de jais. Il s'aplatit pesamment sur le plancher. Sammy soutire de sa ceinture une matraque en queue de castor et lui concasse les cacahuètes. Je me sers de sa paire de menottes pour lui coincer les mains derrière le dos.

Sinatra, railleur et rusé, regarde la scène sans broncher. Il fait tournoyer un cocktail dans son godet et oscille doucement sur un rythme lancinant. Il rote des ronds de fumée parfaits incroyablement cooooools. Frank le Frigorifique... Le paladin postatomique, le type aux cheveux gras qui garde son sang-froid sous une pression extrême.

Il demande :

– Eh bien, eh bien, qu'est-ce que nous avons là ? Le Ranger Solitaire et son fidèle Tonto ? Quoi de neuf, *kemo sabe* ?

Bob la Brute crache des cafards. Sammy lui mure le museau au sparadrap pour l'empêcher de parler. Je sors la seringue de Sammy de sa poche de chemise ; j'observe l'opiat opalescent que le piston propulse.

Sinatra s'informe :

– Dites-moi, les guignols, vous êtes défoncés, ou quoi ? Sambo, je suis choqué. Je vais peut-être devoir te dénoncer à la Ligue pour les droits des Noirs.

Je m'esclaffe et me rue sur lui. On se percute. Son martini m'asperge, la fumée me submerge. J'attrape une touffe de cheveux gras et m'empare du postiche de Frankie. Sinatra pousse un cri perçant. Je lui serre le kiki et je plonge mon aiguille dans une veine qui vibre. Je pousse le piston et j'envoie du jus de jungle dans sa jugulaire.

Sammy pronostique :

– Te voilà parti pour une défonce plutôt mouvementée, mon pote.

Je balance Frankie Fréon sur un dessus-de-lit délavé. Les cancrelats marchent en crabe sur son costard Sy Devore. Frank est fricassé, archi-frit, fermement frustré de son calme chronique. Je fixe ce moment dans ma mémoire.

Sammy fait courir les câbles de batterie jusqu'à la Lincoln de Frank. Il ouvre le capot en grand. Il met les gaz à fond. Il pose les pinces sur les bornes de la batterie. Des étincelles crépitent. Je case les câbles sous la porte et referme à fond notre chambre de tortures. Sammy arrache le sparadrap qui obture la bouche de Bob la Brute. Je fais passer les pinces juste sous ses yeux.

Les étincelles giclent et le cinglent. Elles consument, elles calcinent et roussissent ses sourcils.

Frank menace :

– J'ai des amis personnels parmi les hommes les mieux placés de La Cosa Nostra.

Bob la Brute renchérit :

– Vous n'allez pas oser, tout de même !

Je pose les pinces sur ses paluches pour propager le jus. Il vibre sous le voltage à vitesse grand V et virevolte sur le plancher.

J'ôte les pinces et le regarde se tortiller par terre. Je lui demande :

– Raconte-nous tout. Sans bobards et sans rien oublier.

Bob la Brute claque des chocottes à cause du choc – et formule un faiblard : « Va te faire foutre. »

J'arrime ses chevilles aux deux pinces-crocodiles. Bob la Brute se cabre et s'arc-boute et nous fait un salto arrière spectaculaire.

Je déconnecte les deux câbles. Je l'entends hululer. Son bassin bondit. Il gigote des gigots. Survolté, il virevolte et crachote des étincelles.

Sammy salive :

– Vise le spectacle !

Il est hourdé à la haine de l'Homme blanc. Il ressemble au fameux bamboula Jomo Kenyatta.

Frankie Fréon est frappé de frayeur. L'acide s'assimile assidûment.

Bob la Brute s'égosille et s'écrie :

– Ça suffit !

Je me penche vers lui. Bob la Brute bredouille et bafouille. Son escalope palpite sur son palais et prononce prestissimo ces mots :

– C'est Linda qui a tout fait foirer quand elle a fait pression sur Frank pour lancer sa chanson. Skip Towne a eu vent de la combine et t'a mis au courant. Et puis tu as écrit ton article dans *L'Indiscret*, et Miller Leavy l'a lu et s'est dit que le nom de Frankie lui ferait une sacrée publicité. Il a ouvert une enquête, mais c'est à ce moment-là qu'il a appris ce que Linda savait vraiment sur Frank et qu'il a eu la trouille – et je ne sais pas ce que c'est, mais...

Leavy et Bob la Brute se connaissent depuis l'affaire Barbara Graham. Dot Rothstein travaillait avec eux. Liz Scott trouvait ridicule qu'on puisse croire que Frank venait tout juste de rencontrer Linda. Elle m'a révélé la vérité : « Linda a fricoté avec Frank en 52. Elle a un dossier compromettant sur lui, et elle s'en est servie. »

Barb la Barbare a assassiné Mabel Monahan. La date fatidique : le 9 mars 53.

? ? ? ? ?

Je m'abaisse au niveau de Bob la Brute. J'agite mes câbles à pinces. Je hume des relents de peau roussie.

– Les renseignements embarrassants que Linda détient au sujet de Frank... Est-ce qu'ils ont un rapport avec l'affaire Barbara Graham ?

Bob la Brute fait non de la tête, ses genoux jouent des castagnettes. Mon détecteur interne mesure son mensonge et le juge maousse. Je pose mes pinces sur son pif.

Il danse. Il nous fait la Volte du Voltage et la Convulsion Convolutée ; la Bourrée Burlesque, la Tarentelle Torride et la Giration Gyroscopique. Il nous danse le Terminus Tijuana Tango...

Je déconnecte les câbles.

Bob la Brute pleurniche, peste, et pisse le sang. Je le rebaptise Rudolph le Renne au Nez Rouge.

Sammy savoure :

– Sacrée soirée !

Frank se contorsionne et couine :

– Maman !

Bob la Brute est à deux doigts de dévisser son billard. Je ne peux pas le tuer tout de suite. Il a un rôle à tenir dans ma tactique – le plan Pedro Pimentel.

Je lui demande :

– Raconte le reste.

Bob la Brute se siphonne les sinus sur le sol et soulage ses muqueuses d'une morve melliflue. Il s'éloigne de moi et largue ses révélations larghetto :

– Linda Lansing fait chanter les politicards de Los Angeles avec l'aide de Dot Rothstein. C'est Pedro Pimentel – le chef de la police d'ici – qui les finance. Le Mex qu'on a flingué au parking, c'était le petit frère de Pedro. Il faisait la taupe au Dining Car – mais ça, je ne le savais pas. Il y a plein d'avocats et de politiciens qui déjeunent au Dining Car, et ils parlaient librement devant lui parce qu'ils pensaient que Juan ne comprenait pas l'anglais. Et Miller Leavy a récolté plein d'informations grâce à lui. Getchell, espèce de salopard... C'est toi qui as monté le coup du sac de shit dans la chiotte qui a tout fait foirer... Et Frank nous a mis dans la merde en insistant pour qu'on te file une correction au Dining Car... Et je ne sais pas où est Linda... Et Dot et elle fricotent toutes sortes de coups pas clairs... Et tout ça a commencé parce qu'on ne voulait pas que Linda déballe ce qu'elle avait sur Frank... Et je suis venu ici pour te mettre hors circuit, et rattraper le coup avec Pedro parce qu'on a tué par accident son putain de frelot, et... et... et on a tr... tr... tr...

Sa transmission traumatisée se traîne dans les trilles. Il s'évanouit, K.-O. à cause du contrecoup.

Il ne savait pas que Linda Lansing donnait maintenant dans le vol organisé. Il ne présentait pas Linda comme une voleuse pressée de ramasser des millions en manteaux de vison. Il refusait de révéler le juteux secret qui me turlupinait :

Frankie le Frénétique et Barb la Barbare.

? ? ? ? ?

Frankie le Frénétique se contorsionne et couine :

– Maman !

Ses yeux brouillés sont bleus et dilatés par le diéthylamide.

Sammy pavoise :

– Au poil !

Frank Sinatra :

Décidément déstabilisé. Tous cordons coupés et complètement à la masse, du Mexique jusqu'au Massachusetts.

Il gémit pour réclamer sa Môman. Il miaule après son mentor mafieux « Momo » Giancana. Il tambourine son traversin et en appelle à Raymond Patriarca, le salaud sans pareil de La Cosa Nostra.

Sammy le torture et le tourmente. Sammy le soumet au supplice pour les saloperies qu'il lui a fait subir. Sammy le rabaisse ; il lui rappelle que toutes ses femmes l'ont trompé, préférant l'amour brutal et blasphématoire de leurs amants noirs. Frank gémit : « Maman ! » et adresse des suppliques papistes au pape Pie.

Je fais un saut jusqu'au Club Diablo. Je descends des *Dos Equis* et j'achète des photos léchées de coïts bestiaux avec des bourricots.

Un cuistot me concocte des en-cas à emporter : des carnitas à la chair de chat. Un éleveur de bourricots me donne le numéro privé de Pedro.

J'appelle le Tojo tacophile de Tijuana. Je lui fais savoir que j'ai les fourrures de Sobel. Je l'allèche avec une bonne nouvelle : j'apporte dix fois la part promise par Linda Lansing. Tojo me donne rencard le jour d'après. Je lui dis que je viendrai le voir dans son camp d'esclaves pour lui remettre ma montagne de manteaux. Il promet qu'il pèsera la pile de peaux et me passera un paquet de pognon.

Je retourne mollement au motel. Frank gémit toujours : « Maman ! ». Sammy se prend pour le Marquis de Mau-Mau. À coups de botte, je balance Bob la Brute dans la salle de bains et lui donne à claper mes carnitas à la chair de chat. Il se jette dessus comme un crevard carnivore. Je ne veux pas qu'il crève. Il faut que je le refile à Tojo avant qu'il se dédouane pour la mort de Pancho le Pédophile.

Je mets le cap sur la Lincoln lilas et j'allume la radio. Je localise une station de L.A. et tombe pile sur un bulletin. Rien de neuf : pas un mot sur le massacre sous le manteau ni la lacération de Linda Lansing. Mon opinion : les potes de Bob la Brute dans la police de Beverley Hills ont décidé d'étouffer tout ça. Je peux encore me sortir du pétrin en arrosant les gens qu'il faut et tirer ma révérence avec un gros tas de fric.

L'air néfaste de la nuit me malmène les méninges. Un argument spécieux de mon hypothèse menace de céder, liquidant la logique de mon analyse sur l'affaire Linda Lansing. Ma cervelle s'échauffe. Mon raisonnement a des ratés. Je suis incapable de concocter une contradiction en contexte.

Je médite dans la morbidité. Je tripote la radio et retrouve la sérénité avec Sibélius. Je me représente un monde parfait.

Je délivre mes deniers à Dot Rothstein et je rachète mes errements. Je pousse jusqu'au Paraguay et je me paye un palais et quelques péons. J'institue la servitude par contrat. Je m'établis et me fais appeler El Jefe. Je lance *L'Indiscret* en espagnol – *El Indiscreto*. El Presidente Stroessner l'Oppresseur me soutient solidement. Je diffame les démons démocrates qui s'emploient à sa perte. Je les couvre de calomnies dans un pays où la législation ne punit pas la diffamation. Dans mes écrits, je lacère les Latins libidineux et je conchie ces connards de cocos. Je me prévaux de mon anticommunisme primaire. Je fricote avec des nazis nerveux assimilés à Asunción. Je saute leurs filles mi-latino, mi-nordiques, résolument métisses et remarquablement ravissantes. Je repère une Hilda qui semble faite pour moi. Elle réduit mon cœur en cendres. Notre nid d'amour, je le lui bâtis : un Berchtesgaden paraguayen. Nous procréons toute une portée de petits Getchell malins. Pour leur premier anniversaire, je leur donne un dodu dictionnaire – de synonymes, tiens !

Oooh, oooh ! Mon utopie à moi, elle me plaît bien !

Je me rebarre au bungalow. Je fixe Frigidaire Frank...

Aux anges, l'air absent, benoîtement béat, il sourit, serein. Ses yeux bleus brasillent, illuminant les fibres de son costume genre peau de requin. Il s'incline et nous donne sa bénédiction.

– Je vous pardonne vos erreurs, car je suis allé au sommet de la montagne. Je suis le chemin, je suis la vérité, je suis la vie. Venez avec moi et vous ne serez plus jamais seuls.

Sammy m'explique :

– Cette saloperie d'acide a merdé. L'autre connard se prend pour Jésus.

6

Le Buchenwald burritofié de Tojo :

Cinq terrains de foot sous un toit de taule aplati comme une tortilla. Un aimant qui concentre la canicule au milieu d'une mesa massive. Neuf cents niños cuits par les coups de soleil. Des enfants au regard fiévreux amenés de force pour coudre des couvertures, débiter de la dentelle, tailler de la tôle et bricoler des bibelots en fer blanc destinés aux guignols qui guignent les bourricots dans les shows zoophiles. Du travail pour tourneurs, pour tisserands, et pour teinturiers. À faire plié en deux sans pouvoir s'asseoir. Des esclaves enclavés à leurs emplacements, sur cinquante rangées où rôdent des brutes armées d'un nerf de bœuf et d'une mitraillette bulgare.

Des gourbis pour gamins dans le style bidonville. Des cabanes en carton – avec les compliments de Carl's TV à Carlsbad, Californie.

En face de la mesa des malaimés :

Une Maison Blanche miniature, à l'échelle 1/10e, bordée de barbelés.

Une réplique rigoureuse. Des éléments extérieurs exquis. Une pelouse opulente qui donne tout droit sur Esclaveville.

La pelouse sert aussi de parking non pavé. Je me gare derrière une Mercury mexicanisée et une Lincoln latino. Je me sens dans une forme fabuleuse et suis d'humeur allégrement belliqueuse. Tojo a hissé un drapeau. Son petit Lucifer libidineux est paré de passementeries polychromes. Je lui lance un salut salace.

L'endroit ne manque pas de mouvement ; on s'y dépense avec dynamisme.

Un buffet bonnard borde la barrière en barbelé. Les cravaches claquent comme des coups de feu. Des muchachos mutilés se lamentent et miaulent : « Mamacita ! » Des gardes-chiourmes en chemises noires paressent sur la pelouse et plantent leurs crans d'arrêt dans le gazon.

Je descends de la camionnette. J'en extirpe Bob la Brute en le tirant par les cheveux. Sammy façonne une montagne de manteaux et la pose sur la pelouse. Le Jésus du Juke-Box, pieds et poings liés, muselé, est momifié dans un manteau de martre. Il peut souffrir et suffoquer. Il peut végéter dans la voiture. Il n'a pas sa place dans mon plan.

Sammy le scelle dans son sanctuaire insonore. Un cyclone de chemises noires s'abat sur le Vésuve de visons. Ils se régalent, ils se roulent dans la fourrure comme des porcs dans le purin. Ils massacrent de la martre, ils salivent sur du sconse. Ils pétrissent, ils salissent, ils mâchouillent du chinchilla de choix.

Une silhouette s'abat sur la montagne de manteaux et l'ombre qu'elle projette rafraîchit l'atmosphère. Pedro Pimentel – le Tojo de la tortilla, le Mussolini du chili.

Un Mex magistral. Un tyran tout en noir à la gueule grêlée et aux dents gâtées. Un brutal botté qu'il ne faut pas chatouiller.

Il lance :

– Stop !

Les tortionnaires turbulents mettent un terme à leurs turpitudes et se rangent au garde-à-vous.

Tojo se tourne vers moi.

– Monsieur Getchell ?

Je réponds :

– En chair et en os.

Je lui amène Bob le Brutal en le traînant par la tignasse.

– C'est lui qui a tué votre jeune frère. Je vous l'offre. C'est un cadeau pour marquer notre rencontre.

Bob la Brute se met à braire et supplie qu'on lui laisse la vie. Pimentel pointe un pistolet et lui plante un pruneau dans la glande pinéale. Son doigt déprime encore cinq fois la détente et lui désherbe le cuir chevelu.

– Super ! susurre Sammy.

Pimentel remballe son pistolet.

– Vous ressemblez à ce chanteur américain, Sammy Davis Junior.

J'interviens :

– Je vous présente « El Negrito ». Il est tueur à gages pour une mafia nègre du sud de Los Angeles.

Sammy demande :

– Ça boume, El Jefe ?

Pimentel lui tapote la panse.

– Une ressemblance remarquable. Venez, je vais vous faire visiter avant le déjeuner.

On traverse comme une tornade la Maison Blanche miniature. La façade est fascinante et fidèle au plan de nos pères fondateurs. L'intérieur est luxueusement latin et d'un révisionnisme rafraîchissant.

Les carrées ressemblent aux réduits de la Route 66. Jefe héberge ses hermanos façon bétail. Ils s'empilent sur des lits superposés par paquets de six, parés de peintures pornographiques. Des dobermans et des dingos parcourent les couloirs et défèquent douloureusement.

Les chiens crèchent dans la chambre de Lincoln. Les portraits de Lincoln ont été peints par Pedro Pimentel. El Jefe a altéré Abe ; il l'a métamorphosé en Mex manœuvrant une Mercury.

La chambre des chiens s'ouvre sur le bureau ovale. Le petit Lucifer lubrique nous lorgne depuis une tenture lavande luxueusement tissée. Un molosse massivement monté cheville un chihuahua tout mâchouillé. Un pékinois pisse sur les papiers de Pedro Pimentel.

La chambre rose sert de stalle aux stars des classiques numéros du Club Diablo. Vise un peu les fabuleux tas de foin ! L'abreuvoir agencé en trois alvéoles, comme la trique en trident du diablotin ! Les baudets qui coincent paisiblement la bulle, à l'heure du repos post-coïtal !

La chambre de Roosevelt est une armurerie. Elle s'articule à angle droit avec celle de John Adams. C'est le repaire privé de Pedro Pimentel.

Un plancher floqué en fausse fourrure. Des murs drapés d'écrans pour y projeter des pornos à faire bander comme un bouc. Les peintures du président, signées El Jefe :

Abigail Adams sur la douairière gougnotte Eleanor Roosevelt. Pat Nixon qui suce Franklin Roosevelt – raide défoncé dans son fauteuil roulant.

Oooh, oooh ! Sauvez-moi de ce pittoresque Picasso !

On ressort pour se rendre au buffet, près des barbelés. On festoie sous les yeux des esclaves en bas âge. El Negrito et moi encadrons El Jefe. Des sbires boursouflés déboulent pour nous rejoindre.

Les montagnes de manteaux mijotent au soleil. Des mouches fondent sur les fourrures et puis filent illico. Un nervi négligé m'apporte 500 000 picaillons dans une poche en putois. Je parle à Pimentel de mon plan pour partir au Paraguay en quête du paradis. Il me promet qu'il dira un mot pour moi à Stroessner l'Oppresseur.

Nous mangeons à l'aide d'ustensiles uniques. On débite le navarin au navaja, on tranche les tortillas au coutelas. On attaque les ris de veau à la rapière, on pèle des pommes au poignard. Par-dessus les barbelés, on balance des bribes de bouffe aux bambins. Les esclaves se ruent sur les rognures et s'étripent pour la moindre entame. Les nervis les tannent au nerf de bœuf pour qu'ils retournent au turbin.

El Jefe pontifie – il parle de sa petite personne. Il explique ses escroqueries comme un historien hystérique. Il divulgue les détails de ses chantages et confie qu'il conserve les documents compromettants dans les caves du Club Diablo. Il chante les louanges de Dot Rothstein et ne tarit pas d'éloges sur Linda Lansing. Il dit qu'il *adorerait* tringler Linda la prochaine fois qu'il ira à L.A. Il aimerait *beaucoup* enfiler Joi aussi.

Mes ondes cérébrales s'enfièvrent, se hérissent, et accouchent d'une connexion contradictoire.

Joi Lansing – lacérée en lanières dans l'antre de Linda à L.A. Mon hypothèse : Tojo a envoyé deux bouffeurs de tacos pour torturer Linda et récupérer sur place QUELQUE CHOSE de précieux. Les Mex ne parlaient pas l'anglais. Les tortionnaires se sont trompés de tête de Turc.

Mais...

À en croire Tojo, il *adorait* Linda. Il *adorerait* l'adorer ENCORE. Comme s'il ne savait pas qu'elle s'était censément fait la malle, lardée comme un gigot. Il dit qu'il aimerait *beaucoup* enfiler Joi – comme s'il ne savait pas qu'on l'avait étripée par erreur.

Ce qui prouvait que le QUELQUE CHOSE de précieux devait se trouver QUELQUE PART.

? ? ? ? ?

On sectionne nos steaks avec nos stylets. On ouvre nos huîtres avec nos eustaches. On porte un toast à Tojo. On lève nos verres pour une sinistre liste de dictateurs et de despotes. Tojo fait tournoyer un porte-clés orné d'un petit diable – qui éveille un écho précis dans mon esprit.

On porte un toast à Batista le Bandit. À Perón le Patriarche. Une chemise noire bondit brutalement dans ses bottes et blêmit du brun franc au blanc brillant.

Il dit :

– Ré-sus Christo.

Des échos éthérés s'élèvent derrière les barrières de barbelés. Les pauvres petits répètent :

– Ré-sus Christo.

– Ré-sus Christo.

– Ré-sus Christo.

Les murmures se muent en accents d'adoration. Les mécréants en chemises noires mettent fin au moment de grâce par une synergie synchronisée. Je me lève, interdit, intrigué par un parfum d'encens qui me semble tellement Frank.

Le Jésus du Juke-Box. Re-ressuscité, en Ray-Ban et chemise blanche éblouissante. Re-moumouté, royal en mocassins croco, avec une couronne d'épines démente bricolée avec du barbelé, des bidules, et des machins de la Maison Blanche.

Il vient vers nous. Il agite l'autoradio qu'il a carotté dans la camionnette. L'« Ave Maria » accapare l'atmosphère – extrait des « Succès éternels » de la Chorale chrétienne de Craig Crawford.

Il vient vers nous. Il exsude une énergie extrême. Le Jésus du Juke-Box dame le pion à Dieu au salon Galilée de Las Vegas. Il glisse sur le gazon en mocassins croco et par moments décolle, comme en lévitation.

Il zigzague, il slalome, et vient toujours vers nous. Il gigote sur le gazon gras. Il gazouille :

– Je vous accorde la liberté !

Neuf cents petiots perdent les pédales. Ils s'élancent – marqués par les stigmates, excités par le Saint-Esprit.

Ils mutilent les matons. Ils les étripent à l'aide des outils avec lesquels ils triment. Ils les massacrent au marteau et les lacèrent avec des cisailles à tailler la tôle. Ils les trouent, ils les transpercent avec leurs tirs de mitraillettes. Ils abattent la barrière de barbelés comme de brutaux barbares. Ils en ressortent ravagés comme par mille rasoirs, mais avec l'indifférence des idolâtres.

Sammy demande :

– T'as vu ça ?

La clôture décolle et retombe sur la table du buffet. Deux douzaines de chemises noires s'écroulent, fouettés par les fils de fer, les barbelés plantés dans les balloches. Tojo n'en perd pas une miette. Il reste planté, puissamment pétrifié. Il pose son pistolet contre ses dents et presse la détente. Je me faufile entre les fils de fer qui fouettent l'air et je lui fais les fouilles. Je pique le porte-clés orné d'un petit diable.

Les rafales de mitraillettes traversent la table et la découpent en copeaux. De la poche en putois, il n'y a plus que des parcelles de peau. Mon demi-million est brûlé par les balles, réduit en confettis, dévalué à une micro-décimale par dollar.

Je cours jusqu'à la camionnette. Sammy me rejoint *rápido*. Des muchachos constellés de stigmates, brandissant leurs mitraillettes vers le ciel, éliminent les esprits malfaisants. Un groupe gravite vers la montagne de manteaux. Mes fabuleuses fourrures sont foutues, mises en pièces par les balles perdues.

– T'as vu le travail ! siffle Sammy.

Je pars à la recherche de Sinatra le Sauveur. Je l'aperçois, chemise blanche et lunettes noires, qui se dandine en douceur. Il affiche un sourire satisfait et tête une cigarette. Pas de doute : il est bel et bien re-ressuscité, et complètement cooooooool.

7

J'ai perdu mon fric et mes fourrures. Mon compère psychopathe a succombé au Sauveur et s'est re-Sambofié en se réincarnant.

Je reste l'hérétique de *L'Indiscret*. Je me transporte jusqu'à Tijuana. Je laisse le Jésus du Juke-Box et son Jean-Baptiste de la jungle à leur Golgotha au rabais. Frank délivrait le Sermon sur la Montagne Mexicaine. Problemo ! Neuf cent niños qui font : « No comprendo ! » Pas question qu'ils pigent quoi que ce soit à *Fous-moi des coups, Loulou* ni à *Chérie, tu me coupes l'appétit*.

Il faut que je vous dise, distinctement :

Ça ne changeait rien de rien. Ce salopard était un ensorceleur, capable d'entraîner neuf cents nistons dans un vrai carnage.

Je me dirige vers le Club Diablo. Je case ma camionnette près d'une stalle à bourricots et me plante devant la porte de la cave. J'essaie les clés de Tojo. La deuxième séduit la serrure et me sert de sésame.

Je referme derrière moi. Je trouve un interrupteur et donne de la lumière. Un long passage mène à un souterrain incrusté de crasse.

Le passage sent la cordite et la soude caustique. Je tousse. J'aperçois des ossements, des touffes de cheveux dans un entassement solidifié. Des gouttes de sang décorent les murs, d'où se décollent des lambeaux de peau.

La chambre des tortures de Tojo.

Silence absolu au-dessus de moi. Pas de débordements démentiels des mateurs amateurs de bourricots. Le club doit être bouclé. Les factotums de Tojo ont dû avoir vent du coup d'État au Golgotha.

Je progresse avec précaution. Je m'insinue dans le souterrain. J'esquive des squelettes, je crapahute entre des scalps calcinés. Je m'échine pour m'introduire dans un autre passage pavé d'ossements.

Je pile devant une porte pleine de poussière. Avec mes clés, je ramone la serrure rouillée. La troisième parvient à repousser le pêne. Je tombe sur une trouée pareille à un tunnel.

Des étagères qui s'étendent du plancher au plafond. Bourrées de boîtes à films. Des bandelettes sur le bord des boîtes : elles portent des dates inscrites en capitales.

Vissée au mur du fond, une visionneuse de ciné aux engrenages rouillés.

Les boîtes s'empilent par ordre chronologique. Les dates remontent jusqu'à 1936. C'est par là que je commence ; mon regard passe de planche en planche.

Je tombe sur le 9 mars 53. La date me trouble. La tête me tourne. Ma mémoire m'envoie un message : le meurtre de Mabel Monahan.

Je sors la bobine de sa boîte. Je la fixe sur la visionneuse et glisse l'amorce sous la platine. Je colle mon œil à l'oculaire. Je m'extasie aux ébats tripartites du trio suprême :

Frank le Fréon Sinatra.

L'Avide Ava Gardner.

Barbara la Barbare Graham.

Un tournage furtif pour un chantage massif. Document détonant pour extorsion extrême. Les éléments brûlants d'un racket en grand.

Je manie la manivelle et fais avancer le film. Je suis entre les draps des trois stars palpitantes et succombe à leur envoûtement. Je propose un pardon posthume pour Barb la Barbare.

Ce n'est pas elle qui a tué Mabel Monahan. Pour le 9 mars 53, Barbara avait un alibi à trois étoiles – ce que Linda Lansing a appris. Linda a fait pression sur Frank le Fréon, le forçant à la lancer à grand renfort de pots-de-vin. Bob la Brute et Dot la Diabolique – de mèche avec le Procureur Pervers Miller Leavy dans l'affaire Graham. Barbara : condamnée par un procureur qu'a contaminé le contenu d'un court-métrage. Qualifions ce cas de cause célèbre – le film pouvait faire des magistrats la risée de L.A. – et c'est pour cette raison, parce qu'elle risquait de ruiner sa réputation, que Leavy a sabordé l'enquête sur les pots-de-vin.

Tout s'imbrique et s'explique. Un singulier message s'adresse à mon esprit. C'est, disons, le Sermon sur le Mont Monahan.

Barb la Barbare : une madone martyrisée.

Qui a refusé de livrer Frank le Frigide et l'Avide Ava pour s'assurer un alibi. Qui est morte par déférence envers la déité confirmée sur le Golgotha au rabais.

Qui s'est laissé condamner pour ne pas être le Judas du Jésus du Juke-Box.

8

Le coup d'État de la marmaille mexicaine a viré coco. Les flics décident de l'étouffer vite fait.

Je rafle cinq bobines de film et je traîne dans Tijuana pour retrouver Jésus et le Jean-Baptiste de la Jungle. Je croise quelques échauffourées et rencontre la révolution rouge qui bat en retraite.

Des muchachos émoussés par la malnutrition broient du noir sur le boulevard. Ils braillent et bafouillent des slogans de gauche. Ils trimbalent des mitraillettes sans munitions et croulent sous leur poids – pauvres petiots dépités qui ont tout perdu à la Maison Blanche de Tojo.

Affamés, flapis, ils titubent, ils chancellent, et raflent la moindre miette qui traîne sur une assiette. Ils fustigent le laxisme des lois sur le travail, ils stigmatisent l'esclavage. Ils lancent des lazzis aux soldats et aux marins. Ils s'opposent à l'Oncle Sam. Ils prodiguent leur propagande aux prostituées. Ils célèbrent et critiquent les caïds qui ont fait la force du Mexique. Ils se vident à faire vivre leurs vitupérations, ils tarissent leur rancœur rouge. Un par un, ils tombent sur le tarmac, terrassés par une insolation.

Les flics du coin laissent les mômes s'époumoner, épuiser leur énergie. Ils se refusent à les maltraiter, à les massacrer, à en faire des martyrs. Ils préfèrent la manière de cet enfoiré de Martin Luther King. Ils opposent une résistance passive et ils empilent les morpions dans leurs paniers à salade. Le successeur de Pedro Pimentel allait superviser leur rigoureuse rééducation.

Ils avaient succombé à Sinatra en un moment magique de méprise sur la personne. Ils ne pouvaient poursuivre leur subversion sans lui.

Je dis *vaya con dios* à la camionnette Carter et je libère la Lincoln lilas de Sinatra. Je cours les clandés les plus select, je fréquente les frontons de pelote mexicaine, je hante les arènes, je cavale aux corridas. J'aperçois Sambo et le Sauveur au Salamander Club et j'y entre, incité par mon instinct hypocrite.

Frank paraît frais comme le fréon et carrément non-chrétien. Ses cérémonieuses salutations :

– Getchell, espèce de saloperie, qu'est-ce que tu fous ici ?

Sammy m'emmène aux toilettes pour hommes et me commente cette métamorphose à l'envers.

Frank a fini par tourner de l'œil sur la montagne de manteaux. Il s'est réveillé, complètement dévapé, se demandant où il était. Ses souvenirs s'arrêtaient à L.A. et à la maldonne mortifère. Il ne se souvenait pas de sa re-résurrection ni de son atavisme suscité par l'acide. Il était à cran – et il y avait de quoi – à cause de mon article sur l'affaire des pots-de-vin. Sammy m'explique qu'il a endoctriné cet enfoiré. Le passé est le passé, retournons à L.A.

La conclusion confondante de Sammy :

– Frankie, c'est *vraiment* le Christ, Danny. Tu t'imagines, je le sais, que tout ça est arrivé à cause d'une réaction bizarre de son shoot d'acide, mais c'est faux. Je suis de nouveau avec lui, à présent, et je serai toujours à ses côtés. Et, Dieu merci, il ne sait pas que je l'ai trahi.

On fonce vers la frontière. On écluse du Cuervo au goulot en mordillant des citrons acides. Sammy, re-Sambofié, fait le chauffeur. Il conduit et lance des plaisanteries. Je rêvasse et fais fi de ses niaiseries christiques.

Je n'en ai plus rien à foutre de Frank, le farfelu fêlé. J'ai le film de la partie fine du 9 mars 53. J'en ai même embarqué quatre autres. J'ai le gouverneur Goodwin J. Knight et sa nurse nègre. J'ai Diana Dors et le débile qui lui apporte ses pizzas. J'ai Dan Dailey et ses camarades qui font la ronde à la queue leu leu. J'ai Mickey Mantle et Marilyn Monroe dans les toilettes pour hommes du Mocambo. Et ces bobines dans mon cabas casé dans le coffre, c'est le PACTOLE.

Frank tutute de la tequila, suce des citrons, et m'éblouit avec ses yeux bleus. Ça me défrise et ça froisse mon ego. Je réplique en braquant mes yeux bruns en boutons de bottines. Nos ondes cérébrales se hérissent et se téléscopent télépathiquement.

Frank trotte dans ma tête. Il crapahute dans mes crevasses crâniennes et court-circuite mes neurones au câblage névrosé. Il me vandalise verbalement. Il me démolit à coups de dictionnaire et allitère avec alacrité. Des éclairs illuminent littéralement l'espace qui sépare nos deux fronts, libérant de terribles coups de tonnerre. Nos synapses en syncope roussissent les sièges sur lesquels nous sommes assis. Nous communiquons dans le confinement de notre capsule d'espace-temps. Sammy, Samboïsé, reste présent sans rien voir ni entendre.

Frank me Freudifie et incise mon inconscient. Je lui narre mon enfance de merde à Mechanicsburg, Ohio. Nous échangeons des cargaisons de commisération. En contrepoint de mes problèmes de puberté, il me confie les siens. Je m'infériorise et je flagorne. Nous négocions un pacte de non-agression. J'affirme que jamais je ne le mettrai à mal dans *L'Indiscret*. Frank se Freudifie et incise son propre inconscient. Il avoue – renversante révélation ! – son amour pour Barbara la non-barbare Graham.

Frank était épris – éperdument, jusqu'à l'égarement – de l'abominable Ava. Tous les trente sexes du mois, Gardner aimait goûter aux gâteries des gougnottes. Hubert Humphrey les branche sur Barbara, la brûlante beauté bisexuelle. Le trio concrétise le 9 mars 53. La douce diva le détourne d'Ava tandis qu'ils mêlent leurs membres sur un luxueux lit lilas.

Frank capitule. Il se condamne de son plein gré à la captivité. La Graham le gratifie de trois mois de félicité. Il laisse en plan l'avide Ava et leur lit lilas. Les feuilles de chou se gourent du tout au tout et clament que c'est *Ava* qui plaque Sinatra. Les flics se gourent itou et coincent la Barbara pour assassinat. Comme un fou, Sinatra se démène pour la tirer de là. Barbara intervient, lui interdit de parler.

Elle affirme qu'un alibi pareil coulerait Frank à jamais, le privant de l'univers qu'il adore et sur lequel il règne en maître. Sa mort à *elle* ne leur ôterait rien. Elle possédait des pouvoirs prodigieux ; elle pouvait en user à son aise et le déifier au-delà de son charisme catastrophiquement cool.

Rendez-vous compte :

Elle est morte. Elle l'a fait.

Le doute me taraude. Mon scepticisme d'échotier ne se laisse pas étouffer, il s'exprime par transmission de pensée. Frank me télépathise un argument cinglant :

Tu n'as pas encore compris qui je suis, petit ?

Je cafouille, je gribouille une réplique psychique :

Seigneur, je n'en suis pas sûr.

Frank fait claquer ses doigts. Le coffre de la voiture vibre et s'arrache à la Lincoln lilas. Mon cabas en surgit et tombe sur le trottoir. Deux muchachos miteux se matérialisent et s'en approchent sans se presser.

Frank dit :

– Ceci est mon univers. Même Dieu sait cela.

L.A. paraît pâlotte après la torride Tijuana. Je pars vers le repaire de Linda Lansing et j'y pénètre grâce à la clé de Liz Scott.

Pas de sang. Pas de tas d'asticots. Pas d'impudent corpus delicti. Pas de salon salopé, massacré à en être méconnaissable.

Dot Rothstein embobelinée dans un boubou pour malabar. La NOUVELLE Joi Lansing lovée lesbiennement dans son giron.

Un titre qui se détache d'un tas de *Tribunes* flanqué près de leur fauteuil :

LA CHANTEUSE LINDA LANSING DÉCOUVERTE DANS LES COLLINES DE HOLLYWWOD. LA DÉCOMPOSITION EMPÊCHE LE MÉDECIN LÉGISTE DE SE PRONONCER SUR LA CAUSE DU DÉCÈS.

Les greluches gloussent. Elles me lorgnent looooooonguement. La Lansing survivante se passe la langue sur les lèvres pour en ôter des miettes.

J'annonce :

– Je n'ai pas les cinquante mille dollars. Ça s'est mal passé, au Mexique.

Dot enfonce sa cuiller dans une coupe de glace et broie des bouts de chocolat.

– Frank t'a arrangé le coup. Il a appelé Miller Leavy pour lui dire que tu étais régulier. Miller a demandé à la police de Beverley

Hills de cesser les recherches et de mettre le vol de fourrures sur le dos de Louie Sobel. Pour eux, les deux braqueurs que vous avez tués n'ont jamais existé.

La VRAIE Linda Lansing tripote une tartelette. Elle a accumulé quelques kilos de gras pour incarner sa replète sœurette. La table basse est couverte de pâtisseries, de miettes de macaron et de boîtes de biscuits.

J'accuse :

– C'est vous qui avez tué Joi. Vous étiez mouillées bien trop gravement avec beaucoup trop de gens, et il vous fallait un moyen de vous en sortir. Vous avez loué cette maison pour y mettre en scène l'assassinat. Vous avez tout saccagé pour faire croire que les meurtriers cherchaient quelque chose. Puis je suis arrivé et j'ai vu le cadavre. Alors, vous avez décidé de le larguer dans les collines pour masquer la cause de la mort.

Dot se jette comme une bombe sur un beignet replet.

– Parle-nous d'argent, Danny. On t'attendait, et on sait que tu n'es pas venu ici pour nous faire la morale.

Je dis :

– Argent.

Dot baigne son beignet dans un café au Cointreau.

– Il a dit : « Argent ».

Lansing tranche une brioche et la trempe dans la Bénédictine.

– Il n'y a aucun doute.

J'ordonne :

– Assez joué les comiques, les copines.

J'articule ma réplique à la Frigidaire Frank au plus fort de son ère glaciaire.

Dot tire de son sac un tas de tirages et le balance vers moi. Je le saisis au vol et je me prends les pieds dans un nouveau guêpier.

Danny Getchell – définitivement foutu par la faute de quelques photos.

Je fais l'amour avec l'ennemie intime de *L'Indiscret* – Helen Gahagan Douglas, la pulpeuse porte-parole de la gauche à L.A. Je tire une mineure dans les toilettes du lycée. En pleine extase, me voici emmêlé avec Ethel Rosenberg – quelque part à Traîtreville. À l'apogée de ma ventripotence, je suis terré dans un trou avec Hattie McDaniel. Abruti par l'alcool, libidineux, je lorgne Lassie et son lascif compagnon de litière. Je suis rond comme un bille dans un bar ambigu. Complètement pété sur une paillasse putride. Une poulette malpropre me pompe le pontife. MERDE ! C'est un travelo traîne-lattes attifé comme une odalisque !

Dot trempe son pet-de-nonne et me douche au John Donne :

– Ne me demande pas pour qui sonne le glas, car il sonne pour toi.

Je tombe à genoux, de tout mon poids. Je me concentre sur une contre-attaque karmique. Je ne parviens pas à en concocter une.

Je geins et je gémis. Je rampe et me répands. Je sanglote, me lamente, je tombe dans un abîme d'avilissement.

Une lueur blanche envahit les lieux. Je me lève d'un bond dans un rayon radieux. La voix de Sinatra sort d'un vieux Victrola enfermé dans ma tête. Elle vibre en moi, comme une victoire.

Je jure de relever le gant. Je continuerai mon règne au royaume du clinquant.

LA PANIQUE QUE JE SÈME

Rumeur. Mensuel *L'Indiscret*,
numéro de mars 1957.
FAUX-PAS FLICARDESQUE –
LA FAUTE À QUI ?

Ne mâchons pas nos mots. Quelle police pressée par les paparazzi déploie une propagande proactive par le biais d'un feuilleton télé ? Lequel feuilleton faiblit furieusement dans les taux d'audience. Une rumeur bien mûre : la star de cette série surannée survit dans le sillage d'un préfet de police puissant politiquement.

Quand le préfet pépie, le cabotin bafouille et balbutie. Tel est le modèle habituel de leur relation. Dernières nouvelles : l'énergique *El Jefe* a-t-il confié à la star une mission méphitiquement malveillante ?

Info : un certain service de police locale a pris l'habitude de contourner la loi et de bafouer les droits civiques. Durant la Dépression, ces individus se débarrassaient des démunis en les déportant vers des États distants, quand ils ne les consignaient pas dans des camps de travail. Les flics appelaient ça « la traque aux traîne-lattes ». Ils éloignaient de Hollywood les hordes de crève-la-faim. Ils chassaient des centaines de sans-abri hors de Hermosa. Cela permettait à une ville immodérément immorale de rester plastiquement présentable.

Rumeur : le préfet de police en pétard a-t-il prié le cabotin cafouilleur de commettre un scénario calomnieux ? Ledit scénario sondera-t-il le scandale de « la traque aux traîne-lattes » ? Anéantira-t-il agressivement la nécessité de son rétablissement ? Redoutez-vous un écran de fumée destiné à masquer une machination fasciste ? Les serfs serviles d'un certain service de police la mettront-ils en œuvre ?

N'oubliez pas, chers lecteurs, que c'est dans nos pages que vous en avez entendu parler pour la première fois. En confidence, de vous à moi, et ne le répétez pas.

1

JACK WEBB : UN BRANLEUR BALOURD à la botte du LAPD. Un pion puéril dans les pattes du préfet de police William H. Parker.

Une souris qui fait de la relecture de scénars m'a refilé l'info. Elle scrute des scripts à la Paramount et me mange dans le creux de la main. Elle broute des beautés bronzées dans un bouge pour lesbos à Duarte. Je conserve sur son compte quelques clichés compromettants.

Le script a été soumis subrepticement. C'est Jack-le-Jobard qui l'a écrit. La saphique Sally a remarqué des annotations dans les marges. Elle a repéré sans délai l'écriture de PARKER.

Elle a reconnu les « R » arrondis et les « P » proéminents. Elle avait turbiné trois ans sur les scénarios de la série *Dragnet*. Parker portait des notules débiles dans les marges de tous les scripts que Sally scrutait. Sally ne pouvait pas saquer Jack-le-Jean-foutre. Jack avait tenté de l'enjôler pour qu'elle rejoigne sur son matelas une mulâtresse mangeuse de moules. Jack adooorait jouer les voyeurs.

Je tourne en rond dans ma turne. Je me mélange un martini matinal. Il s'immisce dans mes membranes et me mesmérise. Le numéro de mars a marché à merveille. J'y médisais méchamment d'un raspède en rut qui aurait ramoné Rock Hudson. J'y réduisais cette rumeur à zéro.

Dick Contino m'appelle. Il me rapporte de nouveaux racontars. Les relations tournent au vinaigre entre Bill Parker et Jack-le-Jeunot. Cela remonte à 54. À l'époque, Parker est partisan de « la traque aux traîne-lattes ». Parker le fasciste facile aux dents de doberman. Jack-le-Jobard le sirupeux sous-homme à la pogne du préfet. Dick rechigne à me refiler de plus amples détails. Ce qu'il sous-entend solidement : Parker a tiré les ficelles du polichinelle et s'est heurté de front à Webb. Ledit Webb s'est rebiffé, s'est agité, et a bêlé : « Qu'est-ce que vous voulez ? »

Je m'enfile mon martini. Il me consume le cervelet et me grille la glande pinéale. C'est divinement dément d'être Danny Getchell – le Roi des scopophiles qui spécule sur les scandales !

La porte de mon salon s'arrache à ses charnières. Elle s'envole. Elle lévite. Elle se fend, s'abat, et se plaque sur le plancher.

Visez-moi ça : le brigadier-chef John O'Grady, du LAPD.

Il a l'air bourru. Il brandit un Browning. Les doigts crispés autour du canon, il cingle avec la crosse la bosse qui boursoufle ma braguette.

J'en ai un haut-le-cœur et l'haleine coupée. Je régurgite un jet de bile et de Beefeater's. Ma carpette fait un saut de carpe et m'attire à terre où je tombe en tas.

LA CELLULE DE DÉGRISEMENT de Lincoln Heights :

Infernale. Des drogués qui délirent et des ivrognes incontinents incarcérés conjointement. Des immigrés en situation irrégulière. Des exhibitionnistes et des onanistes. Des malfaiteurs misanthropes massés dans un soubassement maculé de merde. Des dizaines de délinquants décavés dissimulés dans une descente d'eaux usées.

Des barreaux. Des grilles en acier inox. Poisseuses, crasseuses, incrustées de saleté et de sperme. Des murs en ciment. Un sol constellé de crachats bien gras. À angle droit au bout d'une passerelle : le bloc de l'immigration. *Mucho* Mexicanos ramassés par la *migra*.

J'ai la tête comme une cafetière. Mes claouis me crucifient. O'Grady m'a ossifié. Il m'a fourré des joints dans les fouilles et poissé pour possession de substances. Il m'a fait payer cette rumeur que j'ai publiée.

Je me suis garé près des grilles en acier. Je ronge mon frein. Je suis figé dans l'enfer de la frustration. Je suis fondamentalement foutu. Dans un inframonde innommable : les limbes du LAPD.

Les soûlards s'insurgent. Les drogués s'indignent. Les fiottes s'enfilent furieusement. Les sbires du shérif boutent les Mex hors du bloc de la *migra*. John-de-la-Jungle O'Grady leur donne un coup de main.

Les sbires baratinent les cholos.

– Tu veux du *trabajo* ? Tu veux faire du cinéma ?

Les cholos fument des cibiches à la chaîne. Ils mâchonnent leurs chancres et soupèsent la proposition.

Les sbires rappliquent vers la cellule de dégrisement. Ils s'approchent des soiffards superlativement soûls et leur susurrent des douceurs. Les soiffards s'ébrouent et s'esbaudissent. Les sbires leur ôtent leurs bracelets codés. Ils sortent en une file foireuse et foncent vers la passerelle.

O'Grady observe. J'observe O'Grady. Il dicte ses consignes aux sbires du shérif. Ceux-ci manœuvrent les Mexicains. Ils les dirigent vers un quai où l'on décharge les camions. D'une démarche approximative, les alcoolos arquent dans leur direction.

Je me sens on ne peut plus perplexe. Je scrute délibérément le quai. O'Grady sonne les cloches aux sbires du shérif et se fait mousser un max. Les sbires bousculent les biberonneurs. Ils maltraitent les Mex. Ils arrachent leur bracelet à quatre cholos de choix. Ils engueulent quatre empotés et les font passer par une porte latérale.

Je comprends la combine. Le *trabajo*, il doit être tuant. Tu bosses pour le cinéma, ou alors c'est la *migra* et la marche forcée jusqu'au Mexique. Un choix chagrinant pour Charlie Chorizo.

Un camion accoste à cul. Le hayon s'abaisse et se cale sur le quai. O'Grady gronde et grommelle. Il bouscule en bloc les sans-papiers et les soûlards.

La folie furieuse des fêlés du ciné. *La Traque aux traîne-lattes* – une sacrée superproduction qui chante les louanges du LAPD ? Je pressens des périls pointés sur MOI.

Je fais les cent pas. Je contourne des coquins crasseux et des pédophiles phraseurs. Je suis fait, feinté, foutralement foutu. Je suis terrassé et terrifié.

J'entends des voix vociférantes qui s'évadent d'une ouverture percée dans la paroi. Je rampe par-dessus deux pervers pleurnichards avachis près des chiottes. Je saute sur le ciboulot d'un moricaud et me propulse vers le pertuis. J'entends John O'Grady pérorer par plaisir :

– On va faire d'une pierre deux coups. Le beau gosse et Getchell.

Le moricaud faiblit. Je flageole, fléchis, et saute de son ciboulot. Je dérange un drogué déployé sur une drag-queen.

Je fais les cent pas. Je traîne les pieds et me pose le tafanard par terre. Les adjoints du shérif s'immiscent dans la cellule. Ils déchiffrent les bracelets codés et dirigent les détenus vers le tribunal. Soixante sous-délinquants soucieux se soumettent et s'en vont se faire morigéner par le juge.

Me voici sinistrement et intensément seul. Je suis l'Étranger – délaissé et démuni. C'est l'exil existentiel. Je flippe comme ce Français fumeux nommé Camus.

La grille cliquette et claque. Elle couine et coulisse. Un branleur boudeur à la crinière crêpée fait son entrée. Derrière lui, la grille se referme avec vacarme.

Je rapplique. Je le reluque et le reconnais.

Barry Beaumanche. Un sodomite séduisant. Accro à la came. La star au sexe surdimensionné de *Chez les Grecs*, un film de Stan Stevens.

Barry ne peut pas me blairer. J'ai brocardé sa belle gueule dans *L'Indiscret*. J'ai alerté Hollywood sur ses mœurs homophiles. LE PROSTIPUTE PRIAPIQUE POINTE LE PRINCE SAÏD DANS UN LUPANAR CENT POUR CENT MÂLE.

J'attaque :

– Salut, Barry. Ça boume, beau gosse ?

Barry hoquette. Barry halète. Il se contracte, se convulse et devient rouge de rage.

Je déchiffre son bracelet. Merde... 555 PC.

Ce numéro du code pénal me paralyse. Possession de substances illicites et de matériel associé. C'est les Stups qui ont embarqué Barry. Ils l'ont harponné pour de l'héroïne et serré pour quelques seringues.

Barry m'accuse :

– C'est toi qui as monté ce coup contre moi. O'Grady me l'a dit.

Je m'esclaffe espièglement.

– Lâche-moi, ma choute. C'est contre *moi* qu'un coup a été monté. Et par O'Grady lui-même.

Barry bondit vers moi. Il s'élance, se rue, et sort un surin de son futal. Un carnet carmin en surgit aussi et tombe par terre.

Je saute en arrière. Je balance des manchettes et des châtaignes, des pains et des taquets, des atémis et des tsukis. Je bastonne Barry, je le boxe, je le savate. Je le harcèle au hapkido, je le jambonne au judo, je le terrasse au taekwondo. Je lui subtilise son surin et lui fais sauter un œil hors de son arcade.

Barry beugle et barrit. Il sursaute et tournoie comme un satellite sous amphètes. Il s'incline, il oblique et s'embarque dans une orbite borgne.

Fichtre... des flics à foison. Des bestiaux balèzes qui déboulent vers les barreaux. Le scénario : les sbires du shérif ont bouclé Barry dans ma cellule pour qu'il me surine. Sur les ordres d'O'Grady.

Je me baisse. Je me barricade derrière un Barry brindezingue. Je récupère son carnet carmin. Je serre Barry au col et le hisse sur ses pieds pour me planquer derrière lui.

Je m'enfuis, sans lâcher Barry. Les sbires du shérif tirent à travers les barreaux. Barry perd du sang ; il s'est mangé des munitions. Il est chahuté par les chevrotines et balafré par les balles.

Je me perche sur les chiottes. Je balance Barry sur le béton. Les balles lui labourent les balloches et ricochent sur ses rotules. Tout tremblant, je crapahute le long du mur et me hisse dans l'ouverture d'un conduit. Je me jette, tête la première, dans les ténèbres.

2

LES CONDUITS CAVERNEUX mènent à des bas-fonds qui filtrent la fange. Un lacis de sentines qui serpentent sous L.A.

Je patauge péniblement. Mais je nage promptement. Les courants décuplent ma vélocité. Je file en fendant des flottilles infectes.

Des fœtus fétides et des boîtes de hamburgers. Des rats gros comme Rintintin. Des calamars calamiteux et des cannettes écrabouillées.

Je pagaie avec un pan de planche pourrie et je pilote avec un épieu. Trempé jusqu'aux os, je trace en direction du sud. Je suis l'as des aqueducs et le caïd des cloaques. J'ai tenu le rôle d'un souteneur sournois dans *He Walked By Night*. À la fin du film, le bandit incarné par Basehart se fait buter près de l'herboristerie de Ben Hong à Chinatown. Ce vieux brigand roublard de Ben habite sous le Broadway Bridge.

Je laisse Lincoln Heights loin derrière et je chemine dans Chinetoc-Ville. Je capote dans un contre-courant et je chavire à Chavez Ravine.

Je m'échappe par une bouche d'égout. Je déboule chez Ben Hong. Les bridés me biglent – des filous au regard fuyant et cheveux ficelés en queue-de-cheval, en chaussures à bout pointu. Je tremble. Je tressaille. Des étrons s'envolent de mes fringues.

Ben Hong me tend un cocktail pour camé. Des boutons de belladone de première bourre et un *ma huang* monstrueux. Je l'ingurgite. Ça gargouille de la gorge au gésier. Je réfléchis. Je pèse mes chances de m'arracher au merdier par des manœuvres et des magouilles.

Bad Ben me mange dans la main. J'ai empêché la parution dans *L'Indiscret* d'un papier sur ses petits péchés pervers. Ben pine des palmipèdes avec son robinet rikiki. Il encule des canards de Pékin à Prout-Yang.

C'est chez Ben que je mets en sûreté mon matos de surveillance. Ben s'incline, sourit, et se soumet à mes sommations. Il m'apporte un bol balèze de soupe Hochohan – avec une mégadose de sauce Hoisin. Je sors le carnet carmin de Barry Beaumanche.

J'épluche le répertoire de ses passes. Barry était massivement membré et riche en relations. Il michetonnait avec tous les homos en vue :

Le vorace Raymond Burr. Robert Taylor – le réac lubrique. Dave « le Drogué » Garroway. Adlai Stevenson – une tripotée de triques au Trianon. Le salace Randolph Scott – qui chevauche les croupes dans son ranch de Rio Ricondo.

Je recense les clients. Je note des noms. Barry a joué à bourre-moi-le-baba avec la moitié des branchés de Hollywood. Il a placé son morcif à Monty Cliff. Il a limé l'oignon de Leonard Bernstein. Il a tringlé le très viril Burt Lancaster au Leo's Lavender Lounge.

Deux prénoms sans noms suivis de numéros attirent mon attention : « Jack » et « Bill ».

J'appelle Anna Arqvist – mon contact aux communications chez les condés. Elle fouine parmi les noms et les numéros. Elle interroge son annuaire inversé.

Hosanna ! Elle a osé, Anna !

Ce jobard de Jack Webb. Et le vilain William « Bill » Parker.

J'EMPRUNTE À BEN HONG son Hudson Hornet. Je la parque près de l'appart de Parker, dans Parkman.

Le jour décline. Le crépuscule se glisse et s'incruste dans les fissures du smog. Je carbure à la belladone, métamorphosé par le *ma huang*. Je suis hyperactif et d'humeur homicide.

Parker pointe le nez hors de son appart. Il pénètre dans une Pontiac qui pétarade peu après. Parker, l'œil chassieux, me paraît pompette. Il grille un feu et laisse de la gomme sur le bitume.

Je me faufile vers une fenêtre latérale. Je dégage le grillage et me glisse à l'intérieur. Je bascule et je chute sur le tapis du salon.

J'entends gronder gravement. J'allume ma lampe-torche. Le faisceau fixe un bouledogue aux yeux globuleux.

Je lui fais gober une gourmandise goûteuse fricotée par Ben Hong : un feuilleté aux litchis farci de LSD. Le cerbère n'en fait qu'une bouchée puis se met à coïter avec un coussin cousu main.

Je parcours l'appart d'un coup de périscope. J'inspecte, je circonspecte et je surveille subrepticement. Je passe en revue les piles de paperasses de Parker. Je scrute sa captivante correspondance.

Parker privilégie les rapports épistolaires avec des patriarches persécuteurs au Paraguay. Il conserve des copies carbone de ses exécrables écrits. Il fulmine quand il se confie à Fulgencio Batista. Il paraît plutôt pleurnichard dans ses épîtres à Juan Perón. Il vante les mérites de la « traque aux traîne-lattes » au répugnant Rafael Trujillo. Il glorifie généreusement le « Reich du LAPD » et se lamente, larmoyant, sur les pertes à prévoir aux élections de 58.

?????

Je compulse d'autres papiers. J'examine les étagères, je prospecte dans les placards et trie le contenu des tiroirs. Je découvre un dossier dodu : « 1958 – Course au sénat et au siège de gouverneur ».

Je le parcours – les yeux rouges et *rapidamente*.

Des faits. Des lubies débiles. Des pronostics pointilleux. Des infos malfaisantes sur ses rivaux les plus nuisibles.

Les crétins en exercice : le gouverneur Goodwin J. Knight et le sénescent sénateur William F. Knowland. Des attardés mentaux. Des républicains recyclés. Dernières nouvelles : ces deux minus ont manigancé une magouille pour s'approprier encore plus de pouvoir. Knowland postulerait au siège de gouverneur, et Goody Knight, proposant une profitable permutation, solliciterait sentencieusement le siège du sénateur.

Perspectives prometteuses, mais :

Goody et Bill le Balourd souffraient de sondages dérisoires. Leurs pourcentages les annihilaient et ouvraient la voie à leurs évidents adversaires :

Le sénateur Clair Eagle – un démocrate démagogue. Le procureur général de Californie Edmund G. « Pat » Brown – la diva dipsomaniaque des démocrates.

Le dossier devient délirant :

Pat Brown nourrit une rancune ravageuse envers Bill Parker. Brown a mitonné une machination machiavélique pour l'exterminer – à condition qu'il devienne gouverneur à la place de Goody Knight.

Pat a prévu un plan imparable pour torpiller le LAPD. Facile : pleins feux sur leur programme fasciste !

Le texte tournait torride :

Parker a payé des psys prestigieux pour qu'ils pondent des sondages d'opinion passablement populistes. Leurs conclusions furieusement freudiennes :

Carl Californie a décrété ceci (que Carla Californie confirme) : Nous voulons des héros homériques. Pour qu'on puisse les aimer. Pour qu'ils nous servent de guides. De vrais hommes virils au machisme magnétique. Nous voulons des vedettes de ciné magnanimement mâles.

Oooooooh, Daddy-o ! Je devine la démarche démocratique !

Un texte torride, donc. Suivi par des déclarations de revenus détournées.

Les vrais hommes virils :

Ce grand dadais de Duke Wayne. Saint Henry Fonda. Randolph Scott et Robert Taylor – les redoutables tarlouzes repérées grâce au calepin du prostipute.

Je décrypte les déclarations. Duke le Dadais : solidement solvable. Saint Henry : endetté par des placements pourris et les marmots métis qu'il a conçus sous les tropiques. Robert et Randy : ils roulent sur l'or.

Oooooooh, papa-san ! Je pressens leur plan paranoïaque !

JACK WEBB HABITE une villa voyante de Laurel Canyon – une délirante demeure à l'écart de Leewood et de Lotus Lane.

Je gare ma guinde au ralenti le long du trottoir. Elle se cale contre le pare-chocs d'une puissante Packard. Fichtre ! ! ! Une furtive flicmobile aux feux arrière profilés, équipée d'une fine antenne fouet.

Je vague aux environs de la villa. Je rase le sol pour rôder sous les larges baies vitrées. Je me hisse et risque un coup de sabord dans le salon. Je repère Jack-la-Jactance et John O'Grady.

Des silhouettes qui s'agitent. Deux durs découpés à contre-jour par la lumière de lampes à lave. Un détective de la télé désarçonné par un dilemme. Une ganache qui s'est fait Getchelliser.

Webb secoue un scénar griffonné de part en part. O'Grady grogne et se fait grave. Je m'attarde et tends l'oreille.

– Je veux Ronald Reagan, dit Webb. Randy Scott fait trop pédale pour jouer un policier.

O'Grady ricane, narquois :

– On n'a pas de prise sur Reagan. Et il refusera de jouer pour le cacheton minable que le préfet propose.

Une révélation propice se présente à mon esprit :

Le carnet de passes de Barry Beaumanche. Une prise de première sur le scabreux Randy Scott.

Webb geint et gémit.

– Johnny, aie pitié de moi. Je n'ai aucune envie de mettre en scène ce nanar.

– Bon sang, Jack, il le faudra bien ! réplique O'Grady. Soit tu tournes *La Traque aux traîne-lattes*, soit Parker retire à *Dragnet* l'approbation du LAPD.

Jack se gélifie.

– D'accord, je vais le faire. Nom d'une pipe...

O'Grady grogne :

– Ou plutôt : « nom d'un Danny Getchell ».

Jack s'étonne :

– Qu'est-ce que ce salopard a à faire avec...

– Il a tué une tarlouze tarifée dans la cellule de Lincoln Heights. Le D.A. vient de délivrer un mandat d'arrêt contre lui. Le premier flic qui croise Getchell lui fera passer le goût des allitérations.

Caramba ! Des conspirations de condés qui entrent en collision...

Il jase, Jack :

– Ce crétin va regretter le jour où il a publié sa rumeur.

– Regrets ou pas, fait O'Grady, tu te pointes sur le tournage à minuit. On a embarqué un paquet de clandestins et on te les amène pour qu'ils jouent les traîne-lattes. Et comme on y ajoute les fiottes qu'on a raflées dans la cellule, on ne manquera pas de figurants.

Un téléphone stridule. O'Grady l'agrippe.

– Ouais ?

Silence scintillant. O'Grady, gravement grognon :

– Écoute, Pancho, tu vas faire comme on t'a dit. Le camion passe la frontière à onze heures du soir. On met la main dessus à Chula Vista.

Silence sidérant. O'Grady :

– Ouais, c'est quoi, le numéro d'immatriculation ? ... DDX089... Ouais, c'est ça.

Mes paupières se plissent. Me faufilant à pas feutrés, je regagne ma guinde et m'y glisse. Je cingle vers le sud – façon psychopathe silencieux.

3

JE RATTRAPE LE CAMION après Culver City. Boosté à la tequila, je lui colle au cul.

Le bahut brinquebale et branloche sur une suspension sacrément secouée. Il côtoie des cahutes de culs-terreux et navigue entre les nids-de-poule qui ponctuent la piste. Je le dépasse et le distance. À la première occasion, je saute dans le camion, propulsé par une échasse à ressort. Visez un peu mon déguisement discret :

Un sombrero sombre. Un poncho pimpant. Des savates savamment salopées, et une magnifique moustache à la Zapata.

Les clandestins m'accueillent courtoisement. On picole de la tequila et on mâchouille des chimichangas. Je dis : « *Sí, sí* » toutes les six secondes. Les Mex me prennent pour un *bandido* pas banal.

On franchit la frontière. Le camion nous charrie jusqu'à Chula Vista. On transgresse les règlements de l'immigration. On se planque sous des piles de périodiques pornographiques pour pédophiles et des sacs de hasch. On lacère la toile avec les dents et on plonge les pognes dans le chichon. On vague à travers de vibrantes visions – des visitations de la Vierge vénale de Vera Cruz et autres bondieuseries débiles. On est envapés à mort quand le camion est arraisonné et détourné par la manière forte.

Des flics fêlés déboulent sur le bahut. Ils s'attaquent à la cabine. Ils brandissent leur badge sous le blair du bédouin qui tient le bout de bois. Ils matraquent le malheureux et le balancent sur le bas-côté. J'entends la scène à travers les trous des sacs de hasch.

Les pirates de la route ne perdent pas de temps. L'un des lascars lance :

– Rio Ricondo... *rapido.*

Un autre saligaud annonce :

– Jack tourne de nuit.

Rio Ricondo. Le ranch du salace Randolph Scott...

Le camion emprunte des pistes paisibles et des raccourcis au-dessus des ravins. Il se tape des tournants tout près des précipices et atteint des altitudes qui donnent le traczir. J'arrache la bâche au cul du camion et je prospecte le panorama.

Une riche région à ranchs. Des quadrupèdes qui caracolent sur des pentes parcourues de cours d'eau. Un ranch en roche rouge droit devant. Des sunlights éblouissants.

J'ai compris : Jack tourne de nuit... des scènes de jour.

Le camion cale et stoppe. Les Ramon roupillent et ronflent. Ils planent au pinacle, au septième ciel du chichon.

Je colle mon œil à l'orifice de la bâche. Je découvre une équipe étriquée. Squelettique et scrofuleuse. Des prolos payés pas cher. Des escouades d'alcoolos couverts de croûtes. Des Mexicains expulsés par la *migra*. Des récidivistes recrutés à Lincoln Heights.

Jack Webb en jodhpurs et jaquette. Les sbires sournois du shérif, la carabine en bandoulière. Deux fiottes filiformes qui s'affichent en uniforme du LAPD.

Le rude Randy Scott. Le rabelaisien Rob Taylor.

Jack jappe :

– Action !

Une Panaflex fait un panoramique. Elle pivote pianissimo et plonge vers la porte du ranch. Rob le rachto se radine. Il secoue la sonnette. Randy le rude se rue à son tour, le souffle rauque. Les branleurs en bleu dégondent la lourde à coups de botte. Visez un peu le bloc cellulaire scellé à l'intérieur.

Des barreaux balèzes soudés à des supports d'acier. Du ciment salingue. Des épaves craspectes assoupies sur des paillasses. La luxueuse cellule de Lincoln Heights – revue et revisitée.

Rob déclare :

– Il faut nettoyer les rues de tous ces mendigots et ces assistés.

Randy renchérit :

– Les communistes se servent d'eux pour saper notre mode de vie.

Rob reprend :

– Nous devons relancer la traque aux traîne-lattes. C'est la première ligne de défense qui nous sépare de la Cinquième colonne.

Jodhpurs Jack s'écrie :

– Coupez ! C'est bon !

Un machiniste malpropre traîne une lance d'incendie jusqu'au camion. Jingo Jack hurle :

– Réveillez-vous, les sans-papiers ! Vous bossez pour le cinéma, ou on vous renvoie à Tijuana !

La lance se lève. Un jet d'eau sous pression percute le camion. Il douche les Diego endormis et les arrache aux visions du chichon. On se fait arroser, asperger et abreuver. On est délavés et détrempés. On saute par-dessus le hayon, nos *huaraches* touchent terre, et on trisse à toute biture.

Je m'accroupis près d'une haie d'hibiscus et m'abrite des attaques de la lance hydraulique. Les sbires du shérif encerclent les *hermanos* – des flicards malfaisants enfouraillés de flingues antiémeute.

Les Ramon remarquent le décor façon bloc cellulaire. Leur poil se hérisse. Leurs paupières paresseuses se propulsent par-dessus leurs sourcils. Leurs cœurs sanctifiés par le chichon se rebellent, en proie à une rage redoutable.

Non, pas question de carrer en cabane Carlos le clandestin !

Ils sortent des stylets suraiguisés et des mini-machettes. Ils brandissent des sacagnes et des surins. Ils enfoncent le flanc des forces flicardesques fournies de fusils.

Une terrifiante tornade de violence ravage Rio Ricondo. La grenaille pour gros gibier gicle de tous côtés. Elle décime et elle déchiquette et elle déchire des dards en se dispersant. Elle massacre les Mexicains et les massicote menu.

Panique. Pandémonium panthéonique.

Je rippe vers le ranch de Randy. J'écarte les zigs de l'équipe. Je fais capoter les caméras et je plonge dans les projos. Je jarte Jack Webb. Je renverse Randy et Rob. Je malmène les machinos et les envoie bouler sur le boulingrin.

J'aperçois un parking pavé. Je passe entre des Packard et des Pontiac. Je contourne des coupés Chrysler et Cadillac. Je me glisse à l'arrière de la Jag de Jongo Jack.

Je me camoufle à l'aide de quelques quotidiens. Poltron, je tremble de trouille et j'en appelle au petit Jésus. Le démarreur démarre. La Jaguar jaillit. Jack l'Agité laisse de la gomme sur le bitume et récite un chapelet enragé.

La Jag gicle. Jack nous arrache au Rio Ricondo. Mes doigts dégotent un démonte-pneu. Je cogne la caboche de Jack et je chiffonne franchement son cuir chevelu. Son crâne craque. Je crapahute pour passer devant. Je lui vole le volant, j'enfonce le frein et j'embourbe l'embrayage. J'envoie la Jag dans le fossé.

Jack a le carafon coincé dans le déflecteur. Il renifle. Il a le nez qui coule, et le sang se mêle à la morve. Son cuir chevelu est entamé jusqu'à l'os.

J'ordonne :

– Crache le morceau, Jack-O. Dis-moi tout.

Jack jacte :

– C'est cet enfoiré de Parker. Il rumine ce projet débile depuis 54. Il croit que ce nanar de *Traque aux traîne-lattes* va casser la baraque. Il abuse de sa force. Il a de quoi faire chanter Taylor et Scott. Ils tringlaient tous les deux cette tarlouze que tu as tuée. Parker les a contraints à faire ce film. Il veut virer Bill Knowland et Goody Knight, et présenter Taylor et Scott aux élections, pour que le premier devienne gouverneur et le second sénateur.

Je satonne Jack dans les joyeuses.

– C'est quoi, le vice secret de Parker ? Ce pédé malsain en a forcément un.

Jack se permet un rire salace.

– Non, pas le moindre, espèce de sale vermine. Et c'est pour ça que tu ne peux pas lui nuire.

4

LA MÉTAPHYSIQUE DU PROBLÈME me malmène. Aucun vice vulgaire et vil.

Cette perspective me perturbe et me turlupine. C'est la négation et la contradiction de l'esthétique de *L'Indiscret*. Les humains hurlent, copulent, et cachent leurs secrets les plus crades. Les hommes hachent menu la morale et ses maximes, et comme ils bandent pour tout ce qui bouge, leur priorité première est de placer leur pine. Droit dans mes bottes de redresseur de torts, je reste rigidement rivé à ma rigueur. Je diffuse les désillusions que distille notre sinistre sphère. Je pulvérise les pervers manipulateurs, et je me coiffe d'une couronne de Christ. Le mandat de mon magazine : traquer, trompeter et faire triompher la vérité vérifiée.

Je me terre au Tulip Hotel de Turner Street. Je me lubrifie la glotte à la lotion capillaire et je carbure à la benzédrine. Jack Webb est enchaîné à une chaise. Je l'ai drogué pour le rendre docile. Je l'ai rendu accro à l'héro et je le planque dans une penderie.

Je suis foutralement foutu. Il faut que je me sorte de cette histoire, de ce coup monté qui me rend responsable de l'homicide d'un homo. Il faut que je m'arrache à ce marasme et que je rebondisse. Et que je trouve un truc pour faire pression sur Parker.

Mon cerveau surchauffe et me roussit les sourcils. Mes synapses sont sinistrés. Les voix de divers vices violent ma vertu.

De viles vocations. Vigoureusement vénales...

L'inspiration me vient à l'improviste – dans la ligne de *L'Indiscret* :

Contacter Cal Conners – le présomptueux pédophile de Pacific Bell. Pour qu'il me procure la liste des appels téléphoniques de Parker.

J'appelle Cal. Il est à ma botte. Je l'ai autrefois tiré d'un mauvais pas – une sale affaire de films X sado-maso. Cal rafle les listes et me rappelle en PCV.

Il m'énumère une ennuyeuse nomenclature de noms et de numéros. Des lardus et des légistes. Des promoteurs immobiliers et des membres du Congrès. Des chroniqueurs conservateurs et des dictateurs douteux de la République Dominicaine. Je rêvasse. Je m'assoupis. Je me lèche les lèvres et me bave sur les balloches.

Cal conclut :

– J'ai gardé le meilleur pour la fin. Au cours des deux dernières années, Parker a téléphoné trente-quatre fois à la Casbah de Minnie Roberts.

La Casbah : un claque cool de Compton aux souris sépia. Un lieu de perdition au personnel de couleur. Jargon de la jungle et jazz idem. Le rendez-vous des érotomanes à la recherche de rapports interraciaux. Nom d'une pipe en bois d'ébène ! La Mecque des mélanges amoureux !

Bing, bang, bingo ! TOUS les morceaux fusionnent fabuleusement !

Pat Brown a fait la nouba à la Casbah. Retour en arrière : *Confidentiel* a coincé Pat en compagnie de deux canons du Congo. Juin 55 – UN DÉMOCRATE SE DÉVERGONDE AVEC DEUX DÉLICIEUSES BEAUTÉS BRUNES.

Ooooooh, Daddy-o ! Je vais leur serrer la vis, vicieusement !

LA CASBAH CARBURAIT la nuit. À l'étage, un clandé qui comptait dix fabuleuses foufounes. Au rez-de-chaussée, un atelier où trimaient des esclaves exploitées.

Je m'y pointe en pleine journée. De pulpeuses pépées débitaient des capotes sur une bécane à laminer le latex. Je me propulse au premier. Je passe près du bureau de Minnie. Je réveille le gardien et j'achète son silence avec un chouette sac de chichon. Il m'ouvre le bureau et me dit adieu.

Je sonde le secrétaire à cylindre en cerisier. J'extirpe les tiroirs, j'ausculte les compartiments. Pas de listes pléthoriques, pas de répertoires ni de registres.

Je retrousse le tapis. Je découvre un coffre encastré au couvercle constellé de mouches crevées. Je caresse les cadrans, je tâtonne avec les numéros, et je découvre la combinaison.

J'exerce une pression sur la poignée. Je plonge au plus profond et j'en ressors un registre. Je pelote les pages et me précipite sur Pat B. et Bill Parker.

Minnie Roberts consignait des commentaires remplis de rancœur. Condescendante envers Pat Brown, elle parodiait Parker.

Au plumard, Pat pinait des pétasses métisses qui pétaient plus haut que leur postérieur. Pat faisait de la politique tout en pointant. Il exposait ses principes à Polly et Pauline – deux quarteronnes aux rêves chimériques. Pat parle trop. Parker exploite le penchant de Pat. En envoyant ses hommes de main malmener Minnie. Ils l'embobinent dans son bobinard. Minnie est malléable. Les compères de Parker piègent la piaule préférée de Pat. Parker, espionnant les ébats passionnés de Pat, l'entend expliquer ses projets. Une sténographe sans scrupules prend perpétuellement des notes. À quel sujet ? Soyons clairs : Pat palabre à propos de son enquête privée sur le LAPD. Parker pouffe et enregistre les révélations. Il prépare un plan digne du héros bidon qu'il est. Il persuade des politiciens. Il sélectionne des stars de second choix et les fait chanter effrontément. *La Traque aux traîne-lattes* : une propagande précieuse. Les rôles principaux proposés à deux pointeurs pédés estampillés candidats – un aspirant sénateur et un aspirant gouverneur.

Ce rendez-vous marqué d'une croix me donne à réfléchir. Ping ! – Pat se tape Polly ce soir à huit heures.

Je me mets au travail. Je partage un joint avec le gardien et l'embauche pour un coup de main. On parcourt la Casbah de concert.

J'ouvre ma caisse à outils, je transperce les parois entamées par les termites, et je tire par les trous des câbles électriques. Je repiège la piaule de Pat et j'installe un circuit secondaire qui se connecte tout droit chez Parker. Je tresse et torsade des tripotées de torons dans un local de service crasseux. J'y installe un système stéréo sur lequel je branche mes baffles. Je peux à présent entendre des exclamations d'extase et diffuser du son dans tous les sens. Désormais, rien ne m'empêche d'émettre effrontément.

Danny Getchell. Le démoniaque DJ de radio KI-BEZ – prêt à dévier le cours de l'histoire.

JE ME BLOTTIS près de mon bouzin. Je me cache sous mon casque calorifère. Je me massacre à la marie-jeanne et mon polaroïd est à portée de main.

19 h 10, 20, 30, 40... 19 h 59.

Le baffle 2 bafouille. Pantelant, Pat Brown bonnit :

– Je déteste cette saloperie d'escalier.

Polly fait fi des bougonnements de Brown :

– Arrête de te lamenter, mon lapin. Pense plutôt que j'attends ma dose d'ardeur démocratique.

Pat se poile. Une hétaïre qui fait de l'humour – Ha ! Ha !

Le baffle 1 bredouille. Le Boss Bill Parker aboie :

– Ouvre ma braguette ! Ce salopard commence à parler !

Nom d'une trique ! Que de haine dans cette apostrophe – homériquement homoérotique !

Le baffle 2 babille. La sténographe stipule :

– Vous êtes tout comprimé dans votre slip. Vous devriez porter des caleçons. Les slips, c'est seulement pour les gamins.

Le baffle 2 bavoche. Polly se pâme :

– Allez, Pat, plante-moi ta pine.

Le baffle 1, pourri de parasites. Parker le pittoresque :

– Agrippez-la-moi et dites-moi qu'elle est grosse, ou vous ne serez jamais sergent.

La sténo staccate :

– Elle est teeeeeellement grosse. Son gland, on dirait un casque de Nazi.

Le baffle 2, clair et cristallin. Pat, emporté par la passion :

– Ôtons nos vêtements. Je veux parler politique.

Polly, la politiquement pertinente :

– Dites-moi des horreurs sur Parker. Vous savez, tous les Noirs le détestent.

Le baffle 1 barjaque. Parker, tout palpitant d'être paluché :

– Plus vite, il va aborder le meilleur passage !

La sténo, qui m'émoustille autant qu'elle stimule Parker :

– Vous êtes mieux monté que Jack Webb. Et mieux monté que mon mari et que n'importe quel Noir. Flûte, elle s'est tellement ramollie qu'elle m'a glissé entre les doigts.

Pat Brown, prophétiquement précis :

– Parker n'arrive à bander ni pour une femme, ni pour un homme, ni pour un bestiau. On m'a dit qu'il était monté comme Napoléon. On n'arrivera pas à retrouver sa queue quand on fera son autopsie.

Parker, qui surfe sur l'océan de sperme de la haine de soi :

– Bon sang, j'y suis presque !

Je bidouille mes branchements. Je commute mes circuits. Je renvoie des réverbérations réciproques et diffuse des sons dans les deux mansardes. J'empoigne mon polaroïd et décolle du carrelage.

Je carbure dans le couloir. Je pulvérise les deux portes. Je découvre que le captivant quatuor s'est blotti dans le boudoir de Brown.

Pat est parfaitement à poil. Le pantalon de Parker s'est aplati sur ses panards. Polly est nue comme une naïade et délicieusement cuivrée. La sténo aux seins superbes la scrute intensément – sauvagement saphique.

Je prends un polaroïd parfait. Mon assurance sur la vie ou la survie. Je vais l'enfouir près d'une baraque à burgers au carrefour Beverly-Berendo.

Parker et Pat passèrent un pacte et liquidèrent leur licencieuse association. Les républicains présentèrent Knowland et Knight. Ils furent laminés par l'opposition. Pat Brown battit Knowland et devint gouverneur. Parker raya La Traque aux traîne-lattes *de sa liste de délirants projets. Randy et Rob, les raspèdes en rut, renoncèrent à la politique pour conquérir des croupes. Ils ne devinrent jamais d'homériques héros dans les pages de* L'Indiscret.

Ronald Reagan fut candidat au poste de gouverneur. Il surclassa le sortant, le susnommé Pat Brown. Reagan régna comme président du pays et se retira dans un ranch qui ressemblait à Rio Ricondo.

Tirez-en vous-mêmes de corrosives conclusions.

VIOL DE NUIT

Le paradis, c'est pour toujours. Le temps s'étire et vous tend des chausse-trappes. Le temps vous coince corporellement. Le temps circonscrit votre surplus d'aventures terrestres. Le temps immobilise les immortels et les force à regarder vers le passé.

Donna [1]*. Moi. Un grand bond : de 83 à 2004, en franchissant les ans.*

Il fallait que cela arrive. Les lois imprévisibles de la physique rendaient notre retour inévitable. Nos vibrations se révélaient vampiriques. Elles se reconnectaient résolument. Elles se répandaient et crépitaient dans notre spiritus mundi *et notre L.A. napalmé et nucléarisé.*

Donna et moi. Liés à la langue qui pétille dans ces pages. Allégorisés dans ces allitérations et à la une en caractères gros comme ça :

L'Indiscret 2000, numéro d'octobre 2004.

GETCHELL, LE CAÏD DU SCANDALE, A PASSÉ L'ARME À GAUCHE !

LES OBSÈQUES RISQUENT DE NE PAS ÊTRE TRISTES !

Par Gary Getchell

Oui, il est mort du sida – mais ce n'était pas une fiotte qui jouait de la flûte baveuse ! Daniel Arthur Getchell – scopophile suprême, kaiser de l'arnaque, collectionneur de scandales – était accro à l'héro depuis quatre décennies. Danny G. était un sacré bonhomme.

---

1. L'actrice Donna Donahue, personnage central de la nouvelle « Un baisodrome à Hollywood » (in *Destination morgue*) où elle porte un autre prénom et un autre nom, comportant les mêmes initiales.

Mais il échangeait étourdiment ses shooteuses et récoltait en retour des microbes malfaisants. C'est pourquoi il se retrouva dans un très secret service de soins pour sidaïques du centre médical Cedars-Sinaï. Cette salle foisonnait de sodomites dont Danny avait dévoilé les vices dans *L'Indiscret*. Les endauffés endauffèrent Danny. De dolentes douzaines de gays Getchellophobes prirent l'hosto d'assaut. Danny G. fut viré. Il survécut à la tyrannie des pointeurs de tafanards et se terra dans son terrier. Danny y fut tendrement dorloté par la magnifique mama-san Megan More, la sublime salope des films de cul du câble. Il est décédé le 12 septembre. Megan More rapporte que ses dernières paroles, proférées sous l'emprise du *delirium tremens*, furent dignes du « prophète du désastre » qu'il était. Jusqu'à la fin, il « allitéra allègrement », entrelaçant ses laïus de ces lassos linguistiques à l'allure de linguini qui ont influencé inflexiblement les vanneurs voyous de Vancouver à Vladivostok. Megan More apprécia les propos que Danny G. prononça sur son lit de mort : c'étaient « de délirantes digressions à la façon de James Joyce et d'Iceberg Slim, les deux auteurs préférés de Danny ».

Danny Getchell avait repris le magazine *L'Indiscret* en 1955. Il survécut à des procès en diffamation qui prenaient les proportions d'un lynchage délibéré. À L.A., Danny était l'envoyé de la vérité, celui qui triomphe au tribunal, le mousquetaire qui massacre le mensonge. Il tançait les tarlouzes, il fustigeait les folles du cul, il punissait grâce au pilori de la presse tel D.A. avide de dollars et tel condé corrompu. Il publiait les patronymes des politicards à pots-de-vin. Il a tiré les ficelles en coulisse aux élections californiennes de 58. Il a immortalisé ses menées en sous-main dans son méphistophélique mémoire *La Panique que je sème*.

Danny G. dirigea *L'Indiscret* jusqu'en 1999. C'est à cette date que je repris les rênes. Abandonnant mon misérable état civil de Moshé Moskowitz, je choisis le pseudo de « Gary Getchell ». J'ai repris à mon compte la mission méphitique de Danny. Je traque triomphalement la vérité.

Je possède les dossiers compromettants que Danny G. gardait secrets. Ils sont camouflés à l'abri des fureteurs et protégés en permanence par de pléthoriques précautions. Ils incriminent impitoyablement et ils accusent allusivement. Ils vilipendent le politiquement correct. Ils pointent priapiquement les prédateurs et défendent les défaillants. Ils s'acharnent sur l'abominable adversaire de Danny, le LAPD.

Le LAPD a harcelé Danny de 1955 jusqu'à ses derniers jours. Ce qui démangeait Danny, c'était son désir de représailles, et il chercha à se rapprocher de certains factieux insatisfaits au sein même desdites forces de police. À présent, c'est moi qui suis rongé par ce même désir de vengeance. Il me démange jusque dans mon calcif. Je ne supporte pas le nouveau préfet de police, Joe Tierney. Cet Irlandais irascible de Philadelphie me court sur le haricot. Depuis sa prise de pouvoir, il malmène les médias et se goinfre de gros titres. Je n'aime pas les membres de son état-major. Prenez le commissaire Linus « La Lessive » Lauter. Les Fédéraux ne lâchent pas Linus d'une semelle. Son fils, Leotis Lauter, dirige un cartel de la drogue dans le Southside. Les Fédés ont des raisons de penser que Linus blanchit la fraîche que ramasse Leotis. Linus appartient au club des 4 « A » : il est Américain d'origine Africaine et un parfait exemple de ce que donne l'Action Antidiscriminatoire en matière de recrutement. *J'accuse* [1] : Joe « Le Trouillard » Tierney n'ose pas le suspendre de ses fonctions pendant que les Fédéraux mènent leur enquête.

J'ai hérité du mandat moral de Danny G. Je serai présent à Forest Lawn la semaine prochaine. On y subira le soliloque d'un rabbin recruté pour la circonstance. Il mettra l'accent sur les questions d'actualité et incendiera les Irakiens. La foule sera immense et d'une diversité Dannyesque. Vous en découvrirez tous les détails dans mon émission de télé non cryptée, et sur L'Indiscret.com. N'envoyez pas de fleurs, et ne gaspillez pas votre pognon à faire dire des prières. Envoyez-le-moi directement. Je suis fauché, et j'ai besoin de beaucoup de bonne galette Getchellite.

N'oubliez pas, chers lecteurs, que c'est ici que vous en avez entendu parler pour la première fois : en confidence, de vous à moi, et ne le répétez pas.

Los Angeles Times, 22 septembre 2004.

CAMBRIOLAGES DE RÉSIDENCES
À BEL-AIR ET HOLMBY HILLS

Par Miles Corwin

Au cours des huit dernières semaines, un cambrioleur a opéré six fois dans les quartiers chic de West Los Angeles, a confié au *Times*

1. En français dans le texte.

le porte-parole du LAPD. À chaque fois, les occupants de ces résidences étaient présents au moment de l'intrusion, et les enquêteurs considèrent qu'il s'agit là d'un aspect crucial du mode opératoire dudit cambrioleur.

Le commissaire Bill Dumais, qui dirige l'équipe d'inspecteurs de West Los Angeles, a déclaré : « Le cambrioleur pénètre dans les demeures qu'il a choisies pour cibles soit par une fenêtre à demi ouverte, soit par une porte munie d'une serrure facile à forcer. Il endort momentanément le chien de la maison à l'aide de pilules de somnifères légers introduites dans une boulette de viande crue, ce qui m'incite à penser qu'il aime les animaux et qu'il n'a pas envie de leur faire de mal. Il n'a pas tant d'égards envers les humains, cependant. Il les trouve, généralement endormis, ou arrachés au sommeil par les bruits inhérents à son intrusion, et leur tire dessus avec un pistolet qui propulse des fléchettes tranquillisantes. Il utilise un puissant narcotique qui fait dormir ses victimes de six à huit heures. »

Le commissaire Dumais a poursuivi en évoquant d'autres affaires plus anciennes de vols avec effraction et les mobiles probables du cambrioleur de West Los Angeles. « Nous qualifions, dit-il, les cambrioleurs qui s'introduisent dans des résidences occupées de " rôdeurs à haut risque ". Ils ont tendance à trouver une stimulation supplémentaire dans la perspective d'une éventuelle interaction avec les occupants, et cette dérive les amène parfois à commettre des agressions physiques, des viols, et même des meurtres. »

Ce cambrioleur-ci possède-t-il un pareil potentiel ? C'est l'opinion du commissaire Dumais. « Jusqu'à maintenant, il s'est contenté de voler des bibelots », nous a précisé le commissaire. « Il ne semble pas vouloir dérober d'objets susceptibles d'être revendus. Nous pensons donc qu'il s'agit d'un fétichiste à la recherche de souvenirs qui lui rappelleront plus tard chacune de ses intrusions. »

Et le LAPD a-t-il une stratégie pour appréhender le coupable ?

« Une tactique est en cours d'élaboration », nous a répondu le commissaire Dumais. « Nous sommes bien décidés à arrêter ce type avant qu'il ne fasse vraiment du mal à quelqu'un. »

1

Je suis pris au piège dans l'univers temporel de Donna. Il n'y a pas un rat dans la salle du commissariat. Je traîne en rêvassant d'un bureau jusqu'au suivant.

Je déplace l'unité vidéo. On s'en sert pour projeter les portraits anthropométriques et pour apparier les empreintes. L'écran dernier cri est compatible avec n'importe quel ordi. Dave Slatkin y a connecté un magnétoscope maousse.

Des cœurs à l'hôpital – Donna fait des séries télé débiles. Elle joue la cancérologue de service malheureuse en amour. C'est le genre de feuilleton qui faiblit, foire, bat de l'aile et fait un bide.

Je m'installe à ma place. Je détaille les détritus qui débordent de mon bureau et je songe à ma mission de serviteur de la loi.

Devant moi, mon PC. Équipé d'applis sophistiquées mises au point par les Fédés. À côté, mon presse-papiers en corne de rhino. Voici mon présentoir en plexi où se pavane mon échantillon de photos fétichistes : une douzaine d'ex-copines, toutes des clones de Donna – des flirts sans suite, qui datent de 83 pour les plus anciens. Voici Stephanie Gorman [1], décédée le 5 août 65, affaire toujours pas résolue – l'affaire que je ne peux prétendre résoudre. Assassinée chez elle, à West Los Angeles ; un viol qui a mal tourné.

La Criminelle du LAPD, Unité des Affaires non élucidées. Dave Slatkin, officier responsable de l'équipe. Six inspecteurs. Des dossiers d'affaires de meurtres au papier moisi, à moitié décomposé, qu'ils doivent relire, réexaminer, décortiquer, disséquer, rejeter ou rouvrir. Grâce soit rendue à l'ADN, ce don des dieux, notre instrument le plus intelligent pour confirmer ou infirmer les indices.

Depuis trois ans que l'unité travaille, des tueurs en série se font serrer, des pointeurs se font poisser puis castrer par la cour de justice. Une teknik dernier kri pour revisiter de vieux dossiers et châtier karmikement les koupables.

J'adore ce boulot. J'adore les temps morts pendant lesquels mon cœur bat pour Donna. J'insère dans le scope la cassette du feuilleton et je shunte le son.

---

1. Cf. « Stephanie » (in *Destination morgue*).

Voilà Donna. Elle est vicieusement vêtue de blanc. Elle apprend à un coco cacochyme qu'il a le crabe. *Rien à foutre* – ce qu'elle dit, c'est qu'elle est amoureuse de moi !

La scène avec Donna atteint son dénouement. Une pub poussive la remplace. Je ferme les yeux et je rêve.

J'ai 52 ans. Elle en a 48. Je l'ai rencontrée il y a 21 ans. On ne s'est jamais mariés. Nous avons eu séparément une succession d'aventures sexuelles. Nous nous sommes l'un et l'autre englués dans une monogamie morne et morose. Elle n'a jamais cessé de m'inspirer une passion paroxystique et une trique triomphante.

Donna est riche. On lui a décerné deux Emmy. Donna vit à Holmby Hills. Moi, j'appartiens à la classe moyenne. J'ai flingué deux sans-papiers mexicains et trois bamboulas. Je vis à Chino Hills.

Donna a des chiens – les descendants de Reggie le Ridgeback. J'ai des informateurs sur place – vous voyez le genre : des gardiens de parking, des confidents de cafétéria, des maîtres d'hôtel, *molto bene*. Quand ils voient Donna, ils me passent un coup de fil, et je rapplique. Je me pointe, faux-cul et un peu fada. Donna n'est pas dupe et devine mon petit jeu.

Je rouvre les yeux. Dressé comme un clébard que conditionne son besoin de bectance, je scrute les murs. J'y vois de vieux clichés d'archives du LAPD.

Des photos du Dahlia noir. Des vues du Champ d'oignons [1]. Mon pervers préféré : le démoniaque Donald Keith Bashor.

On est en 1955. Don est un don Juan, un beau gosse balèze et un rôdeur à haut risque. Il hante les alentours du Westlake Park District. Il entre par effraction dans des appartements habités par des femmes seules. Il ne vole que de l'argent liquide. Il agit toujours en pleine nuit. Les victimes de ses rapines ne se réveillent pas.

Jusqu'au 16 février 55...

Don carambole dans Carondelet Street. Don se pointe dans un appart rempli d'infirmières. Don ressort avec trois sacs à main.

Don récolte quatre-vingt-dix dollars. Don se débarrasse des sacs. Don se carapate dans Carondelet. Don débarque au 271 South. La porte de Karil Graham est entrouverte.

---

1. Théâtre d'un fait divers célèbre de 1963, relaté par Joseph Wambaugh dans *Le Mort et le Survivant*.

Il entre. Elle se réveille. Elle hurle. Il la bat à mort à coups de tuyau de plomb. Il pille son sac. Il envisage un viol post mortem. La vue du sang lui en ôte l'envie.

Il prend ses distances après le meurtre de Karil Graham. Il se replie vers South Pasadena. C'est là qu'il reprend ses cambriolages à haut risque. Il attend quatorze mois. Il retourne à Westlake Park.

Il s'introduit dans des apparts occupés. Il vole. Il change de terrain de chasse. Il viole une femme d'Echo Park. Il revient à Westlake. On est en mai 56. Il force l'entrée d'une résidence de la 5e rue Ouest.

Laura Lindsay hurle. Il la tue à coups de marteau.

Don le Démon n'en reste pas là. La géographie, c'est son destin. Westlake exerce sur lui une magie maléfique. Le LAPD met en place des surveillances tournantes. Lesdites surveillances permettent de pincer Don le Démon.

Juin 56 : c'est terminé. Octobre 57 : Don grille sur la chaise à San Quentin.

Don le Démon s'incruste dans mon crâne. Il représente pour moi l'archétype du tueur des victimes semblables à Stephanie Gorman. Tu entres chez les gens par effraction. Tu te racontes que tu viens récolter du cash. *En fait*, ce que tu cherches, c'est un soulagement sexuel. Une pulsion te pousse à libérer l'inconnu qui est en toi. Chaque appart te gonfle les glandes. Chaque femme est une sorcière destinée à t'emmener là où tu *dois* aller.

Je jette un œil à l'écran. Donna est de retour. Ses yeux noisette me déconcertent : ce sont les clones de ceux de Stephanie. J'appuie sur *avance rapide*. Donna supplie son sinistre amant de l'aimer éternellement. Je détourne le dialogue. Je me laisse la licence de lire sur ses lèvres. C'est pour *moi* que Donna exprime expressément son amour.

Deux spécialistes des empreintes entrent dans le local. J'éjecte la cassette. Donna, adieu.

Je lève les yeux vers la bobine de Bashor. Dave Slatkin a béatifié ce brutal et l'a mis en corrélation avec notre rôdeur à haut risque du moment. Dave voyait en ce type un cinglé sensible aux cycles lunaires. Un louftingue de longue date qui sortait, furtif, les nuits où la pleine lune découpait des ombres nettes. Le bonhomme nous rappelait Bashor. D'après Dave, il n'allait pas tarder à violer et à tuer.

La salle se remplit. Voilà mon équipier, Tim Marti. C'est un violent qui a la main lourde et un anachronisme vivant en quête de sensations fortes. Il est resté figé, sans complexe, dans l'époque qui précéda Rodney King, les ordis, et l'interdiction de mener des interrogatoires à coups de matraque. Voilà Dave Slatkin. Ses vêtements sont couverts de poils de chien et de taches de pâtée pour toutous. Il possède toujours ce refuge canin. À présent, il élève des pitbulls mouchetés.

Je m'ennuie. Je ne tiens pas en place. L'espace temporel de Donna refait surface. Stephanie Gorman s'engouffre dans la brèche et profite du voyage.

C'est l'emprisonnement dans un portrait-robot. Une symbiologie saisissante. Stephanie et Donna en une seule personne.

Je lance l'application. Mon PC projette et pixellise deux portraits. Voici Stephanie à 16 ans. Voici Donna à 48 ans. Doucement, à présent – mélangeons et apparions les deux portraits.

Deux paires d'yeux noisettes et brillants. Le hâle de Stephanie en été. La douce pâleur de Donna.

Pendant une demi-heure, je refaçonne franchement les formes façon Frankenstein. Le passé et le présent se percutent et s'interpénètrent. Je pense à l'automne 83 et aux trois morts laissés sur le carreau par l'équipe Jenson-Donahue. Stephanie – figée en une fraction de seconde, jeune à jamais.

J'y pense, tout à coup :

Danny Getchell est mort. Il me servait d'indic. C'est lui qui m'a transmis le virus du baratin. Je lui dois quelques fleurs.

MA DETTE : un beau bouquet. Celle des Stups : une jonchée de gerbes. Danny leur refilait une flopée de noms de camés et de dealers de méthadone. En retour, ils lui fournissaient de l'héroïne à foison.

Je prends l'ascenseur jusqu'au rez-de-chaussée. Le local des Stups : une atmosphère plombée par le poids du destin et de la déprime.

Une bonne vingtaine de bureaux. Les flics de Linus « La Lessive » Lauter qui lézardent languissamment.

Je les regarde. Ils me regardent. Ils tambourinent sur leurs tables et démarrent leurs ordis. Ils chargent des chiées de clichés de chattes. Ils peaufinent leurs performances au PacMan. Ils m'ignorent Internet-tement.

Je sifflote.

– Des fleurs pour Danny G. Qui veut participer ?

Quelques frimeurs me font un doigt. La plupart des types, le sourire effacé par la sinistrose, tournent vers moi un visage de marbre. Bill Berchem se masse la moumoute et s'y enroule l'auriculaire. Bob Mosher se cure le nez et me bombarde de boulettes.

La dépression plombe toute la division. Un commissaire dans le collimateur des Fédéraux. Le piège qui se referme sur leur supérieur menace tous les subalternes. C'est l'équipe entière qui va bientôt être citée à comparaître.

Je scrute la salle. La frise me frappe. Je m'approche du tableau d'affichage. J'y vois le portrait répugnant de Gary Getchell. Gary avale une anguille de calebar. De toutes parts, Gary est lardé de poignards. Un graffiti dégradant clame : « Crève, ordure ! ! ! ! »

J'affirme :

– Gary G. n'est pas Danny G. Enfin, voyons, Danny a toujours été correct avec nous tous.

Cal Eggers s'approche. Cal, c'est le lieutenant limite violent de Linus Lauter. La soixantaine. Encore chaud lapin. Et magouilleur zélé.

Il me pousse vers la sortie. On s'éloigne dans le couloir. On gagne un peu d'intimité. J'argumente :

– Ce n'est pas Danny G. qui a causé des ennuis à Lauter, c'est les Fédés. Gary a soulevé quelques lièvres dans *L'Indiscret*, c'est vrai. Et alors ?

Eggers dégaine son portefeuille et me tend en éventail cinq billets de cinquante. Je les rafle, reconnaissant.

– Merci, lieutenant.

– Allons, Rhino, c'est « Cal », pour les adjoints et les grades supérieurs. Tu sais que je suis clean et sur la liste de promotion pour passer commissaire, et que Linus Lauter est un crétin de bamboula qui a acheté une maison de six millions de dollars, *cash*, avec un traitement de commissaire principal. Demande-moi si je ne suis pas content qu'il soit sur le point de sauter, et comme il n'y a pas longtemps que j'ai été transféré ici, demande-moi si je n'ai pas une chance de prendre sa place.

J'affiche un sourire entendu.

– C'est un bon résumé de la situation.

Eggers me fait un clin d'œil.

– Tu as fricoté avec Danny G. quand tu bossais à la Crim' de Hollywood. Tu n'as pas peur que ton nom figure dans un dossier que ce salaud de Gary aurait récupéré ?

Je secoue la tête.

– Dans ce genre de scénario, ce serait ma parole contre la sienne. Danny est mort, et on m'a décerné la médaille d'or du courage.

Eggers secoue la tête.

– Tu es un sacré numéro. Célibataire à plus de cinquante ans. Tu te trimballes avec une corne de rhino accrochée au ceinturon. Tu as refroidi trois bamboulas et deux immigrés mexicains au cours d'une carrière plutôt flatteuse dans la police, mais l'opinion publique ne penche plus de notre côté. Regarde les murs de ce putain de couloir.

Ce que je fais. Et l'impression générale n'a rien de génial.

Il y a de l'agitation sur le tableau d'affichage. Deux catégories de documents : les malveillants et les comminatoires. Les publications pernicieuses : le décret fédéral sur l'usage de la force lors des arrestations ; les restrictions draconiennes ; Amendez Radicalement vos Procédures Détestables de Méchants Flics Blancs. Dernières nouvelles des procès intentés par des civils : des ultimatums lancés par des avocats véreux ; des conneries de recours collectifs en justice qui ne veulent pas dire leur nom. Soyons clairs : la justice à coups de matraque dans les ruelles sombres, c'est fini. Vive le multiculturalisme malsain et le consensus pro-moricaud imposé sous la contrainte.

Je bâille.

– Ouais. Je connais les précédents. O.J. Simpson, Rodney King, les émeutes de 92. C'est l'heure de la revanche pour la populace de L.A. Tu sais de quelle façon je vois l'affaire Lauter s'imbriquer dans ce système ? Il se prend une balle parce qu'il est flic, il évite la suivante parce qu'il est noir. Son fils, Leotis, est un petit salopard, si bien que ça fait pencher la balance à son désavantage.

Eggers fait craquer ses phalanges.

– Tu as vu la salle de repos de la division. Des quadragénaires blancs dans le trente-sixième dessous. Ils seront tous éclaboussés par la merde dans laquelle Linus va tomber. Leurs carrières vont piétiner, leurs espoirs de se trouver un bon boulot après la retraite vont capoter. Et ils pensent tous la même chose : « Danny G. savait fermer sa gueule, mais pourquoi a-t-il fallu, bon sang, qu'il consigne tout par écrit ? Est-ce que ce petit enfoiré malsain de Gary va se servir de ses dossiers ? »

Je hausse les épaules. J'ai envie de couper court à ces conneries. *L'Indiscret* est un média marginal. Les deux Getchell étaient des faisans frelatés. Que les Stups subissent une sale enquête, oui. Que

Linus et Leotis soient dans le collimateur, oui. Que les Fédés lancent des assignations pour récupérer les dossiers de *L'Indiscret*... peu vraisemblable.

Soudain, j'ai des doutes. Eggers me paraît équivoque. Aussitôt, l'épiderme me démange. Ça cogite sous mon crâne chauve.

Je constate :

– Tu me tends un hameçon. Tu veux savoir comment se présente la situation, vue de l'extérieur. Bon, voilà ce que j'en pense : Linus et Leotis vont sauter. Mais personne d'autre ne paiera l'addition. Oui, tes hommes ont acheté des tuyaux à Danny Getchell. Oui, il a noté tout ça quelque part. Et alors ? Ça ne va pas plus loin. Danny G. est mort, et Gary G. est un type compromis et un indic d'occasion.

Eggers s'incline. Mon point de vue lui plaît – parfait !

– Oui, je voulais une opinion extérieure, et tu confirmes ce que j'en pensais moi-même. Il y avait ça, et le fait que j'ai toujours plaisir à bavarder avec le type qui a passé dix minutes avec Donna Donahue.

Je me marre.

– C'est passé vite. Dix minutes il y a vingt ans, et je suis mordu jusqu'à la fin de mes jours.

C'est au tour d'Eggers de se marrer.

– Je travaillais à la Division Rampart, à l'époque, au ramassage des cadavres sur la voie publique. Je connais toute l'histoire.

– Oh, non, tu ne sais pas tout. Et Donna et moi ne dirons rien à personne.

– *Cherchez la femme* [1]. J'ai toujours cru à cet adage.

– J'ai deux femmes dans ma vie. Je cherche davantage que la plupart des types.

2

C'est *là* qu'il faut chercher :

Beverlywood. Un délicieux demi-monde près de Beverly Hills. Paisible et pastoral. Un calme Casher Canyon.

---

1. En français dans le texte.

Le carrefour Hillsboro-Sawyer : la maison de Stephanie existe toujours.

Je gare ma voiture de l'autre côté de la rue. Le ciel tergiverse entre le brun terreux toxique et le bleu lavasse. Le soleil s'efface, cerclé de safran. J'aime la nuit.

Elle est morte en plein jour. *Ma chère* [1] Stephanie.

C'est le 5 août 65. La vague de chaleur est infernale. Stephanie est inscrite aux cours d'été du lycée Hamilton.

Elle rentre chez elle dans la voiture d'un camarade de classe. Elle est seule. Sa mère est à son club de tennis. Son père et sa sœur travaillent en ville.

Il y a deux portes d'entrée. C'est une configuration cauchemardesque au cas où elle inspirerait un rôdeur à haut risque.

Une arrière-cour. Un portillon y donne accès. Une porte coulissante pour entrer dans la maison. Il est possible qu'elle ne soit pas verrouillée.

L'intrus s'est muni d'une cordelette de maçon. Il a apporté un petit pistolet automatique. Il frappe Stephanie. Il la traîne jusqu'à la chambre de devant. Il l'attache au lit. Il la dénude.

Elle se libère. Elle hurle et prend la fuite. Il tire sur elle et la tue.

L'enquête commence. Les émeutes de Watts éclatent et l'affaire Gorman passe au second plan. Des professionnels des aveux spontanés s'accusent du meurtre et leurs mensonges les disculpent. Les flics mènent la vie dure aux violeurs connus de leurs services. Les flics cuisinent les exhibos. Les flics en font baver aux cambrioleurs voyeurs.

Rien. Zéro. Nada et nib de nib.

Trente ans passent. Dave Slatkin lit le dossier. Tim Martin lit le dossier. Je lis le dossier. Je lis le dossier dans l'optique de *chercher la femme*. Nous tombons sous le charme de Stephanie. C'est une enfant perdue que nous partageons. C'est *ma* fille, celle que j'ai eue avec Donna D.

On récupère des relevés d'empreintes. On déniche d'autres empreintes afin de faire des comparaisons – la famille, les flics présents sur les lieux, les amis. On lance une recherche avec l'aide des Fédés. Ils trouvent une empreinte qui correspond.

Le type en question est un délinquant à la petite semaine. Il a été condamné pour recel, post-Stephanie. Il est calme, cool et casher – avant et depuis.

---

1. En français dans le texte.

Nous vérifions ses antécédents. Nous explorons jusqu'aux moindres recoins. *Nous découvrons qu'il ne connaissait pas les Gorman.* Explique-moi ça, Max : qu'est-ce qu'elle fout là, ta putain d'empreinte ?

Dave et Tim cuisinent le type. Celui-ci prend l'interrogatoire à la rigolade.

– Vous êtes flics, c'est ça? Qu'est-ce que je peux faire pour vous ?

Dave répond :

– Stephanie Gorman.

Tim ajoute :

– Elle a été assassinée.

Le type dit :

– Ah, oui, la petite qui est morte.

Ah, merde. Il nous fait le coup du cœur de pierre. Insensible, donc innocent.

Dave le démonte. Tim le triture.

– *Dis nous ce que tu sais.*

– J'étais dans la maison d'en face. Je bourriquais la bourgeoise de mon meilleur pote. Un éclat d'obus lui a coupé la queue en Corée. La sœur de la petite a traversé la rue en courant. Elle était toute tourneboulée par la trouille et elle hurlait. Mon pote était un médecin bidon genre herboriste. La frangine était venue chercher du secours. Je suis allé voir chez elle histoire de me marrer un peu. Merde... la petite était cannée.

» Appelez mon pote. Parlez à sa femme. Je l'ai sautée pendant vingt-six ans. Ils vous diront que c'est vrai.

C'est ce qu'on fait. Le charlatan-sans-chopotte confirme les faits – appelons-le *il cornuto*. L'épouse volage était une sacrée bonne femme. À quatre-vingts balais, elle avait l'air d'avoir toujours le feu au cul. Notre suspect ? « On s'est pieutés à une heure, et il m'a ramonée tout l'après-midi. Bon sang, quel braquemart ! Il était monté comme un nègre ! »

Un suspect en suspens. Une piste qui se referme – pour l'instant.

Le dossier reste ouvert. Pas d'échantillon de sperme datant de 65. Aucun moyen de faire des tests pour comparer les ADN.

Je n'arrive pas à lâcher le dossier. Je le relis encore et encore. Je le passe au crible pour découvrir des connections. Je cherche des pistes et des liens. Rien ne retient mon regard. Mes cellules cérébrales ne font pas d'étincelles. Mes synapses ne risquent pas la surchauffe. Je cultive la communion. Je suis pris au piège dans l'univers temporel de Stephanie. Le soir, parfois, je me gare près de sa maison.

Un coup de vent soulève les feuilles. Les nuages naviguent devant la lune. Des lumières qui jaillissent dans la maison éclairent les fenêtres. Je façonne les ombres à l'image de Stephanie.

Mon portable sonne. J'établis la communication.

– Ici Jenson.

– Salut, c'est Rob. Tu sais, Rob, du Starbucks de Beverly Drive.

– Oh, merde. Est-ce qu'elle est... ?

– Tu as deviné, espèce de singe en rut. Elle a commandé un moka géant, alors je pense que tu as le temps d'arriver.

ELLE PORTE UNE JUPE EN JERSEY et une cape en cachemire corail. Dans ses yeux noisette passent des tempêtes.

Je m'assieds. Elle range son roman dans son sac à main.

– J'ai failli demander un café à emporter, mais j'ai vu ce môme sortir son téléphone.

J'ingurgite une gorgée de son moka. Trop épais, trop sirupeux – beurk !

– C'est un indic de valeur pour le LAPD.

Donna s'esclaffe.

– Tu le payes, ou tu le fais chanter ?

– Les deux. Il a mis la main à la braguette d'un flic des Mœurs dans un cinéma, et j'ai raqué pour le faire sortir de prison. Ça, plus dix dollars par alerte.

Donna dit :

– Je pourrais aller au Grain de café. C'est juste en face.

– Mauvais calcul. J'ai soudoyé tous les chefs de rang. Et aussi...

– ... tous les voituriers, qui sont...

– ... sans exception des immigrés mexicains sans-papiers faciles à mettre au pas.

Donna s'esclaffe. Je reprends un peu de son moka. Je lui tiens la main l'espace d'un battement de cœur. Je redresse la couture de l'un de ses bas. J'ajoute :

– Tu ne peux pas me semer. Pas pendant plus de six mois d'affilée. L'un comme l'autre, on a toujours vécu à L.A. On connaît trop bien cette ville.

Donna jette un coup d'œil autour d'elle. Je jette un coup d'œil autour de moi. Nos regards se posent sur chacune des tables, l'une après l'autre. Les Beverly Hillsois, blasés, nous sourient en retour – bon, d'accord, tu t'appelles Donna Donahue, et après ?

Je demande à Donna :

– Avec qui tu couches, en ce moment ?

– Un scénariste. Il est beau gosse, et beaucoup plus jeune que moi. Je maîtrise la situation. C'est une relation à huis clos. Notre différence d'âge me gêne. Je n'aime pas être vue en sa compagnie.

Je me tape sur les cuisses. Ma veste d'uniforme glisse, elle dévoile mon étui d'aisselle, mon insigne renvoie un rai de lumière, mon pistolet luit. Des regards accablés me crucifient – qui c'est, ce flic avec Donna Donahue ?

– Moi, je voyais une adjointe du procureur, qui comme par hasard te ressemble beaucoup. On a fait l'amour deux fois, très mal, et puis elle m'a annoncé le programme : elle veut qu'on se marie, qu'on s'installe à Portland, et qu'on adopte un bébé de réfugiés de guerre irakiens. C'est à ce moment-là que j'ai repris mes billes.

Donna s'esclaffe. C'est *elle* qui me tient les mains l'espace d'un battement de cœur. Elle rectifie mon nœud de cravate.

– Ce cambrioleur dont parle la presse, il a opéré à un pâté de maisons de chez moi. Je me suis dit : « Bon sang, il faut que je sois sur mes gardes », alors j'ai appelé Tom Ludlow. Il m'a vendu des armes.

Merde... Tom « L'Annuaire » Ludlow. Il travaille encore à la Criminelle de Hollywood. Il est toujours fana des interrogatoires à coups d'annuaire téléphonique.

– Des flingues non répertoriés, c'est ça ? Ceux qui servent de pièce à conviction quand on a buté un type qui n'était pas armé ?

– Exact.

Je secoue la tête.

– Tu dois t'ennuyer, pour revivre les événements de l'automne 83. « Le Meilleur des foutus Mondes », et tout ça.

Donna finit sa tasse.

– Oui, je m'ennuie, et je repense à tout ça. La semaine dernière, mon agent m'a envoyé un scénario. Dans l'histoire, je suis censée être une fliquette qui fait des heures sup' comme tueuse en série. Je tue les épouses de mes anciens amants, et je prends mon pied à mutiler les cadavres. Comment faire comprendre à ce type que je ne peux pas accepter le rôle parce que j'ai tué trois personnes en 1983, que certaines choses me terrifient, et que d'autres me hantent ?

Mon pouls pousse une pointe à 120. Ma pression artérielle me pèse. Dangereuse Donna – qui se réaffirme radicalement.

– Les flingues, qu'est-ce que tu en as fait ?
– Je m'en suis servie pour piéger la maison.
– Tu me montreras comment ?
– Bien sûr.

CHEZ DONNA : un château chic contigu au L.A. Country Club. Situé à la limite du terrain de golf. Digne de Holmby Hills, cette habitation :

Hautes tourelles, vastes baies vitrées. Le jardin a la superficie d'un stade. Un sacré espace vital pour une femme seule et un ridgeback en rut.

On s'y rend en convoi, ma voiture suivant la sienne. On se gare devant le pont-levis. Donna nous fait entrer. Le clebs concupiscent bondit sur moi et me besogne.

Il me coince la cuisse. Il me patouille les parties. Il plante ses crocs dans mon ceinturon. Vite ! Un test HIV ! Le toutou tantouse me mord jusqu'au sang.

Donna lui donne une douceur. Reggie le Ridgeback bat en retraite. On passe à l'inspection des calibres clandestins qui piègent le palace.

Un méchant Magnum – caché sous un coussin du canapé. Un .45 carabiné – camouflé sous une carpette. Un Parabellum – planqué près du panier de Reggie.

Le rez-de-chaussée : Donnaesque et dessiné par un décorateur. Des tissus de bon ton et des toiles de maîtres. Un ravissant Renoir. Un Monet magnifique. Un clair-obscur de Klee. De furtives armes à feu derrière chaque chef-d'œuvre.

Dangereuse Donna, *mon dieu* [1] *!*

Nous montons au premier. Reggie le Ridgeback rapplique et me renifle la braguette. Vise un peu le Browning de la chambre principale. Et le Ruger de la chambre d'amis. Sans oublier le Derringer qui pend dans la douche, comme une savonnette au bout d'une cordelette.

Une déco à la française façon province. Boiseries ornementales et poutres apparentes. Du pop art produit par des maîtres modernes. Des munitions méchantes : des balles à tête creuse qui frappent fort et des cartouches de chevrotines pour chasser le chevreuil.

Diabolique Donna – la succube du néo-noir !

---

1. En français dans le texte.

Nous passons sur le balcon. Reggie s'insinue entre nous à hauteur d'entrecuisse. L'air de la nuit me fouette, me flagelle et me vivifie.

Vue sur le terrain de golf – plaisante perspective, en ligne directe vers le sud-est. Je sens que Stephanie se manifeste.

On dispose deux chaises longues côte à côte. On s'installe. On se tient la main mollement. Reggie capte le message et s'éclipse.

Donna dit :

– Tu penses à cette petite.

Mon regard se tourne vers la maison de Stephanie. J'entends des voitures dévaler Wilshire. Je m'aligne sur la longueur d'onde de Stephanie.

– Elle serait plus âgée que nous, mais elle sera toujours plus jeune. Et je pensais à vous deux.

Donna me presse la main.

– Avec toi, tout est préliminaires et désir. Tu ne veux que ce que tu ne peux pas avoir.

Une brume vagabonde vers nous. Le golf prend des allures de lande.

– J'ai échafaudé une théorie à propos de nous deux. Elle inclut les événements de 83 et prend tout le reste en compte.

– Dis moi..., demande Donna.

J'explique :

– Nous avons révisé nos attentes à la baisse en ce qui concerne les choses pour lesquelles vivent la plupart des gens. Donc, nous pouvons vivre dans un univers de possibles.

Le regard de Donna se perd vers le sud-est. Ses yeux sont envahis par la brume de la lande.

– Il y a des moments où je souhaite que ça tourne mal, simplement pour que je puisse retourner là-bas.

– Par exemple ?

– Ces derniers temps, mon site Internet est beaucoup trop fréquenté. Les visiteurs me posent un tas de questions malsaines sur mes anciens amants, et ils insinuent que je suis lesbienne, parce que je ne me suis jamais mariée.

Je souris.

– Tu pourrais te marier avec moi.

Donna sourit.

– Ce serait une façon efficace d'éliminer la moindre illusion que tout est possible.

La brume s'élève. La lune s'y glisse.

– Il n'y a pas que ça, reprend Donna. J'ai reçu des e-mails me réclamant des culottes, ce qui s'est déjà vu, mais...

Je l'interromps :

– Pourquoi pas ? Et si tu commences à vendre tes petites culottes sur Internet, tiens-moi au courant.

Donna s'esclaffe.

– J'ai fait un film policier avec une actrice qui s'appelle Megan More. C'est surtout une star du porno soft, et elle m'a fait du gringue. Elle vend ses petites culottes sur Internet, et elle m'a dit que ça lui rapportait pas mal d'argent.

Pige un peu la perspective ! Je ne dois pas laisser passer cette possibilité des plus profitables !

J'envahis Internet. J'amidonne mes caleçons. Je renforce les renflements et je les débite à la demande. Rick Rhino Jenson – le Casanova à la corne de rhino !

Donna me pousse du coude.

– Mais ce qui me fait un peu froid dans le dos, c'est que les e-mails et les demandes de petites culottes proviennent tous d'ordinateurs en accès libre dans des bibliothèques publiques. Donc, je n'ai aucun moyen de faire savoir à ces lamentables trous-du-cul qu'ils peuvent aller se faire foutre.

Reggie réapparaît. Je lui chatouille l'échine. Je le fais miauler *molto bene*.

– Une seule série de trous-du-cul pendant une carrière de vingt ans, ce n'est pas si mal.

– Deux, en fait. Cela fait des années que je reçois, par intermittence, des lettres d'amour et des lettres d'injures. Il y a un type qui adore que je me montre à poil, mais il déteste aussi que je retire mes fringues. Un obsédé de la nudité.

Je caresse Reggie.

– Si tu as peur, je pourrais dormir sur le canapé.

– Pendant les trente prochaines années.

– Pourquoi pas ?

Donna ordonne :

– Parle, Reggie.

Reggie découvre ses crocs et gronde grave et graveleux.

Je saisis le sous-entendu. Le monde des possibles signifie : abstinence. J'ai une trique qui se berce d'illusions. Donna possède un ridgeback redoutable, un sacré cran, et des flingues à foison.

La brume s'abat sur nous. Reggie hurle à la lune.

3

C'est un Disneyland désastreux – la folle veillée funèbre de Danny Getchell. Une myriade d'amis en deuil et de badauds morbides. Des légions de losers de L.A. qui fainéantent sur Forest Lawn.

Des androgynes et des drogués. Des stars du porno et des acteurs trentenaires. Des étudiants nihilistes venus saluer Danny. Un rassemblement anarchique de dépravés, de jeunes cons et d'originaux déjantés.

Des détachements anti-Danny : des prosélytes du prosinard en hérauts de l'hégémonie homo. Des flics des Stups postés à la périphérie – le brutal Bill Berchem et le bedonnant Bob Mosher.

Forest Lawn – prise d'assaut jusqu'à saturation. L'herbe verte vire au brun cramé – 700 citoyens contaminés en plein milieu d'une *graaaave* alerte à la pollution.

Je me tiens près de Tim Marti. On trimballe notre couronne funéraire. Tim pointe du doigt les personnalités importantes au bide calé contre la bière.

– Le type aux papillotes, c'est un rabbin qui se traîne une réputation de violeur de petite fille. Il a forcé une môme à sucer son salami casher à je ne sais quelle commémoration de l'Holocauste. La blonde aux gros nibards, c'est Megan More. On la voit dans ces films de cul soft qui passent tard le soir à la télé. Mon gamin, Brandon, il descend en douce au salon pour les regarder, et il se tire sur la nouille du début jusqu'à la fin. Le mec tout maigre, c'est Gary Getchell, alias Moshé « Le Mesquin » Moskowitz. Il est soi-disant rédac-chef de *L'Indiscret*, mais son job à plein temps, c'est caddy au Bel-Air Country Club. C'est un exhibo. Il adore sortir sa bite devant des bonnes sœurs. Je l'ai coincé quand je bossais aux Mœurs à West L.A.

Je lâche un éclat de rire lubrique. Je reluque les losers. Le rabbin ne m'a pas l'air si casher que ça. Il a tout du junkie qui a choisi la shooteuse. Son cou est parsemé de trous d'aiguille. Quant au faux Getchell, habillé en caddy, il me paraît bien azimuté. Il porte des pompes de golf en croco et un short en seersucker. Sa chemise en imprimé à motif est couverte de pingouins. Vise un peu sa kippa jaune – c'est la touche finale du fêlé profond.

Je m'esclaffe. Je tire la langue en reluquant Megan More. C'est la déesse démesurée des films de femmes à poil. Elle frise le mètre quatre-vingt-cinq. Rehaussée par le blanc diaphane de sa robe, sa peau cuivrée excite toutes les concupiscences. C'est une superbe Brunehilde de luxe.

Tim me tapote.

– J'ai vu Berchem et Mosher prendre des photos. Tu crois...

– Je crois qu'ils cherchent à mettre la pression sur Gary Getchell, sans aucune raison valable. Il y a peut-être un dossier sur lui aux Stups, ou peut-être pas. Peut-être que Danny G. avait de quoi faire chanter Linus Lauter, et peut-être pas...

– ... mais de toute façon, *L'Indiscret 2000* est une fumisterie. Le tirage est de quelques milliers seulement, c'est tiré à la ronéo, et les seules personnes qui le lisent, c'est les branchés du showbiz. Et s'il arrive à survivre, c'est uniquement parce que l'Union pour les libertés civiques le protège, bénévolement, contre les procès en diffamation.

Le rabbin s'empare du micro. La foule de furieux s'avance. Je repère des yeux larmoyants et des yeux injectés de sang. Je reconnais dans l'atmosphère une odeur manifeste de marie-jeanne. Une marée de malades nous submerge. Je catapulte notre couronne de fleurs. Elle cogne contre le cercueil de Danny G.

Berchem et Mosher se mêlent au mouvement. Ils se démènent pour se rapprocher de Megan More. Ils passent sans nous voir près de Tim et de moi. Ils longent le cercueil. Ils arborent des appareils photo. Lesquels cliquètent constamment.

Ils mitraillent Megan More et les gens avec qui elle parle. Clic, clic, clic – Megan More immortalisée par deux Minox.

Je hausse les épaules. Tim hausse les épaules. Tout ça sent le faisandé.

Le rabbin malmène le micro. Il se lèche les lèvres. Le rabbin davène [1] et discourt.

Danny G. était un *mensch* [2] merveilleux et un roi de la repartie. Ce n'était pas un *schmendrick* [3], un *schlemiel* [4] ni un *schlimazel* [5]. C'était un sublime salopard.

1. Du verbe yiddish *davenen*, prier.
2. (Yiddish) Homme – et plus généralement, personne – intègre et honorable.
3. (Yiddish) Imbécile.
4. (Yiddish) Demeuré.
5. (Yiddish) Incapable.

Le rabbin en remet une couche. Plusieurs musicos klezmer se joignent à lui. Le jazz juif rugit dans la sono. Tim m'intime :

– Tirons-nous.

LES OBSÈQUES m'ont gonflé grave. Les relents de marie-jeanne me montent au melon. C'est une vape indirecte plutôt cool. Je repars vers mes pénates pour la préserver et la Donnafier.

Mon euphorie s'estompe et s'efface. Je m'agite et me re-Donnafie. Je ressens une forte envie de me fondre en elle. Vite, il faut que je me re-Donnafie *pour de vrai* avant que ma pulsion ne passe.

J'appelle Donna. Je me donne le genre ardent et audacieux. *Ces demandes de petites culottes me perturbent. Pourrais-tu me montrer lesdits messages ?*

Donna donne dans le panneau. *J'allais sortir. Je te laisse les tirages d'imprimantes devant ma porte. Merci, Rick. Tu assures bien.*

Je me hisse vers Holmby Hills. Je ramasse les messages. Je rebrousse chemin jusqu'à Chino Hills. Je mets dans la chaîne un robuste Rachmaninov – Donna et Rick en raffolent.

Les préludes de l'opus 32 – surnaturellement précieux autant que priapiques.

Insaisissable assouvissement sexuel, une perte qui perdure, de pesantes peines de cœur – un précis parfait du problème Rick-aime-Donna.

Je m'attaque aux messages. Le premier : un délire de débile. Le suivant : des conneries du même acabit. Tiens ! – ils proviennent de bibliothèques de West L.A. Conclusion catégorique : des insanités semblables *sorties du cerveau d'un même saligaud.*

Sollicitons une seconde opinion.

J'appelle Dave Slatkin. Dave me dit :

– Pas de problème, je vais jeter un coup d'œil à tes e-mails malsains. J'ai du boulot, en ce moment même. Je pars en planque à Bel-Air, pour essayer de coincer un rôdeur à haut risque. Notre type est sous l'influence des phases lunaires – j'en suis *sûr*. Sa dernière victime s'est pris deux fléchettes de tranquillisant. Elle a failli mourir. Tôt ou tard, ce taré va finir par tuer.

J'insiste sur mes messages imprimés – Donna est en danger, proie potentielle d'un pervers. Freddy le Frappé au panthéon des petites culottes. Sidney le Sinoque, masturbateur morbide.

Dave me raille.

– Ouais, je vais lire tes trucs. Retrouve-moi à la planque. Et redescends sur terre, Rhino... En ce moment, tu es surtout dingue de Donna.

Aïe !

Je m'apprête à raccrocher. Dave ajoute :

– Dis donc, il faut que tu appelles le bureau du préfet Tierney. Il a une mission à te confier.

Je raccroche. Je me remémore notre conversation et je fais *Aïe* de nouveau. Dave m'a descendu en flammes. Il a deviné mes desseins. Redescends sur terre, Rhino-Rick. Tu es dingue de Donna. Obsédé par Donna, tu deviens idiot, tu deviens débile. Tu as badiné avec Donna en 83. Donna, c'est ton déterminisme. Tu es Donnafié et Donn-accro depuis les infernales infamies et la folie furieuse de ces moments-là.

Oui, et c'est terriblement triste – mais c'est *teeeeellement* bon aussi.

J'étale les tirages d'imprimante. Je souligne les passages salaces. Voyez un peu le slipophile suprême :

« Chère Donna : je suis un beau mec bien membré et je collectionne les culottes de femmes, que je répertorie et que je conserve sous verre dans ma garçonnière de Malibu. Pourriez-vous répondre à ce message pour me dire si vous seriez prête à me vendre l'une des vôtres et quel en serait le prix ? »

« Chère Donna : j'aimerais acheter une de vos culottes pour compléter ma collection, mais cela ne m'est pas possible tant que vous n'aurez pas répondu à mes e-mails, ce que vous n'avez pas fait jusqu'à maintenant. Êtes-vous trop occupée pour répondre à vos fans, ou bien indécrottablement coincée ? »

« Ma chère salope : je te donne une dernière chance de te racheter en me cédant une de tes culottes à prix cassé. N'hésite pas ! Fais-le aujourd'hui même ! »

Je compulse des cybernotes salaces. Plusieurs passages nauséabonds surnagent :

« Je trouve ça louche que tu te sois jamais mariée. Tu serais pas une brouteuse de gazon ou une marchande de boutons, des fois ? »

« Je sais que tu t'es tapé une flopée de mecs. C'était qui, celui qui baisait le mieux et qui avait la plus grosse ? »

« Je veux inonder ta culotte de Numéro 5 de Chanel et l'emporter avec moi au lycée, pour qu'elle me rappelle ma mère. »

Peut-être l'œuvre d'un dangereux Donnaphobe. Ou bien celle d'une série de cinglés. Ou encore d'un frustré du tafanard.

Je sors mon calepin. Je note :

« Amateur de petites culottes – frustration/violence verbale en progression. Sait-il que d'autres actrices ont déjà vendu leurs sous-vêtements ? Megan More a dit à Donna qu'elle faisait commerce des siennes. »

Qu'est-ce à dire ? – quémandons une autre opinion. Interrogeons Brandon Marti, l'ado en rut, le fils de Tim.

Je téléphone chez Tim. C'est Brandon qui répond.

– Euh, ouais ?

– C'est moi, petit.

– Oh, salut, Oncle Rhino.

Je m'éclaircis la gorge.

– J'ai besoin d'aide pour un truc. Je sais que t'es au courant de beaucoup de choses.

– Euh, bien sûr, fait Brandon. Qu'est-ce que tu...

– Je vais te parler franchement, petit. Tu es du genre fougueux, mais tu n'as pas de *véritable* exutoire, si tu vois ce que je veux dire. Donc, tu dois savoir comment on trouve les stars du porno sur Internet. Enfin, les adresses de leurs sites.

Le petit paillard se poile.

– Mon père m'a dit que tu prenais du plaisir à jouer les martyrs. Il m'a expliqué que tu n'avais jamais réussi à remplacer cette actrice qui a couché avec toi il y a une vingtaine d'années.

Aïe, puissance deux.

– Brandon, je t'écoute...

– Eh bien, il y a Jenna Jamison, et Seka, et Summer Storm, et Ferrari Foune, et... merde, je sais plus... En gros, c'est juste... des pouffes, et puis voilà.

Système stérile. Profondément déprimant. Donnaphobie bas de gamme et insatisfaction adolescente.

– Merci, Brandon. Tu m'as bien aidé.

– Je t'en prie. Oh, mon père vient de me passer un bout de papier. Il a écrit : « Bouge-toi le cul ! »

JE SURFE DE SITE EN SITE. Je jette un œil sur celui de Jenna Jamison. Je scrute ceux de Seka et Summer Storm. J'affiche la page de Ferrari Foune.

Des photos de nus et des infos. Des messages consternants laissés par les fans. Pas de culottes à vendre.

Passons à la catégorie supérieure. Sondons les stars de ciné.

J'arpente la Toile. J'accède aux pages d'accueil. Je tombe sur la salace Sandra Bullock et la pernicieuse Nicole K. Messages consternants et brèves infos. Pas de culottes à vendre.

Je google Megan More. Je saute sur son site « officiel ».

Des culottes en vente : 29,95 dollars pièce. De brèves infos. Des messages consternants... Attends un peu, c'est quoi, ce truc ?

Une affiche affligeante : Big Bob sur bigbob.com... Plusieurs paragraphes de pathos, et puis ceci :

> Je suis tombé sur le site d'un certain Jack Jen-kin. Il propose à la vente son prétendu « Mémoire de maîtrise » sur Megan, au prix de 16,95 dollars. Je l'ai lu, et ce n'est rien d'autre qu'un amas de mensonges et de calomnies. J'exhorte tous les fans de Megan à boycotter ce clown.

Je boycotte le boycott de Big Bob. Je me précipite sur le site de Jack Jen-kin. Je trouve ceci :

> *La Transformation de Megan More*, 168 pages, $16,95. La vérité sur la sensation du porno soft. Cartes bancaires : Visa, Master Card, American Express. Entrez le numéro et la date d'expiration. Achat par mandat postal prépayé à l'ordre de : Jack Jen-kin, 1284 South Berendo, Apt. 14, Los Angeles 90018.

Intéressantes insinuations. Une adresse cool à Koreatown.

Je clique sur « Master Card ». Je communique mes références. Je commande le bouquin. Je fais une pause. Je réfléchis. Je pèse le pour et le contre ; le pathos des culottophiles, et *moi*.

Donna est-elle en danger ? À dix contre un, je dirais : non. La réalité : Rhino Rick se bat contre le bourdon et l'abattement.

Voici la situation : d'un côté, la stase Stephanie ; de l'autre, la séparation d'avec Donna. Des crimes insolubles, des femmes inaccessibles – et *moi*.

Je reste inerte. Je plonge dans le spleen. Je tends des pièges appâtés à la vérité et qui j'attrape ? *Moi*. On n'attache pas de prix au prosaïque. C'est l'occasion qui fait le larron. On vendrait père et mère pour saisir sa chance.

C'est l'heure du dîner. Je n'ai pas d'épouse éprise. Je n'ai pas de rejetons remuants. Pour moi, ce moment n'est marqué que par des pages de sites porno, un fétichisme frelaté présenté comme une opportunité.

Je désire davantage de moments denses dominés par Donna. Seul le danger pourra les mandater. Ma prière primordiale est que le péril la paralyse et me libère. Donna pour incarner l'amour. Stephanie pour me désigner comme figure de père et comme obsédé de la paternité.

Il est dix heures du soir. Donna a de quoi se divertir – son chien de compagnie et l'heureux veinard qu'elle s'est choisi pour amant. Stephanie reste pour toujours désignée par l'adjectif *décédée*.

Un monde de possibles. Une énigme criminelle en guise de communion. La maison de Stephanie m'appelle.

4

Le jaillissant Joe Tierney – présentons au préfet de police nos marques de respect !

Il me jauge en silence. Il me défie des yeux. Son regard me pique au vif.

J'ai appelé son bureau. Je suis venu au rendez-vous. Je suis sagement assis maintenant. Devant Joe-La-Jungle Tierney – l'Irlandais irascible.

Il déclare :

– La parure en rhino est plutôt seyante, en grande partie. J'aime bien l'épingle de cravate et la boucle de ceinturon, mais la cravate à motif ornée de rhinos doit disparaître.

La chaise me chauffe le cul. Le décor me déplaît. Les photos me froissent.

Joe T. et le pape – le Polack prend la pose avec son pote. Joe T. et cette sainte femme de Mère Teresa. Joe T. et Hillary Clinton – déguisée en goudou, genre Brenda la brouteuse de boutons.

Je réponds :

– Merci, monsieur le préfet. Je vous emmènerai la prochaine fois que je ferai des emplettes chez Costco.

Tierney ricane.

– Vous savez, ce n'est plus le LAPD des Blancs vertueux et de droite dans lequel vous avez grandi.

Je me marre.

– Ouais, je suis un petit veinard. J'ai eu l'occasion de flinguer trois bamboulas et deux clandestins mexicains avant l'affaire Rodney King.

– Vous ne manquez pas de panache, Rhino, je vous le concède. Et vous êtes assez intelligent pour comprendre que la police ne peut pas se permettre, en ce moment, le moindre surplus de contre-publicité. Nous croulons sous les procès, nous avons les mains liées par le décret fédéral sur l'usage de la force, et nos officiers redoutent de faire des arrestations, parce que le moindre guignol qu'ils appréhendent pense aussitôt à nous attaquer en justice.

Je ricane et je bâille. Je suis rétamé, sur les rotules. J'ai veillé tard devant chez Stephanie.

– Vous aviez une raison particulière de me faire venir, ou bien vous vouliez seulement critiquer ma garde-robe ?

Tierney se tapote les dents. Son haleine chargée d'alcool me parvient. L'Irlandais irascible a bien arrosé son repas.

– Très bien, venons-en au fait. Vous connaissiez Danny Getchell. Il vous donnait des informations contre de la drogue, ce qui était une pratique courante à l'époque. Votre erreur a été de donner de la drogue à un type qui conservait des dossiers et qui notait tout. Aujourd'hui, Danny est mort, mais Gary Getchell est vivant, et il n'aime pas beaucoup notre ami le commissaire Lauter. Il a écrit dans *L'Indiscret* un article où il le mettait en cause. Il s'imagine peut-être qu'il va traîner dans la boue la brigade des Stups dans ses futurs papiers, ce qui mettrait dans l'embarras le LAPD tout entier. Votre boulot, c'est de l'en dissuader.

Je fulmine, mais je la ferme. J'attends le coup de Jarnac. Manier la menace l'émoustille.

J'attends toujours, tenace. Joe La Jungle recrache des relents de rhum, puis il m'assassine.

– Je ne voudrais pas être obligé d'engager contre vous des poursuites disciplinaires pour les indiscrétions qui ont vu le jour dans *L'Indiscret*. Alors, avec l'aide de Tom Ludlow, vous allez faire pression sur Gary Getchell et lui enjoindre de laisser tranquilles le commissaire Lauter *et* le LAPD. Dites-lui bien que nous sommes sacro-saints, qu'il ne doit plus jamais utiliser ses dossiers contre nous, et n'hésitez pas à recourir aux sévices corporels pour appuyer vos arguments.

LA MANIÈRE FORTE – IL NE MANQUAIT PLUS QUE ÇA ! L'heure a sonné de la corvée coercitive flicardesque.

Je carbure jusqu'au commissariat de Hollywood. Tom L'Annuaire m'attend devant la porte. On se casse – cap sur le Country Club de Bel-Air.

Tom inspire la terreur. Il agite un annuaire de Westside et marmonne des horreurs. Il n'a pas encore renoncé à passer des coups de fil obscènes. Il lui arrive encore d'« appâter des pétasses » et de « niquer des nymphos » grâce à ce système. Il lui arrive encore d'avoir des visions violentes du Vietnam. Lesdites visions le laissent à plat. Il se complaît dans la nostalgie nocive et la dramaturgie draconienne. Ah, jeunesse ! Le temps de la torture et de la vivisection de Viet-Congs !

On arrive à Bel-Air. Je vois des voitures banalisées en baguenaude. Vise un peu la répétition en plein jour pour choper le rapace qui rôde la nuit. Bel-Air la bellissime : un terrain de chasse de premier choix pour notre *bandido*. Les planques à roulettes sont prêtes pour ce soir.

Voici le Country Club. On arrive au parking des caddies. Vise un peu cette Dodge Dart défoncée. Regarde-moi cette Cadi*black* calcifiée, et cette Lin*clown*.

Il y a aussi un van vandalisé. On a peint des flammes sur la carrosserie et les pneus sont à plat. Le pare-brise est fêlé et fendu. La porte arrière, bousillée, est béante.

Gary Getchell se trouve à l'intérieur. Il a une ronéo. Il emballe des objets – des petites culottes, peut-être ?

On descend de la guinde et on le guigne. Getchell plie des culottes et les insère dans des sacs en plastique. Vise un peu la déco déconnante qui tapisse les parois de la camionnette : rien que photos d'archives de l'âge d'or de *L'Indiscret*.

Marilyn Monroe, l'amoureuse des Mandingues ! Les béguins basanés d'Ava Gardner ! Johnny Ray et ses pugilats dans les pissotières ! Rock Hudson, le sodomite séduisant !

Getchell grogne :

– Vous êtes flics, hein ? Encore des emmerdes dont j'aurais pu me passer.

Tom tapote son annuaire des téléphones. La reliure : en loques d'avoir trop servi. La tranche : mâchurée marronnasse à cause du sang séché.

Je le préviens :

– N'utilise pas tes dossiers. Ça veut dire : rien sur Lauter et rien sur le LAPD.

Getchell se gondole. Il prend une culotte sous emballage. Il la fait tournoyer en direction de Tom.

– Dix dollars la reniflette. Qu'est-ce que t'en dis, l'homme des cavernes ? Megan n'y verra pas d'inconvénient, et ça pourrait t'ouvrir des horizons.

Je fais un signe à Tom. Tom agrippe son annuaire. Un revers énergique – le tarbouif de Getchell explose.

Le sang coule. Il asperge le sac en plastique. Vise un peu les taches sur l'emballage de la petite culotte.

Je répète :

– N'utilise pas tes dossiers. Rien sur Lauter, rien sur le LAPD.

Getchell ouvre un sac. Il en sort une culotte, s'en sert comme d'un tire-jus, et se mouche dedans.

– Dernière offre : deux reniflettes pour quinze dollars. Vous, les flics, vous êtes complètement à côté de la plaque sur la connexion entre sexe et violence. Allez, deux reniflettes *pour dix dollars*. C'est mon dernier prix.

Je fais signe à Tom. Tom lui assène encore un coup d'annuaire. Un coup droit drastique – Getchell est sonné.

J'insiste :

– N'utilise pas tes dossiers. Rien sur Lauter, rien sur le LAPD. Tu dis « d'accord », et on s'en va tout de suite.

Getchell grimace et geint. Il déloge une dent branlante. Vise un peu la dentition dévastée.

– Voici mon tout dernier prix : le DVD de luxe de Megan More, plus deux reniflettes chacun, pour dix dollars. Allez, je me fais carrément enfler, sur ce coup-là.

Je fais signe à Tom. Tom atomise Getchell d'un coup d'annuaire – un smash asséné de haut. Getchell plonge et s'aplatit sur le plancher.

Il tousse. Il crache encore du sang et quelques dents.

Je rabâche :

– N'utilise pas tes dossiers. Allez, Gary. Ça ne m'amuse plus.

Gary se relève. L'air sombre, il me sonde.

– Je suis au courant de ton histoire avec cette pouffe qui fait l'actrice. L'automne 83. Ça te rappelle quelque chose ? Je la déteste, cette pouffe, parce qu'une de mes connaissances la déteste aussi. Mais il y a un ange exterminateur, dans les parages, qui prépare sa vengeance.

Une gangue de glace me pétrifie et m'entrave. Elle me bloque, elle me blesse, elle m'aveugle comme un rideau de sang.

Je m'empare de l'annuaire. Je distribue des coups droits dévastateurs et des revers rageurs et des uppercuts perfides qui font *maaaaal*. Getchell percute la paroi. La camionnette tangue et gémit. Tom L'Annuaire me tire en arrière et m'empêche de poursuivre.

CASSER LA CONNEXION. Oui au sexe. Non à la violence.

Je me morfonds dans la ménopause de la manière forte. Je suis complètement paumé, lessivé, bon à rien. J'ai *à la fois* envie de tuer et envie de demander pardon. La dépression post-petite culotte me démolit.

Je dépose Tom Ludlow. Je passe devant la maison de Stephanie. Je soulage mon âme souillée et j'entends mon portable pépier.

Communications contradictoires. Donna est au Hameau du Hamburger. Donna se détend à la Brasserie Braun.

Un détour m'amène au Hameau. Une doublure de Donna boit de la bière sur un siège en simili. Je fais un bond chez Braun. Charlie Chinetoque me dit : « Miss Donahue a pris un plat à emporter. »

La nuit tombe. Démuni sans Donna, je déprime et ne cherche qu'à me changer les idées. Je pars vers la planque prévue pour piéger le rôdeur à haut risque.

Bel-Air à nouveau. La royale Roscomere Road. Un paquet de palmiers et de magnifiques manoirs de style espagnol. Deux bagnoles banalisées parquées en périphérie. Deux flics de West L.A. planqués dans la première. Dave Slatkin et un pitbull pie empilés dans l'autre.

Je me parque derrière la pitmobile. Je me joins à Dave et au chien. Ledit chien : méchamment musclé et débordant d'amour pour le LAPD. Dave : parsemé de poils de pitbull et en adoration devant son dogue.

On s'installe. On sirote un café qui décape. On bagoule et on bavoche.

On tombe d'accord : rien à foutre des fantasmes suscités par les supposés dossiers de Getchell sur les Stups et Lauter. Linus blanchit le cash que ramasse Leotis avec sa dope. Linus est le géniteur de Leotis – les liens fils-père sont puissants. Joe Tierney – notre nouveau préfet de police – à qui les Fédés flanquent la frousse. Je dis à Dave que ce sac de nœuds sent l'embrouille – il y a des trucs pas clairs qui surgissent dans tous les coins. Il me répond que ça ne veut rien dire du tout. Il vaut mieux s'en foutre et laisser tomber. Il a plus intéressant à me raconter :

Tim a trouvé un carton rempli de dossiers. Imagine... les annexes de l'affaire Stephanie. Le carton : planqué au Parker Center. Coincé dans une sorte de crevasse du soubassement.

On se réinstalle. On incline nos sièges. Pancho le pitbull surveille la strasse. Dave espère que notre rôdeur est un bronzé. Pancho a un penchant pour la chair chocolat.

Il fait nuit noire. Dave adore. Écoute... le lascar se règle sur la lune.

Dave développe. Dave me fait le profil du prédateur.

C'est un salopard pur sucre. C'est le Donald Keith Bashor du nouveau millénaire. Bashor a bel et bien violé une femme. Bashor a failli violer Karil Graham après l'avoir tuée. Notre type est obsédé par le sexe faible. Il veut trouver l'incarnation d'une image. Ses cambriolages de maisons occupées sont le prélude à un viol. Il est à la recherche de *la* femme.

J'acquiesce. Et j'ajoute : en plus, il est gonflé. On ne se balade pas en bagnole dans Bel-Air ou Holmby Hills sans susciter de superlatifs soupçons. Dave acquiesce. Il ajoute : il se déplace à pied. C'est pour ça qu'il se règle sur la lune. Il se défie des ténèbres.

J'acquiesce. J'ajoute : il se gare au sud et s'insinue en silence. Au sud de Wilshire, c'est Holmby Hills. Au sud de Sunset, c'est Bel-Air. Dave acquiesce. Dave ajoute : il pourrait se planquer sur les terrains de golf : le L.A. Country Club de Holmby Hills, le Bel-Air Country Club à Bel-Air.

Notre discussion se délite. On bâille. Pancho roupille et ronfle sur mes genoux. Je sombre dans le sommeil. Je dérive dans le rêve.

Stephanie. Donna. Le temps suspendu, surréel. Gary Getchell, roué de coups et résolu : « Je déteste cette pouffe, parce qu'une de mes connaissances la déteste aussi. Mais il y a un ange exterminateur, dans les parages, qui prépare sa vengeance. » Des anges déguisés en dogues – des chérubins de choix au pelage pelé et à têtes de toutous. Megan More qui sourit saphiquement à Donna.

Je ronronne de rêve en rêve. Je serpente entre sommeil et conscience. Pancho halète à mes côtés. J'en fais ma mascotte. J'imagine que le siège avant est un lit nuptial qui n'attend plus que Donna et moi. Imaginez la métamorphose majeure : Pancho le pitbull en Reggie le Ridgeback.

Notre radio ronchonne. Les parasites se pressent au portillon. Je me réveille vaseux. Dave sursaute et ressuscite...

– 2-A-44, allumez vos phares !

Dave tourne la clé de contact. Le moteur se met en marche. Je réveille les veilleuses et j'y rajoute les feux de route. Là : c'est le plein jour à minuit.

Un manoir hispano-mauresque sur notre gauche. Une grosse dame qui hurle. De la lumière derrière elle – les phares de la 2-A-43.

La femme huuurle. Elle descend les marches en trébuchant. Elle tente d'arracher une fléchette fichée dans son cou. Il y a un homme dans l'encadrement de la porte – son mari, en pyjama assorti. Foudroyé par deux fléchettes – une dans chaque œil. Il a l'air cuit, canné, frit, foutu.

Deux flics de la 2-A-43 accourent – *à fond*. Cette grosse dame sur son gazon, qui s'égosille... La scène est éclairée de face et de plein fouet, avec quelques lueurs qui jaillissent à contre-jour.

Je sors mon soufflant. Dave dégaine le sien. Pancho passe par la fenêtre. On se lance dans la lumière. Une caisse nous coupe la route. Elle roule en marche arrière. Vision fugace : au volant, j'entraperçois un Blanc. Une soixantaine d'années, souriant jusqu'aux oreilles.

On ouvre le feu. On touche la tire. Les ricochets résonnent. Les autres flics font feu. Ils canardent la caisse. Le raffut des ricochets s'accroît et se répercute.

Pancho sprinte. La voiture fonce en marche arrière. Pancho plonge à travers la fenêtre du conducteur. Le rôdeur à haut risque brandit son pistolet à tranquillisant. Pan ! – Pancho se prend une fléchette.

On poursuit la voiture. On fait feu. Quatre pékins à pied, un missile en marche arrière. La guinde dérape à reculons. Elle enfonce des haies et détruit des treillis. On court. On recharge. On court et on canarde le missile en marche arrière. On court et on se trouve à court de munitions. La tire traverse en trombe des arrière-cours et se noie dans la nuit.

L'ENFOIRÉ A LABOURÉ huit arrière-cours. L'enfoiré a finalement pris la fuite.

Une brigade spéciale débarque bientôt. Les gars frappent aux portes et foulent les pelouses. Pas de Roger-le-rôdeur à l'horizon. Les hélicos sillonnent le ciel. Leurs projos se promènent sur le panorama. Pas de Pat-le-rôdeur en point de mire. Pas de pervers sexagénaire signalé.

Pancho survit. Une fléchette dans le flanc – pas de dégâts durables. Dave le caresse et l'embrasse et lui donne des douceurs destinées aux dobermans. Je propose que Pancho soit décoré par le LAPD. Les flics de la brigade abondent dans mon sens.

L'homme aux deux fléchettes a succombé. Les toxines introduites dans son système l'ont tué. Sa veuve tient remarquablement le coup. En bégayant, elle nous donne sa déposition.

Elle a entendu des bruits bizarres. Elle s'est réveillée. Voilà Raoul-le-rôdeur dans sa chambre à coucher. Il a sorti son dard ; il commence à astiquer ledit dard dans le tiroir des sous-vêtements.

Elle hurle. Robert-le-rôdeur lui fiche une fléchette dans les fanons. Le mari se réveille. Roro le flèche et reflèche.

Une équipe scientifique investit la scène de crime. Les gars du labo raflent la lingerie, sur laquelle ils découvrent des traces de sperme – idéales pour un test ADN, hourra ! On pourra l'injecter dans la base de données et croiser les doigts en attendant le résultat.

Les techniciens prospectent les points d'entrée. Ils trouvent des traces de boue près d'une serrure bricolée. Ils ratissent l'arrière-cour. Ils descendent jusqu'au portail qui donne sur Bel-Air. Même genre de boue – sous forme de traînées sur le trottoir.

Je discute avec Dave. Les collègues de la 2-A-43 parlent entre eux. On arrive tous à cette conclusion : on est incapables de donner un signalement du rôdeur pervers. Pas question de concocter un composite. Impossible de prévoir un portrait robot.

On se propulse tous jusqu'au Parker Center. On passe au crible des catalogues de portraits anthropométriques. On recherche des ressemblances. Un sexagénaire sadique – rien ne nous saute aux yeux.

Le jour se lève. Le commissaire arrive et nous apostrophe :

– Hé, Jenson, Slatkin, mettez la main sur Tim Marti et enquêtez sur ce rôdeur qui a commis un homicide.

Dave ne demande pas mieux. Dave est emphatiquement empiriste et extrêmement compétent sur le cas Donald Keith Bashor. Son sentiment : notre bonhomme est plus âgé. Il est sans doute au courant que ses méthodes ne sont pas sans précédent. Notre rôdeur à haut risque s'est sciemment inspiré de Bashor et de ses procédés. Il a tué, à présent. Il s'est masturbé un court moment auparavant. Il a feinté les flics en prenant la fuite. La surenchère probable pour surpasser Bashor : le viol, puis le viol suivi de meurtre !

Tim nous rejoint. Son truc : retrouvons la trace des tranquillisants. Tim est attaché à cette dichotomie : de puissantes potions pour les personnes, de bénignes benzodiazépines pour les bestiaux. Dave n'est pas d'accord – pister les produits, c'est trop trapu. Il y a ceux qui se vendent dans la rue, et ceux qui sont prescrits en privé. Notre meilleure tactique pour piéger le nouveau Bashor : multiplier les planques mobiles.

Je bâille. Toutes ces salades sur le rôdeur-violeur me soûlent salement. Je ne lui trouve qu'un seul mérite : il me rapproche de Donna.

Je veux qu'elle m'ouvre de nouveau son lit. Pour un bref instant ou pour de bon. Les messages malveillants et les chantages aux petites culottes la feront peut-être revenir vers moi. Le Redoutable Rôdeur – qui patrouille dans les parages – pourrait y contribuer.

J'ai envie de me cacher au creux de son alcôve.

5

Je rentre chez moi. Je me repose. Je remets de l'ordre dans mes idées et je vais chercher mon courrier.

Pas de mémoire de maîtrise sur Megan More. Pas le moindre foutu FedEx, pas d'UPS, pas de colis express.

Notre affaire de rôdeur meurtrier nous promet des tonnes de boulot pour très bientôt. L'univers temporel de Donna me titille toujours. J'ai l'adresse de l'auteur du mémoire. Je pourrais faire un crochet par Koreatown avant d'aller à la Criminelle.

La journée s'annonce atroce. Le smog salope le bassin de L.A. et masque Hollywood Hills. L'air cancérigène pourrit les poumons. Le ciel hésite entre le marronnasse et le jaune pisseux. Koreatown est plombé par une brume de chaleur. Pico Boulevard est bondé. C'est une écluse aux yeux bridés, la dernière ligne de démarcation. Le Congo de L.A. commence au sud de ces confins.

Je dévale Pico et j'avale Berendo. L'immeuble du diplômé se dresse droit devant moi. C'est un vieux bâtiment de dix étages. Façade sinistre en stuc et relents d'anguille grillée et de kimchi.

Je me gare et je m'aventure dans le hall. Des traîne-lattes taciturnes me toisent. Ils biberonnent des bouteilles de bière balèzes. Ils ont l'attitude typique des tire-au-cul. Il y a des bridés doucereux et des Charlie Chinetoque chagrins.

Je me baguenaude jusqu'aux boîtes à lettres. Jack Jen-kin – appartement 14.

L'ascenseur tressaute et trépide. Les fentes d'aération frissonnent. Des senteurs sexy s'insinuent. J'identifie la chair de singe et le porc fumé cuit dans le kimchi.

L'ascenseur s'arrête. Je sors de la cabine et je fonce vers le fond du couloir. Voilà le numéro 14.

Hou là ! Attends un peu... C'est quoi, ça ?

Une puissante pestilence passe sous la porte. Des bestioles percutent la plinthe et tapotent le plancher près du seuil. Bzz..., bzz..., toc, toc – des insectes en furie, déboussolés, affolés.

Je sors une carte de crédit. Je l'insère entre le panneau et le chambranle. Le pêne cède. La porte s'ouvre.

Les relents libérés m'assaillent de plein fouet. Je repousse mon petit déj qui cherche la sortie. Je frémis. Je referme la porte. Je me débats pour me débarrasser de plusieurs bataillons de bestioles. Lesdites bestioles battent en retraite vers un passage. Je suis les remugles et reluque le macchab.

Un Coréen rongé par les vers. Décidément défunté et en décomposition. Étendu sur un tapis tabac. Un gros calibre lui a troué le crâne.

Voici l'arme. À côté du corps. C'est un .44 Magnum maousse. La blessure est béante. Les asticots en sortent en se trémoussant.

Je m'agenouille. Je repère des plaies au cou. Des ecchymoses écarlates et des entailles nettes infligées sous la torture. La puanteur me percute. Je me pince les narines. Je retiens péniblement mon McMuffin œuf-jambon du matin.

Il y a une lettre. Punaisée au mur. Bien visible.

« Je ne peux pas continuer comme ça. J'aime Megan More plus que la vie elle-même, mais elle ne m'aime pas. Adieu, Megan. Je te reverrai là où chantent les anges. »

L'écriture est équivoque. Tracée d'une main hésitante. Les voyelles sont vacillantes. Les consonnes croulent sous la coercition. La torture pour arracher des renseignements. Un meurtre maquillé en suicide.

Je passe l'appart en revue. Je me pince le nez et j'additionne les détails décisifs. J'examine la mise en scène et je fais abstraction de la puanteur.

La cuisine. Un exode massif d'asticots l'a prise pour destination. L'évier déborde de vaisselle sale. Des bouts de macreuse mâchonnés par les bestioles. Conclusion : c'est dans la cuisine que le meurtrier a surpris Jen-kin et qu'il l'a tué.

La chambre. Megan More sur les murs blancs. Des photos d'elle en tenue légère. Des clichés classieux. Pas de poussière entre le mur et les affiches. C'est clair : elles font partie de la mise en scène. Décor parfait pour un faux suicide.

Je vide les tiroirs. Je passe la main sous les tapis. J'examine les étagères à bouquins. Pas de mémoire de maîtrise sur Megan More.

J'allume l'ordinateur de Jen-kin. J'utilise « Megan More » comme critère de recherche, puis d'autres termes Megan Moresques. Pas de mémoire de maîtrise. Pas de fichiers sur le sujet.

Je retourne vers le passage. Les asticots ravagent Jack Jen-kin et se bousculent pour entrer dans sa bouche. La porte s'entrouvre. Un bridé se glisse et s'insinue dans l'interstice. Il ressort aussitôt et la porte se referme avec un cliquetis. Je me rhino-rue pour rattraper l'intrus.

Je sors de l'appart. Je déboule dans le couloir. Je vois Chuck le Chinetoque atteindre une sortie de secours et s'arrêter net. Je lui saute dessus. Je le percute de tout mon poids. Je lui écrase la tête contre la porte. Son front entame le métal. Je lui balance un coup de botte dans les balloches. Il se tortille et gémit. J'agrippe une poignée de cheveux gras et je le ramène dans l'appart.

Je ferme la porte derrière nous. Il voit le macchab au crâne explosé et les asticots qui dansent le one-step. Il hurle. J'enregistre sa réaction : frayeur non feinte/probablement innocent/je ne l'accuse pas encore d'assassinat.

Il ne résiste pas à la pestilence. Son teint jaune vire au vert. Il gerbe généreusement. J'esquive les particules alimentaires. Il régurgite de l'anguille grillée au kimchi.

Je le traîne jusqu'à la cuisine. Je le cale contre l'évier. Je fais couler de l'eau froide. Je le douche et je l'asperge et je vois son visage gris verdâtre reprendre des couleurs.

Il crachote, il tremble et il tressaute. Je lui tapote les poches. J'y pêche des pilules. Il possède du Percodan sans prescription. Je suis sûr qu'il sait *quelque chose*. Je sais qu'il va cafter.

Je sors ma matraque souple. Je frappe le creux de ma paume. Je lui fais bien entendre la puissance de l'impact.

– Tu sais quelque chose. Tu sais que quelque chose s'est passé ici, alors tu t'es dit que tu allais venir voir. Tu me dis tout et je te laisse partir. Tu joues au con avec moi, et je te serre pour possessions de stupéfiants.

Il frissonne. Je me tapote les paumes. Je fais claquer ma matraque contre la jambe de mon pantalon.

Il frémit. Il s'éloigne d'un amas d'asticots. Sa voix est pleine de trémolos. Il donne dans l'aigu façon soprano. Il a tout de la tarlouze et du travelo.

– Il y a quatre jours, peut-être, je vois les flics des Stups qui m'ont coincé. Ils suivent Jack. Ils le serrent dans le hall et ils l'amènent ici. Après, j'entends des cris.

Je lui plante mon index dans la poitrine. Je fais rebondir ma matraque sur mes genoux. Il grelotte. Rick-le-Tortionnaire lui fout la trouille.

– C'était qui, les flics des Stups ? Tu connais leurs noms, puisque c'est eux qui t'ont arrêté.

Le bridé déglutit.

– Berchem et Mosher. Des salauds. Ils m'ont mis de la dope dans les poches pour m'embarquer.

Les flash-backs me reviennent de plein fouet. Lauter. Son penchant suspect pour *L'Indiscret*. Megan More avec Gary Getchell. Les obsèques. Berchem et Mosher. Leur surveillance subreptice. Deux poulets qui prennent des photos de Megan More.

Je m'approche du téléphone mural. J'appelle l'Unité des Affaires non élucidées. C'est Dave qui répond.

– Slatkin.

– C'est moi. J'ai besoin que tu fasses quelque chose. Sans poser de questions.

– Bon... Je t'écoute.

Les asticots escaladent ma jambe de pantalon. Je les chasse à coups de matraque et ils battent en retraite.

– Je viens de découvrir un homicide. En rapport direct avec Lauter et les Stups. Cal Eggers est sans doute le seul type réglo de toute la brigade. J'ai besoin que tu appelles Tierney et que tu obtiennes son feu vert pour faire venir Eggers et le garder un moment.

Dave répond :

– D'accord. Mais ça me paraît...

Je raccroche. Je rends ses narcotiques au niac. Il part en courant. Je fais des rapprochements :

Des flics des Stups. Linus et Leotis Lauter. Gary Getchell. Megan More. Jack Jen-kin – le Meganphile mastiqué par les asticots.

Niet – rien de concluant.

Je me dirige vers la porte. J'aperçois une pile de petites culottes posée sur le téléviseur. Je carbure à la connexion sexe-violence. Je m'arrête le temps de m'offrir trois longues reniflettes.

TOUJOURS COOL, CAL EGGERS – même coincé dans un cagibi, une salle d'interrogatoire de trois mètres sur trois.

On l'observe à travers un miroir sans tain. Le verre déforme Cal et fait onduler son image. Sur son visage, pas la moindre goutte de sueur. Il est frais comme le fréon et ne semble pas rongé par la culpabilité.

C'est bien ce que je pensais. Et Dave et Tim sont de mon avis. On le regarde. On attend. On coupe la clim et on monte le chauffage. Cool Cal ne tombe pas la veste – vous n'arriverez pas à me faire transpirer.

Dave a parlé à Tierney. L'Irlandais irascible a envoyé une équipe à Koreatown. Les techniciens ont examiné l'appartement 14. Les empreintes : effacées par des pros. Le lettre d'adieu du prétendu suicidé : un faux grossier. L'abondance d'asticots situe le décès à quatre jours au moins. La tarlouze ne s'est pas trompée. Bill Berchem et Bob Mosher : ils n'étaient pas présents aux Stups, ce jour-là, mais « sur le terrain ».

Cal se tortille et se contorsionne. Il adresse un clin d'œil au miroir. J'échange un regard avec Tim et Dave et nous entrons tous les trois.

On choisit nos chaises. On les place près de la table. Cal rapproche la sienne.

J'annonce :

– Ça concerne les Stups, et peut-être le commissaire Lauter.

Cal réplique :

– Tu me donnes envie de dormir.

– Personne ne te soupçonne d'être ripou, fait Tim.

– Réveille-moi quand t'auras fini, dit Cal.

Dave précise :

– Tu ne faisais pas partie de la brigade quand Lauter a fait ses magouilles avec son fils.

Cal rétorque :

– Apprends-moi quelque chose de nouveau que je n'aie pas déjà lu dans *L'Indiscret*.

Tim tambourine sur la table.

– Bill Berchem et Bob Mosher. Une actrice du nom de Megan More, et un macchab bridé qui s'appelait Jack Jen-kin.

Cal tend le cou. Cal fait craquer ses phalanges. Cal lâche :

– Oh, merde...

Dave tapote la table.

– Tu bénéficies de l'impunité interservices. Je le tiens tout droit de Tierney. Pour le reste, tout est prévu. On annonce aux médias que Jen-kin s'est suicidé. On n'en démordra pas.

Cal ne manque pas de culot, il nous le prouve aussitôt.

– Dis à Tierney de me bombarder commissaire, et je vous donne Berchem et Mosher. Dis-lui que je veux un marché en béton.

Je sors mon portable. Tim tapote le numéro de Tierney. Tierney répond à la deuxième sonnerie. Dave transmet le coup de bluff de Cal *sotto voce*. Tierney hurle :

– Dites-lui que j'accepte, bordel de merde !

Je récupère mon téléphone. Cal se tourne vers moi avec un sourire satisfait.

– Alors, voilà : Linus Lauter, c'est un mec qui rêve de sauter des Blanches. Il se bourre le pif de coke tous les soirs, il regarde Megan More à la télé, et il bande pour elle. Il entre en contact avec Megan par l'intermédiaire de son site web, et il noue avec elle une relation malsaine. Il s'imagine qu'elle le trouve irrésistible, mais c'est elle qui le séduit. Elle connaissait feu Danny Getchell, elle savait que Linus était un flic qui achetait des tuyaux à Danny. Alors, elle lui soutire des infos, et elle découvre son système de blanchiment d'argent *avant* les Fédés et les enfoirés du *L.A. Times*. Linus apprend que Megan More est copine avec *Gary* Getchell, qu'elle va informer Gary de ses magouilles et de sa liaison avec elle, et que Gary a l'intention de publier tout ça dans *L'Indiscret*.

Megan More, la mama aux amours multiraciales. Ses méfaits multiculturels avec un *nègre*fin.

Passons maintenant à Koreatown et à Jack Jen-kin. Je suggère :

– L'homicide, Cal. L'appart à l'angle de la 12e et de Berendo.

Cal toussote.

– Voilà ce que m'a dit Linus, un jour où il était tellement défoncé à la coke qu'il a déversé toute sa paranoïa. Il semblerait que Megan More se soit tapé Berchem et Mosher *en plus* de lui, si bien qu'on a maintenant trois queutards motivés qui bandent pour elle. Ils ont entendu parler du « Mémoire de maîtrise » du bridé, ils savent qu'il n'en a vendu pratiquement aucun exemplaire, mais que le texte est rempli de révélations prétendument embarrassantes. Alors, Linus m'a dit que Berchem et Mosher avaient décidé de remonter les bretelles au niac, et je suppose que la correction a un peu dégénéré.

Un flash-back me flagelle. Gary Getchell, à propos de Donna Donahue :

« Je la déteste, cette pouffe, parce qu'une de mes connaissances la déteste aussi. Mais il y a un ange exterminateur, dans les parages, qui prépare sa vengeance. »

L'ange exterminateur... Megan More ? Peut-être. Saphiquement émoustillée par Donna – son mobile, sans doute.

Le commissaire Cal se lève. Tim déclare :

– Il faut alpaguer Berchem et Mosher.

Dave rétorque :

– Je vais informer Tierney des éléments en notre possession, mais *nous*, on est sur les traces d'un rôdeur meurtrier.

Des connexions s'enclenchent et stoppent net. La Diaspora de Donna, le Rôdeur qui Ratiboise – les emmerdements me tombent dessus en avalanche.

Cal fait remarquer :

– Rhino m'a l'air distrait. Vous pariez qu'il pense à une certaine actrice ?

– Oui, fait Dave, je lui ai déjà vu cet air rêveur.

Tim ajoute :

– Mon fils est fan de Megan More. Cette affaire va le foutre en l'air.

JE SÈCHE LA SURVEILLANCE de rôdeurs pervers. Ces associations serrent Donna de trop près. Je passe par Holmby Hills. Elle est chez elle. Je rhino-improvise sur les coïncidences concomitantes. Donna s'intéresse à mon récit morbide sur Megan More. Je lui propose : partons à sa recherche. Elle me répond : d'accord.

J'appelle les archives. Ils cherchent si Megan More a déjà fait l'objet d'une arrestation. Bingo ! – Megan More, délits mineurs. À quatre reprises, elle s'est fait emballer à Beverly Hills. Pour racolage intensif dans des hôtels de luxe. J'appelle le service des immatriculations. Je les tanne pour obtenir l'adresse de Megan More. Ils cèdent : 8542 Charleville, Beverly Hills.

On roule. Le manque de sommeil me sonne. Je sens monter en moi une angoisse sous-jacente. Privé de Donna, je déprime, mais à présent qu'elle est près de moi mon moral remonte. Cette connexion sexe-violence penche franchement vers le sexe.

On déniche l'adresse : une chouette cagna façon provinciale qui comporte quatre apparts. On se gare et on s'approche de la porte. Quatre coups de sonnette, deux coups frappés au panneau – pas de réponse. Donna tripote la poignée. La porte s'ouvre.

Le salon : sinistre. Murs nus, pas de meubles. La cuisine : complètement vide. La salle de bains et la chambre : désinfectées, désinsectisées, et débarrassées de leur mobilier.

Donna renverse un panier à linge. Il vomit un flot de culottes sales. Des étiquettes affichant des prix exorbitants sont agrafées à l'entrejambe.

Donna lâche un *beurk !*

Je carbure encore à cette connexion sexe-violence. Je m'arrête net et m'offre trois bonnes reniflettes.

Ça balance bien au BHPD [1]. Je me sens rhino-revivifié et prêt à foncer. Ces fragrances de foufoune m'ont enfiévré. Des senteurs de sexe en guise de shoot de speed.

On débarque au commissariat. Les flics reconnaissent Donna. Ils lui offrent un concert de sifflements admiratifs et se rincent l'œil gentiment. Un grouillot nous rencarde : le type des Mœurs, c'est Vic Vartanian. On le trouvera aux archives. On ne peut pas le louper.

On traverse la salle. D'autres flics aperçoivent Donna. Ils lui lancent des titres de séries télé. Donna leur répond, fait la révérence, et les séduit par sa simplicité. Voici Vic, le flic des Mœurs. Il se débat avec une pile de dossiers. Il est basané, en sueur et couvert d'acné. Des points noirs fleurissent sur son tarbouif.

Il nous voit. Il repère mon insigne. Donna le fascine. Il la salue, rentre son bide, et se passe la main dans les cheveux pour en chasser les pellicules. Il nous demande :

– Alors ?

– Megan More. Ça vous dit quelque chose ? Je pensais que vous auriez peut-être un dossier sur elle.

– J'en ai un. Procès verbaux d'infractions, condamnations, lieux habituellement fréquentés, la totale. Cela dit, je dois ajouter que j'ai encore mieux.

Je me règle sur sa longueur d'onde. Il fait son modeste. Caressons-le dans le sens du poil et remercions-le chaleureusement.

Donna me talonne télépathiquement.

– Pourrions-nous voir vos documents, inspecteur ? Cela nous aiderait beaucoup.

Vic V. va ouvrir un classeur métallique. Il s'étale sur un tiroir et en extrait des paperasses. Il revient avec une liasse de feuilles à reliure en spirale.

---

1. Beverly Hills Police Department.

– Il y a un guignol qui a écrit un genre de bouquin sur Megan More. J'en ai acheté un exemplaire pour faire pression sur elle, si jamais elle revenait tapiner sur mon territoire.

Je sens en moi des frissons qui fluent et refluent. La connexion sexe-violence me secoue sacrément. Donna tend la main vers Vic. Il lui donne le document.

– Vous pouvez vous asseoir à mon bureau pour le lire. Ça risque de vous plaire, surtout à vous, Miss Donahue.

UN TEXTE TORRIDE. Le roman méphistophélique de Megan More. Megan, fracassée par le crack et se livrant à des révélations ravageuses. Le mea culpa et le *Mein Kampf* de Megan. Jack Jen-kin : son barde de bar louche et son embarrassant biographe. Son confesseur coréen non-chrétien.

Nous lisons ensemble. Assis côte à côte, joue contre joue. Les parfums de Donna montent vers moi et me submergent. Le chèvrefeuille de ses cheveux, le santal de sa peau, et des phéromones féroces. Notre amour bancal se Méganise et se répand sur les pages.

Lisez ça :

MEGAN MORE ÉTAIT UN HOMME ! C'était un mâle bien membré né Mikhail Metrovitch au Montana. Il débarqua à L.A. à l'âge de dix-huit ans. Mesure en main, sa queue franchissait le cap de quarante stupéfiants centimètres. Mikhail opta pour la profession de prostitué mâle. Il se fit appeler Mega Man, Mikey Man, Magnum Man. Il sautait les sombres séducteurs des studios de ciné, et il les matait grâce à son salami long comme un ver solitaire, avec lequel il les enfilait jusqu'aux amygdales. Tous soumis, ils acceptaient sa suprématie. Il emmanchait des mâles à la MGM, il possédait des pédales à la Paramount, il calçait des corydons à la Columbia. Les sodomites potentiels s'émancipaient et sortaient du placard pour se cloîtrer avec lui. Il en révélait des ribambelles. Ses clients se rassemblaient pour comparer leurs impressions. Leur paranoïa devenait pandémique. Ces rebelles de la pellicule ne se pardonnaient pas leur propre faiblesse. Mikhail métamorphosait les séducteurs du septième art en tarlouzes transies et en fiottes finies. Leur haine de soi s'exacerba. Ils jurèrent de se venger.

Les damoiseaux des studios se cotisèrent pour engager un assassin arabe. Le bédouin en question n'était pas un plaisantin. Il avait des accointances avec les terroristes. Il était cinglé de ciné, ce méchant musulman. Il leur dit : « Vous me donnez le rôle du héros dans un film d'action, et je lui coupe la bite. Il vaut mieux mutiler que tuer. »

Les suaves séducteurs séduits souscrivirent à sa suggestion. Quand il coinça Mikhail, Khalid Karim lui coupa la queue. Ses crétins de commanditaires financèrent l'écriture d'un scénario sur mesure. Imaginez un peu : Khalid Karim joue le rôle de l'agent israélien Israël Bonds. Bientôt à l'affiche dans *Jihad à Jérusalem* et *Terreur à Tel Aviv*.

ET VOICI QUE SURVIENT... LE 11 SEPTEMBRE ! ! ! !

Un coup de filet rafle Khalid Karim. Les Fédés le coincent, le cuisinent, et ne lui font pas de cadeaux. Karim ressent le désir de faire le grand saut pour aller saluer Allah. Assis dans sa cellule, il se charcute les veines avec un ressort de sommier. Il fonce tout droit vers le paradis – ou peut-être vers l'enfer.

Mikhail jure de prendre une revanche vacharde. Il se branche sur la connexion sexe-violence. Il décide de se déguiser en femme. Il s'envole pour Stockholm. Il s'inflige des injections d'hormones. Des chirurgiens affinent sa pomme d'Adam et ses os trop épais. Il fait appel à la technologie dernier cri. Les toubibs lui installent la meilleure des tuyauteries. Il devient une femme – intraitablement indifférenciable.

Elle reprend le premier avion pour Hollywood. Elle cherche des rôles dans des films érotiques et les obtient. Elle rencontre Danny Getchell. Elle rencontre Gary G. L'un et l'autre sont séduits par l'invraisemblable amazone. Elle les incite à récolter des indiscrétions salaces sur les séducteurs du ciné. Subjugués par la sublime sorcière, ils succombent. Elle reste leur associée. Elle cache son passé positivement pestilentiel de bandeur à grosse bite. Elle devient une lesbienne lascive fabuleusement féminine. Elle assiège les soirées saphiques des clubs spécialisés. Elle mâchouille des mottes à Malibu, elle broute des boutons à Bel-Air. On lui donne des rôles à la télé. Elle rencontre Donna Donahue sur le tournage de *Meurtre en douceur*. Elle lui déclare furieusement sa flamme. Donna répond : « Bas les pattes, la goudou, c'est pas mon truc ! » Megan More, mortifiée, se fait la malle et renonce à Donna.

MAIS :

Ce rejet l'enrage et la réveille. Elle révise et réinvente sa vengeance. Les salopards des studios l'ont émasculé. Elle les a fait geindre et gémir façon femmelette. Ils la suppliaient à genoux de leur accorder ses faveurs suprêmes. Ils souffraient *post coitum* de regrets et de remords en masse. Ils avaient fait d'elle une femme « pour de vrai ». Elle avait décidé de les soumettre au supplice, de les castrer froidement, et de parachever sa vengeance.

Le manuscrit s'arrête à cet endroit. Suspense insupportable : aucun autre détail démoniaque sur l'accomplissement de ladite vengeance.

Je tressaille. Je regarde Donna. Elle me pétrifie de ses yeux noisette où passent des tempêtes.

– Le Meilleur des foutus Mondes, dit-elle.

Je confirme :

– Oui, ça recommence.

ON ÉCUME LA LISTE des « lieux habituellement fréquentés » par Megan More. On sait qu'elle a pris la tangente. On met au point notre mission insensée. Nous sillonnons L.A. éperdument.

On fait le tour des tripots à tribades. On visite La Petite Cabane en Bois de Linda, Le Minou Mignon de Michelle, Le Craquette Club de Chrissie, et L'Abricot Fendu de Florence. Putain ! – pas la moindre trace de Megan More, l'abominable androgyne qui veut se venger.

On passe à La Pêche aux Moules de Melinda, à L'Alcôve d'Alice, aux Chatteries de Charlotte et chez Sally la Saphique. Pas de succube haute de six pieds, pas de monstre mutilé par les emmanchés repentis.

On débarque chez Jane de la Jungle. Des auxiliaires féminines de l'armée de terre et de la marine assaillent de frêles jeunes femmes. On débarque au Shangri-La de Shondrika. Une musique mau-mau se métastase. Des gazelles noires dansent le slow en se roulant des pelles. Ici, pas de Megan More à la peau blanche.

On se propulse jusqu'à Pacific Palisades. On récolte une info inattendue : on peut trouver Megan More à l'Ashram Ashanti du Guru Guradji.

Fichtre ! Une ancienne demeure blanchie à la chaux. Deux étages qui s'élèvent autour d'une cour calme. Des fontaines où flottent des flamants roses. Des perroquets perchés dans des palmiers. Un décor tropical en trompe-l'œil.

Un parking pavé. Info inattendue numéro 2 : des camions de tournage en pagaille. Visez un peu : Sono Sam, Éclairage Éclair, Ken Caméra Service.

Je me parque près d'une Pontiac pourpre. Elle porte une plaque personnalisée : P RN ST R. Donna commente :

– Je me doute de ce qui nous attend.

On se dirige vers la demeure. On examine les environs. On poursuit notre reconnaissance à l'arrière du bâtiment. On voit des faisceaux lumineux balayer l'espace derrière certaines fenêtres. On entend des échos de coïts frénétiques. C'est répugnant, révoltant, et amplifié apocalyptiquement.

On entre sans y être invités par une porte dérobée. On cavale dans un couloir. On entrouvre des portes et on glisse un coup d'œil de pervers dans l'entrebâillement. On voit un éclairage cru, des gros micros accrochés à des perches, des caméras qui captent des gros plans. On voit des couples qui baisent comme des bêtes, des fellations fougueuses et de passionnés pelotages en groupe. On voit des ashramites en turban turquoise. C'est eux qui posent les projos, qui manipulent les micros et qui se coltinent les caméras.

On passe d'une porte à l'autre. On voit çà et là des queues quart de mètre et des seins spectaculairement siliconés. On voit des fiottes qui font la chenille en s'enfilant à la chaîne, et des souris qui se font sauter par des dalmatiens. On se dirige vers la dernière porte à gauche. Donna l'ouvre en grand. Voici Megan More torridement étreinte par des tribades et qui prend un pied sans pareil.

C'est un quatuor de foufounes en folie. C'est des roulages de pelles passionnés et des broute-minous mouvementés. C'est un mélange multiracial de mottes émoustillées. Il y a là Nettie la Négresse, Lola Latina, Charlotte la Chinetoque. Elles font l'amour en masse avec Megan More.

Je me précipite dans la pièce. La scène me stupéfie, m'excite et me rend radicalement homophobe. Je me sens ambivalent jusqu'à l'apoplexie et je bande comme un bourricot.

Je pulvérise les projos, je massacre les micros. J'envoie les trépieds au tapis et je fracasse les caméras – *crrraaaac !* Les enturbannés turquoise, en pleurs, prennent la fuite. La partouze paroxystique part du plumard. Le monceau multiculturel se casse dans le couloir. Seule Megan More reste en arrière.

La pièce est rhino-ravagée. Éclairage éclaté, micros en morceaux, caméras cassées. Il règne un silence postbaise positivement profond. Il y a Megan, Donna, et moi.

Donna ferme la porte. J'entends dans le couloir la cavalcade provoquée par la panique post-rafle. Les parasites du porno se précipitent vers la sortie. Les camions décampent du parking.

Megan déménage du matelas. Megan passe un peignoir parme. Megan dit :

– Bonsoir, Donna chérie.
Donna reste de marbre. J'annonce :
– Police de Los Angeles.
L'abominable androgyne se racle la gorge.
– Votre tabassage de Rodney King n'est pas passé inaperçu. Il y a des années que j'ai affaire aux fascistes de votre espèce.
– Au commissaire Lauter, par exemple ? je suggère.
Donna demande :
– Pourquoi tu as pris la fuite ?
Megan se tourne vers moi et miaule :
– Faire des films érotiques n'a rien d'illégal. Les gens de l'ashram peuvent porter plainte contre le LAPD.
Je la rhino-rabroue :
– Ils ne le feront pas. Ils perdraient tout le prestige qu'ils doivent à leur « mode de vie parallèle » s'ils s'amusaient à ce petit jeu-là.
Megan tire la tronche et retourne se poser sur le plumard. Elle s'agite, elle s'affole, et elle se jette les bras en croix sur le matelas. Elle fait la moue, façon mauviette. On la dirait presque accablée par l'ennui.
– Dites-moi quel intérêt je pourrais avoir à vous parler. Donnez-moi une seule bonne raison.
Donna l'amadoue :
– On me propose une bonne série télé pour la prochaine saison. Je m'arrangerai pour qu'on te donne un rôle en or.
Megan s'émeut immédiatement.
– Oooh, ma chérie, c'est merveilleux. Je pourrai tourner des scènes d'amour avec toi.
D'un geste sans équivoque, Donna lui fait comprendre qu'il/elle peut aller se faire foutre.
J'attaque :
– Nous avons lu le manuscrit de Jack Jen-kin. Jack est mort, à propos. Vos vieux potes des Stups l'ont refroidi.
Megan miaule. Megan marmonne. Megan fait le signe de croix.
Donna dit :
– Raconte-nous tout. Je vais avoir besoin d'une vraie copine.
Le mot « copine » flatte et fait fondre l'androgyne aux hormones. Megan s'allonge sur le lit et elle étend ses jambes... Des jambes sublimes, d'ailleurs, le boulot d'un chirurgien au sommet de son art.
– Bon, d'accord, j'ai pris la fuite. Aux obsèques de Danny Getchell, j'ai vu ces flics des Stups avec qui j'ai couché. Croyez-moi, je

suis le genre de fille qui sait à quel moment il faut sauver les meubles.

Il/elle a baisé avec Bill Berchem et Bob Mosher. Ce qui a bousculé salement leur identité sexuelle. Ça les a secoués et leur a flanqué la frousse.

– Continuez..., l'incité-je.

Megan secoue ses tresses. Cette bellissime blondeur... l'œuvre d'un coloriste cador.

– Donc, je couchais avec ces deux types *et* avec Linus Lauter. Ils se connectaient tout le temps sur mes sites web, et c'est comme ça qu'ils sont tombés sur le mémoire de maîtrise de Jack Jen-kin. Ma foi, vous imaginez de quelle façon ils ont pu réagir. Ils avaient badiné avec un ancien homme, ils ne supportaient pas cette idée, alors je suppose qu'ils ont fait pression sur Jack pour récupérer tous ses exemplaires. Il a dû se passer quelque chose, et Jack y a laissé sa peau.

Je lui demande :

– Comment Jack s'est-il procuré toutes ces infos sur votre histoire personnelle ? Vous savez, tous les détails qu'il a mis dans son mémoire.

Megan minaude. Ces sonorités soyeuses... C'est tout l'art d'un laryngologue de luxe.

– Il était ami avec l'un des médecins, à Stockholm. Le toubib lui a refilé tout ce qu'il savait sur moi. Tout ce que j'avais confié au psy avant l'opération, tout.

Du regard, Donna fusille la fausse femelle. *Aïe !* – ces yeux noisette peuvent vraiment faire mal.

– Tu m'as draguée. Je t'ai rembarrée, et j'ai le sentiment que ce n'est pas étranger à ta « vengeance ».

– Tu as raison, ma chérie. J'ai décidé de baiser tous ces salauds stupides des studios en leur plombant leurs recettes dans les salles. Je voulais me faire toutes les actrices connues de la profession. Tu sais comme moi que les artistes sont profondément déséquilibrés, prêts à baiser avec n'importe quel homme, n'importe quelle femme, n'importe quel animal. Tu sais, en fait, je suis résolument hétéro. *J'adooooore* les femmes, et c'est pour ça que je t'ai fait du gringue. Cette queue de quarante centimètres que je me traînais était un vrai fardeau. C'est pour ça que je suis devenue lesbienne. J'avais envie d'aimer les femmes de femme à femme.

J'explose de rire. De femme à femme ! – Fichtre ! Donna y regarde à deux fois et reste bouche bée.

La succube prend un air pincé. Elle tire la tronche façon tarlouze.

– Alors, j'ai décidé de baiser avec toutes ces actrices, et Gary Getchell devait nous filmer, après quoi je les menacerais de montrer les films en public, et je ferais chanter les caïds des studios. « Regardez, voici vos plus grandes stars qui se font gougnouter par une reine du porno soft. À votre avis, quel effet ça aura sur les entrées dans les salles de Topeka ou de Des Moines ? »

Donna dit :

– Laisse-moi deviner. Tu possèdes un film où tu te fais sauter par Linus Lauter. C'est avec ça que tu tiens ces flics.

Megan tapote un sac à main mauve.

– J'ai la cassette ici même. Tu as oublié d'être bête, Donna chérie.

Je sors ma matraque souple. Je la fais claquer contre la jambe de mon pantalon. L'extrémité pendouille de façon phallique. Les yeux de biche de Donna s'y attardent un instant.

Je demande :

– À quel endroit Gary G. cache-t-il ses dossiers compromettants ?

– Je ne sais pas, répond Megan.

Donna commente :

– Tu dois vraiment me détester.

Megan tousse dans un mouchoir. Des poils pubiens volés sur la bête surnagent dans sa salive.

– Non, ma chérie. Je *t'adooore*.

– C'est toi, l'« ange exterminateur » dont Gary a parlé à Rick ?

– Non, non, non. Moi, je *t'adooore*. Mais Gary parlait d'une « prime » sur ta tête. Il prétendait connaître un télépathe qui avait « un super plan anti-Donna Donahue ». Je te jure, c'est ce qu'il a dit, mais moi, *jamais* je ne te ferais du mal.

Des anges exterminateurs. Des films de baise et des lesbiennes qui se roulent des pelles. Donna dont la tête est mise à prix. Les détails me turlupinent.

Des regards parcourent la pièce. De Megan More vers Donna vers...

La porte craque et cède. Elle s'arrache à ses gonds. Bill Berchem et Bob Mosher entrent en trombe.

Des regards ravagent la pièce. Des yeux sortent de leurs orbites. De Bad Bill et Big Bob vers Donna, Megan, moi.

Megan saisit son sac. C'est si brusque qu'on sursaute tous. Trois soufflants surgissent de leur holster : celui de Berchem, celui de Mosher, le mien.

Donna se baisse. Réminiscences de 83 : elle se baisse et dégaine l'arme que je porte à la cheville.

Berchem flingue Megan. Bang ! Une cartouche lui saccage la carotide. Une fusillade à courte distance/une pièce de 4 mètres sur 4/quatre flingues sortis et qui crachent/merde...

Mosher fait feu. Mosher me manque. Je riposte, ma balle ricoche – elle rebondit sur son gilet blindé. Megan pisse le sang sur son peignoir. Berchem lui place un pruneau à la racine des cheveux. Sa tignasse blond décoloré s'arrache de son crâne et s'envole.

Je tire sur Berchem – il est à quatre pas de moi. Le pante panique et piaille comme une pédale.

Ma seringue s'enraye. Une cartouche coincée jaillit de la chambre. Donna roule sur elle-même. Donna se retrouve derrière Berchem. Donna prend appui sur un support de projo et fait feu de bas en haut. Sa balle fracasse la caboche de Berchem.

Mosher baisse son arme pour tirer. Donna s'accroupit. Je bondis sur Mosher. Je le frappe, je ravage la main dans laquelle il tient son arme, et je dévie son tir. Il penche la tête en arrière. Il ouvre grand la bouche. Il montre les dents et s'apprête à me mordre.

Donna se glisse entre nous deux. Donna lui démolit les dents avec un canon de dix centimètres et le plombe à bout portant.

Ses dents explosent et se shrapnellisent. Des débris sanglants de prothèses dentaires aspergent Donna. Des morceaux de maxillaire me maculent.

Visez un peu le charnier. Trois macchabées. Megan trépassée dans son peignoir. Aux pieds de Donna, les flics des Stups, *finito*, fin prêts pour le Styx.

J'empoigne un téléphone mural. Je scrute mes souvenirs. J'en extirpe le numéro de Linus Lauter – à son domicile. Je le compose dans un semi-coma. J'entends un déclic au bout du fil.

J'entends : « Allô ? » C'est Linus L. Je lui fais grâce des salutations.

– C'est terminé. Tes acolytes sont cannés. Ils ont tué le Coréen. Tu as baisé un transsexuel. On a le film sur cassette – en VHS et en couleurs. Pas la peine d'attendre le DVD.

Je savais qu'il le ferait. Il raffolait des rencontres multiraciales. Il a renié son hétérosexualité pour un beau cul. Il ne pouvait ignorer l'ignominie.

J'entends le chien du revolver se relever.

J'entends le barillet tourner d'un cran.

J'entends sortir du canon le rugissement qui envoie Lauter vers un monde meilleur.

Je lâche le téléphone. Donna me rattrape. On se tient enlacés pendant une bonne demi-minute. Son rythme cardiaque reste imperturbable.

6

On se terre près de son âtre. On s'occupe de la cheminée. On fait une belle flambée et on pousse la clim.

De 83 à aujourd'hui. Un bond de vingt et un ans. On a perdu quatre heures au Parker Center. On a subi la grosse colère de Joe Tierney. Deux flics flingués. Le suicide de Linus Lauter – un horrifique hara-kiri.

La connexion sexe-violence. Les autorités décident de noyer le poisson. La mort de Berchem, Mosher et Megan More : officiellement, le résultat d'un « pacte suicidaire ». Les témoins de l'Ashram Ashanti ? Pour obtenir leur silence, on les a achetés ou on a fait pression sur eux. Les concises conclusions de Leotis Lauter : le LAPD a eu la peau de mon père. Et celle de Bill Berchem et Bob Mosher. La police a fait pression sur les proches des défunts : ne contestez pas la thèse du suicide, vous risqueriez de dire adieu à vos indemnités.

Les médias ? Réduits au silence par le donnant-donnant. Faites confiance à Tierney – il vous renverra l'ascenseur.

La connexion sexe-violence. Dites *sì* au sexe, et à la violence un vigoureux *voui*.

Cette connexion s'empare de nous de nouveau. Le charnier nous a servi d'épreuve. C'est notre ultime fait accompli.

On met des bûches dans l'âtre. Reggie le Ridgeback se couche près de nous. Ses yeux ambrés se tournent vers nous.

Des coussins en cachemire et une couette. Une température qui vous titille. Des bûches qui brasillent et un rougeoiement radieux.

Ma maîtresse magnifique m'est revenue. Un nouveau baptême de feux croisés. Un moment rien que pour nous, à graver dans nos mémoires, un moment qui nous servira à mettre le temps à l'épreuve.

On s'affranchit de nos fringues. La lueur du feu vacille et des ombres jouent sur nos corps. Ma mémoire me sert de guide. Elle me restitue la moindre courbe, la moindre surface, et me dit où déposer mes baisers.

Je navigue nu de jadis à aujourd'hui. À travers ses courbes et ses constellations. Mes souvenirs me désignent ses points sensibles, qui sont à présent synchrones avec ses soupirs.

Nous échangeons des caresses et des baisers. Les ombres projetées par les flammes se déplacent et découvrent de nouveaux endroits où poser nos lèvres. C'est à la fois intemporel et urgent, impératif et futile, et c'est ce qui me creuse les reins et m'arrache des soupirs, ce qui régit mon souffle et guide mes actes.

La chaleur du foyer fait luire notre peau. Nous dégustons des ruisselets de sueur sucrée. Nos baisers se font plus précis et vont *droit au but*. Le goût de son sexe est d'une grande fraîcheur en même temps qu'il ressuscite une saveur d'il y a vingt ans. J'ai envie de rester là et de m'emplir les narines de son odeur et de vivre ce moment. Elle m'en empêche. C'est *elle* qui pose ses lèvres sur moi et m'enjoint de la pénétrer.

C'est l'intemporel mêlé à l'urgence, c'est impératif et d'une importance capitale, cette connexion qui se concrétise MAINTENANT aussi ardemment. La chaleur de l'âtre nous agrippe. Les flammes s'assombrissent et s'estompent. Mes lèvres assèchent la sueur qui brouille ses yeux noisette tandis que ma mémoire grave une nouvelle carte.

L'AUBE. Le feu s'étouffe et ne laisse que quelques braises tenaces. Entre nous, Reggie est roulé en boule.

Donna dort toujours. Sa tête repose sur le dos de Reggie. Je regarde palpiter ses veines. Je calcule la cadence de son cœur. Je vois ses seins calés contre le pelage brun du chien.

Je la regarde. Je me demande combien de temps elle me donnera. C'est la chaleur de l'âtre et le carnage qui nous unissent. Notre union pourrait tenir grâce à de nouvelles horreurs. Je ne peux qu'espérer une autre flambée qui nous fusionnerait – ou prier pour que des moments plus prosaïques nous apprennent à vivre dans un monde sans machinations.

Donna dort. Je regarde ma magicienne et je m'interroge. Mon

vertueux hémisphère cérébral droit est en ébullition. Je deviens concis et créatif. Je reconsidère les connexions.

Megan More – tout sauf un « ange exterminateur ». Son petit commerce de culottes pas fraîches. Le fan de Donna qui lui réclame des sous-vêtements. Les messages d'amour et de haine, tous anonymes, envoyés depuis l'ordinateur d'une bibliothèque publique. Megan More : en cheville avec Gary Getchell pour revendre ses culottes. Megan, citée vertement verbatim : « Gary parlait d'une *prime* sur ta tête. Il prétendait connaître un télépathe qui avait *un super plan anti-Donna Donahue.* »

Les connexions se recombinent. Passons à la suite :

Roro-le-Rôdeur. Ses larcins mesquinement symboliques. Les domiciles où il a accompli ses exploits. Tous particulièrement proches... des Country Clubs de Bel-Air et de L.A.

Dave Slatkin affirme qu'il est mûr pour commettre un viol. La maison de Donna à Holmby Hills : tout près du Country Club de L.A. ; Gary Getchell : caddy à Bel-Air. Le meurtre du rôdeur : tout près du Country Club de Bel-Air. De la boue sur les chaussures du rôdeur à haut risque.

J'appelle Dave. Je regarde Donna et je chuchote au téléphone :

– La boue, Dave... Est-ce que le labo l'a identifiée ?

– Ouais. Écoute bien : elle provient du Country Club de Bel-Air.

Raymond-le-Rôdeur a pris la fuite *à pied.*

C'est clair : notre rôdeur-meurtrier travaille comme caddie. Il a sournoisement dissimulé sa vraie cible. Il n'en a qu'après Donna.

Il est dominé et dompté par son désir pour Donna, et déterminé à posséder Donna. Donna le rend dingue, Donna le rend idiot. Tout comme moi. C'est moi, en version maléfique. C'est mon double en Donnaphilie.

Je réveille Donna. Je lui rends compte de mes déductions. Elle me rappelle l'existence des lettres qu'elle reçoit par intermittence. Des lettres d'amour et des lettres d'injures. « Il adore que je me montre à poil, mais il déteste aussi que je retire mes fringues. Un obsédé de la nudité. »

Les *anciennes* lettres. Les e-mails *récents*. Les pitoyables suppliques pour se procurer des petites culottes. Un seul expéditeur, ou bien deux ?

Une connexion de plus – peut-être.

Donna déterre les anciennes lettres. Elle m'explique les dates.

Elles coïncident avec la diffusion des épisodes de *Biloxi Beach* – sa célèbre série des années 80. Elles disparaissent avec elle et reparaissent quand Donna commence à tourner pour le cinéma. Les lettres déferlent et abondent. Puis s'ouvre un vide sidéral. Après quoi commencent à arriver les e-mails de l'obsédé des petites culottes.

Donna me montre ses vieilles lettres. Elle les avait soigneusement conservées. Je découvre des phrases risquées et répétitives. Les références aux intrusions avec effraction reviennent sans cesse.

« Je veux pénétrer dans la maison de ton amour. »

« Je veux me faufiler dans tes endroits secrets. »

« Je suis capable de pénétrer dans n'importe quelle maison. Je l'ai déjà fait. J'ai tué une fille, un jour, il y a longtemps. »

Seize lettres de malade. Écrites en lettres capitales quelconques. Effrayantes et obsédées par la nudité. Sur l'une d'elles un détail me déstabilise diablement : l'adresse de retour, située précisément à la Prison de Chino. L'expéditeur signait du pseudonyme de Sal Apoil. Tristes constatations : Donna harcelée de harangues qui quémandent son amour, les inquiétantes élucubrations d'un obnubilé de la nudité. Admettons qu'il se modère par crainte de la censure. Je suis prêt à parier qu'il est incarcéré pour cambriolage.

D'un bout à l'autre, le discours dérangeant d'un obsédé. « J'ai tué une fille, une fois » – bon sang !

Donna me regarde éplucher les lettres. Donna est déconcertée. Donna s'en remet à moi, à présent. Après la fusillade et notre frénésie au coin du feu. Mais Donna est capable de se débrouiller sans moi.

Je vais à ma voiture. J'en rapporte mon nécessaire à empreintes. Je compare les e-mails malveillants aux lettres de l'obsédé de la nudité. Je m'attarde sur le style. Je repère de simples similarités. Le même expéditeur ? Peut-être, peut-être pas.

Je passe à l'aspect scientifique. Je prends les empreintes de Donna. Puis je dégaine ma ninhydrine. J'en asperge les seize lettres de malade. Je parviens à repérer deux empreintes latentes.

Je pars à la cueillette des points de comparaison. J'en trouve dix par empreinte. Je compare les points à ceux de Donna. Tout va bien : pas d'arches qui se répètent, pas de tourbillons similaires.

Ce sont ses empreintes *à lui* – l'obsédé de la nudité, probablement notre rôdeur à haut risque.

On peut parler de connivence. On peut parler de la collision de circonstances concomitantes. Rick aime Donna. Donna aime Rick. C'est notre meilleur des mondes qui ressurgit du passé.

ON SE PROPULSE jusqu'au Parker Center. On fait un compte rendu à Dave et à Tim. On brûle d'envie de serrer Roro-le-Rôdeur. On réclame à grands cris un dénouement draconien.

Dave se charge des empreintes. Il nous promet de les injecter sous peu dans le système fédéral d'archivage. Un violent vacarme nous provient depuis le bout du couloir.

C'est Leotis Lauter. On a rarement vu un bamboula dans un tel état. Il fait des bonds et ne lâche pas Joe Tierney d'un pouce. L'Irlandais irascible tente de calmer la veuve de Linus Lauter. Elle ressemble à Tante Jemima. Elle fait des bonds, elle aussi.

Voici Cal Eggers. Il est commissaire depuis peu. Il remonte les bretelles à Leotis. Tu deales de la dope. Tu mériterais qu'on t'inculpe. Nous, on est jusqu'au cou dans les affaires de suicide – alors, arrête de dire des conneries, bouge ton cul noir et fous le camp d'ici tout de suite.

Je bats en retraite dans un bureau vide. Donna me suit. J'appelle Daisy Delgado, l'adjointe du D.A., et je lui décris nos deux affaires concomitantes. Je lui demande des citations à comparaître devant le grand jury. Que l'on envoie en détention tous les caddies dégénérés. Que l'on convoque tous les caddies des Country Clubs de Bel-Air et L.A.

Daisy est d'accord. Daisy promet de passer promptement à l'action – dans les deux heures, pas davantage. Tim me confie une tâche :

– J'ai un carton rempli de paperasses sur l'affaire Stephanie Gorman. Ça t'aidera à tuer le temps.

Tim me monte un carton mastoc. Donna s'y plonge éperdument. Elle voit des portraits poignants – Stephanie à quinze ans, pleine de vie et d'énergie, lumineuse et pétillante. Donna se laisse aller aux larmes – *sa chère* Stephanie.

Je compulse de vieux papiers. Je trouve des rapports d'enquêtes. Je passe en revue des exhibos qu'on a ramassés puis relâchés à regret. Je vois des obsédés du cul et des repris de justice en liberté conditionnelle qu'on a pris la peine de cuisiner. Je vois des violeurs qu'on a convoqués. Je vois des pédophiles accusés d'autres crimes. Je vois des bisexuels sado-maso marqués à coups de tuyau d'arrosage. Je vois... holà ! holà ! holà !... *attends un peu.*

La date : 12 septembre 65. Un bout de papier apparemment innocent et inoffensif.

Un compte rendu. Un nouvel interrogatoire. Le père de Stephanie déclare :

« C'est vers la fin juillet 65. Une semaine avant la mort de ma fille. J'ai fait effectuer quelques travaux dans mon jardin. J'ai engagé deux caddies du golf de Hillcrest. »

Hillcrest – tout près du carrefour Hillsboro-Sawyer. Hillcrest – à un saut des Country Clubs de L.A. et de Bel-Air. Un rapport complémentaire : quatre noms de caddies retenus. Quatre casiers judiciaires examinés. Quatre malfaiteurs à la petite semaine.

1. Alan Aadland, né le 4 mars 46. Une arrestation pour consommation de cannabis. Une autre pour vol de voiture.

2. Richard Donatich, né le 18 août 44. Appréhendé pour voyeurisme. Surpris en train de faire minette à sa propre sœur.

3. Harvey « Huck » Horan, né le 16 décembre 40. Nombreuses arrestations en état d'ivresse.

4. Sol « Wino » Weinburger, né le 2 juin 37. Appels téléphoniques obscènes, rôde dans les toilettes pour dames, gros pourvoyeur de barbituriques.

J'en ai des frissons. Mes cheveux se hérissent. Je montre le document à Donna. Elle se met à trembler, elle aussi.

La lettre de l'obsédé de la nudité : « J'ai tué une fille, un jour, il y a longtemps. »

La traque du rôdeur qui nous nargue en ce moment. La cacophonie au Country Club. Une machine à remonter le temps nous ramène à *ça*.

Je parcours les rapports. Rien ne retient mon regard. Pas le moindre prolongement. Pas de mise hors de cause non plus.

Les flics ont pu cuisiner les suspects et aligner les alibis. Les flics ont pu les soumettre au détecteur de mensonges ou les tabasser. Cette piste ressemblait à une impasse. Malgré tout, elle me taraudait.

Daisy Delgado rappelle. Les citations à comparaître : elles sont prêtes et peuvent être signifiées dès à présent. Parfait – mais cette piste me préoccupe toujours. J'appelle le Country Club de Hillcrest. On me passe le pavillon des caddies. Le chef des caddies me dit qu'il travaille là depuis un sacré bail. Je lui donne mes quatre noms. Il réagit au quart de tour.

Aadland : mort du sida. Il faisait des extras comme prostitué mâle.

Donatich : il a succombé à des mélanges de cocaïne et de méthadone.

Horan : écrasé par un bus sur Beverly Boulevard.

« Wino » : il finit sa carrière de caddie au Country Club de Bel-Air.

Des caddies...

Coïncidences, connexions, conclusions ?

Dave entre dans le bureau.

– Les Fédés ont identifié ton empreinte. C'est un Blanc de 67 ans. Il s'appelle Solomon Weinburger.

Le ciel s'ouvre au-dessus de ma tête. Donna me serre dans ses bras. Hourra pour le Rôdeur à haut risque. Que *L'Indiscret* en soit remercié !

On va coincer « Wino ». Pour Stephanie – trente-neuf ans plus tard.

7

Bel-Air nous tend les bras. On fonce vers la Nuit de Walpurgis de Wino Weinburger.

Tim trimballe un fusil. J'ai pris mon Browning et un Beretta balèze. Donna apporte son discernement et une volonté farouche d'en finir avec Wino.

Dave assure les arrières. Il a sondé les archives et il en a extrait un portrait anthropométrique de Wino. Il a confectionné une quadruple carte aux fins d'identification : elle comporte la photo d'un Wino sexagénaire et celles de trois flics qui frisent aussi la soixantaine. L'idée : ratisser toutes les bibliothèques de West L.A. Amorcer une alerte aux e-mails. Pister le passionné de petites culottes. Confirmer que Wino est bien l'obsédé des sous-vêtements *et* en même temps notre rôdeur à haut risque.

On remonte Roscomere. On blinde dans Bellagio. On pénètre dans le parking du Country Club. On s'emplafonne dans un embouteillage – un kaléidoscope de caisses de flics.

Des voitures de patrouille, des voitures banalisées, la chiotte du coroner – toutes coincées capot contre capot.

On cavale. On traverse le pavillon des caddies. On entre dans le hangar des charrettes électriques pour golfeurs. On chourave une charrette et on trace sur le terrain. On suit des silhouettes qui tricotent des pinceaux. On court sur les traces laissées par des camions. On tombe sur un gros bâtiment d'entretien qui a des allures de grange.

Des agents en tenue bloquent l'entrée. Je leur montre mon insigne et nous entrons en force. Je vois Bill Dumais, des flics de West L.A. Je découvre un macchab momifié, un Jésus de décharge publique.

C'est Gary Getchell. Il est rigide comme un crucifix. Il est posé, tout raide, sur une pile de sacs d'engrais.

Des entailles profondes lacèrent son cou – de terrifiantes traces de torture. Il est couvert de cloques et de sang séché. Il porte une tenue de golf. Telle une pelote d'épingles, il est criblé de deux douzaines de fléchettes de tranquillisant.

Dumais nous voit, Tim et moi. Les golfeurs, les grouillots et les collaborateurs du coroner repèrent Donna. Ils s'intéressent plus à elle qu'au mort. Ils lui demandent des autographes.

Dumais nous rejoint. Toutes ces voix qui se chevauchent font vibrer le vaste hangar. Je vais voir dehors. Je vois des factieux fumasses fixés sur ce qui se passe à l'intérieur.

Coup d'œil à droite – deux flics des Stups. Coup d'œil à gauche – le commissaire Cal Eggers. Gaffe à gauche, encore – voilà Leotis Lauter. Il paraît très *moricaud*-cerné et *moricaud*-tent de lui. Il a une garde rapprochée bien bronzée. Un commando de quatre camarades crépus coolos.

Dumais m'explique :

– On est sans doute en présence de deux scénarios. Les tortures semblent remonter à deux jours, mais le coroner affirme qu'il a encaissé les piqûres de tranquillisant il y a quelques heures seulement. D'après le responsable de l'entretien, c'est ici que Getchell s'installait pour écrire ses articles et fabriquer sa feuille à scandale. Je suppose que le meurtrier l'a trouvé seul, l'a criblé de fléchettes, et a quitté le terrain de golf sans être vu.

Tim s'approche :

– Tu crois qu'on l'a torturé pour lui faire dire où il planquait ses dossiers ?

Dumais regarde autour de lui. À sa droite : les flics des Stups. À sa gauche : Leotis et sa horde sauvage.

– Je pense que c'est un coup de Leotis ou d'un franc-tireur des Stups. L'un ou l'autre aurait eu de bonnes raisons d'être en rogne après le merdier de l'ashram et le suicide de Linus.

Tim conclut :

– Ils ont torturé Getchell pour découvrir où étaient les dossiers, avant d'apprendre que Linus s'était fait sauter le caisson.

J'acquiesce. Dumais aussi est de cet avis. Je me hisse sur la pointe des pieds. Je balaie les alentours du regard. Caddies, connexions, convergence. Où est le vilain Wino ?

La cohue se conglomère contre le hangar. Les agents en tenue lui barrent l'entrée. Donna signe des autographes. Je vois un type dont le badge annonce : « Chef des caddies ». Je le coince.

Il me dit :

– Sacré spectacle, hein ?

Je lui demande :

– Où est Wino Weinburger ? C'est un vieux copain à moi.

Le chef des caddies caquette :

– Tentez votre chance à Skid Row [1]. Il paraît que Wino est descendu là-bas pour se soûler la tronche.

Des chasseurs d'autographes passent près de nous – six euphoriques flics en uniforme. Sur leur carnet à souche, Donna a écrit : « Le meilleur des foutus mondes, *une fois de plus* – Affectueusement, Donna D. »

WINO :

Il faut le trouver. Il faut le poisser. Il faut lui faire payer ce qu'il a fait à Stephanie.

On va sonder Skid Row.

Le chef des caddies nous fait cadeau de son adresse : l'hôtel Viceroy, dans la 5e rue Est. C'est un quartier corrompu fréquenté par la racaille. On met le cap à l'est et on atterrit au pays des taudis.

Des tentes sur les trottoirs. Des bidonvilles pour défoncés. Des accros au crack qui campent dans des cartons. Des fêlés qui se défoncent au bain de bouche alcoolisé. Des pochetrons chancelants et des soiffards flageolants rendus mabouls par le muscat.

On arrive à l'hôtel. Sur le lino du hall, les poux pullulent. Les murs sont lézardés. Des taches de sang et de vin ont raviné les crevasses. Des pensionnés parkinsoniens tututent du tokay conditionné en quart de litre. On les cuisine un chouïa. Ils tressaillent, ils tressautent, ils retututent, et ils se mettent à table. Ils nous donnent Wino – chambre 218.

On monte au deuxième. Par-delà le palier, les couloirs du cauchemar font un crochet. On piétine des pipes de crack et des éclats de carafon. On s'insinue dans la cité de la seringue et dans l'infra-

---

1. Quartier défavorisé de L.A. (taudis, violence, prostitution, drogue, nombreux sans-logis).

monde de l'intraveineuse. Nos pas font s'envoler les détritus qui jonchent le plancher. Nos chaussures ramassent des aiguilles ensanglantées et vaporisées de virus.

Voici le 218. La serrure semble un peu secouée. Entrons.

Donna bricole le bouton de porte. Je chahute le chambranle. La porte capitule.

Pas de Wino. Personne. Une piaule de pervers de quatre mètres sur trois.

Un lavabo. Un lit escamotable. Un parquet que parcourent des punaises. Des morpions qui font des bonds et des murs auxquels Wino a fait subir sa nuit de Walpurgis.

Des clichés complètement cinglés de scènes de crimes. Des photos d'archives qu'on a chouravées. Les affaires criminelles les plus affolantes. Toutes sur papier glacé glamour.

Des Mansonites mesmérisés. Des photos floues du Dahlia noir. Des clichés crus de Stephen Nash.

Des assassins saisis sur surface sensible. Le démoniaque Donald Keith Bashor. Sirhan Sirhan encerclé par les seconds du shérif. Ce frappé de Fred Stroble, qui a massacré une gamine à la hache, et fini dans la chambre à gaz vers 1953. Notre Stephanie, sanglée sur un chariot, toute sanguinolente dans son drap.

Le crime – photographié à la manière de Weegee et déformé par la vision de Wino. Des documents sans concession, parmi lesquels sont épouvantablement insérées des photos de femmes dénudées.

Des actrices – criantes de vérité au format 20x25. Des bimbos en bikini et des vénus au ventre plat. La rousse Rita Hayworth. La divine Donna Donahue aux cheveux teints avec discrétion. Nicole Kidman aux éphélides exubérantes. Le blond vénitien des boucles de Julianne Moore.

Juste au-dessous, un assortiment de rousses plus ou moins remarquables – des actrices de seconds rôles sélectionnées dans des séries télé. Du roux flamboyant, de l'auguste auburn jusqu'au blond-roux. Des femmes de tous les styles. Carrément courtisanes. Captivantes quadragénaires. Aristocrates de choix aux chignons tressés.

– Nom de Dieu ! lâche Donna.

La connexion me déconcerte. Aboulez les culottes – j'ai besoin de quelques reniflettes.

Un bruit de pas derrière nous. Je fais volte-face. Wino rentre chez lui.

Il nous découvre. Il est décontenancé. Il s'apprête à s'enfuir.

Je le poursuis. Je l'empoigne. Je le plaque sur le plancher. Il s'amoche les tibias sur des tessons. Il se rend.

ON L'ENCHAÎNE au radiateur de la chambre. Mes menottes le maintiennent fermement. Ses yeux en trou de pine transpercent Donna, dont la présence le provoque.

Il halète. Il salive. Il bave façon bouledogue. Son anguille de caleçon fait des bonds derrière sa braguette.

Je trouve un annuaire du téléphone. Donna sort ma matraque. On s'approche de lui, l'air sévère. Donna attaque :

– C'est toi, hein, qui m'envoies des lettres anonymes ? De temps en temps. Depuis des années.

Wino se tortille. Les menottes lui mordent les poignets.

– T'as pigé, ma choute. Moi, je suis un type qui envoie des petits mots, et qui aime passer des coups de fil aussi. J'ai essayé de trouver ton numéro de téléphone, mais rien à foutre. Sinon, t'aurais vraiment entendu parler de moi.

J'interviens :

– Et les e-mails, alors ? Il y a un malade qui bombarde Miss Donahue de messages. Il lui demande de lui envoyer ses culottes.

Wino joue les outragés.

– Ces conneries avec les culottes, c'est pas mon truc ! Moi, c'est les lettres anonymes et les coups de téléphone ! Je ne touche jamais à ces saloperies d'ordinateurs. Une cabine téléphonique, par contre, c'est quand tu veux !

Donna fouette l'air de sa matraque. Le bout plombé passe tout près de la tronche du pervers pépère.

– Et les toilettes pour dames ? Ça doit te plaire, ça, non ?

Wino grogne et ricane.

– J'aime bien renifler les sièges des toilettes tous les trente-six du mois, je le reconnais. Mais avant tout, je suis un spécialiste. Mon truc, c'est les lettres anonymes et les coups de téléphone. Dans ma branche, je suis un virtuose, et j'en suis fier.

Je lui demande :

– Pourquoi une photo de Donna au milieu de toutes ces rousses ? C'est à peine si elle a une légère teinture de cette couleur.

Wino me fait un clin d'œil.

– Écoute-moi bien. Ma mère était rousse. Je m'en suis jamais remis. J'ai une passion pour les chattes rousses, et c'est rien de le dire. Donna, elle ressemble à ma mère. Pas besoin d'être Sigmund Freud pour piger un truc pareil.

Je tripote mon annuaire. Les pages défilent et froufroutent.

– Tu es entré chez des gens, ces derniers temps ? On a signalé un rôdeur à plusieurs endroits, dans West L.A.

Wino tire sur ses menottes. Le métal lui mord les poignets.

– J'ai pas fait de cambriolage depuis les années 70. C'est à ce moment-là que j'ai trouvé ma vraie vocation. Mon truc, c'est les lettres anonymes et les coups de téléphone, et j'en suis sacrément fier.

J'insiste :

– Tu reconnais que c'est toi qui as envoyé ces lettres à Miss Donahue ?

– Ouais, tu sais bien que c'est moi. Il y a longtemps que je pratique mon art, et j'en suis sacrément...

– Tu as fait de la taule à Chino, hein ? Tu as envoyé une lettre de là-bas.

– Exact. Moi, j'écris des lettres. Je suis le meilleur dans ma catégorie.

– On t'avait bouclé pour cambriolage ?

– Ah que non ! Je fourguais des barbituriques à des lycéens, au bowling de Venice Boulevard. J'ai arrêté les cambriolages dans les années 70.

Donna demande :

– Tu prétends que ce n'est pas toi qui m'as envoyé des e-mails ?

Wino rigole, ricane, et lui tire la langue. Wino se lèche les lèvres de façon révoltante et nous lance un regard mauvais.

– Mon truc, c'est les lettres anonymes et les coups de téléphone. C'est comme ça que je fonctionne depuis vingt ans. Essaye même pas de me mettre autre chose sur le dos, ça marche pas.

Je creuse la question :

– Tu as arrêté d'envoyer des lettres à Miss Donahue. Pourquoi ?

– Elle m'intéresse plus, voilà pourquoi ! Plus jamais elle se met à poil ! Moi, je veux voir des femmes à poil ! C'est ça qui m'excite ! Sinon, je suis foutu !

Donna me regarde. Je la vois pencher du côté de la violence. Ses yeux noisette se braquent sur moi et ils font *mal*.

Elle frappe Wino. Elle le matraque et l'amoche. La masse siffle quand elle fend l'air. Le bout en cuir fait éclater la peau. Donna lui refait la raie au milieu. L'entaille est profonde. Le sang lui pisse jusqu'au menton.

Wino ne se sent plus.

– Vas-y, ma choute, j'aime ça ! Tu m'excites, parce que j'adore me sentir coupable ! Demande à tous les vieux flics ! J'ai avoué les pires crimes de l'Ouest !

Je saisis l'occasion au vol :

– Tu as dit que tu avais tué une fille, un jour. Tu l'as écrit dans une des lettres que tu as envoyées à Miss Donahue.

Wino se tient la tête. L'entaille se prolonge vers l'arrière du crâne. Il darde la langue façon lézard et lèche le sang qu'il a sur les lèvres.

– J'ai jamais tué de fille. J'ai dit ça pour lui flanquer la frousse. Pour me venger. Elle retirait plus jamais ses fringues. Moi, j'aime les femmes à poil. Je peux pas m'en passer !

Je manipule mon annuaire. Je réprime mon envie de le massacrer *molto rápido.*

– Qu'est-ce que c'est que cette histoire d'aveux ? Raconte-nous ça.

Wino tortille ses poignets. Le radiateur renâcle.

– Ça remonte à l'époque du Dahlia noir. J'avais neuf ans à ce moment-là. J'ai commencé à avouer tous les crimes célèbres. Citez-en un, n'importe lequel, je l'ai avoué. Ceux commis par Bashor, par Stephen Nash, ceux de Manson, tout ça. C'était mon truc, dans le temps, avant que je bande pour les femmes à poil.

Je le regarde. Son flageolet frétille. Il grimace et jouit dans son jean.

Donna fait « Beurk ! » Wino lâche un soupir d'extase. C'est pour moi le signal qu'il faut passer à l'hallali.

– C'est toi qui as assassiné Stephanie Gorman ?

Wino ricane. Wino nous lorgne. Wino répond :

– Et si c'était moi, qu'est-ce que ça peut foutre ?

Je répète, lentement :

– C'est toi qui as tué Stephanie Gorman ?

Wino se tortille. Wino cligne de l'œil. Wino répond :

– Et si c'était moi, qu'est-ce que ça peut foutre ?

Je le cogne à coups d'annuaire. Je tape avec la tranche, côté reliure. Je le tabasse avec entrain. Je le pile et je le rempile. Je le rosse, je le roue de coups, et je me redresse, le souffle court. Il pisse dans son pantalon et il a des fuites côté narines.

– C'est toi qui as tué... ?

– Non ! Je faisais un peu de jardinage pour son père ! J'ai avoué le meurtre, mais j'ai pas réussi à en tirer trois repas chauds par jour et un bat-flanc. Les flics m'ont foutu dehors !

Je regarde Donna. Elle me dit :

– *Rick, arrête, s'il te plaît !*

Wino tire sur sa chaîne. Il chahute le radiateur qui s'arrache du mur. Les canalisations se déconnectent. Un jet de vapeur jaillit et m'ébouillante.

Je fouille le placard. Des fringues... mais pas de flingue lance-fléchettes, pas de tranquillisant, pas de benzodiazépine. Je sors mon portable. J'appelle Dave Slatkin.

Il répond.

– Slatkin.

Je demande :

– L'enquête avec les portraits. Ça a donné quoi ?

Dave tousse. Des chiens aboient en fond sonore. J'entends panteler Pancho. J'entends gueuler des griffons.

– Personne n'a reconnu Wino, dans aucune des six bibliothèques. J'avais d'autres photos avec celle de Wino, et deux ou trois bibliothécaires m'ont dit que Cal Eggers ressemblait plus que les autres au type qu'on recherche. Tu trouves pas ça marrant ?

Je me poile. Je regarde Donna. Wino secoue la tête. Des gouttes de sang sautent sur le corsage et la jupe de Donna. D'autres lui frôlent l'épiderme.

Wino récapitule :

– J'aime les femmes à poil. J'aime les lettres anonymes et les coups de téléphone. J'adore les chattes rousses. Et puis après ?

J'approche une chaise. À dossier droit en lattes de bois. Je m'assieds à califourchon. Je plie les bras. J'arrache les lattes.

Wino se tortille et se compisse de nouveau. Je répète *sotto voce* :

– *C'est toi qui as tué Stephanie ?*

Wino se calme. Wino explique :

– Ce jour-là, je faisais le caddie au golf d'Hillcrest. Il y avait un grand tournoi. Ils ont sûrement ça dans leurs archives. J'étais sur le terrain au moment où la môme est morte.

Donna extirpe son portable de sa poche. Je l'entends se connecter aux renseignements. Elle demande Hillcrest. Je l'entends s'entretenir avec le standard du Country Club et obtenir le chef des caddies.

Elle chuchote. Les mots qui me parviennent sont *Weinburger* et *le 5 août 65*. Wino ne me quitte pas des yeux. J'élabore une prière de luthérien non pratiquant : Mon Dieu, FAITES QUE CE SOIT LUI.

Les secondes s'écoulent. Donna dit :

– Il consulte les archives.

Je ferme les yeux et vois Stephanie. Tic, tic, tic... deux minutes se font la malle.

Donna dit merci. Le téléphone se tait. Je rouvre les yeux. Je vois toujours Stephanie.

– Ce n'est pas lui, Rick. Il est resté sur le terrain de golf de 13 h 10 à 18 h 20.

Auf Wiedersehen, adieu, adios – shalom, Stephanie.

Je détache Wino. Donna sonde son sac et en sort deux billets de vingt dollars. Une compensation au rabais – elle lance les billets sur le lit.

On sort. On écrase des pipes de crack et des tessons de carafon. Wino hurle :

– J'aime voir des femmes à poil ! J'ai besoin d'en voir plein !

8

Les relents, les remugles, la puanteur pestilentielle – il faut qu'on se lave à grande eau pour chasser ce qu'on a rapporté de chez Wino.

Chez Donna, il y a une baignoire balèze grande comme une piscine. On s'y plonge dans l'eau chaude pour annihiler mille saloperies et pour décortiquer les tactiques terroristes qu'on vient de mettre en pratique. Donna avoue une rage et une rectitude façon fausse féministe. Wino le bouc émissaire – l'archétype du criminel sexuel. J'avoue ma violence vénale stimulée par le souvenir de Stephanie. J'évite d'évoquer l'obsession de Wino pour les femmes à poil. Elle me touche de trop près. Les petites culottes me paralysent. Je me remémore ma mère, *à moi*. Elle *aussi* était une vraie rousse.

Dave appelle. Je lui apprends que la piste Wino est une impasse. Le vieux qui envoie des lettres anonymes/le rôdeur aux e-mails : on a finalement affaire à deux vicelards distincts. Dave me dit qu'il va réactiver les planques mobiles. Il ajoute qu'à son avis c'est Leotis Lauter qui a liquidé Gary Getchell. L'assassinat aux fléchettes : destiné à faire diversion. Maintenant, on va s'occuper sérieusement de notre rôdeur à haut risque.

De plus :

Les flics de West L.A. ont déniché quelques témoins oculaires. On a vu Leotis Lauter traîner devant chez Gary Getchell il y a trois jours. Deux redoutables Rastafarians étaient en reconnaissance avec lui. L'appart de Getchell : passé au peigne fin et laissé sens dessus dessous. On peut parier qu'aucun dossier n'y a été découvert. Ce qu'on a trouvé aujourd'hui : des documents calcinés dans l'âtre de Leotis L.

J'en discute avec Dave. Leotis Lauter : il deale de la dope – ce n'est pas lui qui nous a lancés sur une fausse piste. Le rôdeur à haut risque : le gars qui a eu la peau de Gary.

On pèse le pour et le contre. On tombe d'accord sur un point : j'ai deux jours de congé à prendre – que j'en profite pour musarder avec Donna.

On badine. On se blottit devant l'âtre. On fait l'amour et on festoie au coin du feu. On fait cuire des kebabs et on se gave de grillades. Reggie le Ridgeback rafle les restes.

On traînasse. On s'identifie à Reggie et on s'imagine en meute. On sombre dans la somnolence. On *pioooonce.*

Wino me hante. J'Œdipsychote comme un pervers. Quelques intruses rousses s'immiscent dans mes visions. Ma mère se matérialise. Elle marmonne des remontrances. Je suis perdu dans son tiroir à sous-vêtements.

J'entends un bruit. Il détonne dans le tableau. Il ravage ma rêverie.

J'ouvre les yeux. Voici Cal Eggers. Cal brandit un flingue lance-fléchettes. Une bûche s'embrase dans le foyer. Les flammes éclairent Cal.

Mes synapses crépitent. Les bibliothèques. L'identification à l'aide de portraits anthropométriques. Les photos de Cal qui coïncident avec les réminiscences des témoins. *C'est lui, le suspect qu'ils ont identifié.*

Cal fait feu. Je roule sur Reggie. Je dérange Donna. Surprise par l'assaut, elle se réveille en sursaut.

La fléchette se plante dans un oreiller. Reggie se redresse. Je roule vers la droite et je rafle un tisonnier. Il est chauffé au rouge par les flammes.

Donna s'esquive. Donna plonge les mains dans les coussins du canapé. Reggie se rue sur l'entrejambe de Cal et lui plante ses crocs dans les couilles.

Cal crie. Je le tabasse à coups de tisonnier et je le marque au fer rouge. Je vise le cou. Je lui calcine la nuque. Il lâche son pistolet à fléchettes et sort un *vrai* flingue.

Un gros calibre. Un mastard malfaisant en acier nickelé.

Il hurle après moi. Il tire. Je plonge sur le côté et il me manque. Reggie arrache ce qu'il tient entre les mâchoires et châtre Cal. Je vois ses balloches se faire la malle et finir leur carrière entre deux paires de canines.

Cal crie. Cal cavale vers Donna. Elle balance les coussins de canapé. Elle jette une carpette à la tête de Cal. Elle met la main sur le Magnum. Elle récupère son .45 carabiné.

Cal canarde. Il rate Donna. Les balles lacèrent le Renoir et malmènent le Monet. Les deux toiles tombent du mur. Reggie gronde, la gueule pleine de génitoires ravagées. Donna vise, tenant son Magnum à deux mains.

Elle touche Cal au-dessous du caleçon. Elle lui loge quatre pruneaux dans les jambonneaux. Les impacts sont puissants. Cal percute le canapé et se casse la gueule.

Il s'étale. Il lâche son flingue. Je vire à droite et bondis vers lui.

Ses blessures aux jambes coulent copieusement. Sa plaie pelvienne palpite et pisse le sang. Il est aux portes du purgatoire. La Faucheuse le fixe déjà d'un air farouche. Je l'incite :

– *Tes dernières paroles !* Crache le morceau, je te prie.

Il tousse. Des mucosités striées de sang s'échappent de sa bouche. Il retrouve une voix assurée. C'est à Donna qu'il s'adresse. Pas à moi.

– Vous... êtes la femme idéale, pour moi. J'ai le béguin pour vous depuis 83. J'étais à la Division Rampart, à ce moment-là. J'avais décidé de vous séduire... mais je ne savais pas si j'en serais capable... J'ai toujours eu envie d'entrer chez des femmes par effraction... J'ai essayé de compenser mon obsession pour m'en débarrasser... les e-mails, les petites culottes... C'est Megan More qui m'a donné l'idée... Oh, Donna, au moins, je ne vous ai pas violée... oh, merde...

Ce salopard sombrait fissa.

– Il n'y a pas que ça, Cal. Vite, la suite !

Donna s'agenouille près de moi. Elle exhale des senteurs de savon au bois de santal mêlées à des traces de poudre. Reggie régurgite. Il restitue des testicules indigestes.

Cal crache.

– J'étais en cheville avec Gary G., sans que Megan le sache. Je lui fournissais de la dope en provenance des Stups, encore plus qu'à Danny G. ... Je voulais prendre le commandement de la division après le départ de Linus Lauter... Gary savait qu'en j'en pinçais pour vous, Donna. C'était moi, l'*ange exterminateur*... Leotis et ses nègres ont torturé Gary... J'avais peur que Gary me cafte s'ils revenaient à la charge... Alors j'ai liquidé Gary.

Reggie aboie. Cal tousse. Ses yeux disent : « Ah, ma belle... » Il crache du sang, il pâlit, et il meurt.

Donna balance un coup de pied au cadavre.

– Pauvre nul ! Comme si j'étais si bien que ça.

Joyeuses fêtes. Noël pour les accros à la crucifixion, Hanoukkah pour les feujs, Kwanzaa pour les Africains qui aspirent à la sécession. Oh ! Oh ! Oh ! On a quelque chose à fêter, aussi, au carrefour Hillsboro-Sawyer.

Donna et moi. Honorons nos morts. Rendons-nous hommage à nous-mêmes. Célébrons notre séparation.

Nous avons passé deux mois ensemble. C'était géniaaaal. Les circonstances nous ont sérieusement secoués. Nous avons été réveillés avec rigueur.

Les médias ont joué le jeu. La « saison des suicides » : c'est la version qui a survécu et s'est métamorphosée en mythe. Cool Cal a même pris le train en marche, dans le dernier wagon. Joe Tierney a annoncé qu'il souffrait d'un cancer en phase terminale, que la douleur le rendait dingue. Cal ne la supportait plus. Il avait décidé de s'autodétruire.

Un verdict viable. Au rencard, la castration canine et le décès aux mains de Donna D.

Conclusion cosmétique. Cal s'est fait sauter le caisson. Le rôdeur pervers est mort avec lui. Quant à Leotis Lauter, son meurtre fut mémorable. En relation directe avec le rap.

Monster Mack-Mack fricotait avec la meuf de Leotis. C'était un triangle tragique. C'était du mauvais mélodrame de moricauds. Leotis a coincé Mack-Mack à la Mosquée de Mohammed N° 6. Mack-Mack a sorti un fusil-mitrailleur. Mack-Mack l'a massacré. Leotis s'est récolté vingt-six pruneaux et a raccroché pour rejoindre Allah. À l'heure qu'il est, il est couché avec Khalid Karim.

Daisy Delgado est persuadée qu'il a assassiné Gary Getchell. Elle prépare une inculpation post mortem.

L'affaire est bouclée. Il y a une douzaine de défunts déclarés dans le paradis ou l'enfer du rôdeur à haut risque.

J'ai eu droit à deux mois avec Donna. Les contingences du quotidien ont creusé un fossé entre nous. Je me suis attelé à plusieurs affaires non élucidées. Donna a décroché un rôle dans une série. Elle incarne une femme flic de la Criminelle.

Au carrefour Hillsboro-Sawyer, on est assis dans ma Saturn seize soupapes. On s'échange nos cadeaux. On regarde la maison de Stephanie. Donna m'a acheté un cardigan en cachemire. Je lui offre le fusil-mitrailleur de Mack-Mack, que j'ai soustrait au séquestre.

La maison nous attire et nous retient. Le temps nous joue des tours. D'autrefois à aujourd'hui en passant par les scénarios anciens. Stephanie qui n'est pas vengée. Notre fille disparue plus âgée que nous. Notre avenir et ses limites.

On parle. On verse quelques larmes. On se dit des « je t'aime ». Je me sens esseulé et Donnafié alors que Donna est tout près de moi. Des crimes insolubles, des femmes inaccessibles – et moi.

LE JIHAD DE JUNGLEVILLE

Le paradis, c'est encore pour toujours. Le temps ne cesse de vous saper et vous force à vous réfugier dans le passé. Les intervalles temporels s'entremêlent. L'holocauste du rôdeur à haut risque et son brouhaha retentissant sont six mois derrière nous.

Donna. Moi. Un petit saut jusqu'à mars 2005.

Mon mandat : m'occuper d'un autre meurtre. Le contrecoup d'une affaire non élucidée. D'un côté, mon désir. De l'autre, sa réticence. Notre soif de nous fondre l'un à l'autre. Donna. Moi. Terreur toxique. Malédiction mauresque. Rattachons mon retour en arrière à ceci :

Los Angeles Times, 1er mars 2005.

L'UNITÉ DES AFFAIRES NON ÉLUCIDÉES ENQUÊTE SUR DES MEURTRES LIÉS À DES CAMBRIOLAGES

Par Miles Corwin

Au LAPD, l'Unité des Affaires non élucidées enquête activement sur trois meurtres d'une audace rare survenus au printemps 2001 lors de braquages de magasins de spiritueux. L'inspecteur David Slatkin, le responsable de l'unité, a confié au *Times* qu'un renseignement glané de fraîche date pourrait se révéler « très précieux ».

L'après-midi du 29 avril 2001, deux hommes sont entrés dans le magasin Les Caves du paradis, à l'angle de Normandie Avenue et de Martin Luther King Boulevard, au sud du centre-ville. Ils ont dévalisé l'établissement sous la menace de leurs armes à feu avant d'abattre le propriétaire, Dong Quan Lem. Un commis, caché, accroupi, derrière le comptoir, a pu décrire les agresseurs : « C'était des jeunes, du genre arabe. Un peu comme ceux, vous savez, qu'on voit agiter des bâtons et des armes en Irak. » Les meurtriers ont pris la fuite. Le commis a fourni leur signalement au LAPD, et a aidé les enquêteurs à établir leurs portraits-robots.

Les braqueurs-assassins ont frappé de nouveau le 16 mai. Pénétrant dans la boutique Le Cellier des cinq continents, au carrefour Jefferson Boulevard-Vermont Avenue, ils ont pillé la caisse et blessé mortellement le patron, Jim Wong Kim. Une passante a vu les meurtriers s'enfuir. Elle a décrit les agresseurs de la façon suivante : « Deux Arabes avec une moustache comme celle de ce salopard de Saddam Hussein. » Elle a confirmé les portraits-robots, les jugeant ressemblants, avant d'ajouter : « L'un comme l'autre, ils avaient franchement l'air teigneux. »

Les inspecteurs du LAPD ont élargi le champ de leurs investigations. Ils ont exploré de nombreuses pistes et vérifié auprès des agences fédérales toute information concernant des attaques à main armée pouvant avoir des liens avec le terrorisme. Il n'en est rien ressorti de concluant, et les braqueurs-assassins ont frappé une fois de plus le 9 juin.

Leur cible était Le Roi des cavistes, situé sur Imperial Highway. Ils ont contraint le propriétaire, Kwan Paul Park, à ouvrir le coffre-fort de son bureau et à leur remettre la recette en liquide de la semaine écoulée, après quoi ils l'ont criblé de balles – quatorze coups de feu ont été tirés – et se sont enfuis par la porte de derrière. Un témoin, présent dans le parking, rapporte que les deux hommes ont crié « Allah est grand ! » et « Libérez la Palestine ! » Il a pu affiner les deux signalements précédemment établis, y ajoutant ce commentaire : « On aurait dit que ces types étaient défoncés, comme s'ils carburaient à la dope ou à l'alcool. Et en plus, ils paraissaient franchement cinglés, et super dangereux. »

Poussé à l'action par les demandes pressantes des groupes de militants américano-asiatiques pour les droits civiques, le LAPD a intensifié ses recherches. Cela s'est concrétisé par une tentative pour localiser des « cellules en sommeil » de terroristes arabes. Les groupes de militants américano-arabes pour les droits civiques ont protesté contre « la main lourde » et les « méthodes fascistes » du LAPD après ses interrogatoires de citoyens américains d'origine arabe. Le porte-parole de la Ligue arabe, Gazi Ali, a qualifié l'enquête de « pogrom » et de « conspiration sioniste ».

L'investigation s'est poursuivie, sans résultat. Les attentats terroristes du 11 Septembre ont rejeté l'affaire au second plan, alors que les agences fédérales entreprenaient leurs propres investigations à grande échelle afin de découvrir des cellules terroristes dans la région de Los Angeles. Les inspecteurs du LAPD ont observé en permanence les avancées des équipes spéciales du FBI, mais sans déceler de liens significatifs vers les braqueurs meurtriers. L'enquête finit par stagner, jusqu'à acquérir le statut d'« affaire non classée ».

L'inspecteur Slatkin a confié au *Times* : « Nos enquêteurs ont vérifié plus de 400 renseignements, et le préfet Tierney vient de confier le dossier à l'Unité des Affaires non élucidées. Nous en faisons notre priorité numéro un. Nous sommes sur le point de mettre à contribution un informateur qui s'est engagé à nous fournir des éléments importants. Il semble être infiltré dans le réseau criminel arabe. Nous sommes donc modérément optimistes. »

Cet informateur livrera-t-il des renseignements sur les activités terroristes ? L'inspecteur Slatkin n'y croit pas. « Nous pensons qu'il s'agit là d'un crime de droit commun, purement et simplement », a-t-il déclaré. « Les slogans clamés en public n'étaient probablement destinés qu'à nous lancer sur une fausse piste. Pour nous, cette affaire se présente comme une série de crimes odieux, mais nullement politiques. »

Daily Variety, 2 mars 2005.

FIASCO FLICARDESQUE :
« SURCHAUFFE À LA CRIM' » PASSE À LA TRAPPE
DONNA DONAHUE VA REMONTER SUR LES PLANCHES

Par Bruce Balaban

La chaîne de télé ABC a sabordé la série policière *Surchauffe à la Crim'*, dont la vedette était Donna Donahue, après six épisodes seulement. Ce flicodrame situé à L.A. s'est vite vu condamné à de pitoyables parts de marché et s'est planté pesamment. La série, qui présentait la Donahue dans le rôle de l'officier du LAPD Daisy Delphine, a sombré en dépit de ses atouts fièrement mis en avant par la production : la *sein*-tillante prestation de Donna Donahue en diva dévergondée de la police de proximité, et son statut de série télé préférée du préfet de police Joe Tierney. El Jefe est inconsolable, mais ne cherchez pas la Divine Donna à l'agence pour l'emploi ni à la soupe populaire de Pasadena.

Non, elle est sévèrement résolue à se produire sur scène. Elle veut éviter les films indés fauchés, les scénars de sexploitation à soulever le cœur tels que *Extase extrême*, et les westerns ampoulés comme

San Laredo. Ses projets ? Charger un auteur dramatique de lui écrire une pièce où elle pourrait brûler les planches dans le rôle de la poétesse accro aux amphètes Anne Sexton.

Sexton la sexy succomba au suicide en 74. Donna la profonde pressentit en elle une sœur de semblable sensibilité. « J'ai subi dans ma vie deux secousses sismiques », nous a-t-elle déclaré. « La première en 83, l'autre l'an dernier. Je veux les transmuer pour façonner le rôle et incarner Sexton. »

La divine Donna sera Sexton... Soit ! Cela présage une sacrée prestation solo. Shakespeare, ce maître de l'art dramatique, n'est plus de ce monde – dito le torride Tennessee Williams. À qui pense-t-elle, la délicieuse Donna – qui fait présentement la promotion des croquettes Canal Canin avec Reggie, son Rhodesian ridgeback –, à qui pense-t-elle confier la rédaction de son monologue ?

« J'ai repéré un jeune auteur dramatique », nous a-t-elle confié. « Il est fasciné par la culture des années 70, particulièrement par l'épisode Patty Hearst-Armée symbionaise de libération, mais je crois pouvoir le rendre accro à Sexton. »

Voilà qui sonne comme un Sextonisme sagace et sensé. En attendant, vous pourrez voir Donna, l'amie des chiens qui n'en manque pas (de chien), sur le stand des croquettes Canal Canin lors du concours organisé par le Club cynophile de Beverly Hills. Elle présentera également, ce même mois, la cérémonie de la remise des Oscars, une manifestation où l'on verra aussi de nombreux cabots.

Los Angeles Police Department/Rapport d'évaluation psychologique

Communication uniquement par la voie officielle : M. le commissaire divisionnaire en charge de la brigade criminelle et de répression des vols ; service du personnel (à verser au dossier). Psychologue signataire du présent rapport : Alan V. Kurland, docteur en psychologie. Sujet examiné : Jenson, Richard W./inspecteur 3e échelon/actuellement affecté à l'Unité des Affaires non élucidées.

Rédigé le : 6 mars 2005.

Messieurs,

Entre les dates du 21 et du 26 février 2005, j'ai consacré trois séances d'une heure à étudier le cas de l'inspecteur Jenson, qui m'a été adressé pour une consultation (obligatoire) par le commissaire divisionnaire Waler D. Tyndall, en charge de la brigade criminelle et de répression des vols. Le commissaire Tyndall m'a chargé d'examiner cet officier parce qu'il estimait, de son point de vue personnel, que l'inspecteur Jenson souffrait d'épuisement nerveux et qu'il « traversait actuellement une sorte de crise personnelle ».

J'ai découvert en l'inspecteur Jenson un homme d'une intelligence aiguë et d'une perspicacité remarquable, compromises par la présence de troubles obsessionnels compulsifs, qui, du fait que leurs effets débilitants s'exercent depuis longtemps, ont engendré chez l'inspecteur Jenson un état d'excitabilité permanente, des habitudes de travail pathologiques, et un besoin inquiétant de stimulation mentale. L'origine de ce comportement compulsif semble être la tendresse très particulière qu'il éprouve pour la victime d'un meurtre commis en 1965 (Stephanie Lynn Gorman, date du décès : 5-08-1965, dossier n° 65-538-991), sur lequel a enquêté l'Unité des Affaires non élucidées, et sa liaison à éclipses, qui dure depuis plus de vingt ans, avec une actrice connue (dont il refuse de révéler l'identité).

L'inspecteur Jenson a déclaré qu'il avait renoncé au mariage et aux liaisons de longue durée avec d'autres femmes à cause de la vénération que lui inspire cette actrice, car, dit-il, « avec elle, tout est possible », « elle est constamment avec moi, de toute façon », et « en amour, je ne me contenterai jamais d'une relation tiède ». De plus, l'inspecteur Jenson a précisé qu'il avait écrit « deux récits de la taille d'un court roman » sur son « amour dingue » pour cette femme, les œuvres en question étant influencées, sur le plan du style, par la prose riche en allitérations du magazine *L'Indiscret*. Interrogé sur le contenu de ces deux textes, l'inspecteur Jenson m'a répondu : « C'est des trucs perso. Et, non, vous pouvez pas les lire. » Il a ensuite qualifié ces écrits à la fois d'« odes » et d'« hymnes aux rares moments où j'ai aimé pleinement et où je me suis senti fougueusement vivant ». Implicitement, ces deux déclarations laissent entendre que les textes en question décrivent l'inspecteur Jenson et la femme dont il tait le nom liés par une passion incandescente. Il convient de noter que la grandiloquence assumée de l'inspecteur Jenson et sa dissimulation délibérée des « secrets que je partage légitimement avec cette femme » sont cohérents avec la définition psychologique des troubles obsessionnels compulsifs.

Il existe d'autres aspects, profondément convulsifs, de la fixation de l'inspecteur Jenson. Il a déclaré qu'il aimait « seulement les femmes qui lui ressemblent », qu'il « tombe » dans des liaisons avec des sosies de cette femme, et qu'il les « jette quand elles se révèlent très inférieures à l'original ». L'inspecteur Jenson emploie aussi des « mouchards » qui lui indiquent à quel endroit se trouve l'actrice à tel ou tel moment, afin qu'il puisse « se pointer là-bas comme par hasard ». Questionné sur l'aspect démesuré des moyens employés, l'inspecteur Jenson a répliqué : « Et alors ? Je suis flic. J'utilise des indics, et un homme qui n'est pas prêt à se couvrir de ridicule pour l'amour d'une femme n'est pas autre chose qu'une pauvre fiotte. »

L'intransigeance de l'inspecteur Jenson s'étend aussi à l'affaire Stephanie Gorman. Pour reprendre les propres termes de l'inspecteur Jenson, la victime (une jeune fille de West Los Angeles âgée de 16 ans) a « cristallisé mon besoin de m'attendrir, de vivre dans le passé, de me rendre malade avec les vérités qu'on ne pourra jamais connaître, et peut-être d'exercer une vertueuse vengeance ». Faisant preuve d'une étonnante lucidité sur son propre cas, il a mis l'accent sur son recours aux services des indicateurs, et sur les longues heures qu'il a passées dans sa voiture, garée devant la maison qu'habitait autrefois Stephanie Gorman. « C'est une méditation », a-t-il dit. « Cela me fait éprouver de la tendresse. Je reste assis sans bouger, et j'essaie d'y voir clair en moi. Je n'ai pas besoin de sauter des femmes pour les aimer. »

Actuellement, l'inspecteur Jenson n'est pas prêt à entreprendre une thérapie, ni à prendre une médication destinée à restreindre les effets de sa conduite obsessive-compulsive. Sa condition physique est excellente – si l'on se réfère aux derniers examens du LAPD –, et sa puissance de travail est intacte. L'inspecteur Jenson, qui a tué cinq suspects armés dans l'exercice de ses fonctions, ne semble pas souffrir de troubles liés au stress post-traumatisme, qui sont courants chez les policiers. Interrogé au sujet de sa « crise personnelle » et de son « état d'épuisement nerveux » décrits par le commissaire Tyndall, il a répondu : « Si vous n'êtes pas constamment sur la brèche, vous prenez trop de place. » En dépit de son irritabilité, de l'aspect pathologique de ses habitudes de travail, et de son besoin de stimulation, l'inspecteur Jenson est fermement ancré dans les réalités de son existence. À l'heure actuelle, je crois que rien ne justifie qu'il soit suspendu de ses fonctions. D'autre part, je serais d'avis qu'il subisse une seconde évaluation dans six mois.

Respectueusement,

Alan V. Kurland,
docteur en psychologie

1

L'informateur :

Habib Rashad/Arabe/36 ans/adresse : 4823 South St. Andrews.

On attaque le Harbour Freeway en direction du sud. Les flics l'appellent « la goulotte à charbon ». C'est un toboggan à bamboulas et une vanne à vicelardise. Il connecte Jungleville au Los Angeles de l'Homme blanc.

C'est Tim Marti qui conduit. Moi, je rêvasse. Captif de l'univers temporel de Donna. *Surchauffe à la Crim'* : à la trappe. Finies, les visites impromptues sur le plateau de tournage. Je ne verrai plus Donna déguisée façon fétichiste : insigne du LAPD, flingue et menottes.

Le blues me brise. Je suis perdu sans Donna. Stephanie est désespérément décédée et son assassinat obstinément non élucidé. Ma flamme enfle et se divise en deux. La même flamme torture à présent le fils de Tom, Brandon. Mon béguin a suscité le sien. À son tour, il délire sur Donna. Il extrapole en Stephanie sa virginale cavalière pour le bal de fin d'année.

Jungleville défile de part et d'autre. Des cabanes crades, des éventaires de commerçants crépus, des églises méthodistes africanisées. La goulotte à charbon emprunte un viaduc. En contrebas, je vois des traîne-lattes qui s'imbibent de bibine. Je vois des prostiputes qui tapinent et des gus à la coule qui se conglomèrent contre des comptoirs à barbecue.

Les meurtres de 2001 : trois morts. Suspects : arabes. Les scènes de crime : toutes situées dans le Southside. Notre informateur, Habib Rashad : un habitué du Southside.

Il a appelé le bureau du préfet de police. Il a dit détenir des renseignements capitaux. Le préfet a marché. Les terroristes titillent

Tierney. Il encense la sécurité intérieure. Il convoque l'équipe des affaires non élucidées.

Trois meurtres de marchands de vin. Brutaux, téméraires. Les liens avec le terrorisme : n'y comptez pas trop.

On enquille l'A10 en direction de l'ouest. Je médite sur Donna. On s'est sautés à Santa Ana. On s'est broutés à Burbank. Reggie le Ridgeback s'est joint à nos ébats avec exubérance et a perdu ses poils dans nos draps.

Tim prend la sortie Normandie Avenue. On fonce vers le sud-ouest. Voici l'adresse : une baraque en bois qui a connu des jours meilleurs.

On se gare le long du trottoir. Des bronzés plantés sur leur véranda jettent un œil sur notre flicmobile. On s'approche de la porte d'entrée. Tim actionne la sonnette. Le type qui nous ouvre est un bédouin en grande tenue.

Des sapes signées par un styliste. Une robe de chambre digne d'un cheik. Un burnous balèze de la boutique de Ben Laden.

Tim se marre.

– Salut, l'Arabe ! Où t'as garé ton chameau, enfoiré ?

Le mec reste de marbre. On entre sans y être invités. Le salon : une mini-mosquée de maboul.

De précieux tapis de prière. Des tentures murales majestueuses. Dans des cadres, des photos pharamineuses : des quidams genre Al Qaida aux pilosités pépères. Des ayatollahs illustres. De sacrés Saddam et de sacro-saints Hussein. Une caracolante caravane de chameaux chamarrés.

Rashad dit :

– J'ai des informations. Je vous les donne, et vous m'offrez un bon prix.

Des fauteuils à billes attendent nos fesses. Tim et moi, on s'y affaisse. Rashad fait les cent pas. Son burnous bruit. Qu'il aille se faire foutre, Sid-le-Cimeterre.

Le décor me divertit. Des narguilés empilés sur des dessertes. Des châles chamois couverts de poils de chat ou de chameau. Ces photos aux murs : des bédouins à l'air chafouin.

Tim attaque :

– Ces braquages de magasins. Renseignez-nous là-dessus, et on dit deux mots au D.A.

Des cafards costauds traversent le tapis. Ils trimballent des bouts d'agneau et des chutes de chiche-kebab. Ils sont suivis par des scolopendres du Southside. Ils sont surdimensionnés, aussi balèzes que les basketteurs des Lakers de L.A.

Je demande :

– Est-ce à des actions terroristes qu'on à affaire ? Ces types-là avaient-ils un quelconque mobile politique ?

Rashad secoue la tête.

– Ils voulaient prouver leur courage à un groupe islamiste intégriste. Vous connaissez le terme de « cellule en sommeil » ? Ils voulaient soutirer des fonds au groupe et former une cellule, mais sans aucune intention de commettre des actes terroristes. Ils voulaient simplement se payer du bon temps avec l'argent. Vous connaissez l'expression « faire la nouba » ?

Je *visualise* la scène. Des meurtriers musulmans en maraude sur le Sunset Strip. Des chameaux attachés à côté de la Viper Room. Des broches sur lesquelles des agneaux rôtissent près du Roxy.

Rashad déambule. Sa robe de chambre en est toute chahutée. Ses babouches battent le sol. Crénom ! Un coup de feu claque... Une vitre latérale vole en éclats.

La balle laboure Rashad. Elle ricoche, rebondit sur un narguilé et lui ravage la tête au retour. Elle lui pulvérise les pommettes, sa cervelle se volatilise, son cuir chevelu se déchire.

Je plonge. Tim plonge. On roule sur nous-mêmes et on se mange les tapis de prière. Les cafards se cavalent avec des miettes de falafel.

Rashad se contracte et s'écroule. Vol plané. Il s'aplatit. Il tombe raide mort.

Je me lève. Tim se lève. On défouraille nos flingues et on passe la porte en trombe. La tire pour se tirer : une Pontiac pourpre qui s'arrache en rugissant.

On cavale. On récupère notre caisse. Tim met le contact et lance le moteur. Il embraye brutal, les pneus patinent et on laisse de la gomme sur le macadam.

On poursuit la Pontiac. On gagne du terrain sur la guinde. On l'arrose d'une pluie de pruneaux. On déglingue sa vitre arrière.

Le verre se shrapnellise. L'enturbanné qui nous sert de cible se détache à contre-jour.

Je fais feu. Tim fait feu. Les balles déchirent le tissu du turban. Le burnous s'enflamme. Ses cheveux se transforment en torche et crament la garniture du toit.

Il hurle. Je l'entends. Il s'alakazamme devant Allah. On percute son pare-chocs. On se hisse à sa hauteur. Sa barbe brasille et se réduit à quelques poils courts et calcinés. Sa face est en feu.

La Pontiac tire à droite et grimpe sur le trottoir. Elle bute contre une bouche d'incendie, le moteur meurt, et elle s'immobilise. Des traîne-lattes locaux rappliquent sans se faire prier. Ils hurlent des hourras et braillent des bravos.

Le conducteur déboule de sa bagnole. Son faciès est en feu. Un glandeur qui assiste au spectacle brandit un tuyau d'arrosage. Il se marre comme un malade et il asperge le pékin.

Notre gus grésille et pétille. Il crachote des étincelles et s'écroule, crouni.

LES EXPERTS EN BALISTIQUE DÉBOULENT. Les techniciens du labo dito. La voiture du coroner et six agents en tenue itou.

Ils interdisent l'accès à la rue. Ils passent la Pontiac au peigne fin. Gueule Grillée : il s'est déjà hissé au plus haut des cieux. Les collaborateurs du coroner s'occupent déjà de son cadavre.

Le bout des doigts : abrasé à la râpe. Du tissu cicatriciel à la place des empreintes. Un passeport U.S. Des tampons d'Arabie Saoudite. Le nom : Habib Rashad. La photo : les traits de Gueule Grillée avant qu'ils crament. Des fringues pour frimeur friqué : couleurs *moricaud*-ordonnées de chez John Gallianègre.

Les loulous locaux tournent autour de nous. Les branleurs de bas étage bombent le torse. Ils se baladent d'une baraque à l'autre et se partagent des boîtes de bière. Les gars du labo forcent le coffre de la Pontiac. Ils trouvent une mitraillette Mach 10, un couscoussier en cuivre incrusté de restes de repas, et quatre micros espions.

Des micros espions ? Tiens, et pourquoi donc ?

Les experts en balistique nous cherchent des poux dans le calebard, à Tim et à moi. C'est vous qui avez dessoudé ce cheik chicos ? Ouais, il avait tué Sid-le-Cimeterre. D'accord, mais *justifiez-vous*.

On déballe toute l'histoire. Les meurtres de marchands de vin. Rashad – informateur intègre. Il est décidé à donner des noms. Il prépare son préambule. *Bang !* Le cheik le flingue. Sid se prend du plomb.

Les balèzes de la balistique subodorent le scénario : intrigue intestine ; conspiration de couscoussophages. Panique en pleine Pax Panarabe.

On fouille le foyer de Rashad. On parcourt les pièces, on ramone les recoins, et on trouve ceci :

Des papiers personnels. Rashad est le riche propriétaire du Falafel Fan, à l'angle de Vermont et de la 34e.

Des masses de matelas accumulés dans des cagibis.

Des tracts racistes. Rédigés en arabe. Des caricatures crues d'insidieux Israéliens. Visez un peu leurs dents démesurées et leurs tarins extravagants. Voyez les Cadillac qui leur servent de Feujmobiles. Sans oublier leurs ornements d'apparat en forme d'étoiles de David accouplées au symbole du dollar.

Cinq .44 Magnum. Quinze Browning calibre 40. Et les munitions correspondantes.

Une pandémie de pornos en vidéo. Des titres torrides et d'actualité. *DarCheika baise à Damas*, *69 à la Syrienne*, *Viol collectif au Golan*, *Sexy Saddamites*, *La Cairote et le bâton.*

Quatre caméras recouvertes d'enduit de rebouchage – parfaites pour la surveillance.

Un rapprochement possible : les micros espions et les caméras.

Les techniciens de scène de crime prennent possession de la pièce et la scrutent centimètre carré par centimètre carré. Tim et moi passons en revue le reste de la baraque pour consigner tous les détails. Une ambulance embarque Rashad et Gueule Grillée. Je repense aux types que j'ai tués dans l'exercice de mes fonctions.

Les frères Garcia – des cholos premier choix, des sans-papiers sans scrupules. Huey Mohammed 6X – un violeur vorace. Shondell Dineen et Webster Washington – deux truands noirs très nuisibles. Mon tableau de chasse à l'heure actuelle : six macchabs au total.

Mon portable sonne. L'écran s'allume. L'un de mes mouchards payés à repérer Donna cherche à me joindre.

Je prends l'appel.

– Ici Jenson.

– Salut, Rhino. C'est Tom. Tu sais, aux Studios Raleigh.

– Ouais ?

– Elle est sur le plateau 6. Elle tourne cette pub de croquettes pour clébards.

DÉRANGEANTE DICHOTOMIE : deux macchabs arabes d'un côté, la dangereuse Donna de l'autre.

Au volant de ma bagnole, je blinde jusqu'aux studios Raleigh. Je contourne le plateau 6 et je me gare. *Ouarf ! Ouarf !* C'est Reggie le Ridgeback qui hurle pour haranguer la foule.

Ses aboiements m'invitent à entrer. Je parcours des couloirs et découvre le plateau de tournage. Voilà le metteur en scène. Voilà l'équipe. Voilà Reggie et Donna.

Un drapeau flotte derrière eux. Reggie glapit, vêtu d'une tenue tricolore pour toutou – rouge, blanc, bleu. Un quarteron de conservateurs fait l'article pour Canal Canin. Donna débite un baratin patriotard.

– Bonjour. Ici Donna Donahue. Je suis avec mon chien, Reggie. Comme tous les Américains, je suis inquiète quand on évoque le spectre d'une attaque terroriste. Je reste vigilante et en bonne santé en me nourrissant de façon équilibrée, et c'est pourquoi je donne à Reggie les croquettes 100 % américaines de Canal Canin. Je veux que mon chien de garde soit vigilant 24 heures sur 24, 7 jours sur 7. Avec Canal Canin, je suis sûre d'avoir un mélange de viande, de vitamines et de sels minéraux spécialement conçu pour que Reggie soit constamment sur le qui-vive, et prêt à détecter la présence d'un terroriste potentiel. Exprime-toi, Reggie ! Dis-nous ce que tu penses des croquettes 100 % américaines de Canal Canin !

Reggie fait *Ouarf !,* fourre son museau dans son froc pour chien, et se bouffe la bite.

Il se la mord, il se la lèche, il se titille jusqu'à la tumescence. Donna tonitrue. Le réalisateur rugit :

– Reggie, espèce de salopard, laisse ta pine en paix !

Reggie n'en a cure. Il se fourrage la pine de plus belle. Les machinos se marrent. Je focalise sur un frimeur faraud qui se tient côté jardin. Il exsude ce machisme qui est la marque des modèles masculins. Il porte des pompes ritales de chez Ricci et il se sape avec art chez Armani. La jalousie me ravage. Tout me porte à croire que c'est le gigolo de Donna.

Le metteur en scène vocifère :

– Coupez ! On reprend dans cinq minutes.

Le gigolo se dirige vers Donna. Reggie *groooonde* à son approche. Je me propulse sur le plateau. Donna me serre dans ses bras. Je lui demande :

– C'est qui, ce pédé ?

Donna répond :

– C'est un auteur dramatique. Et je ne couche pas avec lui.

Ma jalousie s'évanouit. Je démachismise et je magnamise. Je me désengage de l'accolade de Donna et je m'adresse au gigolo.

– Je m'appelle Rick Jenson. Donna et moi, on se connaît depuis belle lurette. Je travaille pour le LAPD, et je viens de dessouder un Arabe.

Donna s'esclaffe.

– Rick est xénophobe, et il a tendance à se vanter pour m'impressionner. Parfois, ça marche.

Le gigolo se hérisse.

– Je suis Donny DeFreeze, et vous ne m'impressionnez pas. Je soutiens le Front pour la libération de la Palestine, et toutes les guerres de libération du Moyen-Orient. J'ai dit à Donna que ce spot publicitaire était indigne d'elle, mais elle a insisté pour le tourner. Elle entretient une relation codépendante avec son chien.

Reggie grogne. Sa fourrure fronce du crâne jusqu'à la queue. Signe d'une incontestable acrimonie canine et d'une condamnation inconsciente.

Je relève :

– Donny DeFreeze ? Comme le prétendu « maréchal Cinque », le guignol de l'ASL [1] ? Laissez-moi deviner. Vous le trouvez génial, et vous pensez qu'il aurait sa place à notre époque de répression interne. Et vous regrettez d'être né blanc.

Donna me donne un coup de coude. Reggie dilate sa truffe et découvre ses crocs. DeFreeze recule et percute un pied de micro.

Le micro bascule. Je le redresse. Donna tend la main vers Reggie et le retient.

– C'est Donny qui va écrire mon spectacle sur Anne Sexton. Il a écrit des pièces et des scénarios qui ont retenu mon attention.

Gigolo... Sodomite sournois... Barde bolchevique en herbe... Qu'il aille se faire foutre six fois d'ici à samedi.

– Méfiez-vous de Donna. Elle est plus dangereuse que vous ne pourriez vous en douter. Et méfiez-vous de moi et de Reggie aussi, parce que nous sommes juste derrière vous.

Reggie gronde. Sa bite bondit de son fourreau. Il a tout du violeur canin et du ridgeback en rut.

Donna me tance :

– Rick, quel trou du cul tu fais, parfois.

DeFreeze minaude, façon femmelette. Ses lèvres se pincent avec perversité. Des bulles de bave s'en échappent et s'envolent.

– Je n'ai pas encore produit le meilleur de mon œuvre, mais je pense qu'elle vous choquera quand vous la lirez.

Cryptique. Cruel. Fortes paroles de fiotte qui a foi en son fatum. Persiflage de pédale au regard qui tue.

Je lui envoie sa propre cravate au visage et je descends du plateau.

---

1. Armée symbionaise de libération.

Donna me maudit :

– Rick, tu es vraiment un sale con.

Je sors du studio. Je vois les machinos manger des chichis et boire du café. Je remarque une Lamborghini lie-de-vin garée tout près. La plaque personnalisée annonce : DeFrzz.

DÉRANGEANTE DICHOTOMIE : un chien vindicatif d'un côté, le paradis d'un abri canin de l'autre.

Je me rends en voiture au refuge pour animaux de Dave Slatkin. Je me précipite pour me fondre à la meute de ses toutous. Une cacophonie canine m'accueille et me réchauffe le cœur – six pitbulls tavelés débordant d'amour.

Nous partageons des burritos saucisses-pastrami. On improvise un pelotage trans-espèces en groupe. Je déplie une paillasse sur le plancher. On s'y blottit tous ensemble.

J'expose mon soutien au ressentiment de Reggie. Je déclare que Donna a adroitement renaudé. C'est ce trouduc de DeFreeze qui lui écrit son spectacle sur Sexton. Elle ne pouvait pas se permettre de se le mettre à dos, Donna. Elle ne pouvait pas le contrer sur ses conneries de professions de foi coco. Ouais, Donna avait raison. Je m'étais comporté comme un sale con. J'aurais dû la fermer.

Les pitbulls me prêtent jusqu'au bout une oreille attentive. Je leur dis que je fête mon premier carton sur un porteur de babouches. Je mentionne la présence de matelas chez Rashad. Une cellule en sommeil dans le Southside... pourquoi pas. On va refouiller la baraque demain. On trouvera peut-être autre chose.

Je somnole. Des pets de chiens circulent. Je repense à DeFreeze. Décidément, DeFreeze me défrise. Je prends plutôt mal ce genre de parasite pédé aux faux airs de franc salopard. Je n'ai aucune envie qu'il tente d'entourlouper Donna.

J'appelle le service des immatriculations et leur demande une recherche sur une plaque. Le préposé me trouve la fiche répertoriée « DeFrzz » et me communique les renseignements. La Lambo lie-de-vin : une location à long terme de chez « Khalid Véhikules à votre Konvenance ». Propriétaire : Khalid Salaam.

Ça correspond bien au profil de ce connard. Il se façonne un personnage et débarque à Hollywood. Il s'accroche aux basques de quelqu'un comme Donna Donahue. Il met le grappin sur sa proie, il se greffe sur elle. Il la suce comme une sangsue, il la pompe comme un piranha.

Je m'assoupis. Je dérive. Je sombre dans le sommeil. Je m'y sens protégé par les battements de cœur des cadors qui m'entourent. Je suis sensible à cette grande caresse canine.

Je rêve. Shondell Dineen et Webster Washington trottent dans ma tête. Les émeutes de 92. Nostalgie nihiliste. Le pillage de la supérette « Chez Sal », dans South-Central.

Dineen est constellé de trous d'aiguille, sûr de lui et shooté à l'héro. On le surprend les bras chargés d'un carton de whisky Cutty Sark. Webster porte un sweater « Shaq Attaq ». Il trimballe une cartouche de Kool et une tripotée de packs de bière Schlitz.

Ils ont des flingues. Ils sortent tout juste de taule. Ils portent les pompes de la prison – les sandales de San Quentin.

Voilà la supérette de Sal. Les deux lascars foncent vers la sortie avec leur butin. J'entre.

SURPRISE ! ! ! !

J'ai un fusil à pompe. La première salve les arrose. Le Cutty Sark coule en cascade. La bibine fait des bulles. Leurs dernières paroles, à l'un comme à l'autre : « Espèce d'enculé ! »

Je me réveille. Je suis pris au piège dans l'univers temporel de Donna. Communions avec une âme compatissante. J'appelle Brandon Marti.

Je cherche parmi les chiens et je déniche le téléphone. Je compose le numéro de l'appart des Marti.

C'est Brandon qui répond.

– Euh, ouais ?

– C'est moi, petit.

– Oh, salut, oncle Rhino.

Des puces font des bonds sur le matelas. Les pitbulls se grattent. Je demande :

– Ton père t'a mis au courant, pour les Arabes ?

– Euh, ouais. Il a dit que tu avais tiré avec des balles à fragmentation et que tu avais cramé la tête du type. Ça m'a l'air vraiment génial.

– La commission de discipline devrait nous mettre hors de cause. Ce type venait de dézinguer notre témoin.

– Euh, ouais, mon père a dit que vous aviez rien à vous reprocher, mais que ces crétins de militants pour les droits civiques des Arabes risquaient de protester.

– Qu'ils protestent. Nous avons la loi de notre côté, et...

– Toi, t'as envie de parler de Donna. Je le devine toujours quand tu as cette voix-là.

Je soupire discrètement.

– Tu me connais, petit.

Brandon tousse.

– Mon père dit qu'en amour, t'es un loser. Il dit que c'est normal que je soupire pour Donna, parce que je suis un môme, mais que toi, tu devrais savoir à quoi t'en tenir.

Un pitbull me lèche la joue. Il me souffle au visage son haleine parfumée au burrito.

– Je suis allé dans des coins où ton père n'a jamais mis les pieds. Je crois qu'il est jaloux.

– Peut-être. Ou alors, c'est que tu vis quelque chose qu'il ne comprend pas.

– Ça me plaît, comme explication.

– Mon prof d'anglais, lui, il te comprendrait. Il a écrit sa thèse sur Donna. Il a étudié à fond le pouvoir qu'elle a sur les hommes et tout ça. Il m'a dit que je pourrais la lire, parce que je suis fan de Donna, moi aussi.

Je bâille.

– Fais-m'en une photocopie, tu veux bien ? Tu n'auras qu'à la déposer ici, au refuge.

Brandon bâille.

– D'accord.

– Bonne nuit, petit. Et je te souhaite de rêver de Donna.

– Bonne nuit, oncle Rhino. Bonne chance avec les Arabes.

Je raccroche. Je sombre dans le sentiment de solitude propre au loser amoureux. Je suis trop fatigué pour aller monter la garde devant la maison de Stephanie. Je préfère penser à Donna diminuendo et m'endormir.

Donny DeFreeze me reste en travers de la gorge. Je décide d'exhumer sur son compte des éléments compromettants. Passer sa vie au crible. Cherchons des traces de larcins. Et s'il est blanc comme neige ? Alors, on va le piéger avec un coup monté.

Je m'assoupis. Mon demi-sommeil est hanté par une paire d'yeux noisette où passent des tempêtes.

2

Les médias m'ont massacré. La radio ne parle que de moi.

On s'enquille la goulotte à charbon. C'est Dave Slatkin qui conduit. Tim s'occupe de la radio. Cet enfoiré de fedayin Gazi Ali me les brise menu. Sa rengaine sur les droits civiques n'a ni rime ni raison. Deux sacrés chérifs chiites – morts. Snif, snif – deux super soufis. Rhino Rick ratiboise. Il est sous amphètes et il a la gâchette facile. Il est en pleine déprime. Le LAPD vient de l'expédier chez le psy.

Je fais des bonds sur la banquette arrière. Gazi me gonfle grave. Un salopard du service du personnel lui a glissé mon dossier en douce. Tim mime une branlette. Dave farfouille les fréquences. Une pétasse péremptoire fait la promo des prochains Oscars.

Je gémis. Donna doit assister à la cérémonie. Elle n'a plus de chevalier servant en ce moment. Elle pourrait décider d'y emmener DeFreeze.

On quitte la goulotte à charbon. On emprunte des rues transversales jusqu'à Saint Andrews. Notre pâté de maisons grouille d'agents en tenue. Leur cordon barre la route à un chapelet de chameliers. De nombreux Maures se sont mêlés à eux. Ils blaguent avec les bamboulas et lancent des appels multiculturels au massacre. Ils grognent leurs griefs en une sorte de Pacte Arabo-Moricaud.

On se gare à l'extérieur du cordon, et on le traverse à pied. On se retrouve au cœur d'un grand brassage qui va du Ramadan au Kwanzaa. Des musulmans noirs se matérialisent et nous anathémisent des yeux. Des slogans antisionistes nous sifflent aux oreilles :

« L'Islam, pas Israël ! » ; « Stop au Jihad juif du LAPD ! » ; « Gé-no-cide ! Gé-no-cide ! Les Juifs et la police complices ! »

On passe au travers. On se fraye un chemin au milieu d'un mini-ramadan et on ouvre en deux la Mer Rouge du ressentiment. On fonce en foooorce. On joue carrément des coudes. On trace parmi les bouteilles de bière renversées et les nuages de fumée des nombreux joints.

Voici le rancho de Rashad – réfugions-nous à l'intérieur.

Ce qu'on fait. On s'informe auprès des techniciens de scène de crime et des spécialistes des empreintes. Ils nous apprennent ceci :

Concernant les empreintes : on a trouvé quelques traces latentes. On a celles de Rashad, on a un tas de traces laissées par des gants.

Si on additionne la profusion de matelas et celle de traces de gants, on obtient : une planque où des types venaient dormir. Déduction : ceux qui portent des gants sont des criminels dont les empreintes figurent au fichier. C'est-à-dire, des salopards qui mijotent un sale coup.

Concernant la Pontiac : on l'a mise en fourrière. On a démonté les panneaux et trouvé quatorze mille dollars en cash. On a relevé les empreintes à l'intérieur et à l'extérieur. Les phalanges du tireur abrasées à la râpe étaient visibles – des marques de peau éraflée.

On a soulevé les tapis. On a trouvé beaucoup de pochettes d'allumettes. Elles provenaient toutes de « clubs pour hommes seuls » : Le Strip de Stef, Le Boudoir de Babs, Le Chrysanthème Club. On a trouvé du linge sale, des assiettes et du liquide vaisselle dans le coffre. On pense que Gueule Grillée vivait dans sa guinde.

Un agent en tenue nous rejoint et nous met au courant :

Ses collègues ont fait une enquête de voisinage. Les autochtones leur ont raconté Rashad. Beaucoup de types passaient à la turne. Tous arabes, à toute heure. Certains voisins ont craint une menace terroriste et alerté les Fédés.

Dave appelle son contact chez les Fédés et lui demande ce qu'ils ont tiré de ces renseignements. Ledit contact nous livre sa conclusion : Ouais, on a vérifié les tuyaux. Non, on n'a pas agrafé de suspects. Habib Rashad ? Laissez tomber – c'est juste un guignol qui fait dans le falafel.

On improvise une conférence à trois – Dave, Tim, et moi. On tente un rapprochement entre les micros espions trouvés dans la Pontiac et les caméras camouflées en place dans la baraque. On discute. On tricote des théories. On n'en tire rien de concluant.

J'appelle le bureau des passeports. Je quémande une faveur. J'obtiens ceci :

Le passeport pêché dans la Pontiac porte la photo de Gueule Grillée et le nom de Habib Rashad. L'adresse du titulaire : celle du Falafel Fan, le resto de Rashad.

Un type du labo nous apporte un portrait tiré à la morgue. C'est Gueule Grillée une fois ôtée sa peau cramée. Son visage a maintenant des traits précis, au point qu'on peut on faire une photo d'identité.

Tim contacte les télécoms et récolte la liste des appels de Rashad. La réponse est rapide : Rashad téléphonait constamment à son resto, le Falafel Fan. Rashad n'appelait personne d'autre.

C'est suspect. Cela sent la cellule en sommeil – ouais, probablement.

On se concerte avec application – Dave, Tim, et moi. Il était *inévitable* que Rashad passe d'autres appels. Conclusion : il avait recours aux cabines publiques.

On ressort de la turne. On salue servilement les psalmodieurs qui nous accusent de génocide, puis on les fait enrager grâce à un signe de croix. On emprunte une voiture de patrouille et on fonce vers Western Avenue – la plus proche des artères où l'on trouve des téléphones publics à foison.

On passe d'une cabine à l'autre et on liste les numéros. On trouve quinze téléphones sur une distance de quatre pâtés de maisons. Tim rappelle les télécoms.

Il leur donne les coordonnées de nos cabines. Il demande une liste des numéros appelés. La préposée répond que les résultats seront prêts demain. Elle rappellera l'Unité des Affaires non élucidées.

Mon portable sonne. Je lis l'écran : c'est un appel de Rob, l'indic qui bosse au Starbucks de Beverly Hills.

Disons que c'est Donna qui communie avec le café. Disons que je suis trop obsédé par le boulot pour y aller.

On retourne au rancho de Rashad pour y déposer Dave. Des bamboulas balancent sur notre bagnole des ailes de poulet et des os de côtelettes. C'est un bombardement de barbecue. Une multitude de musulmans malintentionnés médisent de nous.

« Gé-no-cide ! Gé-no-cide ! Les Juifs et la police complices ! »

LE FALAFEL FAN : une hostellerie halal à l'angle de Vermont et de la 34e. Un bouge pour bédouins dès le premier abord. Un comptoir et des tables de pique-nique en terrasse.

On se gare et on s'approche. On ouvre des yeux ronds et on ricane en regardant le menu : la « Pita Palestinienne », la « Merguez Mystique », le « Chiche-Kebab Chiite ».

À toutes les tables, de *méchaaaants* musulmans en nœud pap. Des escrocs qui se font les crocs sur les « Boulettes de bœuf de Baalbeck ». Derrière le comptoir, un molosse de la mosquée à l'air mauvais. Il patouille avec une spatule, il malaxe de la graisse sur une plaque en fonte, il balance des bouts de viande dans de la sauce aux lentilles.

On contourne le comptoir et on pousse le portillon. Des gouttes de graisse qui grésillent sautent de la plaque et atterrissent sur mes tatanes. Le Dabe ne daigne pas nous regarder. Il est vraiment décontracté, Cal, le caïd du désert.

J'annonce :

– Police de Los Angeles.

Tim sort des portraits : la photo de Gueule Grillée prise à la morgue, et les composites des tueurs du printemps 2001.

Cal brandit sa spatule. Il remue des bouts de bidoche. Il nous lance un regard mauvais. Il jette un coup d'œil aux portraits. Ses yeux nous laissent à penser qu'il sait de qui il s'agit. Il déclare :

– Non, connais pas. Je dis vérité à vous. Maintenant, vous partir.

Tim dit :

– Habib Rashad est mort. Qui hérite du restaurant, à présent ?

Cal le Caïd hausse les épaules.

– C'est moi que j'hérite. Le restaurant, il est à moi maintenant. Rashad, cousin à moi. Lui, c'était un homme bon. Lui, *hafiz*.

Je sors mes pochettes d'allumettes : Le Strip de Stef, Le Boudoir de Babs, Le Chrysanthème Club. Cal le Caïd y jette un œil et me fusille du regard. Là encore, je suis sûr qu'il sait de quoi il est question.

– Les gars comme vous, ils vont souvent dans ce genre d'endroits, non ? Vous, et Rashad, et puis le mort de la photo.

Cal secoue la tête.

– Non. Ces endroits-là, c'est pour les infidèles. Les hommes bons vont jamais là.

– *Moi*, j'y vais, merde ! fait Tim. Je ne vois pas ce qu'il y a de mal.

– Vous, infidèle. Je vois vous deux dans journal. Vous tuer homme qui tuer Hashad. Vous avoir « gâchette facile ». C'est Ligue arabe qui dit ça.

Je me marre.

– Hé, bonhomme, il a tué ton cousin.

– Tous les Arabes mes cousins. Nous unis face aux infidèles. Nous cracher sur vous.

Tim se marre. Cal crache sur sa plaque de fonte. Le mollard s'écrase, crépite, siffle.

J'ajoute :

– Des micros espions et des caméras de surveillance. On les a trouvés chez Rashad, et puis dans la voiture du tireur. Je crois que les deux types se connaissaient, et je crois que tu les connais, et que tu connais les tueurs des marchands de vin, et une mégachiée d'autres Arabes qui mijotent des sales coups.

Cal crache sur la plaque. Cal abat sa spatule dans une flaque de graisse chaude. Ses joues s'empourprent. Son cœur cogne et fait vibrer ses veines. Tim l'accule dans un coin.

– Je vais te dire ce que je pense. Ce bouiboui, il sert de boîte aux lettres pour criminels arabes. C'est ici qu'ils viennent chercher leur courrier. C'est ici qu'ils laissent leurs messages. Tes connards de copains, ils viennent bouffer ton couscous à la viande pour chat, et toi...

Cal balance un coup de spatule. Il chope Tim au niveau du col de veste. La graisse reste collée au tissu. Tim savate Cal aux couilles.

Cal se casse en deux. Tim lui balance une manchette. Il vise la pomme d'Adam et frappe de toutes ses forces. Je me joins à la fête. J'accroche Cal par le cou. D'un coup de pied, je lui fauche les jambes pour le faire tomber. Je le bascule en arrière. Je lui crame le cuir chevelu sur le gril.

Il hurle. Je maintiens la pression. Ses cheveux grésillent et grillent. Je lui brûle ses longues boucles et lui torche une coupe en brosse.

Tim retourne la turne.

Il écume les présentoirs à épices. Il disperse les plats. Il plonge dans un placard. Il ravage des robes de ramadan, il explore les étagères et il découvre du courrier.

Les cheveux de Cal se consument toujours. Sa coupe en brosse s'envole en fumée. Maintenant, il a la boule à zéro.

LE COURRIER :

On se rue jusqu'au Parker Center et on le passe en revue. Il désigne des infidèles et des hadjis obsédés par le cul.

Des prospectus de clubs pour hommes. Les mêmes que les nôtres, complétés par L'Alcôve d'Alice et Le Lapin en Sucre. Des pubs pour des putes qui se livrent à domicile – photos provocantes, coupures de presse spécialisée. Des magazines de cul, aux pages écornées, ornées d'annonces hautes en couleur pour le 0800-VIAGRA. D'insidieux inventaires d'armuriers. Achetez par correspondance des Magnum et des Mac 10.

Ouahhh ! – « Le Strip de Stef », PLUS « Sexe-à-Dom », PLUS « Artillerie Pan-Patriotique ». Des photos fétichistes – des pouffes perverses en porte-jarretelles. Des call-girls canon. Du Viagra à en avoir le vertige. Six pubs crades pour des remèdes qui vous rallongent le dard.

On se concerte et se concentre – Dave, Tim, et moi. Dave sollicite une surveillance spéciale du Falafel Fan. On laisse Cal le Caïd sans un poil sur le caillou. Il pouvait très bien nous cafter, à moins qu'il ne perde complètement les pédales. Si tel était le cas, il nous mènerait peut-être jusqu'aux assassins des marchands de vin.

Pas de nouvelles des télécoms. Pas de détails sur les appels passés depuis les cabines. La commission de discipline : elle doit rendre son rapport mardi prochain. Le dézinguage, disons qu'il est casher – je sais qu'on nous foutra la paix. Notre priorité première : faire la tournée des clubs pour hommes seuls.

On prépare notre liste. On se partage la tâche. J'hérite du Lapin en Sucre et du Boudoir de Babs.

Je cingle en solo vers la City of Commerce. C'est une zone industrielle parsemée de centres commerciaux crasseux. Des clubs de strip-tease y côtoient des salons de manucure et des restos de rapido-bouffe. Ça sent le multiculturel malpropre. Des Honduriens défoncés, des Coréens coolos, des soufis et des suceurs de sushis. Mais où est donc passé le L.A. de l'Homme blanc ?

Je me pointe au Boudoir de Babs. Des Latinas lymphatiques se trémoussent et se dépiautent sous des spots stroboscopiques. Le public, c'était les Nations Noires Unies – des immigrés bronzés qui touchaient le fond du désespoir pour se réfugier dans la pénombre d'un club à quatre heures de l'après-midi.

Je brandis mon badge sous le pif du patron. Il me lance une lampe torche. Je patrouille les pistes de danse, et je présente mes portraits aux Serena et aux Soledad du strip. En retour, je ne récolte que des *No* – niet, non et re-non.

Le Lapin en Sucre s'insère entre une baraque à burgers birmans et une mangeoire mexicaine à fruits de mer. J'entre à l'esbroufe, le badge à bout de bras. Le portier se soumet, servile, et me choisit un siège près de la scène. La salle est salement obscure. Seule la piste scintille sous les projos puissants. Une Blanche s'y trémousse au rythme d'un disque disco daté. Les yeux me piquent, péniblement. Je cligne des paupières et j'y vois plus clair.

Je découvre autour de la piste un vaste circuit le long duquel les danseuses peuvent venir se frotter aux clients. Des filles enfourchent les jambes des jobards assis sur leurs sièges et font semblant de s'empaler sur leur paf. J'importune le portier pour qu'il me procure une lampe torche. Je circule le long du circuit et j'exhibe mes clichés. J'interroge toute une rangée de loquedus qui tirent la langue.

Les danseuses voient mes photos, les jobards voient mes photos, et personne ne confirme quoi que ce soit.

« Je les connais pas » ; « C'est qui ? » ; « On a pas beaucoup d'Arabes, ici » ; « Qui c'est, ce type tout cramé ? Il a vraiment une drôle de gueule » ; « Oh, *beurk!* Ils ressemblent à Saddam Hussein. »

Je regagne mon siège près de la piste. Je suis flapi, fourbu, lessivé par ma traversée de Saddam et Gomorrhe. Je désire Donna. Je ferme les yeux au moment du spectacle. Je chasse de mon champ de vision Susana la souillon et j'invoque l'image de Donna.

Elle rit. On se tient la main à Holmby Hills. On file des friandises à Reggie le Ridgeback. Elle cabotine dans *Surchauffe à la Crim'*.

Quelqu'un me tapote l'épaule. Un Coréen corpulent et une Nadine naïvement nue se tiennent près de moi. Je toussote et tente de me comporter en flic. J'annonce :

– LAPD.

Le type demande :

– Des Arabes, hein ? J'en vois quelques-uns, ici.

La danseuse dit :

– Je suis de Tel-Aviv. Oy, les Arabes, je connais, croyez-moi.

Je montre mes portraits. Les composites des tueurs et la photo de Gueule Grillée – qu'est-ce que vous dites de ça ?

Ils se figent. Ils scrutent les documents. Ils les étudient. Ils tapotent *tous les deux* les portraits.

– J'ai vu des types comme eux ici, dit le Coréen. Il y a deux, trois mois peut-être. Ils ont dépensé beaucoup d'argent.

Tanya de Tel-Aviv ajoute :

– J'ai dansé pour l'homme au visage brûlé. C'était la semaine dernière, je dirais. Il m'a dit qu'il était déprimé, qu'il avait peur de mourir, ce genre de problème. Mais pour faire la fête, oy ! il y allait franchement, et il dépensait de l'argent. Il m'a dit : « Ma chérie, pour moi, demain n'existe pas. » Et maintenant, vous me montrez ça...

J'avale ma salive.

– Des cartes de crédit... Ils ont utilisé... ?

Le Coréen me coupe.

– Ici, on paye cash seulement. Les cartes, pas bon.

De l'argent – qui vient d'où ? Trois braquages en 2001, une poignée de picaillons pour tout butin. Le Falafel Fan – faible chiffre d'affaires. Rashad : « aucune intention de commettre des actes terroristes... Ils voulaient simplement se payer du bon temps... Vous connaissez l'expression *faire la nouba* ? »

Peut-être... un schisme ? des *vrais* terroristes contre des noceurs enragés ? *Mais*... Gueule Grillée « était déprimé »... il « avait peur de mourir »... « pour moi demain n'existe pas ».

Tu veux dire qu'il y avait du suicide dans l'air ?

Mon portable sonne. L'écran claironne : Pat du Pacific Dining Car – ça veut dire que Donna est là-bas.

Tanya termine :

– J'ai baisé avec l'Arabe dans sa bagnole. Il était monté comme un salami casher.

DONNA DÎNAIT SOLO. Elle boulottait des bulots et du bœuf braisé. Elle me voit et me fait un doigt.

– Rick, espèce d'enfoiré. Tu as été ignoble avec Donny.

Je déboule dans son box.

– Tu baises avec lui ?

– Non, mais je pourrais le faire rien que pour t'emmerder.

Je me marre. Je sirote son eau de Seltz. Je pêche un bulot dans la béarnaise.

– Que sais-tu sur lui ?

Donna soupire.

– Il a fait fortune en investissant dans des sites Internet. Il habite l'ancienne maison de Clark Gable à Malibu, Casa de Sueños. Il écrit des scénarios qu'il essaie de vendre pour percer dans le métier.

– Où l'as-tu rencontré ?

– Dans une soirée. Je l'ai vu parler avec Lou Pellegrino – tu sais, le « détective privé des stars ». Il avait entendu dire que je voulais faire un spectacle sur les textes d'Anne Sexton, et on a commencé à parler d'elle. Il a son propre site Internet, si ça t'intéresse.

Pellegrino : un sbire baraqué, un expert de l'extorsion. Un cador de la corruption. Adepte du chantage, selon des rumeurs rances. Un pitbull de poche, et depuis toujours, le caniche préféré de l'élite hollywoodienne.

Je demande à Donna :

– Reggie hait DeFreeze. Qu'est-ce que ça t'inspire ?

– Reggie n'est qu'un *chien*. Je ne l'imagine pas capable de perception extrasensorielle. Je ne suis pas comme ces givrés qui sont en extase devant leur toutou.

Je rafle quelques frites et je les sale. Mmmm... C'est savoureux.

– Moi *aussi*, je hais DeFreeze. Qu'est-ce que ça... ?

– Que tu es mon meilleur ami et *très* épisodiquement mon amant. Que tu le détestes par principe. Que le LAPD t'a envoyé chez un psy, que tu viens de tuer un homme dans l'exercice de tes fonctions, et que tu m'as l'air un peu à cran en ce moment.

Je me marre. Je prends les mains de Donna sous la table. Mon anguille de calebard fait un bond dans mon bénard.

– Ça fait six mois. J'attends toujours que les événements se précipitent et nous rapprochent de nouveau.

Donna me presse les mains.

– Tu ne peux pas forcer le destin. Et moi, je ne peux pas continuer à tuer des gens et à me laisser embarquer tout le temps dans ta vie de dingue.

La tristesse s'infiltre et me terrasse. Mon anguille se trisse et se ratatine.

– Deux fois en vingt et un ans ? Je n'appelle pas ça « tout le temps ».

Donna soupire.

– J'ai bientôt cinquante ans. Comment se fait-il que ma vie se soit déglinguée à ce point ?

JE ME RENDS à La Mecque du moka sur Mariposa Avenue. Je m'injecte une giclée de java. Le bouclard est un genre de cybercafé en libre-service – deux terminaux avec écran, on paie selon la durée de connexion.

Je trisse sur la Toile. Je saute de site en site. Je google le nom de Donny DeFreeze. Je parviens sur la page d'accueil du péteux. Visez un peu : DeFreezeWorld.net.

Des scénarios qui défilent. Des extraits de :

Eldridge Cleaver, le révolutionnaire violeur : « T'as rien compris, poupée. C'est les années 60. À chaque fois que je viole une Blanche, je marque un point contre le Pouvoir en place et contre Oncle Sam. »

Tir à vue sur les Panthères noires – la révolte du peuple contre le LAPD : « Il faut que tu comprennes un truc, mon pote. On est en 69. On va faire la guerre à ces salauds de flics. »

L'insurrection de l'ASL – règlement de comptes avec le LAPD dans le Southside : « Écoute-moi, mon pote. C'est ton frère de race Cinque DeFreeze qui te parle. On est en 74, à présent. On a enlevé Patty Hearst, maintenant le moment est venu de faire la guerre à ces salauds de Blancs. »

Revanche palestinienne : la fin justifie les moyens : « Écoutez-moi, frères musulmans ! On est en 2003, à présent ! L'heure est venue d'écraser la vermine américaine ! Ralliez-vous à moi, les fedayin ! »

Harvey Glatman, maniaque sexuel, saint et martyr : « Vous, les flics, vous comprenez rien. On est en 1958, pigé ? Ces trois petites poulettes que j'ai étranglées, elles annoncent les années 60. Je vous prédis un chaos monumental, vous m'entendez ? »

Foutaises futiles. Discours débile. Parti pris antiflic et posture communiste. *Nègre*-ment nostalgique. Égarement d'extrême gauche.

Dans cette série politico-militante, la présence d'Harvey Glatman, c'est l'incohérence qui saute au yeux. Glatman a tué trois femmes en 57-58. Il se faisait passer pour photographe. Il exploitait les petites annonces passées par des filles qui souhaitaient faire des rencontres. Il violait vilainement ses victimes et prenait son fade à les photographier de trente-six façons. C'était un adepte de la cordelette et un enragé du ligotage. Il abandonnait dans le désert les demoiselles martyrisées. Sa quatrième victime lui résista et parvint à le repousser. Il finit sur la chaise électrique, à San Quentin, en septembre 59.

?????

Le versant arabe de l'affaire me tracasse. La *moricaud*-nexion avec les bédouins peut aller très loin.

DeFreeze a loué une Lamborghini lie-de-vin. C'est une *moricaud*-mobile plutôt cool – attardons-nous sur ce détail.

Il l'a louée chez « Khalid Véhikules à votre Konvenance ». Propriétaire : Khalid Salaam.

?????

Je commande un nouveau moka et mets le cap sur Malibu. Je connais la Casa de Sueños. J'y ai travaillé comme agent de sécurité, hors de mes heures de service, vers 1977. C'était une maison espagnole, d'un blanc immaculé, au bord de la mer.

Le vent venu de l'océan me fouette le sang. L'air de la nuit me nettoie la tétère. Le café court dans mes veines. Je remonte le Pacific Coast Highway. Je repère la baraque, je fais demi-tour, et je me gare.

Voilà la casa. Restons calme. Elle est perchée deux numéros plus loin, au bord de la route.

Je m'approche à pied. Je trimballe ma trousse à empreintes. Je passe près de la porte cochère. Voici la Lamborghini lie-de-vin. Il y a aussi une Bentley balèze, et une Béhème comme je les aime. La plaque porte les lettres « Lou P ».

Elle appartient probablement à ce petit prétentieux de détective privé Lou Pellegrino.

De l'audace, à présent. Agissons avec aplomb.

Je pose ma trousse sur le toit de la Lambo. Je prépare de la poudre à empreintes. Je confectionne des rubans de transparents. Je saupoudre la portière côté conducteur et je recueille deux empreintes latentes.

Je range les transparents. Je referme ma trousse. Je fais le tour de la crèche de la gauche vers la droite. Un sentier rejoint la rive. Je l'emprunte et repère une fenêtre éclairée. À coups de pied, je façonne un monticule de poussière de mortier. Je m'y hisse pour jouer les voyeurs pervers à travers la vitre.

Je découvre un mobilier minable – du bas de gamme de salle des ventes. Je vois des tonnes d'affiches gauchistes. Voilà ce malade de Cinque. Et Cleaver le violeur. Des portraits provocants des Panthères noires.

Je retourne vers la plage. Je m'accroupis près de la véranda. Une chambre éclairée attire mon regard.

Voilà ce frappé de Donny DeFreeze. Il baise à couilles rabattues sur une banquette. Il saute une souris des années soixante. Elle est permanentée à la perfection. Elle est marquée par les rides. Elle accuse son âge mais reste tout à fait mettable.

Elle garde les yeux fermés. Donny la ramone rageusement. La haine hante son regard.

3

Je fonce jusqu'au refuge. Les pitbulls bondissent. Ils se couchent en couronne. Donny DeFreeze s'estompe et s'efface. Je m'installe pour passer la nuit avec huit chiens.

Je balance aux pitbulls des bouchées de burritos. Brandon Marti a tenu sa promesse, pour le manuscrit. J'en trouve une photocopie sur l'étagère.

Ses territoires de solitude : Donna Donahue déconstruite, par James Ellington.

Les pitbulls s'empilent. Je suis encerclé dans un territoire de toutous. Je récupère un oreiller couvert de poils de chien. Installons-nous pour lire.

L'écriture d'Ellington est élégante. Sa Donna est ardente et délurée. Il se permet à son sujet de belles envolées.

« Pour ce qui est de la force physique de Donna Donahue, elle est manifestement considérable, à en juger par les traits de son visage qui laissent deviner sa force de caractère, sa bonté, sa pudeur, et l'opposition entre son espièglerie et sa réserve. Ici, c'est le règne du paradoxe. Les suggestions sont ambivalentes : *Je suis un livre ouvert/C'est un livre ouvert que je ne vous laisserai jamais comprendre complètement.* »

Ellington explicite son propos. Il improvise sur l'apparition de « personnalités moyennement célèbres », qu'il met en corrélation avec « l'explosion du nombre des téléspectateurs » et « une culture des médias en mutation rapide qui se nourrit d'un désir changeant de la nouveauté et de la proximité de la jeunesse ». Il déclare : « Mlle Donahue conserve au fil des ans un pouvoir implacable sur les hommes, et sa présence suggère de plus en plus fortement une sensualité fermement ancrée dans la sagesse. » Le fait qu'elle ne se soit jamais mariée la désigne comme une « opportuniste de l'amour » qui obéit à une « passion de l'instant » modérée par un désir inflexible de ne « jamais compromettre son identité en se soumettant à un homme quel qu'il soit », une réticence peut-être influencée par « des observations pertinentes, au cours de sa jeunesse, de la dynamique familiale des Donahue et une prise de conscience précoce des dysfonctions parentales ».

Eh bien ! Que voilà une analyse profondément Donnaphile !

« Los Angeles est l'un des sièges des médias, et c'est aussi le lieu où se forgent toutes les rumeurs. Deux épisodes maintes fois racontés de la vie de Donna Donahue concernent sa participation à une suite d'événements violents, le premier en 1983, le second pendant l'automne dernier, en 2004. Les détails rapportés par la rumeur – fort variés et de nature disparate – ont tous trait à sa participation sporadique à des enquêtes secrètes initiées par la police de Los Angeles. »

Et allez donc ! C'est la faute à Rhino Rick ! On met tout sur le dos du LAPD !

Ellington brode sur cette rumeur. Donna possédait des secrets séduisants. Elle revendiquait clandestinement son droit à disposer de son cœur et à réfréner ses fringales. Les possibilités la faisaient palpiter. Elle revoyait à la baisse et mettait en veilleuse ses aspirations romantiques. Sa vie était celle d'un paratonnerre. Elle tissait des intrigues complexes et insensées et s'en extirpait comme en se jouant, en adoration, rêvant déjà à celles qui leur succéderaient. Elle redoutait que son esprit ne déclenche des cataclysmes. Contrepoint calamiteux : elle attachait beaucoup de prix au prosaïque.

Ellington avait bien jugé Donna. Ellington avait jugé la distance qui me séparait d'elle. Ellington m'avait bien jugé, *moi*.

JE PROGRESSE dans ma lecture. Je corne les pages profondément Donnaphiles. Les pitbulls s'assoupissent près de moi. Je sombre dans le sommeil.

Je rêve que des Arabes m'assaillent. Des salopards de chiites me foutent au cul une fatwa à la Salman Rushdie. Donny DeFreeze ramone un chameau. Saddam Hussein offre à Harvey Glatman un harem et des cordes de pendus. Je vois des cellules en sommeil à l'air louche. Des strip-teases sordides. Des troupeaux de rhinos qui se goinfrent de pitas palestiniennes et de boulettes de bœuf de Baalbeck. Ma chochotte de psy me chuchote : « Rhino, tu es franchement atteint. »

Des démons descendent sur Donna. Un abruti d'ayatollah la condamne à mort. Des chauves-souris aux dents pointues plongent sur elle. Des serpents sournois surfent sur ses jambes.

Je m'ébroue. Je me lève. L'empilement de pitbulls se disperse. Je lis le chapitre : *Ses territoires de solitude*. Il me fait très *maaaal*. Ce passage me prouve que jamais elle ne m'aimera éternellement.

Je perds la tête. Je balance des caisses pour chien contre le mur mitoyen. Je sème la pagaille dans les gamelles. Je donne des coups de tatane dans les tas de bouffe pour clébard. Je cartonne la cloison avec des sacs de croquettes Canal Canin.

Les pitbulls sont ravis. Ils bondissent, ils aboient, et me sautent dessus. Ils me lèchent et m'expriment leur amour.

LA TIRADE DU THÉSARD m'a remis le tête à l'endroit. Je m'époussette pour chasser les poils de chien et me rends en voiture au centre-ville.

J'arrive au Parker Center. Je confie à un technicien les empreintes prélevées sur la Lambo. Il me promet des résultats rapides. Je parle à Tim et à Dave. On discute radicalement de nos visites aux clubs pour hommes seuls.

Je leur rapporte le récit de Tanya. Tim et Dave sont d'accord avec moi. Ils ont mené une enquête de voisinage et ils ont recueilli les mêmes impressions. Qu'est-ce que c'est que ce foutoir ? Des Arabes qui font la nouba ? Des discours suicidaires ? Une profonde dépression ? On se fout de nous, c'est sûr. C'est comme ça que ça fonctionne, une cellule en sommeil ?

Et puis... D'où est-ce qu'ils puisent tout leur pognon ?

Dave nous donne un tuyau tout chaud. Danielle, de L'Alcôve d'Alice – elle n'a pas travaillé hier. Un barman bronzé prétend qu'elle tient d'un Arabe des infos de première. Rhino, tu te mets sur l'affaire – elle prend son service à 18 heures.

Notre téléphone fixe clignote. Tim prend l'appel. Bing ! Les télécoms au rapport.

Ils ont examiné les appels passés des cabines. Ils ont aussitôt découvert une incongruité. En quatre jours, il y a eu 49 communications avec le 432 de la 49e rue Est : Hassan Sufeer, abonné soufi.

JUNGLEVILLE DE NOUVEAU : *Moricaud*-necticut et Bamboula Jonction.

On dévale la goulotte à charbon à fond la caisse. En grimpant la côte, on passe tout près de l'ancienne planque de l'ASL autrefois prise d'assaut par la police. Je repense à DeFreeze – je rumine et j'enrage. Ce petit péteux me paraît véreux.

On trouve la maison. Une structure à façade en stuc rose agressif posée sur des parpaings qui s'enfoncent dans le sol. On actionne la sonnette. Pas de réaction. On enfonce la porte à coups d'épaule.

Vise un peu ça : la baraque est vide.

Pas de coûteux tapis à prière. Pas de sièges en poil de chameau. Pas de couscoussier ni de piques à kebab dans la cuisine. Pas de matelas, pas de minaret, pas d'accoutrements pour mini-mosquée.

On passe les pièces au peigne fin. On palpe les placards. On fouille les fissures et on racle les recoins. On trouve ceci :

Des restes de plats à emporter. De la bouffe rassie planquée dans des récipients en polystyrène. Des pitas putréfiées, des pizzas mordillées, des boulettes de viande en sauce bouffées aux mites.

Des prospectus pour des agences de call-girls. Des photos aux couleurs criardes. Des filles peu farouches qui brandissent des fouets – toutes de race blanche. Des blondes oxygénées resplendissantes en peignoirs pourpres. Des créatures caucasiques qui couchent avec des quarterons de crapules de couleur.

Un bout de corde enroulé sur lui-même sur le plancher. Incrusté et taché de sang.

Inquiétant. Une découverte dérangeante. De la peau brûlée qui se détache au moindre contact.

On refait le tour de la maison et on refouille. On ne découvre rien de plus. Dave appelle les Fédés. Il leur apprend qu'on vient de visiter cette planque – au moins, ils sont prévenus.

On ressort de la casbah. Des traîne-patins nous lorgnent depuis leur auvent. On fait du porte-à-porte. On ratisse le voisinage. On passe d'un pâté de maisons à l'autre. On présente nos portraits et on récolte ceci :

La maison : dès le début, une halte à hadjis et une baraque à bédouins. Deux Arabes pour faire tourner la turne – les caïds des portraits composites. Des Blanches délurées qui s'y rendent à toute heure de la nuit. Les Arabes : « Y z'ont déménagé hier. »

Concluons :

Deux sous-fifres de la mosquée tout ce qu'il y a de morts : Rashad et Gueule Grillée. Les islamistes insidieux l'apprennent et se tirent à toute pompe.

Mon portable sonne. Je prends l'appel. Le technicien du labo me donne des nouvelles de Donny DeFreeze – les empreintes sont bien les siennes, et il a un casier long comme le bras.

ON REPART EN VOITURE au Parker Center. Le spécialiste des empreintes me donne le document. La fiche concernant Donny DeFreeze à la Criminelle – de son vrai nom Jomo Kenyatta Perry.

Né à Berkeley le 8 décembre 72. Père : inconnu. La mère : la sensuelle succube de l'ASL Nancy Ling Perry.

Prénommé en hommage au monstrueux Mau-Mau Jomo Kenyatta. Déjà destiné à mal finir avant l'enlèvement de Patty Hearst. Deux arrestations pour extorsion de fonds, dans le comté d'Alameda. Dans les deux cas, il s'exonère des charges retenues contre lui. Il s'agissait de faire chanter des pédés. Il est le comparse d'une équipe spécialisée dans ce genre de sport. Il trombine des tapettes pendant que ses petits potes filment la scène.

Il enfile des homos. Ses clowns de copains et lui sont des pédales restées planquées profond dans le placard. Les flics démasquent vite la magouille. Les fiottes ont la frousse et refusent de coopérer.

La fiche de DeFreeze est riche en rumeurs. « Il semblerait que le sujet se soit installé dans la région de Los Angeles. » « Il semblerait que les opinions du sujet penchent vers l'extrême gauche et soient violemment antiaméricaines. » « Il semblerait que le sujet s'identifie fortement aux groupuscules radicaux des années 70, particulièrement à ceux de la mouvance des nationalistes noirs. »

Immonde Donny. Nocif négrophile. Héritier des guignols gauchistes. Trombineur de troufignards. Pro-Bamboula, anti-Oncle Sam. Naïf négro manqué, « Jomo Kenyatta ».

Mes pensées tourbillonnent et s'enchevêtrent. Donny. Donna. Lou Pellegrino – qui pratique l'extorsion à *Hollywood.*

L'ALCÔVE D'ALICE : un trou à rats dans la vilaine vallée de San Gabriel. Un saloon salace près de Rosemead Boulevard.

Je m'y aventure ambivalent. Je suis turlupiné par cette histoire de terroristes et déstabilisé par le démoniaque Donny DeFreeze. Je veux élucider mon affaire de meurtre multiple. Je veux débarrasser Donna de ce dégueulasse de Donny et replonger, impétueux, dans son plumard.

L'Alcôve est l'archétype du bouge. Des divas dénudées et libidineuses dansent un disco désespérant sur une piste qui fait le tour de la salle. Des mateurs en rut se massent aux tables disposées contre la piste. Lesdites tables sont inclinées. Les mateurs peuvent se palucher planqués par le plateau. Leurs tromblons tressautent sous les tables.

Je montre mon badge à un videur balèze. Il me conduit jusqu'à la loge. Danielle se prélasse sur un canapé parme. Elle porte un bikini blanc. Elle écume les échos croustillants dans un canard à scandale. Elle est toute en prothèses mammaires et tatouages émoustillants.

J'annonce :

– LAPD.

Elle répond :

– De toute façon, j'ai rien fait.

Le videur vide les lieux. J'enfourche une chaise libre et je détaille Danielle. Elle est couverte de pustules et de plaies d'herpès, et elle a la peau à vif par endroits d'avoir forniqué sur un tapis en coco. Elle a vingt-deux ans et n'en aura jamais vingt-trois.

Elle se fait péter une pustule sur un panard. Le pus pointe, putrescent. Je remarque les traces d'aiguille sur ses bras.

Elle répète :

– De toute façon, j'ai rien fait. Mon trois derniers tests étaient tous négatifs. Vous pouvez demander à mon contrôleur judiciaire.

Je secoue la tête.
– Il ne s'agit pas de vous.
– Ah, bon. Mais alors, il s'agit de qui ?
J'extirpe mes portraits.
– Un barman d'ici prétend que vous avez eu récemment affaire à des Arabes.
Danielle jette sa gazette. Danielle, l'air outragé, lève les yeux au ciel. Danielle frotte avec force les escarres causées par le coco.
– Ces deux types venaient tout le temps et ils dépensaient beaucoup d'argent. On aurait dit, en fait, qu'ils avaient des vraies fortunes à claquer. J'ai dansé pour eux, disons, une quinzaine de fois peut-être, mais j'ai pas voulu coucher avec eux, parce que j'aimais pas les vibrations qu'ils m'envoyaient.
Je lui montre Gueule Grillée. Danielle fait non de la tête. Je sors mes composites. Danielle lâche un petit cri et fait « oui ».
– C'est bien ces types-là ?
Danielle leur fait un doigt.
– Comme si j'allais baiser avec des Arabes, après le 11 Septembre et tout ça.
– Vous leur avez parlé ?
– Ouais, à propos de ces films de cul qu'ils tournaient. Je leur ai dit, je fais pas de films de cul, parce que, en fait, mon père il pourrait les voir. Il loue ce genre de truc de sexe, et puis, il en regarde aussi sur Internet. C'est un obsédé, dans son genre, mais c'est mon père, et je l'adore.
Je lui demande :
– De quoi d'autre avez-vous parlé ?
– Rien. Ils voulaient me sauter, j'ai dit non. Ils voulaient que je joue dans leur film de cul, j'ai senti des mauvaises vibrations, et j'ai dit non. Moi, je sens les vibrations et je vois les auras, et, en fait, ces types-là, je les sentais pas. Tout ça, c'était la semaine dernière, et ils sont pas revenus.
Un interphone annonce :
– Danielle, c'est à toi dans deux minutes.
Je me lève. Danielle se lève. Elle se tortille, se contorsionne, et s'extirpe de son bikini. Elle assure sérieusement grâce à la silicone. Elle sort à poil.
On retourne dans la salle. D'autres mateurs se malaxent le Mont-Chauve sous le plateau de leur table. La porte s'ouvre. Un type entre. Luisant de sueur, nez busqué, bédouinesque et basané. Danielle lâche :

– Merde ! C'est...

LUI. Le monstre de la mosquée, le chamelier massacreur, Monsieur Portrait-robot...

Il me repère. Ses mains tressautent et brandissent des pétards. Il y a trois mètres entre nous. Ses deux flingues reflètent la lumière.

Il fait feu. Je prends dans les narines la fumée sortie des canons. Des particules de poudre se dispersent, *pfffft*. Les balles font voler le lustre en éclats. Danielle se plaque au plancher. Les mateurs hurlent de terreur.

Je sors mon soufflant. Je tire aussitôt. Mes balles ratent leur cible. Elles dévient de la ligne droite et se plantent dans une enceinte de la stéréo. La sono explose. La danse disco va diminuendo et disparaît.

Il tire. Je tire. La lueur des coups de feu nous aveugle. Les projectiles labourent le parquet de la piste et dévient de leur trajectoire dans le noir.

Les ricochets résonnent bizarrement, percutent le comptoir et bousillent des bouteilles. Les strip-teaseuses lâchent leurs clients et s'allongent par terre. Les danseuses à poil plongent de la piste.

Il tire. Je tire. Lueurs aveuglantes, déflagrations fracassantes, shrapnels de lustre. Un percuteur qui ne percute plus rien. Chargeur vide. *Son* chargeur.

Je fonce sur lui. Je me frotte les yeux. Je renverse des tables et bouscule des femmes nues dans le noir.

JE RETROUVE LA VUE. L'Arabe a pris la fuite. Une équipe d'experts en balistique arrive.

Ils hurlent. Ils me serinent la sérénade : « Encore toi ! » Le quartier où se trouve le club est du ressort du shérif. Douze adjoints dudit shérif déboulent – une patrouille puérile de bleubites.

Ils sortent de leurs bagnoles et sautent sur les danseuses. Ils restent plantés sur place et prennent des dépositions. Les techniciens de scène de crime rampent sur le plancher et récupèrent les douilles vides.

Je m'éclipse. Je redescends à Jungleville. La nuit qui tombe enterre la 49e rue Est. Les traîne-patins ne sont plus plantés sur leur perron, à présent, ils sont rentrés chez eux.

Je m'approche prudemment de la planque du soufi Sufeer. Je force la serrure et me glisse à l'intérieur. Je refouille les pièces *rapidamente*.

Je reprends la perquise comme la première fois et je n'obtiens rien de neuf. Je longe les murs et je sonde les boiseries à la recherche de faux panneaux. Je tapote. Je tends l'oreille pour déceler ceux qui sonnent le creux. Je parcours les pièces une par une. Je tombe sur du bois massif, sur du bois gauchi, sur... Attends un peu ! C'est quoi, ça ?

Le salon. Je sonde toutes les surfaces. Une paroi qui sonne le creux. Un panneau qui palpite.

Je palpe le palissandre et parviens à déloger un coin du lambris. L'arête est coupante et m'écorche les doigts. Je m'arc-boute, je tire, et le panneau sort de son logement.

À l'intérieur : une niche qui sert de cachette. Une étagère où dort, à l'abri, un butin.

D'autres bouts de corde. Tachés de sang aussi. Encore des parcelles de peau brûlée qui se détachent au moindre contact.

Des polaroïds. Des photos fétichistes faisandées. Des femmes ligotées et bâillonnées. Nues. Une grande nervosité dans le regard. Terrifiées. La peau à vif, entamée par le chanvre des cordes qui les entourent.

Des vergetures longilignes. Des prothèses mammaires monstrueuses. Des essaims de suçons, des traces d'aiguille, de rudes rougeurs laissées par le tapis rugueux – tous les stigmates des Sofia du strip-tease.

JE BONDIS jusqu'à la plus proche cabine. J'appelle Dave chez lui. Il est déjà au courant, pour L'Alcôve d'Alice. Je lui fais part des révélations de Danielle sur les films de cul. Il m'apprend que la commission de discipline a prévu une seconde audition pour ma pomme.

Tu flingues trop. Le docteur Kurland ne t'a pas encore remis la tête à l'endroit. Ta dernière fusillade, pour moi, ça veut dire : retour chez le psy.

Dave digresse. Les Fédés ont fait un scandale au sujet de ma descente chez Hassan Sufeer : pas de demande officielle, pas de mandat de perquisition, pas de liens terroristes connus. Les Fédés allaient envoyer demain des spécialistes de scènes de crime scruter la planque. Je signale que je l'ai *re*-fouillée. Que j'ai trouvé d'autres cordes ensanglantées. Et des photos fétichistes. Cela indiquait peut-être un lien avec les clubs pour hommes seuls.

Dave me dit qu'il appellerait les clubs pour tenter d'obtenir des indices. Il allait insister sur les films de cul, les photos fétichistes, et les mutilations misogynes. Pose les photos sur mon bureau, conclut-il – nous irons leur rendre visite demain.

Je raccroche et reprends la route du Parker Center. Je me sens privé de Donna, donc Donna-déprimé et Donna-obsédé. J'écoute la radio. Je me cantonne à une chaîne d'infos. Un quelconque sous-fifre du shérif s'époumone au sujet de « l'avatar de L'Alcôve d'Alice ».

Danielle malmène le micro.

– J'étais en train de discuter, en fait, avec ce type du LAPD. On parlait des Arabes, et voilà qu'un de ces types passe la porte ! Je voudrais dire bonjour à Papa, et puis, en fait, lui dire que j'ai jamais couché avec cet Arabe, parce que j'ai pas oublié le 11 Septembre, et tout. Ça pose pas de problème ?

J'éteins le poste. Une idée me taquine. Elle prend forme, elle mûrit, elle surgit.

Les photos de femmes ligotées et bâillonnées – elles me rappellent quelque chose. Rhino, si tu raclais le fond de ta mémoire ?

Le souvenir s'esquive en crabe. Il glisse vers Dave Slatkin. Slatkin-la-science – quasi-médium et historien du crime.

Lui aussi, il a une collection de photos. De crimes sexuels à sensations. Des documents malsains prélevés dans des vieux dossiers des années 50.

J'en étais *sûr*, à présent. Mais je ne pouvais pas encore *dire* précisément ce que c'était.

J'arrive au Parker Center. Je plonge sur le bureau de Dave. Je fouille dans ses tiroirs et je trouve CE QUE JE CHERCHE.

Des fiches volées dans des dossiers. Des femmes ligotées et bâillonnées. 1er août 57, 8 mars 58, 20 juillet 58. Judy Ann Dull, Shirley Ann Bridgeford, Ruth Rita Mercado.

Des poses identiques. Les années 50 rejoignent le nouveau millénaire. Les trois victimes d'Harvey Glatman.

Mon cerveau s'emballe. Des photos. Des films de cul. Des micros espions dans la Pontiac pourpre de Gueule Grillée. Dans la casbah d'Habib Rashad : des caméras de surveillance, couvertes d'enduit de rebouchage... Oui, c'est ça. Une traînée de mortier genre enduit près de la casa de Donny DeFreeze.

Donny DeFreeze – spécialiste de l'extorsion, qui fait chanter des fiottes à Frisco. Donny qui trombine cette mama-san à Malibu. Donny, alias Jomo Kenyatta.

Il est de gauche. Il adore outrageusement les Arabes. Il a loué sa Lambo lie-de-vin chez Khalid Véhikules à votre Konvenance. Il a pondu un scénar sur Harvey Glatman.

Donna... Où peut-elle bien...

J'appelle chez elle. J'appelle son portable. Je tombe sur deux messageries. Je bourre vers Malibu comme un malade et comme un fou.

CASA DE SUEÑOS – à présent, baptisons-la la Maison de l'Enfer ou le Château du Chantage.

Je me gare sur le bord de la route. Je vois la Lambo lie-de-vin. Je vois la Béhème balèze de Lou Pellegrino. Je vois une Rolls Corniche sous la porte cochère.

Pas de Donna-mobile fabriquée chez Mercedes. Rien que le ressac et l'air marin.

Je fais le tour de la turne. Je pars sur la gauche et reviens. Je m'approche de la véranda. Voilà la chambre. Je regarde à travers la vitre.

Voilà Jomo-Donny. Je remarque un miroir sans tain spécial chantage. Je reconnais une matrone du ciné que j'ai rencontrée dans une soirée mondaine. Je servais de garde du corps à Bad Bill Clinton, comme auxiliaire du service secret. Cette libérale en limousine de Lorna Lowenstein était de la fête.

Donna m'a susurré des secrets salaces à son sujet. Lorna organisait des pince-fesses pour les politicards et elle était très portée sur la pine dans sa sénescence de septuagénaire. Le mari plaçait des poulettes dans le showbiz pour une agence artistique. Leur couple était chaotique. Monsieur trombinait des tafioles qu'il accostait sur Tapette Boulevard.

Je regarde Jomo monter à l'assaut du chef-d'œuvre en péril. Les lèvres de Lorna lui sucent le saucisson. Je les vois s'installer tête-bêche pour sacrifier au soixante-neuf.

La scène est graveleusement gauchiste et corrosivement communiste. Lorna en raffole. Jomo supporte mal son dégoût de soi et lui broute le bénitier avec la haine de l'homo pur laine.

Je repars vers la porte de derrière. Je force la serrure et me glisse à l'intérieur.

Je longe un couloir. Il faut que je trouve le réduit d'où les photos sont prises. Il faut que je règle son compte à Lou Pellegrino. Il faut...

Mon dos. Quelque chose de pointu, genre poignard. Des frissons partout, et ce *silence* qui suit la fin du monde...

C'EST L'AFRIQUE OU L'ARABIE. Les Trans-Zoulou Airlines me transportent. La cale du cargo est cacophonique, carnivore et cannibale. C'est moi, ce rhino gisant parmi les chameaux à quatre bosses et les pygmées de quatre pieds de haut.

On consomme des croquettes Canal Canin. Un spectacle de music-hall mau-mau se matérialise et nous fait miauler méchamment. Stephanie Gorman blêmit sous son maquillage de mama noire. Donny DeFreeze se fait une transfusion qui change la couleur de sa peau et quand il repart, il est Jomo pour de bon.

Le cargo fait une embardée et finit par atterrir. Les morts que j'ai flingués dans l'exercice de mes fonctions sortent de la soute et débarquent en entonnant un chant funèbre. Voilà les frères Garcia. Voilà Mohammed 6X. Voici Webster Washington et Shondell Dineen.

Ils tirent sur ma corne de rhino et me tourmentent. Je leur échappe et me lance vers L.A. Mes sabots martèlent le sol sur des centaines de milles. Un décor farfelu me libère.

Il est sinistre et absurde. Des dunes de sable cernent le Kilimandjaro. Des bamboulas qui brandissent des sagaies renversent des marmites de ragoût de missionnaire. Je m'en repais avec reconnaissance. Le sacrilège me satisfait. Je cultive la communion. Je dévore délibérément des hosties. Les bamboulas balancent du rabe. Je grogne, je gronde, et je me goinfre.

Je soupire et je psychédélise. Je vois Russ Kuster [1] et Osama Ben Laden. Donna poivre une pita palestinienne. Le Kilimandjaro se métamorphose en Jungleville, L.A.

Voilà Gueule Grillée et Habib Rashad. C'est la confusion des cultures croisées. Osama ouvre le Marché du Muezzin. Il est fréquenté par une clientèle de crépus et propose des rabais rondelets le jour où tombent les chèques des allocations. Le magasin vend de la bibine et des cigarettes Kool. Osama offre des occases : de l'air-o-ouine, du crack, des ailes de poulet premier choix. Reggie le Ridgeback se cogne des côtelettes et recrache du chou-fleur. Danielle danse à L'Alcôve d'Alice et délire sur son « Papa ».

Je sursaute. Mes genoux heurtent un volant et touchent un tableau de bord. Mes yeux s'ouvrent en grand. Ma vision périphérique est parcourue de pulsations. Je discerne le siège de *ma* voiture. Je plisse

1. Voir « Un baisodrome à Hollywood » (dans le recueil *Destination morgue*).

les paupières et perçois un pare-brise. Je vois une plage sur laquelle le jour se lève.

Ces dégueulasses m'ont drogué. Ça me rend fou de *raaaaaage.*

4

J'ai mal à la tête. J'ai des douleurs dans les os. Je me sens floué et psychosomatico*flagada*. Mon ire empire.

Je ne peux pas piéger tout de suite Jomo-Donny. Je viens d'entrer par effraction dans sa villa de bord de mer. Ce qui peut attirer sur ma tête toutes sortes de tracas juridico-légaux. Il faut que je force Donna à écouter quelques vérités fâcheuses sur son scribe obscène. Il faut que je creuse la *moricaud*-nexion Jomo/Arabes.

L'aube s'efface et laisse la place au grand jour. J'atteins Holmby Hills et glisse ma guinde dans l'allée de Donna. Sa Mercedes n'est pas là. Donna a dû décamper pour aller déguster son moka matinal.

Je l'attends dans l'arrière-cour. Je me pose dans le patio. Reggie me rejoint. Je lui caresse l'échine et rumine des pensées romantiques. Rhino Rick et Donna, ça roule.

Je sens rôder dans mes artères les résidus de la drogue qui m'a démoli. Ils me portent à la méditation sentimentale. Me reviennent en mémoire quelques morceaux choisis de *Ses territoires de solitude*. Envoyons-lui par téléphone un florilège romantique emprunté à la littérature.

Je compose le numéro de Donna. L'annonce d'accueil de sa messagerie me ramollit mélodieusement. Je parsème de paraphrases le message que je destine à Donna.

« Tu conserves au fil des ans un pouvoir implacable sur les hommes, et ta présence suggère de plus en plus fortement une sensualité fermement ancrée dans la sagesse. »

« Tu es mon " opportuniste de l'amour ". Tu as ce désir inflexible de ne jamais compromettre ton identité en te soumettant à un homme quel qu'il soit. »

Mon portable plante. La communication est coupée. Reggie se couche à mes pieds.

Je lui parle. Je tente d'emprunter l'éloquence d'Ellington. Je lui confie :

– J'ai peur qu'il ne se passe plus jamais rien entre elle et moi. Elle n'abdique devant moi que par crises et par à-coups. La situation risque de déraper comme cela s'est passé ces deux dernières fois, mais je ne pourrai jamais me contenter de deux fois en vingt et un ans.

Reggie fourre son nez entre mes genoux. Je hausse le ton. Je poursuis :

– Ça me tue. Il faut toujours que ce soient des événements extérieurs qui nous rapprochent. Si je pouvais inventer une formule, ou une expression, ou une stratégie quelconque capable de nous lier l'un à l'autre dans cette bonne vieille vie de tous les jours, je serais le plus riche, le plus reconnaissant de tous les enfoirés qui existent sur terre.

Une brise m'apporte des parfums. Celui d'une savonnette au santal. D'une eau de toilette aux amandes. D'une haleine matinale mâtinée de moka.

Je me retourne. Je vois Donna. Elle me dit :

– Tu peux rester, mon chou. Pour un petit moment, du moins.

ON SE RETROUVE UNE FOIS DE PLUS. On joue *Rick-Donna épisode 3*. On tente de maîtriser le temps. On s'allonge et on tient longtemps. Le temps nous a déjà piégés et pigeonnés par le passé. Chacune de nos caresses intimait au temps de se tenir à l'écart et de nous laisser nous fondre dans le moment présent.

Donna m'apporte un corps nouveau. Elle s'est adoucie pendant les six mois qui nous séparent de notre précédent autrefois. Ce moment-*là* devient notre nouveau *maintenant*. On s'embrasse, on se caresse, on se déguste. Ses hanches s'évasent, s'aplatissent, et se fondent dans ses côtes. Mes deux mains suffisent à en couvrir toute la largeur.

Elle me goûte. Je la goûte. Savonnette au santal, baume d'après bain, la sueur de ma nuit blanche. La tête me tourne. Ses saveurs me séduisent à nouveau. De celle qui est mon audacieuse aimée pour la troisième fois, ces saveurs précieusement secrètes me ravissent comme autrefois et me séduisent aussi dans notre bel aujourd'hui.

C'est nous qui piégeons le temps. Nous prolongeons nos baisers et nos caresses et nous allons déguster des endroits nouveaux, nous attendons, et la nouveauté nous emporte dans sa furie. Nous glissons doucement synchrones dans notre fusion. Et ses yeux noisette où passent des tempêtes me guident jusqu'au bout.

SOMMEIL. UN MIROIR QUI COULISSE. Des judas percés dans les murs et braqués sur *nous*.

Je me réveille. Mes doigts palpent un pelage. Reggie le Ridgeback roule sur lui-même et pose sa mâchoire sur ma poitrine.

Donna est assise près du lit. Elle porte un peignoir en satin saumon. Je regarde autour de moi. Je trouve le téléphone. La tête de Reggie pèse lourd. Donna me tient les mains.

– Raconte-moi. Il y a quelque chose qui ne va pas. Sinon, tu ne serais pas ici à sept heures du matin, avec la tête du type qui a passé la nuit dans sa voiture.

Je bâille.

– C'est à propos de DeFreeze.

– Évidemment, dit Donna. Tu as ta tête des mauvais jours, celle qui signifie : " Où est le téléphone, il faut que j'appelle Dave Slatkin ", et aussi : " on se retrouve seulement quand il y a quelques cadavres dans le coup ".

Je bâille. Reggie bâille. Donna dit :

– *Raconte-moi.*

Je lui dis simplement, *sotto voce*, stoïquement immobile et *leeeeentement* :

– DeFreeze est un maître-chanteur. Il extorquait de l'argent à des homos à San Francisco, et ici il ponctionne des vieilles dames riches. Il est très probablement impliqué dans mon affaire de tueurs arabes.

Donna se tortille et m'étreint les mains. Elle me regarde de ses yeux de biche et lâche *leeeeentement* :

– Merde...

– Tu me crois ?

– Bien sûr. Je commençais à me dire qu'il avait pompé quelque part ce projet de texte sur Anne Sexton qu'il m'a proposé, et tu viens de confirmer mes doutes.

– Je regrette.

– Pas moi. Bon sang, quand je pense que j'étais prête à l'emmener à la cérémonie des Oscars la semaine prochaine.

Je bâille. Reggie bâille. Je lui caresse l'échine. Donna répète :

– Merde...

Je rafle le téléphone. Donna s'éclipse. J'appelle Dave.

– Unité des Affaires non élucidées, inspecteur Slatkin.

– C'est moi.

– Bon sang ! Qu'est-ce que tu f... ?

– Pose pas de questions. Tu as... ?

– Ouais, j'ai fait le tour des clubs pour hommes seuls et j'ai montré les photos fétichistes. Toutes les danseuses étaient présentes, et j'ai obtenu de nouveaux témoignages de filles qui reconnaissent les types des portraits composites. J'ai eu confirmation, aussi, qu'ils avaient tenté de les convaincre de participer à des prétendus films pour adultes.

C'est insidieux. Les saloperies circulent et refont surface à coup sûr...

– Rick, tu es toujours là ?

– Je t'écoute. Dave, tu connais Lou Pellegrino ?

– Bien sûr. C'est un sale con de détective privé.

Je bâille... Putain, c'est la faute à cette saloperie de drogue.

– Il m'a fait une crasse. Demande à Tim de faire surveiller son bureau.

– D'accord. Mais tu veux bien m'expliquer...

– Je t'expliquerai quand on se verra.

Dave soupire. Dave a saisi le message – Rhino est sur un coup. Je raccroche. Je fais rouler Reggie pour me débarrasser de lui. Je descends au salon.

Donna regarde la télé. Les infos défilent sur l'écran. Je vois San Gabriel envahi par le smog. Je reconnais la crête des collines. Des techniciens de scène de crime rampent à la recherche d'indices. Un adjoint du shérif explique :

– ... on note une légère décomposition des corps, et les trois femmes ont été identifiées – en attendant confirmation – comme étant des prostituées employées par les agences Super Nanas et Accortes Escortes. Un examen plus approfondi des dépouilles a révélé...

Le jargon flicardesque tourne au charabia. Une sueur froide m'inonde. Les photos fétichistes. La planque. Le Falafel Fan. Les prospectus salaces pour les agences de call-girls.

Télépathe, Donna devine mon raisonnement. Ses yeux noisette se font plus durs.

– Ça va être à nous de jouer, n'est-ce pas ?

– Oui.

– C'est *Le Meilleur des foutus Mondes 3* ?

– Oui.

Donna sourit.

– Essayons de ne tuer personne, *s'il te plaît.*

LE SMOG STAGNE et cache les collines. On traverse Monrovia et on parvient sur les lieux.

Mon insigne nous permet de franchir le cordon. On passe près du wagon à viande froide. Je me démanche le cou pour glisser un regard. Je vois les cadavres à l'intérieur.

Trois femmes. Celles qui étaient bâillonnées et ligotées sur les photos. Nues. Des marques d'abrasion autour du cou – de vraies brûlures provoquées par les cordes de chanvre.

C'est un flagrant excès de Glatmanisme. C'est de la dépravation à la DeFreeze. Ce massacre m'assomme et me rend malade jusqu'aux tréfonds de l'âme.

Donna aussi regarde le spectacle. Donna fait appel à son éducation catholique et fait un signe de croix.

La planque. La corde incrustée de sang. *De la peau brûlée qui se détache au moindre contact.*

Je scrute les cadavres. Je remarque de légers coups de soleil. Disons qu'ils sont dûs à un éclairage de cinéma. Probablement des sunlights trop puissants pendant un tournage. Des cinéastes nuls. Des abrutis d'amateurs arabes. Les musulmans des portraits composites. Les clubs pour hommes seuls – « Viens, petite. On va faire un film ensemble. »

Une idée me taraude. Des *snuff films*. Plus ou moins liés avec le terrorisme. Charade de marchands de chameaux. Des Palestiniens portés sur la nouba contre de véritables moudjahidin.

Donna verse quelques larmes. Je contemple les corps et je pense à Stephanie Gorman. Les hommes du shérif passent près de nous. Les inspecteurs creusent le sol près d'une décharge. Un coroner coince un flic gradé. Il aperçoit Donna du coin de l'œil. Il la reconnaît carrément. Son regard demande : « Qu'est-ce qu'elle fait là ? »

Deux inspecteurs nous repèrent et se dirigent vers nous. Je n'ai aucune envie de partager mon hypothèse. Je prends Donna par le bras et je l'éloigne.

Elle me demande :

– Dans quelle mesure Donny est-il responsable de ça ?

– Je n'en sais rien.

– Allons l'arrêter.

Je réponds :

– Pas tout de suite.

IL FALLAIT d'abord qu'elle entende l'horreur. Je balance tout ce que je sais sur Donny et je décris les connexions. Donna me donne *son* point de vue sur ce personnage putride. Elle soupçonne ce salaud d'être un sodomite. Elle glisse en douceur vers le fait qu'il n'apprécie pas la sexy Anne Sexton. Donna lui a demandé de lui passer quelques pages de son texte. Donny s'est adroitement dérobé. Donna subodore un méfait majeur. Il se pourrait bien que Donny se paie pernicieusement sa tête. Il est épouvantable, il est extravagant. Ses motivations visent le long terme.

On s'arrache, cap à l'ouest. J'appelle Dave Slatkin et lui résume ma vision de l'affaire. Dave dit qu'il va envoyer une brigade spéciale pour pister Donny. Je lui suggère de mettre son téléphone sur écoute, aussi, et d'intercepter les appels passés de son portable. Dave répond qu'il va harceler l'adjointe du D.A. Daisy Delgado pour qu'elle délivre des mandats fissa.

Je raccroche. Donna dit que Lou Pellegrino est le pivot central de l'affaire. J'acquiesce. Oui, c'est lui le salopard suprême, le maître chanteur par excellence. J'appelle Tim. Je tombe sur sa messagerie. Il m'a laissé un message vocal.

« Je suis dans le parking de l'immeuble de Pellegrino. C'est au 9166 Sunset Boulevard. »

On vire vers le nord. On suit Sunset. On arrive devant le bâtiment et on s'enfonce dans un parking souterrain.

Il y a des emplacements pour stationner et d'énormes bennes à ordures. Voilà Tim près d'un mur couvert de téléphones.

Il repère notre voiture et s'approche. Il voit Donna et lui fait une révérence – c'est ravissant.

Il se penche vers sa fenêtre.

– Bon sang ! Vous êtes de nouveau ensemble, tous les deux ?

Donna s'esclaffe.

– Pour un petit moment, au moins.

Je précise :

– On va se marier.

Donna dit :

– Tu peux toujours courir.

Tim se marre.

– J'ai vu Pellegrino descendre et balancer dans les poubelles des paperasses passées à la déchiqueteuse. Il a déjà fait trois voyages.

Donna commente :

– C'est un pervers malsain. Un jour, il a sorti sa queue devant une amie à moi. Elle m'a dit qu'il était monté comme un têtard.

La rigolade. On se bidonne, Tim et moi. J'entends des semelles qui raclent le ciment. Je scrute le garage. Voilà l'autre enfoiré de Lou P. près des poubelles.

Je pique une *grooooosse* colère. Je bondis de la bagnole et cours vers lui. Il balance des bribes de papier dans une poubelle. Il me voit. Il y regarde à deux fois puis il part au sprint.

La cage de l'ascenseur... Il s'en rapproche.

Je cours. Tim tricote des tibias. Donna détale sur ses talons plats. Lou fait un écart et perd du terrain. J'agrippe par-derrière ses passants de ceinture et je le précipite à terre.

Il embrasse le ciment. Il s'étale à plat ventre et il rampe. Génuflexions, gesticulations – *s'il vous plaît, ne me frappez pas.*

Je ne le *frappe* pas... avec les mains. Je le vise avec le bout carré de mes mocassins renforcés. Je lui percute les côtes. Je lui laboure les mollets. Je lui défonce le dos. Il se tortille et gémit et me supplie d'arrêter.

Tim rapplique et m'arrache à lui. Donna prend la relève et lui décoche un coup de pied puissant dans les parties. C'est finement féministe. Elle hait les exhibos et les misogynes à la mie de pain.

Lou P. me paraît pitoyable. Je le traîne derrière une Mercedes marron et deux murs blanchis à la chaux. L'espace est restreint et à l'abri des regards. C'est le moment de demander des comptes.

Lou lève les yeux et pisse dans son pantalon. Nous le dominons de toute notre hauteur et nous l'encadrons serré. Donna lui décoche un nouveau shoot dans les choses de la vie. Il se tortille, il gémit et supplie de nouveau.

Donna dit :

– Tu as montré ta bite à une de mes amies. Ce coup dans les parties, c'était de sa part.

J'enchaîne :

– Donny DeFreeze. Tu nous dis tout sur ce salopard, avant que je m'énerve *vraiment.*

Lou nous regarde. Il voit d'intraitables redresseurs de torts et une loi sans limites. Ici, pas de recours, pas d'appel au respect des libertés individuelles. Pas question de plaider les circonstances atténuantes, pas de justice de jocrisses à la O.J. Simpson, pas de droits civiques pour chochottes.

Il nous regarde. Il réprime ses tremblements. Il caresse ses couilles contusionnées. Il dit :

– Donny est carrément givré. Il déjante à fond sur certains trucs. Par exemple, il est sûr d'être légalement irresponsable. C'est moi qui l'ai branché sur ces vieilles truies. Elles sont toutes à fond dans le showbiz, vous voyez, genre femmes de producteurs bourrées de pognon. Le plan, c'était de faire du chantage grâce à des photos. Vous voyez, je photographie les vieilles en train de se faire trombiner par Donny, et on les menace de montrer les clichés aux maris si elles crachent pas au bassinet.

Tim dit :

– Continue. Pourquoi tu dis qu'il est givré, ce guignol ?

Lou se masse les côtes et se chouchoute les roupettes en charpie. Il renifle et il cafte comme un cafard.

– C'est à cause des trucs délirants qu'il raconte. Il dit qu'il a besoin d'argent pour une « guerre sainte ». Je l'ai vu discuter avec ces Arabes dans sa baraque, et ça m'a filé les jetons. Je sais pas pourquoi, j'ai senti venir le sale coup. Et puis vous êtes entré en douce dans la maison pendant que je filmais Donny qui pinait la vieille chouette, et je vous ai neutralisé. J'ai cru que vous étiez détective privé, et puis j'ai vu votre insigne. Donny voulait vous supprimer, mais je lui ai fait changer d'avis.

Donna demande :

– Il devait écrire un texte pour moi. Est-ce qu'il lui est arrivé de mentionner mon nom ?

Lou la lorgne.

– Il a laissé échapper quelques allusions. Il a dit qu'il avait un « plan » pour vous, mais sans donner de détails.

Tim le tanne :

– Lâche-nous quelques noms. Ceux des femmes que tu as fait chanter, et quelles sommes tu leur as extorquées.

Lou se lèche salement les lèvres.

– Il y a eu d'abord cette vieille peau de Jane Pearlstein. Son mari, c'est une huile de la Paramount, et on lui a pompé quarante mille dollars. La seconde, c'était Sharon Michaelman. Elle est mariée à un grand avocat d'affaires, et elle a craché soixante mille dollars au total. Lorna Lowenstein, c'est la dernière en date. Je ne l'ai pas encore ponctionnée. Ça, c'était une bonne séance de baise. J'adore les vieilles. Les rides, ça m'excite. Cette Lorna, je la laisserais bien me payer en nature. Merde, je pensais que ça allait marcher, cette combine. Je misais tout mon fric sur DeFreeze.

Je me penche vers lui et le regarde droit dans les yeux. Je me plonge dans ma personnalité de flic psychotique. Autant le dire franchement : ça ne me demande pas beaucoup d'efforts.

– Tu vas parler à DeFreeze. Tu ne lui dis pas un mot de notre petite entrevue. Ses téléphones sont sur écoute, alors on enregistrera toutes vos conversations. Si c'est lui qui parle de moi, tu lui dis que je suis dans le pétrin. Qu'on me prend pour un guignol au LAPD, et que je perdrai Donna si je m'acharne sur lui.

Un simple signe de tête : Lou acquiesce en silence. Il renifle comme le morveux qu'il est. Donna lui flanque un dernier coup de pied dans les *cojones*.

– Ça, c'est de la part de toutes les femmes opprimées, salopard.

LORNA LOWENSTEIN nous fait entrer. Ses pénates sont un palais. Son mari est sorti. La bonne est en congé. La situation nous sert superbement.

Donna la connaît. Elles fréquentent les mêmes sphères. Nous sommes venus sans Tim. Ça nous simplifie la tâche. Lorna subodore la sale visite. Son regard enregistre que notre présence n'annonce rien de bon. Donna entre sans y être invitée. Moi, je ne suis pas rasé, négligé, et je suis flic.

On s'assied. Le salon s'annonce immense. Putain de Beverly Hills – avec ses haciendas hors de prix pour les Feujs.

La Lowenstein nous lorgne. Je me repasse dans ma tête la séquence filmée par Lou à la Casa de Sueños pour la faire chanter. Lorna la lubrique qui suce le saucisson d'amour de Donny. Lorna la libertine qui s'écarte la craquette. Elle s'élance comme un lézard et elle lèche.

Donna dit :

– C'est au sujet de Donny DeFreeze.

Lorna l'horizontale baisse les yeux.

– Oui ?

J'interviens :

– C'est un maître chanteur, madame Lowenstein. Son acolyte a filmé vos ébats. Son projet, c'était de vous menacer de tout révéler à votre mari.

Larmoyante Lorna – elle a ouvert les vannes de ses glandes lacrymales.

– J'aurais payé.

– Vous n'aurez plus besoin de le faire, à présent, dit Donna.

Je précise :

– Il est suspecté d'avoir joué un rôle majeur dans plusieurs affaires criminelles. Je suis sûr que nous l'arrêterons pour ces autres affaires avant qu'il ait eu le temps de vous extorquer de l'argent.

Lorna la malheureuse en amour – attirée dans un traquenard. Les yeux humides bordés de mascara dilué par les larmes.

– La différence d'âge... J'aurais dû me méfier, mais j'y prenais trop de plaisir.

Donna lui tend un mouchoir et me lance un regard qui veut dire : « Mais tais-toi donc, espèce de sans cœur. »

– Vous a-t-il jamais parlé de quelqu'un qui aurait eu un prétendu plan me concernant ?

Lorna ne lâche pas son mouchoir. Lorna se cache les yeux. Les larmes dévalent jusqu'à son menton.

– Il m'a dit qu'il avait un ami bien placé qui tenait beaucoup à vous, et que vous deviez l'emmener aux Oscars. Je fais partie du comité qui organise la cérémonie, et il m'a posé beaucoup de questions sur la soirée.

Mon portable vibre et fait des bonds dans mon bénouze. Je l'extirpe de ma poche. Un texto titille les pixels et un message se matérialise :

« D.S. à R.J. : Va au Falafel Fan illico. »

Lorna la libidineuse nous dit :

– Mon mari prend du bon temps avec ses petits mignons. Pourquoi est-ce que je ne pourrais pas m'amuser avec un séduisant jeune homme ?

ON AVALE L'AUTOROUTE à fond. On prend la 10 puis les rues qui partent vers le sud. Je roule en procédure d'urgence : gyrophare en route et sirène hurlante.

On remonte la 34ᵉ rue. On vire vers Vermont. On se pointe en plein dans une pagaille sans pareille. On découvre ceci :

Une palanquée de voitures de police. Un coin de rue isolé par un cordon. Les caisses du coroner. Une véritable flottille de voitures suspectes. Le Falafel Fan – traversé par des rubans de scène de crime. Des flics – un confortable contingent posté sur le trottoir. Des types genre témoins qui virevoltent autour d'eux. Tiens donc... les flics les interrogent et leur montrent des portraits.

J'arrête la voiture. Je sors. Je capte des relents de Pitas Palestiniennes et de Merguez Mystiques. Je me fraye un chemin dans la foule. Je contourne les tables et j'accoste le comptoir.

Voilà Cal le Caïd. Tim et moi, il y a deux jours, on l'a un peu cuisiné, carrément sur la plaque de fonte. On l'a saisi à feu vif et on s'est occupé de sa coupe. On lui a cramé les cheveux jusqu'à la peau du crâne.

Il est mort, à présent. Étendu par terre. Il est à l'aise avec Allah, ou bien il flambe dans les flammes de l'enfer des infidèles. Son visage recouvert par une gerbe de sang est ravagé par une décharge de chevrotine. Il est constellé de cratères creusés par les plombs de fort calibre.

Je me retourne. Je vois Dave. Il m'annonce :

– On a quatre témoins oculaires qui nous ont donné un signalement. Les tueurs, ce sont les types des portraits composites.

Je comprends. Je comprends tout de nouveau. Je comprends pour de bon. C'est une guerre sainte qui tourne au cauchemar. C'est une lutte entre des laïcs obsédés sexuels et des moudjahidin surexcités. C'est le jour J pour le jihad des bédouins. C'est un Gettysburg du ghetto à Jungleville, L.A.

Je vois Donna. Elle est assise sur une voiture de police. Elle signe des autographes pour des flics et pour de cruelles crapules fringuées aux couleurs du gang des Crips. Je m'approche du groupe. Un gros salopard en sweat-shirt « Tupac est vivant » se tape sur les cuisses et s'esclaffe.

Donna vient de lui dédicacer sa levée d'écrou de la prison du comté. Elle a écrit : « Le Meilleur des foutus Mondes 3. Bises, Donna D. »

5

La salle des transmissions – un bunker balèze près de Parker Center.

Des trucs et des machins d'un mur à l'autre. Des systèmes de surveillance supersophistiqués. Des standards de télécommunications avec des câbles de couleur qu'on branche et qu'on débranche. Des canapés confisqués couverts de poils de chat. Quatre casques – pour Donna, Dave, Tim, et moi.

On écoute. On capte des appels lascifs et lubriques. C'est Daisy Delgado qui a délivré ce mandat de mise sous surveillance. On s'est carrément coincé Jomo-Donny dans le collimateur. On a mis sur écoute toutes ses lignes téléphoniques.

La brigade spéciale a salopé la surveillance du Falafel Fan. Elle n'a pas empêché Cal le Caïd de se faire plomber. Les médias se sont manifestés pour nous massacrer. Le Falafel Fan, Habib Rashad, Gueule Grillée, L'Alcôve d'Alice – qu'est-ce que ça veut dire, toutes ces avanies arabes et cette chierie chiite ? Des cadavres de call-girls découverts dans les collines de San Gabriel – carnage collatéral ou coïncidence corrosive ?

Le préfet Tierney fait le décompte de nos derviches décédés et feinte avec fourberie. Ah, Ah ! Une guerre sainte, dans ma cité ? Jamais ! Des liens avec le terrorisme ? Hors de question. Cette vilaine histoire de cadavres retrouvés ? Irréfutablement sans le moindre rapport.

Dave appelle les Fédés. Ils sautent à pieds joints sur notre théorie du jihad de Jungleville. Ils disent qu'ils vont cuisiner tous les bédouins qui sont derrière les barreaux. Il se pourrait qu'ils parlent et qu'ils crachent quelques indications. Les Fédés les communiqueront au LAPD.

On est quatre assis côte à côte. On capte des conversations. Nos casques risquent la surchauffe. Donna et moi nous tenons la main. La savonnette au santal et l'eau de toilette aux amandes m'assaillent les narines.

Des appels. Les diodes du standard dessinent des chiffres et récupèrent l'identité du quidam qui appelle.

Jomo-Donny à Lorna Lowenstein. Bouillie sonore de répondeur. « Chérie, tu me manques tellement. J'ai hâte que vienne le jour de notre prochain rendez-vous. »

Jomo-Donny à Donna. Message haché par la machine. « Donna, salut, c'est Donny. Je n'arrête pas de penser aux Oscars. Je suis très honoré que tu m'y emmènes, et le texte sur Anne Sexton avance bien. Appelle-moi. Tchao. »

Jomo-Donny à Sandra Saperstein, épouse chaudasse d'un pacha du showbiz – étonnant, cet édifiant extrait :

« Je ne peux pas te dire à quel point tu me manques, Donny.

– Tu me manques aussi, ma chérie.

– Je vais me faire faire un peeling au salon Georgette Klinger. On dit que ça vous enlève plusieurs années.

– Qu'est-ce que c'est que quarante-neuf ans entre deux êtres qui s'aiment, ma chérie ? Tu as du panache, et c'est ça qui compte. Pour moi, tu n'as pas d'âge. »

Jomo-Donny à Claire Samowitz, une autre Rachel à racketter – ne quittez pas, écoutez plutôt cette envolée sur la volupté :

« C'était génial, la nuit dernière, mon amour. Tu es la meilleure.

– Oh, Donny. Ça m'a rappelé la nuit du bal de terminale, il y a... un certain temps, maintenant.

– Le temps, c'est une valeur bourgeoise, mon amour. C'est notre frère Cinque qui a dit ça. Nous, nous avons *le moment*. Et c'est là que ça se passe.

– Oh, Donny, personne ne m'a jamais broutée aussi bien que toi. »

Jomo-Donny appelle dans une cabine publique un abruti à l'accent arabe, un contestataire à la con :

« La cible, Hassan. Si on se concentre sur la cible *maintenant*, tout ira bien.

– Je comprends, Jomo. La police sait sûrement, et il faut en tenir compte, que c'est *nous* qui avons tué l'infidèle au Falafel Fan. On doit rester planqués jusqu'au jour J. La cible, c'est ce qui passe avant tout le reste. »

Jomo-Donny appelle dans une autre cabine un autre abruti arabe, obsédé du cul et plombé par le poids du péché :

« Je ne peux plus aller dans les clubs, Jomo. Il y a trop de flics qui rôdent. Je suis devenu accro au frotti-frotta avec les strip-teaseuses. Je sais que ma fin et ma récompense suprême sont proches, mais je ne peux pas me passer des plaisirs de la chair, en attendant le moment où je rejoindrai Allah et ses vierges. Pour tenir le coup, j'ai besoin de chattes blanches et de cocktails frappés.

– Tu vas bientôt rencontrer Allah, mon frère. Il faut que tu réfrènes tes pulsions et que tu penses à la cible. Au paradis, tu auras le droit de baiser pour l'éternité. »

Jomo-Donny à Lou Pellegrino. Ils déblatèrent sévère sur *mon* compte :

« On aurait dû le liquider, ce sale con de Jenson.

– On liquide pas les flics, Donny. Ça se fait pas, c'est tout.

– C'est quand même un sale con. Il m'a humilié devant Donna.

– Il est surtout zarbi. Au LAPD, on le considère comme un cinglé. On m'a dit qu'il avait reçu deux convocations pour la commission de discipline. Il trimballe des casseroles pour ses deux fusillades, et il peut rien contre toi, parce qu'il est raide dingue de Donna Donahue, et elle l'enverra bouler s'il te fait plonger. »

Jomo-Donny passe d'autres appels. Jomo-Donny bigophone à Big Pizza. Jomo-Donny se connecte à « Khalid Véhikules à votre Konvenance » et à « Larry, Lamborghini à louer ». Jomo-Donny appelle deux autres Hanna de Hollywood qui ont le feu au cul. Ils parlent des Oscars. Ils se rejouent leurs récents rapports. Les deux vieilles peaux paraissent pratiquement séniles. Elles se gavent et se grisent de Jomo-Donny sur le toboggan tragique qui les mène au tombeau.

Embrouilles et extorsion. Cette discussion sur la « cible » : totalement terroriste. Lou Pellegrino, qu'on a maté et compromis, est à notre botte, à présent.

Jomo-Donny : mâtin de mosquée à la manque, c'est un insidieux islamiste. On a ce qu'il faut pour l'inculper, maintenant. *Mais*... on a besoin d'en savoir plus sur la « cible ».

Tim me dit :

– Je t'ai déjà vu cette tête-là. Ça veut dire que ça carbure à fond dans ta cervelle.

Je suggère :

– On envoie Donna équipée d'un micro émetteur caché. Elle retrouve l'autre salopard pour dîner avec lui, et elle lui soutire des infos sur la « cible ». Il adore le risque, alors, il pourrait bien lâcher quelques indices.

Dave dit :

– Je marche.

Donna fourrage dans son sac à main et en sort un Python à poignée de nacre. L'acier luisant du canon comac lance des reflets.

– Je marche. Au Pacific Dining Car, ce soir. Il y a longtemps que j'ai envie d'un bon steak.

Tim nous dégotte un téléphone de terrain. On branche nos casques. Donna fait le numéro de Donny le Dégueu.

Trois sonneries. On décroche. Donny le Démon :

– Allô ?

– Salut, c'est Donna.

– Salut. J'allais t'appeler.

– Et si on dînait ensemble, ce soir ? Au Pacific Dining Car. Je t'invite.

– Non, c'est moi qui t'invite. Je veux qu'on parle sérieusement de Sexton.

– À huit heures, alors ? Du bon vin, une bonne discussion.

– On parlera *films*, mon chou. J'ai quelques idées pour un thriller érotique dans lequel tu serais géniale.

Un thriller ? Prudence. Le Python de poche dans le sac de Donna. Des cordes. L'horrifique Harvey Glatman. Les call-girls dont on a retrouvé les cadavres. Les snuff films. La corde incrustée de sang. *La peau brûlée qui se détache au moindre contact.*

Donna raccroche. Considérons la mission accomplie. Dave et Tim applaudissent. Des yeux noisette où passent des tempêtes se posent sur moi.

Donna déclare :

– *Le Meilleur des foutus Mondes 3*. Si ça tourne mal, je le tue.

LES FÉDÉS ont cuisiné tous les bédouins qui se trouvaient derrière les barreaux. Lesdits bédouins ont confirmé le contretemps. Il y a une guerre sainte à l'intérieur de la guerre sainte. T'entends ça, Toufik ?

Donna nous quitte. Elle va tourner une pub pour les croquettes Canal Canin. Au QG des Fédés, on se concerte encore une fois – Dave, Tim, et moi. On se bloque un bureau entier. Un Fédé mafflu nommé Fields nous débriefe. Il dit qu'il a interrogé huit irréductibles islamistes. Ils lui ont tous tenu les mêmes propos. Fields nous a gardé un hadji au chaud pour qu'il puisse nous parler. En attendant, visez un peu la situation :

On a des Arabes déchaînés qui nous sortent par les trous de nez. On a enchtibé ces chameliers pour des crimes crapuleux comme pour des délits de Pieds Nickelés. Il y a une redoutable rébellion qui se ramifie dans tout L.A. Ces brutes sont à la recherche de butin blanchi, avec les compliments d'Al Qaida. Ce sont des financements foireux pour les cellules en sommeil – réelles ou bien bidon. Parmi ces salopards surgis des sables, il y en a qui sont prêts à mettre des bombes sous des bâtiments et à atomiser des monuments. Et puis il y a les moudjahidin à la mords-moi-le-nœud qui veulent récolter le cash et faire la nouba jusqu'au bout de la nuit.

Ce sont ces losers-là qui veulent des liaisons lubriques avec des beautés blanches. Ils accaparent les call-girls modèle bombes sexuelles blondes et bergères aux yeux bleus. Ils fréquentent les temples du frotti-frotta. Ils se lâchent dans les librairies spécialisées et raflent les revues porno. Ils ratissent les clubs de rock. Ils glissent du Rohypnol à des Rita-couche-toi-là et ils leur font subir les derniers outrages. Ils se mettent en transe à la méthaqualone, ils décollent au crack, ils vibrent au Viagra. Leur fondamentalisme farouche s'est effiloché et a fait flop. L'Islam ? – *beurk !* – on est américains, maintenant. Rien à secouer, de ce Coran à la con. On est des baiseurs basanés. On s'appelle Larbi, mais on est laïcs, à cent pour cent.

Tim, Dave, Donna et moi, on adore la conférence de Fields. On se bidonne sur nos tabourets. Fields s'éclipse et revient avec un bédouin chafouin. Le mec est menotté. Il porte une combinaison blanche. Il a l'air mauvais, méfiant, et suprêmement malin. Il connaît le ramadan sur le bout des dents.

– Je vous présente Gamal Abboud, alias Abe Goldberg. Il essayait de se faire passer pour israélite, mais c'était pour se taper des juives. C'est un renifleur de petites culottes. La brigade des mœurs de Hollywood l'a poissé en train de se secouer le salami entre deux rayons de lingerie chez Victoria's Secret.

Abboud déclare :

– Je suis américain. Je soutiens George W. Bush *et* John F. Kerry. Je suis partisan du droit à l'avortement *et* de l'enseignement privé. Je suis un apostat. Merde à l'Islam et à toutes ces conneries.

Tim a un petit rire.

– Vous avez adopté quelques vices typiquement américains.

– Je *suis* américain. Je respecte la diversité. Vous avez vos centres d'intérêt, j'ai les miens. Nous sommes libres, vous et moi. J'adore les femmes blanches et les martinis dry. Votre truc à vous, je ne sais pas ce que c'est, mais c'est votre truc.

Ouah ! Que voilà un wahhabite viré libéral libertin ! Corrompu par notre culture. Devenu vandale par le biais du vice. Américannibalisé !

Je glisse mon grain de sel :

– Les Américains font d'excellents indics. Ils cherchent à gagner les faveurs des autorités et ils caftent leurs copains pour se sauver la mise. Vous voyez où je veux en venir, sahib ?

Il voit. Il salaame et salue. Des bestioles se baladent dans sa barbe.

– Je suis américain. Je comprends que mon devoir civique est de devenir un mouchard. Nous sommes libres d'être tout ce que nous voulons être. Moi, je suis libre de lécher les bottes des autorités en échange de l'asile politique.

Dave sort ses portraits composites. Fields choisit une chaise pour Abboud. On s'installe en cercle. Nos genoux se touchent. Abboud se cure le pif et en extirpe une chouette pépite. Une blatte balèze prend son envol depuis sa barbe.

Abboud plisse les paupières. Il cale les documents à la verticale. Il annonce :

– Je les connais.

Je dis :

– Leurs noms ?

– Je ne sais pas.
Dave demande :
– Qui est-ce ?
Abboud répond :
– Des terroristes. Ils ne restent pas en place et dorment dans leurs voitures. Il devrait y avoir un gros attentat bientôt, mais je ne connais pas la cible. C'est une mission suicide. Si ces salopards de chiites n'arrêtent pas de faire la nouba, c'est parce qu'ils savent qu'ils vont mourir bientôt. Je les ai vus dans les clubs pour hommes seuls.
Tim intervient :
– Mais *comment* vous savez tout ça ?
Abboud se lèche les lèvres. Une blatte bondit de sa barbe et danse la lambaba sur sa langue. Il la brise entre ses dents et il la bouffe. Du jus de blatte jaillit entre ses babines.
– Grâce à l'Internet. Au forum de Fred Frotti-frotta. Tous les queutards arabes expatriés s'y connectent. En fait, Fred Frotti-frotta, c'est Ephraïm Ben-Gazi. On le connaît aussi sous lc nom de « Dani Dayan le Gentleman violeur ». Il deale du Rohypnol et du Viagra. Les queutards se laissent des messages les uns aux autres et révèlent des choses qu'ils devraient garder secrètes. Ce sont de bons Américains diminués par l'alcool et la drogue.
Je reviens à mes moutons :
– « La cible », cela implique une opération d'envergure. D'où vient l'argent ?
– De deux sources. Le gérant du Falafel Fan blanchissait l'argent d'Al Qaida, mais il le claquait aussitôt dans les clubs. C'est pour ça que la faction intégriste l'a éliminé. Son cousin Habib Rashad blanchissait l'argent et le dépensait, c'est pour ça qu'il a été tué aussi. Ils étaient devenus de bons Américains, et...
Je le coupe.
– La seconde source. C'est *ça* qui nous intéresse.
Abboud nous lance un regard en coin carrément coquin.
– C'est un Américain blanc aux sympathies arabes. Il extorque de l'argent à des femmes riches et il fait des films impies pour les distribuer aux grands pontes musulmans d'Irak et d'Afghanistan. Il paraît qu'ils sont très misogynes.
Jomo-Donny. Les call-girls cannées. Les snuff films. Le rictus d'Harvey Glatman. *De la peau brûlée qui se détache au moindre...*
Dave s'enquiert :

– Où les films ont-ils été tournés ?

Abboud répond :

– J'ai entendu parler d'un loft. Dans le quartier des entrepôts, sur North Almeda peut-être.

Tim se lève. Sa chaise bascule et se renverse.

– Je vais appeler la brigade, lui demander d'établir la liste des propriétaires de tous les immeubles concernés. Les entrepôts, ça représente seulement deux ou trois pâtés de maisons, là-bas.

Dave est d'accord. Tim sort de la salle. Fidèle au folklore des Fédés, Fields est fébrile – le LAPD lui subtilise son suspect soufi dans une enquête en collaboration. Je rêve à Donna et mes rêveries me ravissent. Je deviens son herculéen héros. Je m'attaque aux terroristes et les terrasse. Rhino Rick règne tel un nouveau Rudy Giuliani. De respectables Républicains se rallient à mon étendard. Je suis candidat au poste de gouverneur. Du haut de ma suffisance, je surclasse Schwarzenegger, ce salaud boosté aux stéroïdes et sali par des scandales sexuels. J'épouse Donna. Nous baignons dans la béatitude et nous élevons d'exubérantes Rhinoettes. Je suis Ronald Reagan réincarné. Des types pétés de thunes viennent me trouver pour me commanditer. Je remporte les primaires et suis choisi comme candidat. J'accède audacieusement à la présidence.

Imaginez Donna en Première dame ! Et notre *looooong* coït dans la chambre de Lincoln ! Et nos cabrioles roboratives dans la roseraie !

Je fantasme. Abboud apostasie, pérore et pontifie. Ses paroles sont priapiquement prophétiques. C'est le carnage au cocktail-bar. C'est la diaspora du viol mondain. Dani Dayan déverse du Rohypnol dans les réservoirs et contamine toute l'eau courante de la communauté. Les violeurs se réveillent comateux et se révèlent trop vidés pour violer. Des Falafel Fans fleurissent à foison – foutrement franchisés à chaque fois. Ils moissonnent les McDo et balaient les Burger King. Le préfet Tierney offre des cours de frotti-frotta aux flics du LAPD. Dans toute la ville, les fliquettes vendent leurs fesses aux Arabes.

Tim entre en courant. Tim tire un missile :

– L'entrepôt du 412 North Almeda, il est au nom d'un certain Harvey Glatman.

ON DÉMARRE EN TROMBE. On laisse de la gomme sur le goudron jusqu'à destination. C'est un hangar à quatre niveaux juste au nord de Japtown.

On s'invite dans le vestibule. On dégote les boîtes à lettres. Le nom « Glatman » nous saute aux yeux. Cette crapule crèche au quatrième.

L'ascenseur grogne, grince, et me secoue l'estomac. Un couloir qui fait un coude nous propulse vers la porte. J'actionne la sonnette. Pas de réponse. Tim crochète la serrure. Le montant proteste, la porte cède.

On entre. On découvre un gentil plateau de tournage de snuff films. On examine les murs couverts de clichés façon Weegee et on scrute ce cruel espace agencé par un détraqué.

Papier peint de couleur blanche. Photos fétichistes crades. Des filles ligotées et bâillonnées. Insidieusement insérées : des victimes vilainement mises en scène.

Judy Ann Dull, Shirley Ann Bridgeford, Ruth Rita Mercado : les poupées salopées par Harvey G. Elles sont pieds et poings liés. Elles sont pétrifiées d'horreur. Elles sont épuisées d'avoir hurlé. C'est la mort copiée sur les couvertures criardes des magazines à sensations style *Spécial Police* ou *Détective.* C'est du pop art nihiliste.

D'autres photos, toutes révoltantes autant que récentes, et strictement restreintes à des scènes de strangulation. Des physionomies familières : celles des cadavres retrouvés à San Gabriel – trois call-girls massacrées, alignées côte à côte.

Encore plus de photos : des personnalités qui ont fait sensation dans les années 70 – Donald DeFreeze et la maman maboule de Donny le Démoniaque, Nancy Linn Perry. Il y a aussi son homonyme négrophile, M. Mau-Mau lui-même – Jomo Kenyatta.

On se déploie. On ratisse la plancher. On trouve :

Des matelas, dépourvus de draps, et repoussés dans un coin. Des caméras de cinéma, des perches à micro, des objectifs, des bouchons d'objectifs. Des rouleaux de corde sur une table. Du tissu organique collé aux brins. Des caillots de sang qui emprisonnent le duvet provenant d'une nuque. Près de la table, un panier à linge qui déborde. Il en sort des draps blancs. Les cordes y ont laissé des traces rouges ou rouge-brun de sang séché.

Tim prédit :

– Son « thriller érotique » : il va amener Donna ici après dîner et passer à l'action.

Dave explique :

– On la suivra de près pour la protéger, mais il faudra qu'elle obtienne des infos sur la cible.

Je confirme :
– Elle le fera parler. Et après, on la laissera le tuer.

6

Donna est partie équipée d'un micro émetteur. Nous, on est planqués au parking du Pacific Dining Car.

Elle est entrée à 20 h 2. Jomo-Donny l'a rejointe à 20 h 6. Il a confié sa Lambo lie-de-vin à Luis, le voiturier. Donna a garé dans la rue sa Daimler-Benz.

On garde la tête basse. On attend dans la Dodge Dart de Dave. On porte des casques récepteurs hautes fréquences. Dave a confisqué le Python de poche que Donna trimballe dans son sac. Il s'est dit que Donna pourrait perdre patience et plomber par principe ce pédé perturbé. On lui a donné un super scénario sur lequel elle va improviser. Donna, voilà ce que tu dois faire :

« Insiste bien sur le fait que Rhino Rick Jenson est stressé à mort. Il s'est lancé dans une croisade d'homme de droite. C'est un sioniste qui a pété les plombs, obsédé par la sécurité intérieure. Il a fait feu sur deux Arabes innocents. C'est son pogrom palestinien. Il prend son service complètement défoncé. Il prétend que des salauds d'islamistes l'ont drogué. Personne ne l'a cru. La commission de discipline lui a infligé un blâme. On l'a suspendu de ses fonctions. »

Mon casque m'agace les oreilles. Un câble à nu me récure les conduits et descelle un amas de cérumen. Des parasites palpitent, des cristaux crissent, des voix vibrent.

Donna :

– ... et puis il a subi un stress considérable. Le préfet l'a obligé à prendre un mois de repos.

Jomo-Donny :

– C'est le genre de fasciste qui fait honte aux fascistes.

Donna :

– Ce n'est pas un fasciste.

Jomo-Donny :

– Ne sois pas naïve. C'est le genre de fasciste qui a traqué l'ASL et Harvey Glatman jusqu'au tombeau.

Donna :

– Qui est cet Harvey Glatman ?

Jomo-Donny :

– Je l'appelle le saint et martyr des maniaques sexuels. Il a assassiné trois filles, et ses meurtres ont présagé les années 60. Il était incroyablement en avance sur son temps.

Donna :

– Parlons plutôt du texte sur Sexton.

Jomo-Donny :

– Dans mon loft, tu veux bien ? Je veux prendre quelques photos de toi. Cela va donner un coup de fouet à mon processus créatif pour le spectacle sur Sexton.

Donna :

– Et qu'en est-il de ce « thriller érotique » dont tu m'as parlé ?

Jomo-Donny :

– C'est en rapport direct avec l'autre texte. Ça va te plaire. C'est une véritable ode à la sainteté.

Les parasites me brouillent l'écoute. Les crissements des cristaux font *crrrrrrr*. Je me débarrasse de mon casque. Tim et Dave idem. Les *crrrrrrr* s'envolent des écouteurs et se répercutent dans la tire.

On attend dix secondes. On remet nos casques. Merde ! Plus de voix, plus de cristaux qui crissent. Rien que le silence des décibels décédés.

Je regarde Dave. Dave regarde Tim. Tim me regarde. La télépathie travaille en triphasé. On balance nos casques et on trace.

On s'engouffre dans le restaurant. On file entre les loufiats. Les dîneurs dérangés lèvent le regard de leur repas – il se passe quoi ? On bourre vers le box de Donna. On voit des amuse-gueules à moitié grignotés – canapés au crabe et calamars à la catalane.

Voici l'antenne et le micro espion. Ils sont aplatis par terre. La coque est écrasée et réduite en miettes. Où est la porte de derrière ?

On se rue à l'extérieur. On passe devant les poubelles et des poivrots en quête de rebuts raffinés en guise de dîner. On atteint la 6e rue. Le long du trottoir, la Daimler-Benz de Donna a disparu.

On examine les environs. On reconsidère la situation. On reconstitue la scène. Jomo-Donny s'est douté que Donna portait un micro caché. Il ne nous mènera pas à son loft. Il a parlé de son loft à Donna, et il sait qu'on l'a entendu. Ce n'est pas là qu'il conduira Donna.

Il est monstrueux. Il est mobile. Il a immobilisé Donna à l'aide de cordes ou de liens, il l'a droguée pour la rendre docile, il lui a donné des sédatifs.

Tim affirme :

– Elle va se défendre. Il ne se doute pas des ressources qu'elle possède.

Je demande :

– Mais où est-ce qu'il va l'emmener, bon sang ?

Dave affirme :

– Il va faire un coup à la Glatman, j'en suis *sûr*. Glatman a échoué avec sa dernière victime. Il lui a fait traverser le comté d'Orange. C'est là qu'elle l'a semé. Il va tenter de reproduire la scène et de réussir, lui.

J'imagine Donna décomposée, défigurée. Je la vois dégradée. Je la visualise détruite et décédée.

Et cela me rend fou de *raaaaage...*

LA GOULOTTE À CHARBON – à fond la caisse. Dave est au volant. Je palpite au rythme de ma panique. Tim fulmine au téléphone.

Il appelle l'unité d'intervention. Il distribue des ordres inter-brigades. Surveillez le loft du louftingue. Mettez les bouts pour Malibu et mettez la main sur la Casa de Sueños. Ne jouez ni les timorés, ni les matamores. On a affaire à un TERRORISTE. Faites gaffe à ne rien foirer. Prudence ! Il ne faut pas le dézinguer ! Il connaît la CIBLE. Et il a kidnappé la Donna adorée de Rhino Rick.

On cingle vers le sud. Tim téléphone aux transmissions et donne des détails d'un ton sec. Il décrit la Daimler-Benz de Donna. Il retrace l'itinéraire le plus probable : la 405 jusqu'aux embranchements qui mènent vers le désert, à l'est. Alertez toutes les brigades, toutes les unités. Approchez l'homme, ne l'appréhendez pas. On a affaire à un TERRORISTE. Il connaît la CIBLE. Ne lui sautez pas dessus sinon pour sauver Donna D.

On *fonce* vers le sud. La goulotte à charbon se *moricaud*-necte à la 405. Je descends en plein délire Donnaesque. J'arpente le passé deux décennies derrière nous. C'est 1983 de nouveau. Je revois les cadavres descendus par Donna. Et le baisodrome d'Hollywood. Et puis le grand, le regretté Russ Kuster.

Un bond jusqu'en 2004. L'aventure du viol de nuit. Rick et Donna profondément amoureux. Voici Reggie, le Ridgeback homicide. Un chien qui a facilement les crocs – il arrache les roustons du violeur sournois.

Direction plein sud : les sorties vers le paradis des surfeurs, les lumières de Long Beach, la touffeur du faux Vietnam de Westminster. Je scrute le décor. Tim scrute le décor. On voit des voitures qui font des embardées de tous les côtés. Westminster cède la place à Huntington Beach. Huntington Beach devient Fountain Valley.

Les voitures – un vrai labyrinthe mobile de mabouls. Les phares flashent. Les rayons se reflètent. Les tuyaux d'échappement toussent des cochonneries cancérigènes. Des vieux cons en Cadillac. Des cholos de choix en Chevrolet. Un Pearl Harbour en réduction de modèles et de marques japonaises – un banzaï balèze.

Les phares flashent. Les rayons se reflètent. Les plaques d'immatriculation sont inondées de lumière. Des Béhèmes maousses, des Miatas mauves. Ho ! Attends un peu ! C'est quoi...

... ÇA ?

La Daimler de Donna. Éclairée de l'arrière – par *nos* phares. Je la vois. Tim la voit. Dave la voit. On est presque pare-chocs contre pare-chocs. La Daimler est sous les feux de nos projos.

C'est Jomo-Donny qui conduit. Disons que Donna a l'air dans le coma. Vise un peu la console centrale. La tête de Donna dodeline sur le cuir. Elle est affalée hors de son siège. Seigneur, faites qu'elle ne soit pas morte. Je vous en supplie, Seigneur, *je vous en supplie*.

On s'approche encore un peu. On lui colle au cul. On ne le lâche plus. Jomo-Donny réagit et tend la main pour régler le rétro. La tête de Donna se déplace un tantinet. Tout d'un coup, Donna se redresse et passe à l'attaque.

Elle lui tire les cheveux. Elle lui griffe les yeux. Elle lui plante ses dents dans l'oreille, serre bien fort, et lui arrache un bout de lobe. Elle mutile le malfaisant fifils-à-sa-maman à la Mike Tyson. Il se débat, agitant les mimines façon femmelette. Donna arrache le rétro de son support. Donna s'en sert pour marteler Donny à la tête. Elle lui ravage le visage. Elle lui pilonne les pommettes.

La Benz fait une embardée et se barre vers la droite. Une jeep japonaise freine en catastrophe et se dégage sans dommage. Une Chevrolet chasse du châssis et lui laisse le champ libre. Donna donne un violent coup de volant.

La Daimler-Benz dévie et traverse plusieurs voies. Elle ricoche contre une glissière de sécurité. Elle rebondit et finit sa course contre une énorme balise gonflable.

SÉCURITÉ INTÉRIEURE.

Cela justifie une justice improvisée. Ce qui entraîne moult mutilations. Et nous pousse à utiliser des techniques de torture.

On déballonne la balise. On en désincruste la Daimler de Donna. On passe les poucettes à Donny-le-Dégueu dérouillé par Donna et on le dégage dans la Dodge Dart de Dave. Donna explique que son micro espion s'est détaché au restaurant. Jomo-Donny lui a sauté dessus et l'a neutralisée en lui injectant un sédatif.

Le flot des voitures valse autour de nous. On quitte l'autoroute en convoi, bien groupés et salement secoués. On se claquemure dans une logique de justice scélérate. Rien à foutre des Fédés ! Allons au-delà des procédures orthodoxes du LAPD ! Imitons les méthodes du Mossad et de la Gestapo ! Proclamons-nous patriotes sans complexe !

J'appelle Tom « L'Annuaire » Ludlow. Je le briefe brièvement. Tom s'enthousiasme, torride. Sa virée au Vietnam lui titille toujours la nostalgie. Ah ! l'odeur du napalm au petit matin... Le massacre de My Lai le rend mélancolique. Il me dit qu'il a rapporté chez lui quelques instruments de torture. Ouais, Rhino – j'arrive. Je serai au rendez-vous. On va le faire aller à confesse, ton terroriste en peau de fesse. On va le survolter, ton jobard de Jomo.

On arrive au Wrangler Ranch Motel. On loue une chambre. On attache Jomo-Donny au tuyau du radiateur. Son visage est en sang. Il crachote, il crachouille, il se contorsionne sur son siège. Il se lance dans un discours déconnant ultragauchisant. Il postillonne des platitudes dans le registre du « politiquement correct ».

Il nous traite de Fêlés de Fascistes, de Cruels Crypto-Nazis, de Misérables Insectes Inféodés à Israël. Nous sommes d'Abominables Activistes Anti-Avortement. Nous sommes d'Horribles Homophobes, de Hideux et Haineux Adversaires d'Hillary, des Comparses de Condoleezza Rice, et des Brutes Pro-Bush.

On se bidonne. Il se démène dans son fauteuil. Il se tord les poignets. Ses menottes lui entament la bidoche jusqu'à l'os.

Toc, toc – voilà Tom L'Annuaire.

Dave ouvre la porte. Tom porte un treillis trop petit pour lui. Il s'est fringué frimeur. Sa panoplie évoque le siège de Khe Sahn en 68. Il se coltine une caisse d'accessoires d'où dépassent quelques câbles électriques. Vise un peu les chouettes pinces crocodiles spéciales valseuses !

Je dis :

– Salut, Tom.

Donna commente :

– J'aime bien votre tenue. Elle me rappelle un film sur le Vietnam dans lequel j'ai joué.

Dave ordonne :

– Branche ce salopard sur ton matos.

Tim dit :

– Il nous faut des *résultats*. N'oublie pas, on travaille pour la sécurité intérieure.

Jomo-Donny crachouille et crache. Il se rengorge et se racle la gorge, avant de lâcher :

– Cireurs de Pompes du Président ! Raclures Républicaines ! À Mort l'Impérialisme !

Ça titille Tom. Il glousse. Il s'esclaffe. Il déroule ses câbles et il branche sa gégène.

– Tu commences à ressembler à Victor Charlie. *Comprende, muchacho ?* Ça veut dire, un putain de Viet Cong.

Les pinces crocodiles crachent des étincelles. Le courant court en crépitant. Je demande :

– Donne-nous la cible.

Jomo-Donny dit :

– Vive le Front de libération de la Palestine ! Vive le mariage gay ! Vive Robert Mapplethorpe et la liberté d'expression ! Vive la télé publique nationale !

Je hoche la tête. Tom écarte les genoux de Jomo. Tim récupère les pinces crocodiles et les lui fixe fermement à l'entrecuisse.

Le voltage voltige vers les sommets. Jomo, secoué, encaisse une flopée de décharges. Jomo frémit et sautille sur sa chaise électrique.

Dave ôte les pinces. Donna annonce :

– Ça, c'était pour Lorna Lowenstein, espèce de salaud.

Jomo tressaute. Jomo trépide. Jomo est encore secoué par le souvenir des courts-jus. Les volts l'ont envoûté façon vaudou. Il pisse dans son froc. Ses cheveux se dressent à la Don King.

Je répète :

– Donne-nous la cible. L'endroit, les détails, la date.

Jomo sursaute. Jomo se secoue. Son pantalon trempé de pisse, parcouru par un courant résiduel, dégage un nuage de vapeur.

– Vive Yasser Arafat ! Vive Harvey Glatman ! Vive les tueurs en série incompris du monde entier !

Tim reprend les pinces. Tim les remet en place à l'entrecuisse. Il envoie le jus et Jomo gigote. Il gueule.

J'insiste :

– Donne-nous la cible.

Donna dit :

– Celui-là, c'était pour m'avoir fait lanterner avec le texte sur Sexton, charogne.

Dave fait péter l'opercule d'un Pepsi Light. La cannette crache du gaz. Dave la secoue et asperge les joyeuses de Jomo. Le coco câblé connecté à la gégène se met aussitôt à *huuuuuurrrrler*.

Tom se tord de rire. Jomo s'agite. Il nous fait le Watusi du Wattman, le Cakewalk du Castrat, le Trémoussing Twist.

Je reviens à la charge :

– *La cible*. Donne-la, vite !

Jomo gigote à chaque court-jus. Jomo rive sur Donna un regard haineux. Jomo mue misogyne.

– Osama Ben Laden a le béguin pour toi, mon chou. C'est ça, oui, le caïd en personne. Il se terre en Afghanistan et il regarde des redifs des *Cœurs à l'hôpital*. Il m'a payé 200 000 dollars pour que je fasse un snuff film avec toi.

Donna s'empourpre jusqu'au parme, puis elle pâlit opaline et vire au vert, de rage. Elle récupère la cannette de Pepsi. Elle s'empare des pinces crocodiles. Elle asperge et elle envoie les volts. Elle fait monter un mini-champignon des couilles clampées du clown.

Il hurle. Ses mains s'agitent. Il palpe ses poches. Il en sort une pilule. Ses mains tressautent. Il expédie la pilule dans sa bouche.

Cyanure ou strychnine/une dose diagnostiquée mortelle/la fugue du fanatique, oh merde...

Jomo jaillit. Jomo arrache le radiateur. Jomo secoué par le courant, paralysé par le poison, se convulse et calanche.

Je regarde Dave.

Dave regarde Donna.

Je regarde Tom.

Tom regarde Donna.

Je regarde Tim.

Tim regarde Donna.

Télégrammes télépathiques. Téléscriptés et transmis dans cinq sens.

C'est Donna qui parle la première.

– La cible. C'est forcément la cérémonie des Oscars.

7

Ouais, ces putains d'Oscars. Pour un pro-palestinien, il fallait une cible rassemblant un maximum de JUIFS.

Les Oscars. La nuit par excellence du Tout Zarbiwood. Extrême extravagance médiatique. Le Shangri-La des Schmoutz. Le Fujiyama des Feujs. Plus de Juifs aux Oscars que dans L'Ancien Testament.

On téléphone aux Fédés. On partage nos infos. On refuse de révéler notre source. Les Fédés mettent en place la sécurité maximum. Ils établissent un périmètre autour du Kodak Theatre. Ils l'inondent de chiens renifleurs capables de repérer les bombes. Ils enquêtent sur un trafic possible d'invitations volées. Ils fouillent sans se gêner les célébrités qui arpentent le tapis rouge. Ils envoient des détecteurs de métaux. Ils se déploient parmi les pontes de la profession. Ils rôdent dans les coulisses. Des hélicos patrouillent au-dessus du bâtiment. Leurs phares ventraux éclairent le sol. Ils inondent de lumière Hollywood Boulevard.

Je me rends à la cérémonie comme cavalier de Donna. Le LAPD a envoyé une foule de flics dans la salle. On porte tous des smoks mal coupés et bouffés aux mites. Nos gilets s'ornent d'un walkie-talkie. On s'installe pour la cérémonie des tarés.

Je bâille. On n'a pas arrêté de foncer pendant plusieurs journées ultrachargées. On a maquillé le décès de Donny en crime homosexuel. On a largué le cadavre dans une chambre de motel minable près de Tapette Boulevard, avec une mise en scène d'une certaine cruauté – à l'aide d'accessoires grossièrement destinés à évoquer le monde des pédés. On a laissé des chiées de CD de Judy Garland, de la cocaïne, et du gel lubrifiant. On a saccagé la chambre. Le décor évoquait la crise de démence d'un défonceur d'arrière-trains. On a choisi pour faire tout ce cirque un quartier qui relève de la compétence du shérif. On s'est dit qu'il classerait le crime dans la catégorie *enculus interruptus* et qu'il expédierait le dossier.

On communique à fond – entre le LAPD et les Fédés. En collaboration, on concocte un plan d'urgence pour appréhender les Arabes dissidents. Les Fédés lancent des rafles massives qui conduisent à des détentions. Elles ravagent les groupes arabes de défense des droits civiques basés à L.A. Lesdits groupes arabes considèrent les rafles racistes et réactionnaires. À L.A. même, l'homme de la rue réagit avec mépris. Il adore que les forces de l'ordre annihilent les libertés accordées par laxisme.

On s'installe à nos places. Mon pantalon de smoking, trop serré, me broie les balloches. Ma ceinture me scie. Donna porte une robe du soir bleu azur ornée de jonquilles. On se tient la main. Mes yeux ne peuvent se détacher de son décolleté. Elle me promet une nuit d'amour passionnée pour plus tard. Ma truite de caleçon en frétille d'avance.

La cérémonie commence. Elle me paraît obséquieuse et pleine de suffisance. Elle me plonge très vite dans un ennui profond. Elle me réduit la cervelle en bouillie. C'est une homélie humaniste accompagnée d'une bonne dose de compliments.

Meilleur docudrame : l'Holocauste ex æquo avec le sida. Une salve de « Plus jamais ça ! » et des hosannas pour le mariage homo. Ça me tape sur le système et ça horripile mon amour-propre de protestant. Si Dieu avait voulu que les hommes s'accouplent avec des hommes, il aurait créé Adam et *Steve*.

C'est Donna qui remet la récompense du Meilleur Son. Deux perchistes genre grande perche se pâment comme des pédales et lancent des bisous sonores à leurs « partenaires ». Donna me renverse par sa beauté ravageuse. Sa robe fendue me fend l'âme. Les projos subliment ses yeux noisette et leur chaleur envahit mon cœur.

La cérémonie se poursuit péniblement. Donna regagne son siège. Je me tasse sur le mien et je reluque ses jambes. Récompenses, applaudissements, discours – spécieux et sans éclat –, des sentiments sentencieux qui me font lâcher prise. Ils me soûlent, ils m'insupportent, et se prolongent indéfiniment. Des libéraux en limousine ridiculisent mon président, George W. Bush. Des salopards d'opposants au port d'arme charrient mon champion, Charlton Heston. Je commence à souhaiter sérieusement une attaque terroriste. Imaginez – Donna et moi mourons et montons tout droit au ciel. À cor et à cri, nous réclamons notre nuage à nous. Nous en évinçons de vilains Arabes qui sont arrivés là par hasard. Nous faisons l'amour et nous chahutons avec les Reggie Ridgeback numéros 1, 2 et 3. Nous déjeunons au Cumulus Dining Car avec Stephanie Gorman. Nous lapidons l'assassin de Stephanie et l'expédions en enfer.

La cérémonie poursuit son cours. Les perdants aux mains vides s'attardent et s'enthousiasment sans aucune sincérité, se rendant odieux à force d'obséquiosité. Les lauréats lancent de plaisantes paroles de remerciement, boursouflées et préformatées. S'égrène ensuite, soporifique, la liste des nominés pour la meilleure chanson. C'est une interminable ronde de desserts indigestes.

Et ça n'en finit plus. On a passé depuis longtemps le cap du douzième coup de n'importe quand. C'est un défilé de fiottes et de bonimenteurs casse-burnes.

Puis ça s'arrête. Donna me réveille. Je penchais vers ses genoux. J'étais reclus dans mes rêves et assommé par le sommeil. J'étais tout là-haut dans le ciel. Donna et moi brandissions les Oscars des meilleurs amants-meurtriers. Reggie le Ridgeback se tortillait à nos pieds.

LA SÉCURITÉ EST LEVÉE. Le peloton de policiers a sifflé la fin de l'alerte maximum. La phalange de Fédés a rangé ses armes et s'est dispersée. Les chiens renifleurs d'explosifs ont été ramenés dans leur chenil.

Les limousines tournent autour du théâtre. Les primés et les perdants et les présentateurs plastronneurs se pomponnent et se préparent à passer ailleurs le reste de la soirée. Donna nous fait monter dans une limousine. On part chez Spago. Elle veut passer une heure là-bas. Le temps de rire un peu, de manger de la pizza au saumon. Plein d'amour plus tard – d'accord ?

Ça balance au resto. La sono serine des chansons – des resucées de succès des nominés nullards. Les pontes de la profession se pavanent et se la jouent *mac*-hiavélique. C'est la contre-utopie des combinards. Ils sont là pour baiser les stars sans vergogne. C'est le *moricaud*-mité des Abominations Unies.

À ma table, on cancane autour de moi. On rit sottement du terrorisme. On échange des récits sur des directeurs de studio qui sont des sexe-symboles. Des libéraux à la langue bien pendue lancent des calomnies. On apprend les derniers détails sur les ringards nominés et finalement évincés.

Je regarde Donna ratisser la salle. Elle passe de table en table. On dirait un soldat qui monte au combat. Les conversations de ce soir, ce sont les contrats de demain. Elle caracole et se pavane comme une pro.

Les serveurs sillonnent la salle. J'alpague gloutonnement des canapés parfaits sur leurs plateaux. Des mini-pizzas piquantes, des feuilletés au fromage, des bouts de bœuf braisé costauds en cholestérol. Les conversations vont et viennent. Des paroles me parviennent. Des histoires de pourcentage, d'offres en phase de validation. Deux extras qui ne se sont pas présentés au resto pour prendre leur service.

Je bâille. Cette semaine de folie qui vient de s'écouler m'a laissé sur les genoux et drogué jusqu'à l'os. Fusillade avec des chiites, séances de torture, Donna mise en danger par le jihad. Hégémonie hadjie, belles de nuit pour bédouins, ma tournée des clubs de strip-tease de L.A. J'en ai la gueule de bois, de tous ces exploits pour le compte de la Criminelle. J'ai envie de harceler Donna jusqu'à ce qu'elle m'accorde son amour pour toujours, et de chercher le salut de mon âme entre ses draps.

Ça balance au resto. Je me sens coincé, asphyxié. L'idée de respirer de l'air frais me ragaillardit. Je sors dans Canyon Drive et je contourne le bâtiment pour gagner la ruelle.

Une brise m'effleure. Elle me fait un bien fou. Je me plante entre deux bennes à ordures et j'inspire à fond. *Aaaaaah*, la vie ! Les cinglés du ciné et les musulmans massacreurs ! Il n'y a qu'en Amérique qu'on peut voir ça ! Et sur une pareille échelle, seulement à L.A. !

Je reste planté sur place. L'air frais tisse un cocon autour de moi. Ma chemise empesée perd de sa raideur sous l'effet du vent.

Je *sens* quelque chose. Qui me taquine les narines. Une sorte de relent qui me rappelle l'odeur du sang...

Je pivote vers la gauche. Je jette un coup d'œil dans la benne. Je découvre deux cholos au cou cerclé de fer. Ils sont morts. On les a étranglés effroyablement. C'est une corde à piano qui a pénétré la peau – un garrot en fil d'acier leur a tranché la trachée.

Des vestes blanches. Mouchetées de taches. Des badges bien propres à leurs noms. Saint Pierre, je vous présente Juan et José. *Muchachos muertos*. Les extras qui ne se sont pas présentés à temps. Ou comment brouiller les cartes le soir des Oscars. Pour les massacreurs de pros du ciné, la mini-cible, c'est *ici même*.

Je rentre en courant dans le restaurant. Les conversations continuent. Les gens jubilent comme à Jérusalem et s'en payent une tranche comme à Tel-Aviv. Je scrute la salle. Je surfe d'une célébrité à la suivante. Je scanne les smokings et les couleurs de peau. Je vois Donna assaillie pour des autographes dans le coin près des cuisines. Elle est assiégée par deux aides-serveurs aux trombines de bédouins. Ils portent des vestes blanches et des badges bien propres. C'est les deux chameliers des portraits composites.

Je cours vers eux. Je chahute des tables et slalome entre les smokings. Je vois de grosses bosses sous les fringues des serveurs.

Leurs postérieurs sont vraiment protubérants. Ils ont tout du sidi suicidaire prêt à faire sauter sa ceinture d'explosifs.

Je cours. Je carambole des nominés non couronnés et des homos bien balancés qui brandissent des Oscars. Donna me voit. Les serveurs suicidaires me voient. La télépathie carbure dans quatre directions.

Les chiites sortent des schlass. Donna cherche dans son sac et en sort son Python de poche. Les schlass déchirent l'air. Donna fait une pirouette et plombe les bédouins à bout portant.

Les balles de magnum leur labourent la hure. Les dum-dum leur éclatent la caboche. Elles expédient en enfer les bédouins diaboliques.

Les déflagrations se répercutent dans le restaurant. Les conversations se transmuent en hurlements. Je regarde Donna. Donna me regarde. Les diables du désert agonisent et renversent une table. Leurs ceintures d'explosifs font tic-tic-tic...

Je bondis. Donna bondit. On leur arrache leurs vestes blanches et on débranche les fils. Les bombes n'explosent pas. Les bombes font tic-tic-tic au rythme des secondes égrenées par une horloge incorporée.

L'heure H est fixée à minuit. Ma montre m'annonce 23 h 59. La télépathie nous permet de nous comprendre en silence. On ignore l'ignominie des plaintes et des protestations.

On se sourit. Sans se concerter, on s'accorde pour exécuter une action symbolique qui ne manque pas de style. Elle est ostentatoire et digne d'un Oscar. On trimballe les bombes jusqu'à la cuisine. On les désamorce et on les balance dans une barrique de bouillabaisse.

Voilà comment Donna et moi avons sauvé Hollywood – et le reste du monde.

Avec l'aide de Tim, j'ai fouillé la Casa de Sueños. On a trouvé des projets pour détruire les plus grands monuments et les capitales des médias dans tout l'empire chrétien et même au-delà. Disneyland, le Vatican, le cinéma Grauman's Chinese. Le Taj Mahal, Dodger Stadium, la tour Eiffel. Le Dôme du rocher à Jérusalem, le premier restaurant Sizzler Steak House ouvert à Culver City, la résidence du Dalaï Lama. Sans nous, la planète était foutue.

On a remis aux Fédés les fiches et les disques durs de Donny le Démoniaque. Il en est résulté de nombreuses arrestations. La rafle de la Sécurité intérieure ramena dans ses nasses 16 492 musulmans meurtriers. Au cours de leurs procès, ils furent laminés par des tribunaux fantoches.

L.A. avait une dette envers Donna et moi. L.A. se mit en quatre pour nous prouver sa reconnaissance. Nous avions sauvé des vies au restaurant Spago. Une flopée de Feujs de Hollywood nous est venue en aide.

Le Grand Jury du comté de L.A. a décrété que nos meurtres étaient justifiés. La commission de discipline m'a lavé de tout soupçon concernant mes fusillades. Les médias ont salué en Jenson et Donahue « les sauveurs séculiers sexy ». Hollywood nous a donné carte blanche pour produire notre propre série télé, avec un budget illimité.

On a conçu et mis sur pied Les Héros de la Mère patrie. *Donna tiendra le rôle principal pendant seize saisons. J'ai participé à la production à mes moments perdus. Donna et moi avons fait fortune. Les Républicains m'ont présenté comme candidat au poste de gouverneur. Un démoniaque Démocrate m'a battu en 2012. C'était un sodomite frénétique mi-arabe mi-noir. Il avait creusé la question de mes liens douteux avec la compagnie Enron. Il m'a descendu en flammes dans les médias, me présentant comme collecteur de fonds pour le président Bush.*

Donna et moi sommes longtemps restés épisodiquement amants. On se retrouvait à Noël et à nos anniversaires pour rouler ensemble sur la moquette. J'ai continué à travailler au LAPD jusqu'à l'âge de soixante-quinze ans. Je n'ai jamais découvert l'assassin de Stephanie Gorman.

J'ai décrit ma propre mort dans Un baisodrome à Hollywood. *J'ai conté en détail le deuxième choc Rick-Donna dans* Viol de nuit. *Cette histoire vraie conclut le récit de nos amours contrariées et cependant magnifiques.*

Je suis mort. Donna est toujours vivante. Je communique avec elle télépathiquement par l'intermédiaire de Reggie le Ridgeback numéro 12. Je lui envoie souvent des résumés de ma vie sur terre. Je lui dis toujours que ma dernière pensée, avant de mourir, fut celle-ci : Tu étais unique.

Table

Première partie
Les articles

Articles publiés dans le magazine *GQ*

Deuxième partie
Les nouvelles

Achevé d'imprimer en septembre 2007
sur les presses de Normandie Roto Impression s.a.s.
61250 Lonrai

Pour le compte des Éditions Payot & Rivages
106, bd Saint-Germain - 75006 Paris
Dépôt légal : septembre 2007
N° d'imprimeur : 072888

Imprimé en France